民國文化與文學研究文叢

十五編

李 怡 主編

第3冊

異國的漫遊者：早期新詩的海外旅行視角考察

盧 楨 著

國家圖書館出版品預行編目資料

異國的漫遊者：早期新詩的海外旅行視角考察／盧楨 著 --
初版 -- 新北市：花木蘭文化事業有限公司，2022〔民 111〕
目 2+230 面；19×26 公分
（民國文化與文學研究文叢 十五編；第 3 冊）
ISBN 978-986-518-961-7（精裝）
1.CST：新詩 2.CST：詩評
820.9　　111009880

民國文化與文學研究文叢
十五編　第 三 冊　　ISBN：978-986-518-961-7

異國的漫遊者：早期新詩的海外旅行視角考察

作　　者　盧　楨
主　　編　李　怡
企　　劃　四川大學中國詩歌研究院
總 編 輯　杜潔祥
副總編輯　楊嘉樂
編輯主任　許郁翎
編　　輯　張雅淋、潘玟靜、劉子瑄　美術編輯　陳逸婷
出　　版　花木蘭文化事業有限公司
發 行 人　高小娟
聯絡地址　235 新北市中和區中安街七二號十三樓
　　　　　電話：02-2923-1455／傳真：02-2923-1452
網　　址　http://www.huamulan.tw 信箱 service@huamulans.com
印　　刷　普羅文化出版廣告事業
初　　版　2022 年 9 月
定　　價　十五編 21 冊（精裝）新台幣 55,000 元

異國的漫遊者：早期新詩的海外旅行視角考察

盧楨　著

作者簡介

盧楨，1980 年出生於天津，南開大學文學院教授，博士生導師，文學博士，中國現當代文學專業教研室主任。兼任中國聞一多研究會副會長，天津市寫作學會理事。入選天津市宣傳文化「五個一批」人才，天津市 131 人才，南開大學百名青年學科學術帶頭人，天津市作協簽約作家。曾在荷蘭萊頓大學、倫敦大學亞非學院作訪問學者。在《文學評論》《文藝研究》《光明日報》《中國現代文學研究叢刊》《文藝爭鳴》《當代作家評論》《南方文壇》等五十餘種海內外刊物上發表學術論文百餘篇，其中 CSSCI 期刊近 40 篇，《人大複印資料》全文轉載 3 篇。出版《現代中國詩歌的城市抒寫》《新詩現代性透視》《都會中的繆斯：當代大陸新詩的文化闡釋》《走向優雅：趙玫論》等學術專著 4 部，文化類著作 5 部。參與國家社會科學基金重大項目 1 項，主持國家社會科學基金項目 2 項，省部級科研項目多項。

提　　要

本書的研究對象是晚清文學革命發生期到「五四」時期詩人的海外旅行與新詩生成、建構之間的對應聯繫，重點考察涉及「域外行旅」寫作的總體特徵、個體形態、發生機制及運行規律。其中，「域外行旅」既包含詩人以愉悅身心為目的展開的觀光旅行，同時也涵載了詩人在海外的出使訪問、遊學考察、探親訪友等帶有地理遷徙、時空位移特徵的行為。本書以詩人海外行旅與中國早期新詩之間的諸多關聯性因素為框架，選取具有代表性的現象「點」作為研究對象，包括行旅經驗在文白詩語體式轉換中所起的作用，詩人「行旅」行為的具體表現，行旅體驗對寫作者心物感應方式變革產生的內驅力，「行旅」抒寫的美學內涵與意義等。通過辨析每個聯繫點的不同特徵，揭示各對應點之間組構、融合的內在邏輯，認為域外行旅從文化行為層面觸發早期新詩人參與中外「文學／文化」的交流，便於其在異邦「他者」的文化視閾中反思本土經驗，確立契合時代文化語境的「主體性」美學理念和價值觀念。同時，海外旅行文化在觀物方式、情感向度、意象體系等方面參與了新詩的歷史建構，並為新詩的精神實質與方法生成帶來持續性的影響。

本書為中央高校基本科研業務費專項資金資助項目「域外行旅與中國新詩研究」（63213001）和南開大學校內預算經費資助項目「域外行旅與新詩」（ZB22000103）階段性成果。

從地方文學、區域文學到地方路徑
——《民國文化與文學研究文叢・十五編》引言

李　怡

2020 年，我在《成都與中國現代文學發生的地方路徑問題》中，以內陸腹地的成都為例，考察了李劼人、郭沫若等「與京滬主流有異」的知識分子的個人趣味、思維特點，提出這裡存在另外一種近現代嬗變的地方特色。這一走向現代的「地方路徑」值得剖析，它與多姿多彩的「上海路徑」「北平路徑」一起，繪製出中國文學走向現代的豐富性。沿著這一方向，我們有望打開現代文學研究的新的可能。〔註 1〕同年 1 月，《當代文壇》開始推出我主持的「地方路徑與文學中國」的學術專欄，邀請國內名家對這一問題展開多方位的討論，到 2021 年年中，共發表論文 33 篇，涉及四川、貴州、昆明、武漢、安徽、內蒙古、青海、江南、華南、晉察冀、京津冀、綏遠、粵港澳大灣區等各種不同的「地方」觀察，也有對作為方法論的「地方路徑」的探討。2020 年 9 月，中國作協創研部、四川省作協、中國人民大學書報資料中心、《當代文壇》雜誌社還聯合舉行了「地方路徑與文學中國」學術研討會，國內知名學者與專家濟濟一堂，就這一主題的問題深入切磋，到會學者包括阿來、白燁、程光煒、吳俊、孟繁華、張清華、賀仲明、洪治綱、張永清、張潔宇、謝有順等等。〔註 2〕2021 年 10 月，中國現代文學理事會在成都召開，會

〔註 1〕李怡：《成都與中國現代文學發生的地方路徑問題》，《文學評論》2020 年 4 期。

〔註 2〕研討會情況參見劉小波：《地方路徑與文學中國——「2020 中國文藝理論前沿峰會暨四川青年作家研討會」會議綜述》，《當代文壇》2021 年 1 期。

議主題也確定為「地方路徑與中國現代文學」，線上線下與會學者 100 餘人繼續就「地方路徑」作為學術方法的諸多話題廣泛研討，值得一提的是，這一主題會議還得到了第一次設立的國家社科基金「學術社團主題學術活動資助」。

經過了連續兩年的醞釀和傳播，「地方路徑」的命題無論是作為理論方法還是文學闡述的實踐都已經產生了重要的影響，在這個時候，需要我們繼續推進的工作恰恰可能是更加冷靜和理性的反思，以及在更大範圍內開展的文學批評嘗試。就像任何一種理論範式的使用都不得不經受「有限性」的警戒一樣，「地方路徑」作為新的文學研究方式究竟緣何而來，又當保持怎樣的審慎，需要我們進一步辨析；同時，這種重審「地方」的思維還可以推及什麼領域，帶給我們什麼啟發，我們也可以在更多的方向上加以嘗試。

一

「名不正，則言不順」，這是《論語》的古訓，20 世紀 50 年代以來，西方史學發現了「概念」之於歷史事實的重要意義，開啟了「概念史」（conceptual history）的研究。這是我們進一步推進學術思考的基礎。

在這裡，其實存在著一系列相互聯繫卻又頗具差異的概念。地方文學、地域文學、區域文學、文學地理學以及我所強調的地方路徑，它們絕不是同一問題的隨機性表達，而是我們對相近的文學與文化現象的不同的關注和提問方式。

雖然「地方」這一名詞因為「地方性知識」的出現而變得內涵豐富起來，但是在我們的實際使用當中，「地方文學」卻首先是一個出版界的現象而非嚴格的概念，就是說它本身一直缺乏認真的界定。地方文學的編撰出版在 1990 年代以後逐漸升溫，但凡人們感到大中國的文學描述無法涵蓋某一個局部的文學或文化現象之時，就會自然而然地將它放置在「地方」的範疇之中，因為這樣一來，那些分量不足以列入「中國文學」代表的作家作品就有了鄭重出場、載入史冊的理由。近年來，在大中國文學史著撰寫相對平靜的時代，各地大量湧現了以各自省市為單位的地方文學史，不過，這種編撰和出版的行為常常都與當地政府倡導的「文化工程」有關，所以其內在的「地方認同」或「地方邏輯」往往不甚清晰，不時給人留下了質疑的理由。

這種質疑很容易讓我們聯想到「區域文學」與「地域文學」的分歧。學界一般認為，「地域文學」就是在語言、民俗、宗教等方面的相互認同的基礎上形成的文學共同體形態，這種地區內的文學共同體一般說來歷史較為久遠、淵源較為深厚，例如江左文學、江南文學、江西詩派等等；「區域文學」也是一種地區性的文學概念，不過這樣的地區卻主要是特定時期行政規劃或文化政治的設計結果，如內蒙古文學、粵港澳大灣區文學、京津冀文學等等，其內在的精神認同感明顯少於地域文學。「『地域』內部的文化特徵是相對一致的，這種相對一致性是不同的文化特徵長期交流、碰撞、融合、沉澱的結果，不是行政或其他外部作用所能短期奏效的。而『區域』內部的文化特徵往往是異質的，尤其是那種由於行政或者其他原因而經常變動、很難維持長期穩定的區域，其文化特徵的異質性更明顯。」〔註3〕在這個意義上，值得縱深挖掘的區域文學必須以區域內的歷史久遠的地域認同為核心，否則，所謂的區域文學史就很可能淪為各種不同的作家作品的無機堆砌，被一些評論者批評為「邏輯荒謬的省籍區域文學史」，「實際上不但割裂了而且扭曲了文化的真實存在形態」。〔註4〕1995年，湖南教育出版社開始推出嚴家炎先生主編的《二十世紀中國文學與區域文化》叢書，涉及東北文學、三晉文學、齊魯文學、巴蜀文學、西藏雪域文學等等，歷經近二十年的沉澱，這套叢書在今天看來總體上還是成功的，因為它雖然以「區域」命名，卻實則以「地域文學」的精神流變為魂，以挖掘區域當中的地域精神的流變為主體。相反，前面所述的「地方文學」如果缺乏嚴格的精神的挖掘和融通，同樣可能抽空「地方性」的血脈，徒有行政單位的「地方」空殼，最終讓精神性的文學現象僅僅就是大雜燴式的文學「政績」的整合，從而大大地降低了原本暗含著的歷史價值。

中國傳統文化其實也一直關注和記錄著地域風俗的社會文化意義，《詩經》與《楚辭》的差異早就為人們所注目，《禹貢》早已有清晰明確的地域之論，《漢書》《隋書》更專列「地理志」，以各地山川形勝、風土人情為記敘的內容，由此開啟了中國文化綿邈深遠的「地理意識」。新時期以後，中國文學研究以古代文學為領軍，率先以「文學地理」的概念再寫歷史，顯然就是對這一傳統的自覺承襲，至新世紀以降，文學地理學的理論建構日臻自覺，似有一統江山，整合各種理論概念之勢——包括先前的地域文學、區域文學。有學者總結認為：「文學地理學是由中國本土學者提出並發展起來的一門學

〔註3〕曾大興：《「地域文學」的內涵及其研究方法》，《東北師大學報》2016年5期。
〔註4〕方維保：《邏輯荒謬的省籍區域文學史》，《揚子江評論》2012年2期。

科，也是由中國本土學者提出與發展起來的一種新的文學批評方法。」〔註 5〕這也是特別看重了這一理論建構與中國傳統文化的深刻聯繫。

當然，也正如另外有學者所考證的那樣，西方思想史其實同樣誕生了「文學地理學」的概念，並且這一概念也伴隨著晚清「西學東漸」進入中國，成為近代中國文學地理思想興起的重要來源：「文學地理學是 18 世紀中葉康德在他的《自然地理學》中提出的一個地理學概念，由於康德的自然地理學理論蘊涵著豐富的人文地理學和地域美學思想，在西方美學和文學批評中產生了深遠的影響。清末民初，在西學東漸和強國新民的歷史大潮中，梁啟超、章太炎、劉師培等人將康德的『文學地理學』和那特硜的『政治學』用於中國古代文學藝術南北差異的研究，開創了中國文學地理學的學科歷史。」〔註 6〕認真勘察，我們不難發現西方淵源的文學地理學依然與我們有別：「在康德的眼裏，文學地理學是地理學的一個分支學科而不是文學的分支學科」〔註 7〕，後來陸續興起的文化地理學，也將地理學思維和方法引入文學研究，改變了傳統文學研究感性主導色彩，使之走向科學、定量和系統性，而興起於後殖民時代的地理批評以「空間」意識的探究為中心，強調作品空間所體現的權力、性別、族群、階級等意識，地理空間在他們那裡常常體現為某種的隱喻之義，現代環境主義與生態批評概念中的「地方」首先是作為「感知價值的中心」而非地理景觀，用文化地理學家邁克・克朗的話來說就是：「文學作品不能被視為地理景觀的簡單描述，許多時候是文學作品幫助塑造了這些景觀。」〔註 8〕較之於這些來自域外的文學地理批評，中國自己的研究可能一直保持了對地方風土的深情，並沒有簡單隨域外思潮起舞，雖然在宏觀層面上，我們還是承認，現當代中國的文學地理學是對外開放、中西會通的結果。

「地方路徑」一說是在以上這些基本概念早已經暢行於世之後才出現的，於是，我們難免會問：新的概念是不是那些舊術語的隨機性表達？或者，是不是某種標新立異的標題招牌？

這是我們今天必須回答的。

〔註 5〕鄒建軍：《文學地理學：批評和創作的雙重空間》，《臨沂大學學報》2017 年 1 期。

〔註 6〕鍾仕倫：《概念、學科與方法：文學地理學略論》，《文學評論》2014 年 4 期。

〔註 7〕鍾仕倫：《概念、學科與方法：文學地理學略論》，《文學評論》2014 年 4 期。

〔註 8〕【英】邁克・克朗（Mike Crang）：《文化地理學》，楊淑華、宋慧敏譯，南京大學出版社 2003 年版，第 55 頁。

二

在現代中國討論「地方路徑」，容易引起的聯想是，我們是不是要重提中國文學在各個地方的發展問題？也就是說，是不是要繼續「深描」各個區域的文學發展以完整中國文學的整體版圖？

我們當然關注現代中國文學的一系列共同性的問題，而不是試圖將自己侷限在大版圖的某一局部，為失落在地方的文學現象拾遺補缺，從這個意義上來說，跨出地方的有限性，進入區域整合的視野甚至民族國家的視野乃題中之義。但是，這樣的嘗試卻又在根本上有別於我們曾經的區域文學研究。

在中國，區域文學與文化研究集中出現在 1990 年代中期，本質上是 1980 年代以來「走向世界」的改革開放思潮的一種延續。嚴家炎先生主編的《二十世紀中國文學與區域文化》叢書最早在 1995 年推出，作為領命撰寫四川現代文學與巴蜀文化的首批作者，我深深地浸潤於那樣的學術氛圍，感受和表達過那種從區域文化的角度推進文學現代化進程的執著和熱誠。在急需打破思想封閉、融入現代世界的那種焦慮當中，我們以外來文化為樣本引領中國文學與文化的渴望無疑是真誠的，至今依然閃耀著歷史道義的光輝，但是，心態的焦慮也在自覺不自覺中遮蔽了某些歷史和文化的細節，讓自我改變的激情淹沒了理性的真相。例如，我們很容易就陷入了對歷史的本質主義的假想，認為歷史的意義首先是由一些巨大的統攝性的「總體性質」所決定的，先有了宏大的整體的定性才有了局部的意義，中國文化的現代化進程也是如此，先有了整個國家和民族的現代觀念，才逐步推廣到了不同區域、不同地方的思想文化活動之中，也就是說，少數先知先覺的知識分子對西方現代化文化的接受、吸收，在少數先進城市率先實踐，形成了中國現代文化的「總體藍圖」，然後又通過一代又一代的艱苦努力，傳播到更為內陸、更為偏遠的其他區域，最終完成了全中國的現代文化建設。雖然區域文學現象中理所當然地涵容著歷史文化的深刻印記，但是作為「現代文學」的歷史進程的重要環節，我們的主導性目標還是考察這一歷史如何「走向世界」、完成「現代化」的任務，所以在事實上，當時中國文學的區域研究的落腳點還是講述不同區域的地方文化如何自我改造、接受和匯入現代中國精神大潮的故事。這些故事當然並非憑空捏造，它就是中國文化在近現代與外來文化交流、溝通的基本事實，然而，在另外一方面的也許是更主要的事實卻可能被我們有所忽略，那就是文化的自我發展歸根到底並不是移植或者模仿的結果，而是自我的一種演進和生長，也就是說，是主體基於自身內在結構的一種新的變化和調整，這裡的主體性和內源性是不可或缺的基礎。如果說現代中國文學最終表現出了一種不容迴避的「現代性」，那麼也必定是不同的「地方」都出現了適應這個時代的新的精神的變遷，而不是少數知識分子為中國先建構起了一個大的現代的文化，然後又設法將這一文化從中心輸送到了各個地方，說服地方接受了這個新創建的文化。在這個意義上，地方的發展彙集成了整體的變化，是局部的改變最後讓全局的調整成為了現實。所謂的「地方路徑」並非是偏狹、個別、特殊的代名詞，在通往「現代」的征途上，它同時就是全面、整體和普遍，因為它最後形成的輻射性效應並不偏於一隅，而是全局性的、整體性的，只不過，不同「地方」對全局改變所產生的角度與方向有所不同，帶有鮮明的具體場景的體驗和色彩。從這裡，我們可以得出結論：在現代中國文學的學術史上，我們曾經有過的區域文化研究其實還是國家民族的大視角，區域和地方不過是國家民族文學的局部表現；而地方路徑的提出則是還原「地方」作為歷史主體性的意義，名為「地方」，實則一個全局性的民族文化精神嬗變的來源和基礎，可謂是以「地方」為方法，以民族文化整體為目的。

「地方」以這種歷史主體的方式出場，在「全球化」深化的今天，已經得到了深刻的證明。

在當今，全球化依然是時代的主題。然而，越來越多的人都開始意識到一個重要的問題：全球化是不是對體現於「地方」的個性的覆蓋和取消呢？事實可能很明顯，全球化不僅沒有消融原本就存在的地方性，而且林林種種的地方色彩常常還借助「反全球化」的浪潮繼續凸顯自己，在一個相當長的時期內，全球化和地方性都會保持著一種糾纏不清的關係，有矛盾衝突，但也會彼此生發。

文學與地方的關係也是如此。現代中國的文學一方面以「走向世界」為旗幟，但走向外部世界的同時卻也不斷返回故土，反觀地方。這裡，其實存在一個經由「地方路徑」通達「現代中國」的重要問題。

何謂「現代中國」？長期以來，我們預設了一些宏大的主題——中國社會文化是什麼？中國文學有什麼歷史使命、時代特點？不同的作家如何領悟和體現這樣的歷史主題？主流作家在少數「中心城市」如何完成了文學的總體建構？然而，文學的發生歸根到底是具體的、個人的，人的文學行為與包裹著他的生存環境具有更加清晰的對話關係，也就是說，文學人首先具有切實的地方體驗，他的文學表達是當時當地社會文化的有機組成部分，文學的存在首先是一種個人路徑，然後形成特定的地方路徑，許許多多的「地方路徑」，不斷充實和調整著作為民族生存共同體的「中國經驗」，當然，中國整體經驗的成熟也會形成一種影響，作用於地方、區域乃至個體的大傳統，但是必須看到，地方經驗始終存在並具有某種持續生成的力量，而更大的整體的「大傳統」卻不是一成不變的，「大傳統」的更新和改變顯然與地方經驗的不斷生成關係緊密。正是在這個意義上，我們認為，並不是大中國的文化經驗「向下」傳輸逐漸構成了「地方」，「地方」同樣不斷凝聚和交融，構成了跨越區域的「中國經驗」。「地方經驗」如何最終形成「中國經驗」，這與作為民族共同體的「中國」如何降落為地方性的表徵同等重要！在現代中國文學發展的過程之中，不僅有「文學中國」的新經驗沉澱到了天南地北，更有天南地北的「地方路徑」最後匯集成了「文學中國」的寬闊大道。〔註9〕

這樣，我們的思維就與曾經的區域文學研究有所不同了。

在另外一方面，地方路徑的提出也意味著我們將有意識超越「地域文學」或者「地方文學」的方式，實現我們聯結民族、溝通人類的文學理想。

如前所述，我們對區域文學研究「總體藍圖」的質疑僅僅是否定這樣一種思維：在對「地方」缺乏足夠理解和認知的前提下奢談「走向世界」，在缺乏「地方體驗」的基礎上空論「全球一體化」，但是，這卻並不意味著我們要固守在「地方」之一隅，或者專注於地方經驗的打撈來迴避民族與人類的共同問題，排斥現代前進的節奏。與「區域文學」「地方文學」的相對靜止的歷史描述不同，「地方路徑」文學研究的重心之一是「路徑」，也就是追蹤和挖掘現代中國文學如何嘗試現代之路的歷史經驗，探索中國文學介入世界進程的方式。換句話說，「路徑」意味著一種歷史過程的動態意義，昭示了自我開放的學術面相，它絕不是重新返回到固步自封的時代，而是對「走向世界」的全新的闡發和理解。

同樣，我們也與「文學地理學」的理論企圖有所不同，建構一種系統的文學研究方法並非我們的主要目的，從根本上看，我們還是為了描述和探討中國文學從傳統進入現代，建設現代文學的過程和其中所遭遇的問題，是對現代中國文學的「現象學研究」，而不是文藝學的提升和哲學性的概括。當然，包括中外文學地理學的視角、方法都可能成為我們的學術基礎和重要借鑒。

〔註9〕參見李怡：《「地方路徑」如何通達「現代中國」》，《當代文壇》2020年1期。

三

現代中國文學的「地方路徑」研究當然也有自己的方法論背景，有著自己的理論基礎的檢討和追問。

「地方路徑」的提出首先是對文學與文化研究「空間意識」的深化。

傳統的文學研究，幾乎都是基於對「時間神話」的迷信和依賴。也就是說，我們大抵都相信歷史的現象是伴隨著一個時間的流逝而漸次產生的，而時間的流逝則是由一個遙遠的過去不斷滑向不可知的未來的勻速的過程，時間的這種不以人的意志為轉移的勻速前進方式成為了我們認知、觀察世界事物的某種依靠，在很多的時候，我們都是站在時間之軸上敘述空間景物的異樣。但是，二十世紀的天體物理學卻告訴我們，世界上並沒有恒定可靠的時間，時間恰恰是依憑空間的不同而變化多端。例如愛因斯坦、霍金等人的宇宙觀恰恰給予了我們更為豐富的「相對」性的啟示：沒有絕對的時間，也沒有絕對的空間，時間總是與空間聯繫在一起，不同的空間有不同的時間。「相對論迫使我們從根本上改變了我們的時間和空間觀念。我們必須接受，時間不能完全脫離開和獨立於空間，而必須和空間結合在一起形成所謂的時空的客體。」〔註 10〕二十世紀以後尤其是 1970 年代以後，西方思想包括文學研究在內出現了眾所周知的「空間轉向」，傳統觀念中的對歷史進程的依賴讓位於對空間存在的體驗和觀察，這些理念一時間獲得了廣泛的共識：「當今的時代或許應是空間的紀元……我們時代的焦慮與空間有著根本的關係，比之與時間的關係更甚。」〔註 11〕「在日常生活裏，我們的心理經驗及文化語言都已經讓空間的範疇、而非時間的範疇支配著。」〔註 12〕「一方面，我們的行為和思想塑造著我們周遭的空間，但與此同時，我們生活於其中的集體性或社會性生產出了更大的空間與場所，而人類的空間性則是人類動機和環境或語境構成的產物。」〔註 13〕有法國空間理論家列斐伏爾等人的倡導，經由福柯、

〔註 10〕【英】霍金：《時間簡史》，吳忠超譯，湖南科學技術出版社 2002 年版，第 22 頁。

〔註 11〕【法】福柯：《不同空間的正文與上下文》，陳志悟譯，見包亞明主編：《後現代性與地理學的政治》，上海教育出版社 2001 年版，第 18 頁、20 頁。

〔註 12〕【美】詹明信：《晚期資本主義文化的邏輯：詹明信批評理論文選》，陳清僑等譯，三聯書店 1997 年版，第 450 頁。

〔註 13〕愛德華·索亞語，見包亞明：《後大都市與文化研究·前言：第三空間、後大都市與文化研究》，上海教育出版社 2005 年版，第 1 頁。

詹姆遜、哈維、索雅等人的不斷開拓，文學的空間批評得到了前所未有的長足發展，文本中的空間不再只是故事發生的背景，而是作為一種象徵系統和指涉系統，直接參與到了主題與敘事之中，空間因素融入傳統的社會歷史批評、文化批評、性別批評、精神批評等，激活了這些傳統文學研究的生命力，它又對後現代性境遇下人們的精神遭際有著獨到的觀察和解讀，從而切合了時代的演變和發展。

如同地理批評遠遠超出了地方風俗的文學意義而直達感知層面的空間關係一樣，西方文學界的空間批評更側重於資本主義成熟年代的各種權力關係的挖掘和洞察，「空間」隱含的主要是現實社會中的制度、秩序和個人對社會關係的心理感受。

在中國現代文學的研究中，我們長期堅信西方「進化論」思想的傳入是驚醒國人的主要力量，從嚴復的「天演公例」到梁啟超的「新民說」、魯迅的「國民性改造」，中國文學的歷史巨變有賴於時間緊迫感的喚起，這固然道出了一些重要的事實，然而，人都是生存於具體而微的「空間」之中的，是這一特殊「地方」的人生和情感的體驗真實地催動了各自思想變化，文學的現代之變，更應該落實到中國作家「在地方」的空間意識裏。近現代中國知識分子，同樣生成了自己的「空間意識」：

> 中國近現代知識分子是在一種極為特殊的條件下形成自己的時空觀念的。不是時間觀念的變化帶來了他們空間觀念的變化，而是空間觀念的變化帶來了他們時間觀念的變化。我們知道，正是由於鴉片戰爭之後中國的知識分子發現了一個「西方世界」，發現了一個新的空間，他們的整個宇宙觀才逐漸發生了與中國古代知識分子截然不同的變化。
>
> 中國現代知識分子的「地理大發現」，發現的卻是一個無法統一起來的世界，一個造成了空間割裂感的事實。這種空間割裂感是由於人的不同而造成的。
>
> 我們既不能把西方世界完全納入到我們的世界中來，成為我們這個世界的一個有機組成部分，我們也不願把我們的世界納入到西方世界中去，成為西方世界的一個有機組成部分。二者的接近發生的不是自然的融合，而是彼此的碰撞。
>
> 上帝管不了中國，孔子管不了西方，兩個空間結構都變成了兩

> 個具有實體性的結構，二者之間的衝撞正在發生著。一個統一的沒有隙縫的空間觀念在關心著民族命運的中國近現代知識分子的意識中可悲地喪失了。這不是一個他們願意不願意的問題，而是一個不能不如此的問題；不是一個比中國古代知識分子「先進」了或「落後」了的問題，而是一個他們眼前呈現的世界到底是一個什麼樣子的問題。正是這種空間觀念的變化，帶來了他們時間觀念的變化。〔註 14〕

近現代中國知識分子同樣在「空間」感受中體驗了現實社會中的制度與秩序，覺悟了各種不平等的權力關係，但是，與西方不同的在於，我們在「空間」中的發現主要還不是存在於普遍人類世界中的隱蔽的命運，它就是赤裸裸的國家民族的困境，主要不是個人的特異發現，而是民族群體的整體事實，它既是現實的、風俗的，又是精神的、象徵的，既在個人「地方感」之中，又直陳於自然社會之上。從總體上看，近現代中國的空間意識不會像西方的空間批評那樣公開拒絕地方風土的現實「反映」，而是融現實體驗與個人精神感受於一爐。我覺得這就為「地方路徑」的觀察留下了更為廣闊的可能。

「地方路徑」的提出也是對域外中國學研究動向的一種回應。

海外的中國學研究，尤其是美國漢學界對現代中國的觀察，深受費正清「衝擊／反應」模式的影響，自覺不自覺地站在西方中心的立場上，以西歐社會的現代化模式來觀察東方和中國，認定中國社會的現代化不可能源自本土，只能是對西方衝擊的一種回應。不過，在 1930、40 年代以後，這樣的思維開始遭受到了漢學界內部的質疑，以柯文為代表的「中國中心觀」試圖重新觀察中國社會演變的事實，在中國自己的歷史邏輯中梳理現代化的線索。伴隨著這樣一些新的學術思想的動態，西方漢學界正在發生著引人矚目的變化：從宏大的歷史概括轉為區域問題考察，從整體的國家民族定義走向對中國內部各「地方」的再發現，一種著眼於「地方」的文學現代進程的研究正越來越多地顯示著自己的價值，已經有中國學者敏銳地指出，這些以「地方」研究為重心的域外的方法革新值得我們借鑒：「從時間與空間起源上，探究這些地區如何在大時代的激蕩中形成具有現代意義的文學觀念、如何生發具有地域特色的文學文本，考察文學與非文學、本土與異域、沿海

〔註 14〕王富仁：《時間・空間・人（一）》，《魯迅研究月刊》2000 年 1 期。

與內地、中心與邊緣之間的多元關係，便不失為中國現代文學研究的一種新路徑。」〔註 15〕

當然，必須指出的是，中國學者對「地方路徑」問題的發現在根本上說還是一種自我發現或者說自我認知深化的結果，是創立中國學術主體性的積極體現。以我個人的研究為例，是探尋近現代白話文學發生的過程中，接觸到了李劼人的成都寫作，又借助李劼人的地方經驗體驗到了一種近代化的演變曾經在中國的地方發生，隨著對李劼人「周邊」的摸索和勘察，我們不斷積累著「地方」如何自我演變的豐富事實，又深深地體悟到這些事實已經不再能納入到西方—中國先進區域—偏遠內陸這樣一個傳播鏈條來加以解釋了。與「中國中心觀」的相遇也出現在這個時候，但是，卻不是「中國中心觀」的輸人改變了我們的認識，而是雙方的發現構成了有益的對話。這裡的啟示可能更應該做這樣的描述：在我們力求更有效地擺脫「西方中心」觀的壓迫性影響、從「被描寫」的尷尬中嘗試自我解放、重新獲得思想主體性的時候，是西方學者對他們學術傳統的批判加強了這一自我尋找的進程，在中國人自己表述自己的方向上，我們和某些西方漢學家不期而遇，這裡當然可以握手，可以彼此對話和交流，但是卻並不存在一種理論上的「惠賜」，也再不可能出現那種喪失自我的「拜謝」，因為，「地方路徑」的發現本身就是自我覺醒的結果。這裡的「地方」不是指那種退縮式的地方自戀，而是自我從地方出發邁向未來的堅強意志。在思考人類共同命運和現代性命題的方向上我們原本就可以而且也能夠相互平等對話，嚴肅溝通，當我們真正自覺於自我意識、自覺於地方經驗的時候，一系列精神性的話題反而在東西方之間有了認同的基礎，有了交談的同一性，或者說，在這個時候，地方才真正通達了中國，又聯通了世界。在這個時候，在學術深層對話的基礎上，主體性的完成已經不需要以「民族道路的獨特性」來炫示，它同時也成為了文學世界性，或者說屬於真正的「人類命運共同體」的有機組成部分。

上世紀 20 年代，詩人聞一多也陷入過時代發展與「地方性」彰顯的緊張思考，他曾經激賞郭沫若《女神》的時代精神，又對其中可能存在的「地方色彩」的缺失而深懷憂慮，他這樣表達過民族與世界、地方與時代的理想關係：「真要建設一個好的世界文學，只有各國文學充分發展其地方色彩，同時又

〔註 15〕張鴻聲、李明剛：《美國「中國學」的「地方」取向與中國現代文學研究——以中國現代文學研究的區域問題為例》，《中國現代文學論叢》2018 年 13 輯。

貫以一種共同的時代精神，然後並而觀之，各種色料雖互相差異，卻又互相調和」〔註 16〕。在某種意義上，這可以被我們視作中國現代文學沿「地方路徑」前行的主導方向，也是我們提出「地方路徑」研究的基本原則。

〔註16〕聞一多：《〈女神〉之地方色彩》，《創造週報》第 5 號，1923 年 6 月 10 日。

目次

緒　論 …………………………………………………… 1
第一章　「詩界革命」背景下的晚清域外紀遊詩 …… 19
　第一節　晚清域外紀遊詩的寫作情況與內在矛盾 …………………………………………………… 20
　第二節　海外竹枝詞的興盛 ……………………… 25
　第三節　黃遵憲的實踐與「新派詩」的突圍之困 …………………………………………………… 32
第二章　早期新詩人的域外行旅情況 …………… 39
　第一節　早期新詩人域外遊歷綜述 ……………… 39
　第二節　域外行旅的基本特點 …………………… 64
第三章　域外行旅要素對新詩觀念的觸發：以胡適為中心 ……………………………………… 75
　第一節　行旅意識與風景觀念 …………………… 75
　第二節　行旅抒寫中的變革嘗試 ………………… 82
　第三節　「凱約嘉湖詩波」的催化作用 ………… 89
　第四節　對「詩波」的重述及其意義 …………… 95
　第五節　寫景詩觀的延展與完善 ……………… 100

第四章　行旅體驗與新詩精神主體的形成……… 107
第一節　「遊」之觀念的現代精神轉化………… 108
第二節　「獨遊主義」與精神主體的自我發現…… 117
第三節　外在之我：時空體驗模式和觀物方式的新變……………………………………………… 126
第五章　「異域感」影響下的情感空間建構：以象徵派詩人為例………………………… 137
第一節　生存困境與「懷鄉」情結……………… 138
第二節　文化焦慮與寫作主體的自貶意識……… 147
第三節　域外體驗對「審醜」趨向的影響……… 152
第六章　風景的「發現」與新詩內質要素建構…… 157
第一節　異國風景的意象譜系和觀看裝置……… 157
第二節　「風景結構」影響下的「詩義結構」…… 169
第三節　從景物的外在節奏到新詩的內在節奏… 189
結　語……………………………………………… 199
參考文獻…………………………………………… 209
附錄　早期新詩人域外出行及寫作情況一覽表…… 221
後　記……………………………………………… 227

緒　論

在中國古代文學傳統中，「行旅」一詞是「行」與「旅」的結合。《說文・行部》對「行」的解釋是「人之步趨也」，即取其「行走」之意。《玉篇》注為：「行，跡也。」〔註1〕《廣韻》解釋為：「適也，往也，去也。」〔註2〕而「旅」的含義最早指的是一種軍事編制單位，正所謂「軍之五百人為旅」（《說文・㫃部》）。由「旅」的軍事含義出發，它又發展出諸多相關的義項，如駐紮、軍令、軍隊等，並在軍隊調動的基礎上引申出路途、旅遊、旅行等意涵。《易》中也有「旅」卦，孔穎達《正義》解釋道：「旅者，失其本居而寄他方謂之旅。」〔註3〕遲至戰國時期，「行」與「旅」二詞才聯袂出現，如《孟子・梁惠王上》中的記載：「商賈皆欲藏於王之市，行旅皆欲出於王之塗。」受限於古代的物質條件特別是交通環境，古人行旅多是基於生存的現實需要，以經商、差旅、遊學、遊宦、戍邊、遭貶謫為主要動因，而專門從「遊」的角度或是純粹為了滿足精神需要而實踐的行旅並非主流。

如果從文學的角度介入行旅，我們可以發現很多文人都注意到「行旅」經驗對文學創作的激發作用，他們圍繞相關的行旅經歷展開了一系列文學實踐，尤以紀遊類散文為盛。一些鍾情詩歌的寫作者也開闢出行旅詩、遊歷詩、懷古詩、題壁詩等多種表現手段，記載遊子羈旅他鄉抑或行旅途中的所見所聞及心靈感悟，且多集中在那些具有仕宦經歷的詩人身上。整體而觀，古代詩人對行旅的文學抒寫是他們觀念化「行旅」的心理再現，寄託著詩人的文

〔註1〕〔南朝〕顧野王：《大廣益會玉篇》，中華書局1987年版，第48頁。
〔註2〕余道永校注：《新校互注宋本廣韻》，上海辭書出版社2000年版，第187頁。
〔註3〕胡樸安：《周易古史觀》，上海古籍出版社2006年版，第161頁。

學理想。不過，就古典詩歌體制而言，這一講求「詩緣情」的文體「貴情思而輕事實」〔註 4〕，而行旅抒寫和相對應的文化心理表達需要以客觀具體的風景物象作為描寫對象，因而不易凸顯詩歌文體自身含蓄空靈的神韻。這一對客觀物象呈現的功能，在唐宋以後似乎更適宜由小說或遊記來承擔。況且，古典詩歌體制與農業經驗的緊密聯繫，決定了中國古代文學只能是「農業文化型態的文學」〔註 5〕，難以發展出行旅文學的獨立空間。當歷史的車輪行進至現代，特別是在歐陸風雨的強勢滌蕩中，詩人們的域外出行愈發頻繁，交通條件也趨於便利。通過對異邦國度的文化遊歷，他們意識到傳統的抒情模式已然無法應對新的經驗，於是試圖調整詩歌的藝術向度，以增強文學對生存現實的還原與表現能力。以「行旅體驗」為代表，在多種文化體驗的綜合觸發下，詩歌的變革者們開始推動古典詩歌的體式轉換，從而為新詩的出場奠定了契機。

一、「行旅抒寫」的歷史尋蹤

昭明太子編纂的《文選》中首次出現了以「行」為標準的分類，並單列出「遊覽」「行旅」「紀行」三種，使旅行類詩文獲得了文學題材上的獨立地位。從這種分類角度觀察，《文選》列出的三類旅行題材詩歌都具有「遊」的特質，但側重點各有不同。如「遊覽」始於自發的行旅，強調對自然景物的主動採擷和心理感應；「紀行」與「行旅」多為被動出遊，行旅者的出行不以遊覽作為主要目的，因此情感表達的向度多集中在羈旅憂思抑或懷鄉之情，如六臣注《文選》詩「行旅類」李周翰注曰：「旅，捨也，言行客多憂慮，故作詩自慰。」〔註 6〕實際上，三類旅行題材的詩歌在情感主題、紀遊風格和藝術向度上多有交叉，因此後人所採用的「行旅」詩歌概念，多為對敘寫行旅過程、行旅路線、途中見聞、即時感受的一類詩文的統稱，有時側重「行旅」之艱難，有時偏向「遊覽」之愉悅，大多情況下則是兼而有之，形成一類穩定的詩歌主題。

自《文選》開始，行旅主題進入後世各類文學總集的觀照視野。編纂者們基本依照《文選》所立的分類原則，處理他們眼中的行旅遊覽類詩文，並進一步做出各種細分。如唐代歐陽詢編選的《藝文類聚》「人」部中便有「行

〔註 4〕〔明〕李東陽：《懷麓堂詩話》，《李東陽集》第 2 卷，嶽麓書社 1985 年版，第 535 頁。原文為：「此詩之所以貴情思，而輕事實也。」

〔註 5〕胡曉明：《傳統詩歌與農業社會》，《文學遺產》1987 年第 2 期。

〔註 6〕〔梁〕蕭統編，〔唐〕李善等注：《六臣注文選》，中華書局 1987 年版，第 489 頁。

旅」一類，收錄自魏到陳64首行旅詩，其中多首涉及陸機、謝靈運、鮑照、謝朓的詩篇都與《文選》相同。北宋姚鉉編定的《文粹》(今稱《唐文粹》)分有23類文體，其中也有涉及行旅題材的「行役」等類。北宋李昉等編《文苑英華》中也設立「行邁」「軍旅」「奉使」等類別，均有對行旅題材詩歌的收錄。如「行邁」類詩文，選入了多篇以「早發」「行次」「道中」等體現動態行旅過程的詞語入題的詩歌。再如明張之象輯著的《古詩類苑》，在「人」部下也有「行役」「羈旅」「奔亡」等門類。可見，古人對行旅詩內涵與外延的定義，既沿襲了《文選》所創立的原則，同時也在文學史的發展過程中不斷進行著完善。胡大雷在《〈文選〉編纂研究》一書中談到行旅詩這種詩歌類型時，指出所謂「旅」就是「出行中的停留」，而行旅詩指代的內容「或描摹敘寫出行至某地的所見所聞所感，或描摹敘寫出行途中的所見所聞所感」。〔註7〕他將行旅類詩歌分為三種類型：「其一，旅居於某地寫某地之景事。其二，旅行至某地寫某地之景事。其三，旅行途中寫途中景事。」〔註8〕亦即說，凡是抒發離家懷鄉經驗，記述外出遊覽經歷的詩歌，都可納入行旅詩歌的範疇，這也是從廣義角度對其概念做出的框定。

行旅詩歌屬於紀遊文學的範疇，曾有一種頑韌的觀點認為，紀遊文學在魏晉以前基本上是缺席的，即使有零星地出場，也尚未形成持續性的脈絡，更缺乏代表性作品，進而武斷地把謝靈運的《遊名山志》或同代其他作品列為山水紀遊文學的開端。實際上，如果跳出敘事類文學的視野，將目光集中在魏晉以前的詩賦，則會發現詩歌與行旅的聯繫可以追溯至古代文學興起之初。早在《詩經》《楚辭》中便有涉及行旅的諸多描寫，如《鄭風・溱洧》一詩中既有對春游環境的渲染，也有對遊樂場景的重現。再如屈原的《涉江》《哀郢》等篇章，多有對詩人流放行蹤的記錄和沿途見聞的敘寫。《九歌》中更是採取借景寫情、融情於景的藝術手法，表現出紀遊文學的美學特質，這些文本均可視為紀遊文學之濫觴。如劉勰在《文心雕龍》中所說：「及《離騷》代興，觸類而長，物貌難盡，故重沓舒狀，於是嵯峨之類聚，葳蕤之群積矣。」〔註9〕亦如清人惲敬所言：「《三百篇》言山水，古簡無餘詞，至屈左徒而後瑰

〔註7〕胡大雷：《〈文選〉編纂研究》，廣西師範大學出版社2009年版，第239～240頁。

〔註8〕胡大雷：《〈文選〉編纂研究》，第240頁。

〔註9〕《文心雕龍・物色》，〔梁〕劉勰：《文心雕龍》，郭晉稀注譯，嶽麓書社2004年版，第381頁。

怪之觀、遠淡之境、幽奧朗潤之趣，如遇於心目之間。」〔註 10〕

及至兩漢，在樂府詩中已出現涉及各階層行旅的內容，在辭賦中也產生專門的「紀行賦」和「寫景賦」。前者用以記錄文人的行役遊蹤，簡單描述他們看到的人文現實或自然風景，偏重於對事實的記敘，如劉歆的《遂初賦》，班彪的《北征賦》《冀州賦》，蔡邕的《述行賦》等。袁行霈主編的《中國文學史》曾對這類文體的意義做出評價：「紀行賦是漢賦發展過程中開闢出的一個新的境界，是賦家在抒情言志上別尋新途的一種大膽嘗試，是後代遊記文學的先生。」〔註 11〕後者「寫景賦」則專門記載某次遊覽見聞，篇幅一般比紀行賦短小，如揚雄的《甘泉賦》、班固的《覽海賦》（我國現存最早的寫海的賦）等。這類賦融合了更多作者自身的感懷，甚至在某種程度上「成為一種儀式化的行為，張揚著東漢士人高自標置、追求自由的精神狀態。」〔註 12〕不過，從體量上而觀，這類作品在兩漢文學中並未形成主流，直到魏晉時期，隨著抒情小賦的興起，行旅與山水紀遊才成為士人普遍關注的寫作題材，尤以「三曹」的成就最大。如曹操的《觀滄海》、曹丕《芙蓉池作》、曹植《驅車篇》等。在「三曹」之中，曹植是漢魏時期創作賦最多的詩人，其中三分之一為紀遊賦，包括《登臺賦》《遊觀賦》《臨觀賦》《述行賦》《愁霖賦》《喜霽賦》《節遊賦》等。這些賦「不再像漢代紀行賦那樣發思古之幽情，也不像曹丕的紀遊賦多慨歎人生短促，及時行樂，而有較積極、深刻的思想意義」〔註 13〕，主要表現在對理想政治生態的嚮往。從「三曹」開始，魏晉以降的諸多詩人不再把他們觀睹到的風景看作外在的愉悅對象，而將其化入文字內裏和精神深處，使之上升到審美對象的層次，這標誌著中國古典文學中「紀遊詩」這一門類開始向成熟邁進。

魏晉南北朝詩歌逐漸走向「性情漸隱，聲色大開」〔註 14〕，紀遊文學也步入中國文學的宏觀語境，並建構起專屬自身的文脈特徵。從題材和內容上，它

〔註 10〕〔清〕惲敬：《大雲山房文稿》第 2 集卷 3《遊羅浮山記》，轉引自錢鍾書：《管錐編》第 2 冊，生活・讀書・新知三聯書店 2007 年版，第 936 頁。

〔註 11〕袁行霈主編：《中國文學史》第 1 卷，高等教育出版社 2005 年版，第 246 頁。

〔註 12〕楊穎：《行行重行行——東漢行旅文化與文學》，中國社會科學出版社 2014 年版，第 2 頁。

〔註 13〕宋尚齋：《紀遊文學的發展與曹氏父子的紀遊詩賦》，《儒學與二十世紀中國文化學術討論會論文集》，1997 年。

〔註 14〕〔清〕沈德潛：《說詩晬語》卷上，霍松林校注：《原詩・一瓢詩話・說詩晬語》，人民文學出版社 1979 年版，第 203 頁。

突破了傳統紀遊〔註 15〕文學抒寫徭役、征伐、仕宦的單一範圍，開始向更為廣闊的、私人化的日常生活擴展。彼時的大文學觀念融合了佛教與老莊思想，士人群體中萌生出輕視世務之風，一些文人尤為崇尚超凡世外、傾心山水，進而促成山水詩歌一派的出現，這種趨勢正是《文心雕龍．明詩》所概括的「宋初文詠，體有因革，莊、老告退，而山水方滋」。以紀遊辭賦為例，詩人大都是從某一次具體的遊歷活動出發，記述遊覽之過程，著重表現人物在觀景過程中生發出的思想信息，且情感由羈旅愁苦或是鄉關憂思轉移到了欣悅適性的層面。從魏至隋的三百多年間，參與行旅詩創作的詩人數量蔚為大觀，行旅詩也成為一個獨立的詩歌類別，誕生出一系列佳作，如陰鏗《渡青草湖》、陸機《赴洛道中作》、顏延年《北使洛》等。即便是在崇尚玄言詩的東晉，也出現了如湛方生的《帆入南湖》這樣優美深沉的作品。其中，謝靈運和謝朓應該是這一時期行旅詩史上頗具典範意義的大家，《文選》更是收有謝靈運行旅詩 10 首，堪為行旅詩人之冠。謝靈運的遊歷大都主動率性而為，或是於山間探奇覽勝，或是在水邊體道適性，其景物描寫清新可喜，給人靈動流暢之感。相較而言，謝朓的山水行旅詩則在藝術探求上用思更深，其詩文看似平靜，卻不斷透露出「朝隱」之思。在藝術手法上，他多以移步換景、散點透視的方式描寫景物，以蕭索冷清和清麗明秀兩類對峙式的意象群組結構詩行，使其詩文展現出圓美流轉的藝術魅力。可以說，從「三曹」到「二謝」，中國的行旅文學逐漸步入了一個高峰。

唐代旅行文化大盛，相對穩定的社會環境，雄厚的經濟基礎，政府的大力支持與開放的社會風氣，〔註 16〕都極大地促進了旅遊的發展，使「旅遊」在休閒生活中獲得了相對的獨立性，進而自然影響了詩歌創作。唐代文學延續了前代行旅寫作的熱潮，詩歌中多有以「旅」「行」「遊」作為詩題的篇章，這些涉及行旅的詞語均含有旅行遊覽之意，相互之間的界限並不明顯。盛唐的邊塞詩派以及李白、杜甫、白居易等人的創作，從藝術手法和思想境界上均提升了行旅文學的高度，使行旅詩歌在邊塞、山水、唱和、遊覽等多重向度上並進發展，佳作頻出。「一生好入名山遊」的李白便留有《望廬山瀑布》《將進酒》《黃鶴樓送孟浩然》《蜀道難》《登太白峰》等大量行旅紀遊名篇。抒情者將行旅與景物、感懷融匯結合，在壯美的自然風光中吐露豪邁意盛之情，詩文氣象宏大，精神開闊。再看杜甫的《春望》《羌村三首》《北征》等寫

〔註 15〕《文心雕龍．明詩》，〔梁〕劉勰：《文心雕龍》，郭晉稀注譯，第 49 頁。
〔註 16〕參見王玉成：《唐代旅遊研究》，河北大學博士學位論文，2009 年。

於行旅過程中的詩篇，詩人將行旅活動與社會生活結合起來，表達憂國憂民之情，從而擴大了這類抒寫的表現範圍。尤其是被推為「古今七律第一」的《登高》一篇，專門敘寫了萬里悲秋之情，被認作中國古代行旅詩的佳作典範。嚴羽在《滄浪詩話》中云：「唐人好詩，多是征戍、遷謫、行旅、離別之作，往往能感動激發人意。」〔註 17〕此言足見行旅詩在唐代文學中的位置。如高適的《出塞》《信安王幕府詩》《自薊北歸》《別馮判官》，岑參的《題金城臨河驛樓》《涼州館中與諸判官夜集》《登涼州尹臺寺》《武威春暮》《河西春暮憶秦中》等，都是盛唐時期行旅文學的代表作。這些詩文突破了初唐時期行旅集中在軍旅生活中的狹窄範疇，出現了訪友、送別、羈旅等多重內容。從唐中後期開始，伴隨著國家戰略防禦重心向京西京北地區的轉移，詩人群體中崇尚「遊邊」求名之風，他們希望得到幕府達官的推薦，以實現個人抱負。這一時期的行旅詩歌講求對具體旅行背景和線路的寫實記錄，內容較為充實厚重，以李益、盧綸等邊幕詩人為代表。中晚唐時期還有一類頗具特色的邊塞行旅詩歌，即「敦煌唐人詩集殘卷」中的部分文本。這些詩文的作者尚存爭議，記錄的是一些遊邊入幕詩人的異域行旅，主要集中在與唐相鄰的屬國之間，可以視為早期詩人域外寫作和異國形象抒寫的端倪。

宋代之後文人的行旅活動更為頻繁，關於行旅紀遊的詩歌寫作也趨向自覺，且對世俗人情的開掘更盛。如北宋的名臣蔡襄，他借鑒了來自盛唐詩歌的山水抒寫傳統，追求一種清迥粹美的風格，育有「清綺」之風。再如梅堯臣，他的紀遊詩多為仕途遷徙中所作，如實反映了北宋的交通狀況和百姓民生。而南宋的江湖詩人善用五律形式構建行旅中的清苦意境，追求自然的情感流露。到了元代，有丘處機寫西域見聞的行旅詩作，彰顯出「以詩示眾」的創作觀和「以道觀物」的精神觀，亦是元代道教文人西域書寫的重要文本。同類題材還有耶律楚材在西域河中府（今屬俄羅斯）創作的數十首描繪西域風貌的詩歌，這些文本具有較高的文化價值，開拓了元代異域紀行文學的審美空間。

相較之下，明清兩代的紀遊詩創作延續了前代的美學觀念和精神向度，隨著交通條件的改善和異域之間聯繫的加強，中原與海外的人員往來與文化交流日益活躍，涉及域外行旅的作品出現明顯增長。明代的海外紀遊文學多以日本、朝鮮和東南亞居多。清兵入關後，一部分明朝舊臣逃往日本，在海外寫下一系列詩篇，形成一定的文本規模。如朱之瑜曾到日本東京借兵以圖

〔註 17〕〔宋〕嚴羽：《滄浪詩話》，中華書局 1985 年版，第 40 頁。

反清復明，其事未成，便留在東瀛講學，留有《漫興》《避地日本感賦》等懷念鄉國之作。與前代相比，清朝詩人的行旅寫作出現了兩個新的特點：一是詩人們繼承了先秦以來「觀風知政」的思想，書寫下一批描寫邊疆風光和民生風俗的文本；二是隨著中國與海官方與私人外交往活動的雙向展開，抒寫域外風景與人文風貌的詩歌較之前代數量激增。述異、紀遊、抒懷詩文的大盛，為中國傳統的行旅詩增添了一抹新奇的亮色。涉及清代的行旅詩歌特別是晚清域外行旅詩作，將在本著第一章中專門探討。

綜上所論，古代詩歌與行旅文化的關係貫穿了古代文學發展的始終，且其狀貌是錯綜複雜的，我們無法就此簡單得出古代詩歌具有某種線性的行旅抒寫傳統這樣的結論（儘管它在每個文學時段都有自身存在的面影）。通覽古代詩歌中的行旅抒寫，依然可以感受到的是詩人以其身心投入行旅行為之後，對人文與自然風景採擷、勾勒乃至描繪的一些共性視線交集，主要體現在五個方面：一是從「遊」的精神閒適特質出發，像謝靈運那樣借自然山水來寄寓懷抱，以閒適的輕鬆心態愜意賞景，在尋幽探秘之中發現自我，陶冶性情，表達愉悅忘憂之感；二是在殿宇飛簷間抒發盛世情懷，或是在斷壁殘垣中感喟繁華難恃，體悟人生的蕭索無常，吐露對末世的衰瑟與哀傷之氣，以及由此激發的人生如寄、及時行樂的情緒；三是融合鄉關之思、仕途羈旅之情和人生如旅之歎三種情感向度，感歎行旅的艱苦與人生的艱難，著重抒發旅途中產生的心靈漂泊感；四是在寄情山川景物時流露出歸隱自然山水之情，以此消解人生失意的焦慮和哀傷，凡此田園詩心，又多滲透著老莊思想之精髓；五是通過對寄贈送別的抒寫，表達對親友的懷念。從技法角度言之，詩人多靈活運用造景生情、觸景生情、融情於景三種情景構思方式，不斷調試「物」「我」關係多重存在的維度。不過，「士」的濟世傳統與「懷古」的千年母題使得詩人即使進入 19、20 世紀之交，其所建構的旅行時空依然與「現代性」的感受無緣。正如楊雲史筆下的《柏林怨》（一夜吹笳秋色高，柏林城裏肅弓刀，宮嬪早識君王意，二十年前繡戰袍）和《巴黎怨》（銅街金谷隔雲端，聞到巴黎似廣寒。草裏銅仙鉛淚冷，洛陽宮闕似長安），其所寫之景，既有長門之恨，又含長安之哀，唯獨缺乏異邦光電繽紛之色。傳統詩歌的語言節奏及其意象符號系統已然無法處理紛繁的旅行體驗，詩人的內在文化心理也與現代行旅行為本身出現巨大的斷層，這就意味著要在傳統的詩美空間之外，尋找新的想像素材和語言體式，一種「求新」的要求呼之欲出。

二、現代域外行旅抒寫的多重背景

無論從哪個角度解讀「行旅」的內在含義，人們都會注意到其「空間流動」的本質。行旅代表著人在動態的角度跨越時空阻隔，與異於所居之地的文化進行交流的行為，地理的位移和心理層面的激發，構成行旅的重要表徵。在漫長的古代文化發展進程中，行旅本身多具有一種內在的艱辛意味，「行萬里路」固然可以體驗山水之瑰奇，但路途的險阻和交通的不便，使文人的遊歷充滿了不確定性，因而古代行旅詩多有「自古歎行役，我今始知之」（陶淵明《庚子歲五月中從都還阻風於規林二首其二》）、「靡靡日夜遠，眷眷懷苦辛」（陸雲《答張士然》）這類慨歎。從文化心理的角度言之，「安土重遷」的文化特質使中國人不若西方人那樣樂於冒險，去探秘未知世界，開闢新的領地，而是重視鄉土情結，如非必要，則對地理上的遷徙保持非常審慎的態度。這種中西文化觀念上的差異正如梁漱溟先生所說：「西方文化是以意欲向前為根本精神的，中國文化是以意欲自為調和持中為其根本精神。」〔註 18〕故而西方文化崇尚動態，而中國文化則表現為靜態，加上「父母在，不遠遊」的儒家「近遊」思想影響，在很大程度上阻抑了中國人的遠遊行為。再有，封建王朝的統治階層（包括上層文化階層）往往存有「天朝上國」的自我文化認知，對域外交流訪問和互市通商往往並不積極，甚至在某些時段完全持有否定的態度。如清代的閉關鎖國政策，更是使國人走出國門的機會大為減少。直到清代中後期，隨著近代中國的時局和國家政策的變遷，域外行旅才逐漸興盛起來，進而影響了文學的品貌。

在西學東漸的時代氛圍中，晚清至「五四」前後國人留洋之風日盛，形成一種獨特的文化現象，異邦文化與本土經驗的碰撞與融合，推動了文學觀念的演進，參與了新文學的歷史建構。正如有的學者指出：「在中國傳統詩歌空間受困的詩人開始放眼世界，從異域吸納新的詩意，補充接納入自己的詩意空間，這裡面有三種手段：閱讀譯本，閱讀原文和直接去異域感知。而對人影響最大的無疑是置身異國空間，充滿異國體驗，進而改變自身原有的心理空間和詩意空間。」〔註 19〕如果說白話小說、散文較早地演變自中國文學的既有因素，那麼白話新詩則較多汲取了外國詩的經驗，尤其

〔註 18〕梁漱溟：《東西方文化及其哲學》，商務印書館 1922 年版，第 24 頁。

〔註 19〕王天紅：《中國現代新詩理論與外來影響》，吉林大學博士學位論文，2011 年，第 15 頁。

是詩人在異國的種種旅行、交流、訪問經歷，為他們與域外文學展開對話構建起有效的渠道。從文言詩歌到白話詩歌，行旅元素的參與和影響作用日漸凸顯，這種影響的逐步加深，也得益於當時的政治、文化、外交、旅行等多重背景的改變。沒有這些外部性因素的激發，也就很難產生文學觀念的轉換。如果要對這些重要的背景性元素進行透析，至少可以從以下幾個方面展開：

首先是外交環境導致的政策調整，主要指向出境政策和教育政策。在鴉片戰爭之前，清政府嚴格限制國人出境，並以海禁政策和閉關政策作為保證。隨著《南京條約》的簽訂和通商口岸的開放，中國被動型地展開與世界的交流，大批外國人湧入國門，但中國人的出國人數並沒有顯著提升。從 19 世紀 40 年代到 60 年代，出國人群主要由海外勞工、商人或海外買辦（如寫下《西海紀遊草》的福建人林鍼、蘇州人王韜等）、外國人士帶領前往西方遊歷訪問的少數中國官員以及由傳教士帶到西方留學的青少年這四部分組成，無論是規模還是人數都非常有限。從 19 世紀 70 年代開始，基於「師夷長技以制夷」的考慮，清政府主動向海外派遣外交使官，並令海外遊歷者「沿途留心，將該國一切山川形勢、風土人情，隨時記載，帶回中國，以資印證……」〔註 20〕這些由駐外使節和遊歷官員寫成的各類「紀略」類文字，為晚清文學的域外抒寫貢獻了一批豐碩的成果。

也是從 1870 年代開始，清政府創辦了「京師同文館」等一系列新式學堂，同時向國外派遣留學生，這為中國知識分子主動走向世界提供了契機。1871 年，曾國藩和李鴻章聯名奏請派幼童赴美留學，獲清廷批准。從 1872 年至 1875 年的四年間，清政府先後分四批派遣 10 歲至 16 歲幼童赴美留學，共計達 120 名之多，由此開啟了近代留學運動的第一次高潮。此後的 1876 年到 1897 年，清政府又先後派遣了四批留學生，分別在英、德、法等歐洲強國學習軍事、船舶等學科。1896 年，清政府派出由 13 人組成的留日學生團隊，自此拉開國人留日的序幕。1901 年，清政府實行了新政，其中有一條便是大力加強對留學生的派遣，其中又以日本留學生居多，從而為國人學習西方開闢出一條捷徑。同時，政府開始支持自費留學：「自不必限以年歲，除到館報名留書住址以便查詢保護外，如無不安本分及別有過犯，使館即無

〔註 20〕鍾叔河：《走向世界：近代知識分子考察西方的歷史》，中華書局 1985 年版，第 61 頁。

庸過為刻核。」〔註 21〕1904 年又制定《獎勵遊學畢業生章程》，規定只要在日本國內取得文憑，就可以在通過官方舉辦的錄用考試後獲得舉人、進士等頭銜。清政府的這類政策推動，加上日本政府施行的多項吸引中國留學生的優惠措施，使得國人形成赴日留學的風氣。

同樣是在 20 世紀之初，美國開始以興學的方式向中國退還庚款，從而導致 1909 到 1911 年間，中國興起了留學美國的熱潮。早在 1901 年，清政府與以英、美、日為代表的十一國駐華公使簽訂了《辛丑條約》，規定了清政府需賠償各國的具體款項，這一屈辱的歷史事件被稱為庚子賠款，又稱庚款。出於對美國本國利益的考量，從 1909 年開始，美國退還部分庚款給中國，作為幫助中國開展文化教育事業的基金，並極力推動選派優秀的中國學生赴美留學。同年，清政府設立遊美學務處，籌辦派遣庚子賠款赴美留學生，進而形成第二次的留美高潮，與彼時中國學生的留日熱潮形成分庭抗禮之勢。入選庚款獎學金的第一批學生共有 47 人，包括後來的清華大學校長梅貽琦，第二屆入選 70 人，於 1910 年在北京統一招考，另外還備取 70 人錄入清華學校作為留美預備班，胡適便屬於其中第二批的留美學生。到民國初年，留美學生已頗具規模。1914 年，在男女平等觀念的推動下，清華學校開始招考女留學生，陳衡哲等便在此列。

1915 年以後，隨著新文化運動的深入開展，在「科學」「民主」等口號的激勵下，李石曾、蔡元培、吳玉章等人號召青年「勤以做工，儉以求學」，鼓勵經濟條件相對薄弱的學生赴歐勤工儉學。同樣成立於這一時期的華法教育工會，為這些青年學生提供了一定的物質資助，並幫助他們聯繫學校和工作機構，從而帶動了赴法留學的熱潮，人數曾達到 1600 人之多。〔註 22〕及至 20 世紀 20 年代，留美、留日、留歐學生無論是公費還是自費，其數量都增長迅速。可以說，留學熱潮從晚清貫穿到民初，並持續影響了 20 世紀 30 年代的出境遊學熱。大批出洋的文人也正是借助這一契機，接觸到西方的器物文化和人文精神，從中讀解出適應新文學變遷的有益符碼，並通過個體的行旅與觀看，構建出一種建立在比較意識上的新文化視野，從而成為 20 世紀初中國「文化／文學」變革的重要力量。

〔註 21〕《奏議覆派遣出洋遊學辦法章程摺》（光緒二十八年十一月），《民國叢書》第二編 46《近代中國教育史料》，上海書店 1990 年版，第 170 頁。

〔註 22〕這方面資料可參見李喜所《中國近代社會與文化研究》，人民出版社 2003 年版，第 649 頁。

除了教育政策和留學觀念的轉變外，從晚清到民初的近現代交通業、商業、工業和旅遊業之發展，也為文人出境訪學、遊覽提供了必要的物質保障。早在20世紀之初，英國的通濟隆、美國的運通、日本的國際觀光局等旅行社便已進駐中國各大城市，為國人辦理中外旅行業務。1923年8月，上海商業儲蓄銀行建立旅行部，這標誌著中國現代旅遊業的開始。1927年，旅行部與銀行分離，在原有基礎上正式成立「中國旅行社」，並「與日本國際觀光局、英國通濟隆、(前)蘇聯國營旅行社、美國西雅圖運通公司等建立了合作關係，相互承接國際間的旅行團隊和出洋遊學生以及國家使節、考察團隊、會議代表、政府專使等等」〔註23〕。現代文人的出國訪學遊歷，基本上都是通過這些旅行社辦理簽證文件、兌換外幣以及安排出行及線路。其中涉及出行的具體事項，又牽涉到現代交通業的發展。

清末民初國人凡是出國，特別是越洋行旅，一般都是借助航運手段通過商業郵輪來回。早期的跨國航運市場由西方資本控制，從19世紀60年代開始，外國資本家開始在華設立輪船公司，經營中國內河及海外的航運事業，國人如有出行要求，需要通過這些西方公司在華的辦事處聯絡訂票事宜。如胡適留美時搭乘的「中國」號客輪（S. S. China），所屬美國的「太平洋航運公司」(Pacific Mail Steamship Company)。這一公司從1867年便開闢了從舊金山到上海的航線，旗下有中國號、南京號等多艘郵輪。從胡適的日記中，我們能夠瞭解到這條航線自上海出發，經由日本的長崎、神戶和橫濱，然後取道夏威夷，最後駛達舊金山。它在航行過程中會提供給乘客豐富的餐飲服務，以及撲克、麻將、社交舞等娛樂活動，現代氣息濃鬱。為了與西方公司爭奪利權，國內的有識之士也紛紛投資輪船交通事業，民營航運企業開始嶄露頭角。據統計，到1911年，經營輪船的華資企業已達596家，其中官僚資本企業10家，占全國總數的1.7%，民族資本企業586家，占全國總數的98.3%，其中包括了由國人經營的中國郵船公司的「中國」號、「南京」號等郵輪。〔註24〕1918年8月，徐志摩即選擇「南京」號前往舊金山，自此開啟了世界遊學之旅。到了20世紀20年代，以上海為中心，形成了一個海外郵輪母港，從這裡到日本、英國、德國、法國、美國的航線已達數十條之多。交通條件的改

〔註23〕王淑良：《中國現代旅遊史》，東南大學出版社2005年版，第18頁。

〔註24〕樊百川：《中國輪船航運業的興起》，四川人民出版社1985年版，第617～618頁。

善，解決了國人「行路難」的問題。大批詩人的海外訪學之旅，幾乎都是從上海港起步。跨越大洋的航行，也為詩人提供了休閒想像的空間，一系列「寫在海上」的作品大量湧現，為現代文壇呈現出新的氣象。

三、本論題的研究現狀、研究內容、主要觀點與目標

從文學生成的層面看，域外行旅改變了大多數中國詩人認識、感覺、描述世界的基本模式，促進著他們的現代精神體驗和審美經驗的形成。大多數新詩開拓者都是域外行旅的實踐者，如胡適、郭沫若、宗白華、劉半農、田漢、康白情、王獨清、徐志摩、李金髮等都有著域外行旅的經歷。他們通過文化行旅締建文本世界，抒寫異邦遊走中的見聞，復現域外物態風景和文化風情，吐露行旅者的即時感思，在文化比較中確立並完善了自身的象徵系統和表意空間，其創作實績與行旅文化體驗關聯密切。王光明曾指出在強調詩歌回到「詩的本體」「回到語言」的進程中，研究它所產生的歷史語境和地理場域仍然是有意義的。在當前的早期新詩研究中，評論家多熱衷於分析新詩中的語體特徵，注重其文本內質的美學轉化，或是關注作家在古今之變中的觀念更新，從思想史角度透視其寫作。實際上，回歸詩歌本體並不等於忽視它所發生的文學場域和歷史語境，尤其是域外行旅對新詩生成所起的作用，理應成為早期新詩研究的必要論題。

揭示域外行旅與早期新詩的聯繫，當屬「中國新詩的發生」之研究範疇。近年來，在西方理論浸染和海外漢學研究的雙重刺激下，關於新詩發生學的研究已頗具規模，如許霆、姜濤、熊輝、顏同林、方長安、榮光啟、伍明春、孟澤等學者，都取得了豐碩的研究成果，其主要成果包括，姜濤《新詩集與中國新詩的發生》（北京大學出版社 2005 年版）、榮光啟《現代漢詩的發生：晚清至「五四」》

（首都師範大學 2005 年博士論文）、鄧慶周《外國詩歌譯介與中國新詩發生的影響研究》（首都師範大學 2007 年博士論文）、胡峰《詩界革命：中國現代新詩的發生》（山東師範大學 2010 年博士論文）、李怡《日本體驗與中國現代文學的發生》（北京大學出版社 2010 年版）、許霆《中國新詩發生論稿》（人民出版社 2012 年版）等。而與本課題直接相關的研究多聚焦在作家海外行旅經歷以及留學背景與新文學生成之間的關係層面，代表性成果有：張治的《異域與新學：晚清海外旅行寫作研究》，方長安的《選擇・接

受·轉化——晚清到20世紀30年代初中國文學流變與日本文學關係》、王一川的《中國現代性體驗的發生：清末民初文化轉型與文學》、李怡的《日本體驗與中國現代文學的發生》、王德威和季進主編的《文學行旅與文化想像》、徐美燕的《「日本體驗」與中國現代文學思潮》、鄭春的《留學背景與中國現代文學》。除論著外，不少論文也給人留下了深刻印象，如林崗的《海外經驗與新詩的興起》、李丹的《留學背景與中國新詩的域外生成》。許多高校學生也紛紛以之為學位論文選題，較突出的有蘇明的《域外行旅體驗與中國近現代文學的變革》（南京大學博士學位論文，2009年），李嵐的論文《行旅體驗與文化想像——論中國現代文學發生的遊記視角》（華中師範大學博士學位論文，2007年），陳璐的論文《中國早期新詩中的「留學生海外寫作現象」論》（西南師範大學碩士學位論文，2003年）等，也都體現了相當的學術功力。

上述成果多立足於作家異邦體驗對其創作產生的影響研究，論述範圍包括從宏觀上分析作家在不同地域寫作表現出的相應文化特徵，或是從微觀上分析具體作家的域外創作、翻譯、評論情況，作家留學時期的文化見聞和交往經歷，以及作家歸國後顯露出的所受域外文化之影響。此類研究在一定程度上走進了中國現代文學的本質深處，但聚焦點多積聚於小說、戲劇、遊記等文體，只有林崗、許霆、李丹等學者從域外經驗與詩歌觀念轉型的角度進行的論述，視海外經驗為新詩發生最直接的主導因素，這些成果開拓了新詩發生學研究的空間，為本課題研究提供了借鑒。不過，針對一些具體的問題的討論尚未充分展開，還有繼續深入的必要，主要表現在：

首先，從域外行旅角度介入新詩發生學研究的論文多集中於對詩人個體的討論，尚未形成整合性的線性串聯與規律總結。不少研究側重於黃遵憲和早期創造社留日詩人、新月詩派旅英詩人、象徵詩派旅法詩人等個體或是局部的行旅行為與觀念構成，不足以從宏觀角度展現出新詩發生與行旅經驗的關係全貌。其次，就個體研究而言，詩人的行旅行為往往被視為一種寫作背景，較少有人對這一「行為」本身進行定性研究，也缺乏對詩人行旅行為、出遊背景、旅行心態與其創作之間對應關係的細緻梳理和深層分析。第三，一些研究盲點需要發掘，如對新詩人的「行旅線路」與域外觀念接受、早期新詩中的「行旅」抒寫和異國形象、新詩人對英國「風景美學」的平行借鑒等現象和問題的研究尚顯薄弱，尤其是將中國新詩發生與域外行旅文化影響因素的關聯上升到詩學高度的研究，更有待深入。

檢視以往研究成果，本著力求在三個方面實現創新，第一、揭示域外行旅與中國新詩發生之間的內在聯繫和演變規律，指出自晚清以來海外行旅經驗對詩人生活的介入最終促成白話詩的登場，並影響了後者的精神實質與方法生成，在結論上有所創新。第二、嘗試從詩人的域外行旅經驗入手，為新詩的興起提出另一個解釋。此外，揚棄了早期新詩重表現「物質文明」而輕「山水風景」的觀念，認為旅歐詩人的風景抒寫源於英國旅行文學中的風景美學之「激發」，在觀點上有所創新。第三、影響研究與平行研究並重，詩學研究與比較研究、文化研究等多重方法互匯貫通，從而與研究對象構成同位對應，在方法上有所創新。

從研究意義角度言之，從晚清「詩界革命」到「五四」早期新詩，詩人的域外行旅始終是新詩這一文體生成的重要推力。行旅經驗不僅為新詩發生孕育了可能性，提供了生存場景，而且參與了新詩主體形象、精神情調、詩思方式和意象技巧的建構，對其進行歷時性的梳理與研究，可以為研究早期新詩生成拓展出一條新的脈絡線索，推進學界對於新詩現代情感世界和詩學生成邏輯的認識。此外，這項研究能夠進一步廓清域外行旅與中國新詩生成諸多要素之間的互動聯繫，有利於形成一種較為宏大的域外文學史觀，還原新文學初期中外文學、文化關聯的歷史形態，豐富中國新詩的研究內涵和視點，因此具有系統、深入研究的必要。本著正是聚焦晚清文學革命發生期到「五四」時期詩人的域外行旅與新詩生成、建構之間的對應聯繫，重點考察涉及「域外行旅」寫作的總體特徵、個體形態、發生機制及運行規律。其中，「域外行旅」既包含詩人以愉悅身心為目的展開的觀光旅行，同時也涵載了詩人在海外的出使訪問、遊學考察、探親訪友等帶有地理遷徙、時空位移特徵的行為。

本著作進行研究的基本思路為：對晚清至新詩初期的詩歌刊物、詩集、域外遊記，以及和課題有關的重要詩人全集或選集加以收集、整理，掌握研究對象的基本狀況；對與課題有關的中外現代文學理論、現代詩歌及其關係研究資料進行梳理和分析，描繪出研究對象的發展軌跡和基本特徵；對課題涉及的主要潮流、群落、詩人和重要文本進行分析和闡釋，從創作層面把握研究對象的個性；對課題中的若干關聯點逐個研討，揭示關聯點間的運動規律、總結其成敗得失。在研究方法上，選擇多重學理互匯的開放視角，將詩學研究與比較研究、傳播學研究、文化研究、旅行理論研究、社會心理學與文化地理學等方法互匯結合；將研究對象視為相對完整的系統，儘量將其「歷史化」，兼及域外行旅與中國新詩發生各要素之間的時空序列與歷史脈絡，展現其運行軌跡，把握其內在規律；注重發掘域外行旅與中國新詩發生關聯中的若干「點」的特質，釐定它們各自的關聯方式、樣態和發生動因，側重闡發不同關聯「點」的創新處和異質點。

以詩人域外行旅與中國新詩發生之間的諸多關聯性因素為框架，我們將選取具有代表性的現象「點」作為研究對象，包括行旅經驗在文白詩語體式轉換中所起的作用，詩人「行旅」行為的具體表現，行旅體驗對寫作者心物感應方式變革產生的內驅力，「行旅」抒寫的美學內涵與意義等。通過辨析每個聯繫點的不同特徵，揭示各對應點之間組構、融合的內在邏輯，認為域外行旅從文化行為層面觸發早期新詩人參與中外「文學／文化」的交流，便於其在異邦「他者」的文化視閾中反思本土經驗，確立契合時代文化語境的「主體性」美學理念和價值觀念。同時，域外行旅文化在觀物方式、情感向度、意象體系等方面參與了新詩的歷史建構，並為新詩的精神實質與方法生成帶來持續性的影響。在具體的論說掘進中，本著擬從以下幾個方面深入探討與域外行旅詩學相關的諸類問題：

（1）「詩界革命」中的新派紀遊詩。域外行旅體驗帶來的世界觀念、時空意識、觀物角度之變化，觸發晚清詩人揚棄傳統紀遊文學那種追求閒適、風雅的情調，他們多以「上天」「入海」等主題復現域外行旅經驗，同時嘗試詩歌內質形式方面的變革。如黃遵憲等詩人採用雜事詩、竹枝詞等體式實驗「新語句」，力求客觀描述異國風光、人情、禮俗、節慶之「新意境」，使詩歌承載更多的「社會相」，在思想上契合「經世致用」的社會思想主流。異彩紛呈的域外體驗與詩歌這一傳統的文學形式結合，拉開了晚清詩歌以通俗化表達新思想的序幕。

（2）行旅經驗對白話詩觀念的催生。在表現域外行旅題材時，舊體詩在音律結構體制、整體性審美經驗、固形化象徵傳統等方面限制了遣意傳情的暢達表現，也難以兼容詩人為了表現新經驗而生成的跨體式語言，從而導致詩質、詩語和詩體之間產生裂隙。「言文失合」的矛盾促使一部分詩人繼續在舊詩體格局內部求索，還有一部分詩人、尤以留歐美者質疑文言體式的表現能力，認為其難以承載行旅交往中產生的新文化元素與動態情感，由此萌發語體徹底變革之意識，通過對白話詩的不斷「嘗試」為其建立理論合法性，最終催生出新的體式。

（3）新詩人的「行旅線路」與域外觀念接受。中國新詩人的域外行旅多發生於留學過程中，以英美、法德、蘇聯、日本為中心，在遊學中與地緣文學觀念相遇合，表現出相應的地域文學思潮特徵。如留英美的詩人意在探求詩體形式，留法德的詩人偏重追尋新詩的美學本質，留蘇的詩人強調詩歌的社會功能與宣傳效應，留日的詩人則遊動於詩歌實用和審美的雙重個性之間。很多詩人如徐志摩、劉半農、王獨清的海外旅行未拘泥在一個國家或地域，因此可以在不同文化「對應點」的穿梭交流中獲取更為多元的信息，形成開放性的美學觀念。

（4）行旅體驗與現代詩歌精神主體的形成。在異域行旅中，空間轉換和構建的過程，也是詩人現代主體性自我塑造的過程。由行旅帶來的慣習之改變和精神之轉化，為詩人提供了大量異於本土的感覺經驗，激活了他們的文化感受力，並影響其感覺結構和詩情表達方式產生位移。如乘坐新興交通工具的「速度」體驗、跨越大洲的「世界」體驗、對現代科技的「驚羨」體驗、對城市文明的「異化」體驗、回望中國的「懷鄉」體驗等，均參與了新詩人的情感空間建構，其表現出的知性、感性因素之消長，促進了現代詩歌精神主體的形成與完善。

（5）早期新詩中的「行旅」抒寫和異國形象。抒寫域外是中國知識分子汲取異域營養、表達現代觀念的重要方式，他們有意識地將「行旅」行為以及與之相關的域外風物作為詩歌的語象資源，為行旅做出意象化的詩意呈現，並通過古典詩學傳統、故國鄉土記憶、異國文化視角和民族國家觀念這四種濾鏡，更新了觀景的「裝置」。詩人在抒寫異邦自然景觀和都市景觀兩大主題的同時，還將自身的啟蒙與家國之思納入意象塑造中，由「異邦」回望「本土」，使意象空間與現實經驗之間同步與偏離並存。

（6）文本行旅者的觀察視角。對習慣在穩定、凝固的靜態自然文化模式中尋求詩意的詩人來說，從域外行旅過程中體驗到的時空感受改變了他們的觀物方式。寫作者有意從域外詩學借鑒觀物視角，如攝相機式的「客觀」還原視角、蒙太奇式的拼接視角、波德萊爾式的「閒逛者」視角、異域消費空間內部的「靜觀」視角等。他們還時常以「旅行者」的視角選擇、組織視覺信息和想像素材，既從多視點擬現真實立體的風景，又注重由「旅行」所指涉的漫遊、漂泊等心理體驗出發，將其沉澱為一類穩定的象徵模式，從而擴大了早期新詩中寫景一脈的表現範疇，對後繼者產生了深刻的影響。

（7）新詩人對「風景美學」的平行借鑒。異域行旅抒寫為詩人設置出一個課題，即如何表現他們看到的「風景」，並將既往文化記憶與新銳視覺經驗鎔鑄於詩。域外風景充當了新詩人重要的寫作資源，特別是旅英詩人普遍接受了雪萊、濟慈式的「英式趣味」和「如畫」美學，追隨先賢詩人的旅行線路，刻畫旅途中的自然形象，企慕和諧與崇高之美。同時，他們無法完全割捨與傳統抒情方式和審美模式的內在聯繫，在踐行英式風景美學的同時，他們將古典詩歌的風景美學移至現代詩境，使其經驗貫通中西，並有所側重地形成自己的審美態度。

（8）行旅抒寫與早期新詩的形式建構。早期新詩人對行旅行為和風物的再現、對行旅者情感世界的呈現，正是以其生存態度和審美經驗在「語詞世界」間建立隱喻的過程。作為詩學行為的「行旅」在多重層面上與新詩內質的美感構成方式形成合鳴，如跨體式的語言、蒙太奇式和速寫式的意象結構、個體化的象徵模式等方面，進而參與到詩歌意象選擇、語言節奏、分行排列等蘊涵詩美特徵的運作流程。由此，與新詩行旅抒寫相關的文本不僅具備了專屬性的意象群落和詩學主題，而且也擁有與這些主題恰如其分的現代詩形和美感傳達方式。

（9）域外文化行旅對新詩發展的持續性影響。作為文化行為的「域外行旅」對新詩的影響主要體現在詩人現代感受力生成、詩學精神主體形成、美學體系構成等層面，並在孫大雨、艾青、戴望舒、馮至、辛笛等人筆下持續發酵，形成綿延不斷的詩學脈絡。詩人在文化行旅中收穫的與異邦文化的交流方式、由其觸發的心理模式和摹擬風景的藝術形式，已成為新詩可資借鑒的重要資源與傳統。當然，中國詩人在接受、消化、呈現異邦經驗時也往往具有主體意識不夠自覺、功利性審美時而隱現等問題，對其意義與影響還需理性認知和客觀估衡。

在研究重心上，本論題側重全面掃描檢視從晚清至「五四」時期的文化現場，展現中國新詩發生和詩人域外行旅關聯的軌跡，把握各關聯「點」間組合、遞進的矛盾運動及規律，展現其承續與變異、錯雜又互補的結構形態。探討中國新詩從詩人的域外行旅行為和文化發現中擇取了何種要素，如何擇取與變異，它們在新詩發展中如何化為自身血肉，起了什麼作用，總結中國新詩發生過程與域外行旅要素相互影響而產生的經驗教訓。通過對中國新詩生成與域外行旅文化諸多「關聯」點的描述揭示和系統闡發，探討新詩在生成與建構過程中與異域進行跨文化交流的意義價值，突破既有成果的侷限性，使人們一方面從參與新詩生成的高度重新審視早期新詩人的文化行旅，一方面為當下詩歌更好地融匯本土與外來資源、再度出發尋找強有力的歷史和理論支撐。

第一章 「詩界革命」背景下的晚清域外紀遊詩

晚清以降的文學生態與行旅要素的參與關涉緊密，基於對「夷禍之烈」的反思，清政府開始向海外大量派遣使官〔註1〕，異域出訪之風日盛。留洋者對行旅過程和域外風情的記載與描述，構成晚清文學一個重要的寫作向度，也為現代域外紀遊文學的萌發提供了必備的思想和文化資源。彼時凡涉及域外行旅體驗的文學，基本由兩部分構成：一為王韜、錢單士釐、李圭等，包括康有為、梁啟超二人在內的私人出訪文學，多為遊記、日記、信札；二為文本規模更為龐大的「使官文學」，主體是「使官日記」〔註2〕，由出使人員依規定期匯總域外的政治、經濟、民俗世情，也涵載了當地生態、地理、天氣等科學信息。基於「官文」性質和「遊以致用」的功利性觀念，其文字機械實錄居多，雖有「著作如林」之盛，卻鮮有文學光彩。在旅行日記之外，為了排遣異國行旅過程中的懷鄉憂思、家國情懷，及時表達遭遇新奇景觀之後的驚羨體驗，諸多有著出訪經歷的官員（或其隨使人員）借海外紀遊詩記錄沿途風景和內心感懷，並希冀藉此傳遞新知、啟蒙民眾，發揮文學的經世功能，在思

〔註1〕自同治五年（1866年）起，清廷首度遣派代表團赴歐考察，同治七年（1868年）首次派出外交使團，隨著「外務日繁」，帶有官方背景的海外出訪漸成慣習。

〔註2〕按照光緒三年（1877年）總理衙門在「出使各國大臣應隨時諮送日記等件片」奏摺所述：「是出使一事，凡有關係關涉事件及各國風土人情，該使臣當詳細記載，隨時諮報……務將大小事件、逐日詳細登記。」見席裕福、沈師徐輯：《皇朝政典類纂》（四十七）（外交二），文海出版社1982年版，第11214頁。

想上契合了「師夷長技以自強」的改良觀念，從而彰顯出與域外文明互動的新氣象。

第一節　晚清域外紀遊詩的寫作情況與內在矛盾

同治以前，清人鮮有涉及異域行旅的紀遊詩作，文人的出行範圍也多為鄰邦。相較之下，晚清旅人的行旅場域則寬廣許多，隨著政府對海外政策的轉變和出行條件的日益改善，清人出行之風日盛。異邦的人文風物、科技文明、政治體制等新銳信息拓展了詩人的眼界，觸發他們在詩歌創作中引入「新意境」這一現代元素。傳統詩歌與海外新鮮文化要素的匯合，使紀遊詩文煥發出異樣的光彩。此間意義正如康有為的詩句所云：「中原大雅銷亡盡，流入天南得正聲」〔註 3〕，也如有的學者所說：「只是在中國本土文學土壤和經驗中尋找題材和靈感，境界與氣魄終有局促狹小之感，真正為古典詩歌帶來一縷清新空氣的是那些遠涉重洋的詩人們。」〔註 4〕其中，林鍼、斌椿、傅雲龍、王韜堪為旅外詩人的典型，他們的創作也代表了晚清域外紀遊詩寫作的基本風貌。這類代表性作品有林鍼的《西海紀遊草》、斌椿的《海國勝遊草》《天外歸帆草》，傅雲龍的《不介集詩稿》、王國輔的《遊美雜吟》等。

林鍼，字景周，號留軒，在美時自署天蕩子，福建閩縣人，隨父輩遷居廈門。道光二十七年（1847 年）春，他「受外國花旗聘，舌耕海外」〔註 5〕，前往美國教習中文，成為近代旅美進行商貿口譯的第一人。此前，他以在洋商那裡擔任翻譯和教授中文為生，且與西洋商人交往甚密，頗習通商事務，因此受到青睞。在美國的一年半時間裏，林鍼除了工作之外，還遊歷了美國各大城市，親眼見識了這一新興資本主義國家的繁盛，由此萌生將所見所聞記錄於詩的念頭，最終在道光二十九年（1849 年）四月寫成《西海紀遊草》一書。書成之後，稿本在廈門、福州等地流傳，曾為洋務派閩浙總督左宗棠等人注目存閱，大約在同治六年（1867 年）付梓刊刻。刻本正文由《西海紀

〔註 3〕康有為：《題菽園孝廉選詩圖》，上海市文管會編《萬木草堂詩集：康有為遺稿》，上海人民出版社 1995 年版，第 118 頁。

〔註 4〕楊波：《域外行旅與晚清文學變革》，《河南大學學報》（社會科學版）2011 年第 2 期。

〔註 5〕周見三：《西海紀遊跋》，己酉（1849 年）十月作。鍾叔河主編：《走向世界叢書：西海紀遊草、乘槎筆記、詩二種、初使泰西記、航海述奇、歐美環遊記》，嶽麓書社 1985 年版，第 57 頁。

遊自序》和五言長詩《西海紀遊詩》組成，附錄包含《救回被誘潮人記》等二篇。作為中國第一部抒寫美國風貌的紀遊詩作，《西海紀遊草》記錄了美國的選舉制度、司法制度、現代報業、電報電話、蒸汽技術、供水系統、博物館事業等諸多社會生活內容和現代科學技藝。諸如「宮闕嵯峨現，梔檣錯雜隨。／激波掀火舶，載貨運牲騎。／巧驛傳千里，公私刻共知。／泉橋承遠溜，利用濟居夷」這類詩句，最早完成了對紐約（文中為紐約克）城市景觀的述奇抒寫，其開創之功如鍾叔河的論述：「指數 1840 年以來『走向世界』的報導，只能從林鍼的《西海紀遊草》算起。」〔註 6〕

同治五年（1866 年）春，恭親王奕訢等上《奏派同文館學生三名隨赫德前往英國遊覽摺》，折衷提到清政府原計劃遣派幾名同文館學生，令他們隨時任大清海關總稅務司的英國人赫德（Robert Hart）同赴歐洲遊歷，以「增廣見聞，有裨學業」，後考慮到「學生等皆在弱冠之年，必須有老成可靠之人率同前去」，於是擇選年已 63 歲的斌椿帶領其子廣英及同文館學生德明（張德彝）等三人與赫德同往。〔註 7〕這是近代中國派往西方的第一個考察團，使團一共訪問了法、英、德等歐洲九國。作為文化使官，斌椿奉命將行程中遇到的風土人情、水陸里程、山川形勢等信息隨時記載，寫下日記《乘槎筆記》一卷，並輔以《海國勝遊草》和《天外歸帆草》詩稿二種作為見聞之補充。緣於政府使官記錄歐陸風情的政治使命，凡是遊歷、訪問過程中的新異之物，斌椿都作了詳盡的記錄，對於前人較少涉及的歐洲中小國家如荷蘭、瑞典等，斌椿等人的詩作也多有涉及。客觀地說，這些詩歌的水平較為有限，不過正如丁韙良所言：「即使他（指斌椿，作者注）的詩算不上一流，但可以保險地說，中國詩人從未有過如此表達吃驚情緒的機會。」〔註 8〕如《乘槎筆記》所載，1866 年 6 月，斌椿一行曾赴荷蘭訪問，他對「填海造田」進行了記述，並賦七律一首：

> 荷蘭自古擅名都，滄海桑田今昔殊。
>
> 處處紅橋通畫舫，灣灣碧水界長衢。

〔註 6〕鍾叔河：《從東方到西方——〈走向世界叢書〉敘論集》，上海人民出版社 1989 年版，第 5 頁。

〔註 7〕《總理各國事務恭親王等奏》（同治五年正月），《籌辦夷務始末・同治朝》卷 39，沈雲龍主編：《近代中國史料叢刊》（611），臺北文海出版社 1971 年版，第 3670～3671 頁。

〔註 8〕〔美〕丁韙良：《花甲記憶：一位美國傳教士眼中的晚清帝國》，沈弘、惲文捷、郝田虎譯，廣西師範大學出版社 2006 年版，第 254 頁。

晶簾十里開明鏡，璧月千潭照夜珠。

創造火輪興水利，黍苗綠遍亞零湖。〔註9〕

這是國人對荷蘭「填海」工程的首次記載，「紅橋」「碧水」等景象，準確還原了運河王國荷蘭的地理風貌。詩人特意描述的「火輪」即蒸汽輪船，從中可以感受到彼時國人對西方科學的豔羨與驚奇。與斌椿同行的同文館譯員張德彝也寫下大量紀遊類作品，對於技術文明的景觀抒寫，他皆用「述奇」「再述奇」這類詩題，足見科技文化對時人造成的心理衝擊。這種對技藝的「震驚」感受與「述奇」抒寫，奠定了晚清海外紀遊詩的寫作向度，影響著後世中國人對異國的想像和再現。

1887 年，清政府通過考試選拔派遣 12 名遊歷使，分別前往亞洲、歐洲、南北美洲的二十多個國家，令他們進行為期兩年的考察，其涉及國家之多和路程之遠，均屬史無前例。這些遊歷使官們撰寫了數十種海外遊記和考察報告，尤其以傅龍雲的業績最為突出。北京大學歷史系的學者王曉秋曾標點解說傅雲龍的《遊歷日本圖經餘記》，他認為「1887 年清政府派遣海外遊歷使可以稱得上是 19 世紀 80 年代中國人走向世界的一次盛舉」〔註10〕，其中僅傅雲龍〔註11〕一人就撰寫了遊歷日本、美國、加拿大、古巴、秘魯、巴西等六國的調查報告《遊歷圖經》、遊記（《遊歷圖經餘記》）和記遊詩，共計 110 卷之巨。他的遊歷自 1887 年 9 月 2 日從北京啟程，至 1889 年 11 月 20 日回到北京銷差，總共 26 個月，往返共經 11 國。其紀遊詩篇集為《不介集詩稿》共 9 卷，包括《遊古巴詩董》1 卷，《遊秘魯詩鑒》1 卷，《遊巴西詩志》1 卷，《遊日本詩變》4 卷，《遊美利加詩權》1 卷，《遊加納大詩隅》1 卷。這些紀遊詩歌或含蓄蘊藉，或靈動可感，所涉國家之新、意境之奇，均在詩文中充分展現。

以上所述三人，分屬以商業身份留洋、公務考察、選拔公派三種出國類型，他們均較早涉獵紀遊詩寫作，留下了相當規模的文本。此外，如王韜、曾

〔註9〕本詩題目為《十六日赴安特坦（自注：荷蘭北都），見用火輪泄亞零海水，法極精巧（自注：舊為海水淹沒，用此法已涸出良田三十餘萬畝）》，收入斌椿：《乘槎筆記．詩二種》，嶽麓書社 1985 年版，第 170 頁。

〔註10〕王曉秋：《晚清中國人走向世界的一次盛舉——1887 年海外遊歷使初探》，《北京大學學報》（哲學社會科學版）2001 年第 3 期。

〔註11〕傅雲龍（1840～1901），字懋元，號醒夫，浙江德清縣鍾管鎮人。他是近代中國首次通過公開選拔公派出國遊歷的官員代表。

紀澤、郭嵩燾等人，亦有海外紀遊詩作流傳。這些詩作拓展了古體紀遊詩的想像情境和表意空間，以詩文的形式向國人介紹了異國風情和遊子心懷，因此兼具旅行史、心靈史、風俗史、交通史等多重價值。不過，很多寫作者即使身居海外環境，也對風景進行了細緻的描寫，卻終究受寫作慣習的影響，把域外詩文納入了中國式的山水宴遊、羈旅行役等傳統的抒情脈絡。如王韜的《獨登杜拉山絕頂》有云：

濟勝慚無腰腳健，
探幽陡覺心胸開。
泉聲若共石門激，
嵐影時與雲徘徊。
眼前已覺九霄近，
足底忽送千峰來。
天悅羈人出奇境，
家鄉不見空生哀。〔註 12〕

本詩作於 1867 至 1870 年作者旅歐期間，杜拉山是英國山名，儘管王韜自詡「遊遍歐洲路八千」，但能入其詩筆的風景，仍然還是類近故國山水的自然景觀。詩歌首句所言「濟勝」一詞，來自《世說新語．棲逸》：「許掾好遊山水，而體便登陟。時人云：許非徒有盛情，實有濟勝之具。」〔註 13〕詩人化用典故，慚愧自己腰腳不健，沒有濟勝之具，喟歎之間透露出一個信息，即面對外國的自然山水時，詩人並沒有以「異國風景」視之，也沒有著力挖掘風景透露出的「異國感」。如王韜這般採景遣情之法，實則對應著寫作者文化記憶深處的、對中華風景形成的觀察範式，因此他們的域外詩文並沒有和傳統的山水詩拉開足夠的審美距離。即便一些詩人有意去營造「述奇」的效果，大都也和「現代性」的感受無緣，既難以準確地解釋物象，又無法盡然表達異國之「異」和現代體驗之「新」。甚至走向極端，或用陳詞舊典詮解新事物，刻板僵化；或是生搬硬入新名詞，突兀難解。特別是當他們面臨現代都市題材時，這種「力不從心」的感受便更為突出了。

〔註 12〕北京大學中文系文學專門化一九五五級《近代詩選》小組選注：《近代詩選》，人民文學出版社 1963 年版，第 196 頁。

〔註 13〕〔南朝宋〕劉義慶：《世說新語》，朱墨妍整理，萬卷出版公司 2009 年版，第 280 頁。

受限於古典文學的傳統母題和敘寫策略，域外紀遊詩的表情空間較為有限。如林鍼的《西海紀遊自序》觸目皆是「夢裏還家，歡然故里；醒仍作客，觸目紅毛」以及「客樓危坐，樹頭空盼盡寒鴉；溝水長流，葉上只一通錦字」這類詩句。既不見異國都市的光電繽紛之色，也缺乏對現代人震驚體驗的吸收與轉化。再如《西海紀遊詩》通篇五言古體，詩人將輪船描述為「激波掀火舶，載貨運牲騎」，電報則是「巧驛傳千里，公私刻共知」。如無後文的解釋，那麼「火舶」「巧驛」則顯得語焉不詳，讓人無從讀解。更有甚者將西文詞語直接音譯為漢字入詩，以便展示異域風物的「原貌」，然而就其接受效果而言，此般操作除了傳遞出某種陌生化的新鮮感之外，並不能達到準確傳播新知的功用。如潘乃光的《海外竹枝詞》中寫道：「阿得薄郎譯茂林，交柯接葉何陰陰。藏春最好兼銷夏，不是指引不便尋。」所謂「阿得薄郎」，源自法語 Bois de Boulogne，即「巴黎布洛涅森林公園」的音譯。再如張祖翼《倫敦竹枝詞》有云：「相約今宵踏月行，抬頭克落克分明。一杯濁酒黃昏後，哈甫怕司到乃恩。」若無作者附加的注文，言及「克落克」乃是「鐘錶（Clock）」「哈甫」謂「半（Half）」，「怕司」指「已過（Pass）」，「乃恩」意為「九（Nine）」，那麼後人斷然難以覓得詩歌的原意。就算熟稔英文者可以從詩句本身破解字符之意，可是對大部分讀者來說，這些詩句固然新意迭出，卻不易使人透過字句，直接抵達對海外世界的瞭解和認知，反而可能使其感到無所適從，於是只能把希望寄託於文後的詳贍注語。這樣一來，詩歌本體的表意效果反而被弱化了。

從寫作方式上看，大多數域外詩人依然採取了傳統的意象符號，並遵循著固型化的詩學傳統講述異國風物。如斌椿出訪瑞典時，寫有一首獻給「瑞國太坤」（奧斯卡一世之妻、卡爾十五世之母約瑟芬）的詩。「太坤」是斌椿和張德彝為約瑟芬起的雅號，《乘槎筆記》云：「西國國主之母稱太坤」〔註 14〕；又《航海述奇》云：「『太坤』者，華言王母也。」〔註 15〕其所對應的是英文中的「Queen Mother」一詞，詩歌寫道：

西池王母住瀛洲，十二珠宮詔許遊。

怪底紅塵飛不到，碧波清嶂護瓊樓。

此詩題名為《六月初一日見瑞典國太妃（輪船行三刻距城約四十里）》，

〔註 14〕斌椿：《乘槎筆記．詩二種》，嶽麓書社 1985 年版，第 128 頁。

〔註 15〕張德彝：《航海述奇》，見鍾叔河主編：《走向世界叢書：西海紀遊草、乘槎筆記、詩二種、初使泰西記、航海述奇、歐美環遊記》，第 574 頁。

後收入《海國勝遊草》。詩人移用「西王母」的傳說，以西池（即瑤池）、瀛洲比擬瑞典王太后居住的 Drottningholm Castle〔註 16〕，狀寫它被海水環繞之貌，其中交織著古典與現代、實地觀察與文學想像之間的錯位。如斌椿、林鍼這般對異域的想像方式，正如楊湯琛總結的，他們「以中國傳統文化的運思來容納異域的相異性，雖然書寫者置身於異域景觀之間，但疊加了傳統意象的異國事物卻足以讓主體剎那遠離了西方的現實空間，借助固有的中土元素重新構築審美空間，恢復其傳統的審美情調」，這類「必須放入中國傳統語境下方能領略其詩妙處的運思方式」與「遊子思鄉的苦旅慨歎相呼應，共同構築了一個完整的以傳統意緒作為抒發機制的抒情系統」，而西方「似乎只是一個被置放傳統情緒的另度空間」〔註 17〕。亦即說，任何來自實地觀察的新銳視覺經驗，最終都要歸入一個既有的、現存的寫景模式中，西方景物必須經由傳統語境這一觀看「中介」，然後才能得到呈現。

客觀而言，晚清海外紀遊詩的寫作者基本都能意識到應該以現有的詩歌體式，儘量去承載更廣泛的內容信息，力求真實地呈現給中國讀者一個陌生而新奇的「異國」世界。但在實際操作的層面上，他們為詩語表達作出的局部調整，依然沒有觸及文言詩歌的核心要素。域外行旅體驗帶來的世界觀念、時空意識、觀物角度等變化，使詩人抒寫現實的情感需要與傳統言說方式之間的牴牾、即「言文分離」的矛盾愈發突出。一些詩人由此萌發出變更語體的思路，主動探求詩歌形式與內容的創新途徑，意在使文言寫作與彼時不斷化生的新觀念合拍，詩歌界的革命大幕由此徐徐拉開。

第二節　海外竹枝詞的興盛

得源於海外紀遊詩寫作的激發，詩人們自覺產生詩歌體式革新的要求並付諸實踐。具體而觀，大多數寫作者揚棄了傳統紀遊文學那種追求閒適、風雅的情調，多以「上天」「入海」等主題復現域外行旅經驗〔註 18〕，一改過往

〔註 16〕Drottningholm Castle 即卓寧霍姆皇宮，又名皇后島宮，是約瑟芬王太后居住的宮殿，位於斯德哥爾摩近郊。

〔註 17〕楊湯琛：《文化錯位下的書寫——晚清首部域外遊記〈西海紀遊草〉分析》，《華文文學》2016 年第 3 期。

〔註 18〕張治指出，清末愛國詩人的海外紀遊詩作常有「上天」「入海」之題，分別代表了傳統士大夫那種「救世」與「遁世」矛盾統一的情懷。見張治：《異域與新學——晚清海外旅行寫作研究》，北京大學出版社 2014 年版，第 225 頁。

文學中望洋興歎、對天憂歌的「情境——心境」模式，同時打破傳統文體在表意內容上的封閉性，增強詩歌對新學新知的傳播力度，正所謂康有為言及的「新世瑰奇異境生，更搜歐亞造新聲」〔註 19〕。在日記、遊記之外，諸多詩人嘗試詩歌內質形式上的變革，試圖在雅言文學的體系之外別求新聲，採用雜事詩、竹枝詞等體式模仿民歌、采風問俗，以之涵容更多的新造語詞，力求客觀描述異國風光、人情、禮俗、節慶之「新意境」，使詩歌承載更多的「社會相」，展現真實的異國形象。其中，一個值得引起重視的現象是「海外竹枝詞」寫作的興盛。這些清新淺近、繽紛多彩的「竹枝詞」文本構成了晚清海外紀遊詩的主體，並在記述風土、抒發情志之外，平添了更多新鮮的元素，形成了獨特的文化現象。

從尹德翔編纂的《晚清海外竹枝詞一覽表》〔註 20〕中，我們能夠窺見彼時有過出國經歷的文人，大抵都採用過竹枝詞的形式言詠行旅經歷。比較有代表性的作品是何如璋的《使東述略》、王之春的《東京竹枝詞》和《俄京竹枝詞》、黃遵憲的《日本雜事詩》、潘飛聲的《柏林竹枝詞》、張祖翼的《倫敦竹枝詞》、許南英的《新加坡竹枝詞》、潘乃光的《海外竹枝詞》、丘逢甲的《西貢雜詩》和《檳榔嶼雜詩》、單士釐的《日本竹枝詞》等。此外，如斌椿的《海國勝遊草》也被尹德翔納入海外竹枝詞的範疇，其根據在於「《海國勝遊草》中古、律、歌行各體皆具，集中詠『洋涇浜』諸詩、《越南國雜詠》諸詩、《至印度錫蘭島》諸詩、詠『西洋女』諸詩等，雖無『竹枝詞』之題，實真正的竹枝詞之作也。」〔註 21〕

自清初期開始，海外竹枝詞作品便已出現，以尤侗作於康熙二十年（1681年）的《外國竹枝詞》為首創，描繪了日本、朝鮮、琉球、安南以及爪哇、蘇門答臘、歐羅巴等幾十國的奇風異俗。〔註 22〕「竹枝詞」流傳自古樂府的曲名，起源於唐代巴渝之地，亦稱為「雜詩」「雜詠」「雜事詩」等。它富有鮮明的民間歌謠格調，流行於市井街坊之中，逐漸被文人學士所採用。其內容和

〔註 19〕康有為：《與菽園論詩，兼寄任公、孺博、曼宣》，鄭力民編：《康有為集》，廣東人民出版社 2018 年版，第 322 頁。

〔註 20〕尹德翔：《晚清海外竹枝詞考論》，中國社會科學出版社 2016 年版，第 290 頁。

〔註 21〕尹德翔：《〈海國勝遊草〉考辨三則——兼議對斌椿海外紀遊詩的評價》，《寧波大學學報》（人文科學版）2013 年第 5 期。

〔註 22〕尤侗所作《外國竹枝詞》是其參與編寫《明史》的產物，其人並未去過國外，詩作對所述地點和史實的記載疏漏頗多，且有不少虛構的成分，因而為後人所詬病。

風格講求「質輕形雜」,「質輕」指它的內容取材多來自於日常生活,「形雜」是說它的形式,這類詩體普遍為七言四句,頗似七言絕句,但不求平仄,韻律靈活,用語自由,沒有一般近體詩在語彙方面的精確限制,它的寫作風格如清人王士禛的歸納:「竹枝詠風土,瑣細詼諧皆可入。大抵以風趣為主,與絕句迥別。」〔註23〕很多海外出行文人正是借用竹枝詞的形式,以之記錄民情風俗、歷史政治、文化宗教、城市建設、政事要聞,抒發個人感受。他們對新穎事物精心刻畫,雜以感知,並輔以注文進行解釋,使人如同身臨其境,得到智識的啟發。這些文本還具有較高的方志學、民俗學和歷史學價值,其主要內容大致包含以下幾個方面:

一是對異域國家盛典和官方活動的記錄。清末赴海外者多為使官,其要職在於記錄每日見聞,特別是異國政治、經濟、文化、科技等情況。作為使官的必備功課,他們需要隨時將見聞所得以《使官日記》的形式記錄,以便日後向上提交。同時,他們也在更具個人色彩的詩歌寫作中記述了這些官方活動。如張祖翼《倫敦竹枝詞》描述了英國女王五十週年的在位大典:「五十年前一美人,居然在位號魁陰。教堂高坐稱朝賀,贏得編氓跪唪經。」陳道華的《日京竹枝詞》(一名《東京竹枝詞》)中第五、六、七首記述上至天皇、下及平民共同參拜靖國神社的盛況。通過詩人對「招魂春社紙燈明,市上人人拜故兵」之勝景的描述,可以窺見日本的尚武風氣和軍國主義的雛形。再如姚鵬圖的《扶桑百八吟》重筆介紹第五屆大阪博覽會的規模與情況,藉此表達「誰知異域傷心客,負手歡場獨自歸」的遊子感思。

二是對異國風光的描繪。如黃遵憲《日本雜事詩》初印本第十五首《蜻蜓洲》云:「巨海茫茫浸四圍,三山風引是耶非?蓬萊清淺經多少,依舊蜻蜓點水飛。」抒寫詩人對日本自然景觀的讚美和喜愛。再看袁祖志《海外吟》中的《泛舟天士河》一詩,描繪了天士河、即泰晤士河的景色:「百里瀠洄水蔚藍,沿堤風景似江南。呼朋鎮日嬉遊去,打槳鳴橈興共酣。」張芝田的《海國竹枝詞》亦有對倫敦名河的敘寫,其詩云:「凌空矗起一飛橋,鑄鐵功成跡未消。泰晤士江江上望,彩虹雙落畫中描。」一般來說,涉及異國自然景色的篇章,寫作者往往注重將個體浸淫在自然風景中,表達傳統人文山水帶給人的怡情悅性之感。而當他們描寫人文風景尤其是城市物象時,其筆觸則偏重於

〔註23〕王士禛:《帶經堂詩話》,《續修四庫全書》1699冊,影印清乾隆二十七年刻本,第207頁。

對景觀客觀細緻的勾勒呈現，不願漏掉與之相關的歷史、文化乃至技術信息。如王之春的《巴黎竹枝詞》寫道：「桑西利涉大街頭，屹立中央得勝樓。四達通衢信瞻仰，表功有意抗千秋。」詩文所涉桑西利涉大街和得勝樓，分別對應了香榭麗舍大道和凱旋門，均為巴黎的城市象徵。詩人以「竹枝詞」體式記載所觀重要城市地標，使其紛紛躍然紙間，加強了人們對異國風物的具象認識。

三是對異國人情風俗的直觀感受。詩人遠涉重洋，初入異邦，文化的差異造成認知上的衝擊，無論是生活習慣還是人際交往禮儀，都顛覆了寫作者的既往經驗。一些詩人力求用百科全書的思維方式，向國人推送極為詳盡的民俗資料，如黃遵憲的《日本雜事詩》中有專門介紹飲食的《櫻餅櫻茶》《瓊芝》《堅魚》等，介紹服飾的《冠制》《角子》《蓄鬚》等，介紹娛樂的《冶遊》《犬射》《歌舞》等，介紹民俗的《落語》《雜技》《猿樂》等內容，全方位展示了日本的文化風俗，特別是其在維新後的變化。詩文細節之具體，描述之透徹，無一不反映出詩人對日本文化的熟稔瞭解。再如張祖翼在《倫敦竹枝詞》中專門寫到英國人「浪擲金錢無下箸，何堪飲血更茹毛」，歎奇他們吃半生不熟的帶血肉排。對於英國男女見面和告別的情形，詩人也頗有感觸，記載道：「握手相逢姑莫林，喃喃私語怕人聽。訂期後會郎休誤，臨別開司劇有聲。」「姑莫林」即英文「早安（Good morning）」，開司則是「接吻（Kiss）」之音譯。「男女授受不親」的傳統觀念，使詩人對英國人較為開放的禮儀頗感驚異。同樣表達這類「驚奇」感受的文字，還有王之春的《俄京竹枝詞》，其中一首有云：「每思選勝到芬蘭，當作華清出浴觀。易地皆然偏就近，天魔易得美人難。」詩歌寫到彼得堡的男女共浴一池（實際很可能是溫泉浴池），此等景象對詩人而言堪為「奇觀」。當然，大部分詩人在文化的差異面前，既受好奇心的驅動，願意去探求新鮮現象的內部肌理，卻又不時受控於傳統的觀念，對一些文化現象缺乏包容的認知態度，甚至秉持「文化至上論」的思想，充當了道德和文明的終極裁判，彰顯出文化上的優越感。如王以宣在《法京紀事詩》中以「從來保險本荒唐，更保斯人壽且康。若要保他長不死，除非君自作閻王」，諷刺西方的保險制度。張祖翼在《倫敦竹枝詞》中嘲諷穿晚禮服參加茶會的女性：「怪他嬌小如花女，袒臂呈胸作上賓」。對英國人所篤信的基督教，他也難以理解，有詩云：「七天一次宣邪教，引得愚民舉國狂。」寫到家庭女教師，他更有「每日先零三兩枚，朝朝暮暮按時來。豈徒教習英文語，別有師恩未易猜」的詩句，揣測女教師必與學生產生私情，方才如此「敬業」。凡此文字，均緣於詩人「想像的偏差」對其認知造成的誤導。究其根本，還是因為「當時的海外竹枝詞所描述的西方風情，依然無一不是拿中國文化來衡量的，無一不是以中國文化為中心的。」彼時的海外國人很難全然以異域的文化更新己方的知識譜系，更奢談重組自己的深層文化結構，「這也就是海外竹枝詞中往往以中國文化為參照物來看外國事物的根本原因」〔註 24〕。

當然，在記載人文風俗時，一些詩人也表現出相對超前的認識，如潘飛聲的《柏林竹枝詞》有云：「蕊榜簪花女塾師，廣載桃李絳紗帷。怪他嬌小垂髫女，也解看書也唱詩。」詩人寫到德國教育制度可以保證所有女孩七歲入學，她們所學的知識較為廣泛，引發作者對「教育平等」的企慕。再如王以宣《法京紀事詩》寫道：「箕裘弓冶慮全刪，伯道無兒視等閒。散去黃金留德澤，真能勘破馬牛關。」詩人對巴黎一些民眾無所謂子嗣繼承，且能捐獻遺產用於公益的風俗甚為感慨，並在注文中比較中法文化之差異，對法國人的現代觀念加以肯定。此類例證，可見西方遊歷對詩人精神觀念的開放性影響和正向的激發。不過，從整體狀況上考量，大部分詩人在使用竹枝詞體式言詠西方時，往往還是存有「自我文化中心型」〔註 25〕的心理認知模式，加之近代以來中國與西方諸國在外交上的弱勢地位，使他們面對異國的器物文化和人文風俗時，仍會受到強大的思維慣習影響，很難保持純粹的客觀姿態，對異國文化做出精準的理解和思考。

從功用上說，作為對嚴肅的使官文學的補充，竹枝詞的語言更為清淺，格律自由，亦莊亦諧，少雕琢堆砌，因此藝術門檻較低，創作上的自由度較之其他紀遊類文體也更高，從而成為晚清紀遊詩中的主要表現形式。在情感內核上，詩人使用竹枝詞文體吟詠域外風情時，心態往往輕鬆愉快，或是獵奇旁觀，或是插科打諢，情感表達自然流暢，多以口語行之。這種操作一定程度上滿足了詩人抒寫域外文化的需要，然而其單一性也非常明顯：無論是含蓄深沉的文化反思還是劍拔弩張的觀念交鋒，都無法借助竹枝詞的體式充分展示。形式本身對情感和思想的限制，加上海外竹枝詞文本的愈發泛濫，

〔註 24〕何建木、郭海成：《帝國風化與世界秩序——清代海外竹枝詞所見中國人的世界觀》，《安徽史學》2005 年第 2 期。

〔註 25〕曾有學者提出精神反應的四種類型，即自我文化中心型、邊緣型、迎合型、適應型。見章海榮：《旅遊文化學》，復旦大學出版社 2004 年版，第 227～229 頁。

使它出現了程式化的雷同趨向。因此，一些有著美學革新意識的詩人便試圖從多種渠道入手，調整海外竹枝詞的表述策略，按照尹德翔的觀點，這些調整主要包含兩條途徑：一是如斌椿的《乘槎筆記》和王之春的《使俄草》，附說明性文字於詩文之內或文後，以詩歌與散文兩種文體共同完成對旅行行為的言說和呈現，使之互相補充；更多詩人則選擇第二條途徑，即像黃遵憲的《日本竹枝詞》、張祖翼的《倫敦竹枝詞》那樣頻繁使用「詳注」，以提升詩文的閱讀效果。〔註 26〕

清代竹枝詞整體上逐漸表現出「與地方志合流的趨勢」〔註 27〕，這種傾向也體現在海外竹枝詞的寫作中。詩人們多在容量有限的七絕體式內迴避具體的敘述和描寫，而是力求在詩歌的文本之外採取多種方式，另闢蹊徑地去解釋異邦的物質文化符號。如斌椿的《海國勝遊草》第五十九首：「水法奇觀天下罕，園中掘地埋銅管，機括激成十丈高，冷氣飂飂院庭滿。千尋瀑布懸寒濤，白道飛泉珠亂跳，別苑離宮三十六，晚涼處處不須招。」前三句涉及的水法、地埋銅管、機括，不難讓人聯想到這是對噴泉設施的描寫。後四句以瀑布作喻，通俗易懂。詩人或許擔心讀者無法從文字表面猜測到謎底，因此設計了頗為「不尋常」的詩題——《行館水法共三十一處，每處有水管百餘，激水直上，高十五六丈，如玉柱然。水飛濺於池內，濺玉跳珠，旋自消滅，不溢也。太西各都，罕有其匹。孔君（名氣，駐中國八年）奉相國命，導予遊各宮院，皆極華麗，而水法甲天下矣》。詩題長達 101 個字，頗有意味的是，單從詩題上看，詩人似乎已經較為全面地實現了對噴泉景象的介紹，而詩歌正文除了完成了一次簡單的比喻外，並無其他的深層意味，也沒有觸及更為奇異的內心體驗。用今人的思維揣測，或許在詩人看來，「文」之文字用以狀寫事物狀貌，「詩」之文字才更多指向詩人的心靈，承載寫作者的觀察體驗與感受。「詩」與「文」的並置，在文字體量上造成題目與正文比例的失調，而「詩」為何無法承接屬於「文」的內容，納入「文的文字」，值得進一步去反思。

與斌椿重視以題目解釋器物不同，更多的詩人對「自來文人多不肯作自注，以為自注非古」〔註 28〕的寫作習慣做出了變通，他們普遍為域外竹枝詞

〔註 26〕尹德翔：《晚清海外竹枝詞考論》，第 285 頁。

〔註 27〕孫傑：《竹枝詞發展史》，復旦大學博士學位論文，2012 年，第 174 頁。

〔註 28〕徐震堮：《論歐遊雜詩注》，吳學昭整理：《吳宓詩集》，商務印書館 2004 年版，第 14 頁。

穿插詳贍注文，疏解新名詞造成的閱讀滯塞，正所謂「櫝勝於珠」〔註 29〕。在海外紀遊文學興盛以前，詩歌序言抑或注釋僅僅用來簡要交代旅行的起止地點和時間背景，重點在於詩句自身，而海外詩人筆下的序言和注釋則「成了詩句賴以傳達情義的手段，頗有幾分『皮之不存，毛將焉附』的味道。」〔註 30〕如王以宣的《法京紀事詩》第八十二首寫到巴黎南城郊外百戲雲集的場面，竟然用了 1200 多字注文的篇幅，其記載包含戲劇、歌舞、蠟像、博彩、魔術、遊樂場等多種活動信息，可謂豐贍至極。隨著海外寫作的日益興盛，詩人們幾乎都可以熟練地運用注解，以之解釋出現在詩歌中的新物象與新名詞。注文中大量專有名詞和科學術語的湧現，彰顯出文人觀察世界的知識概念體系之變化。還有一些寫作者有意地為注釋賦予某種文學的「功能」，使之獲得相對獨立甚至完全獨立的地位。比如，黃遵憲在寫作《日本雜事詩》時，他對詩文所作的注釋並非僅為注解詩歌，而是注重利用注釋的自由篇幅，盡可能多地介紹與注釋條目相關的一系列文化信息，如日本的城市風貌、人情民俗等，都通過注釋的方式得以展現。光緒年間著名的編輯家王錫祺（1855～1913）更是將黃遵憲為《日本雜事詩》所作注解單獨彙編為《日本雜事》。還有張祖翼為《倫敦竹枝詞》所的注文，也被王錫祺匯總之後，專列為《倫敦風土記》，收入其編纂的《小方壺齋輿地叢鈔》〔註 31〕中。大量注文的湧入，使竹枝詞形成「以注為主」的局面，如夏曉虹評價《日本雜事詩》時所說：「就實用性來評價，《日本雜事詩》一類帶有記事詩性質的『竹枝詞』更值得肯定；而就藝術性做判斷，砝碼卻要移到那些不加注或極少加注的『域外竹枝詞』一邊。道理非常簡單，依賴注解的詩歌，本身的可讀性、完整性便很可懷疑。」〔註 32〕論者揭示了注解對詩歌閱讀效果乃至完整性造成的障礙，但是反過來想，如果沒有足以闡明器物信息的注解存在，那麼詩人便依然難以

〔註 29〕對行旅文本的自注，最早見於林鍼的《西海紀遊草》自序（寫作時間在 1849 年他由美歸國後，稿本大約在同治六年即 1867 年刊刻）及其紀遊詩作，再如斌椿的《海國勝遊草》和《天外歸帆草》、何如璋的《使東雜詠》、張斯桂的《使東詩錄》裏也多自注。正所謂錢鍾書評價黃遵憲《日本雜事詩》時所言：「端賴自注，櫝勝於珠。」錢鍾書：《談藝錄》，中華書局 1984 年版，第 347～348 頁。

〔註 30〕楊波：《海外旅行與文學變革——晚清文學變革的遊記視角》，《中州學刊》2011 年第 1 期。

〔註 31〕王錫祺編：《小方壺齋輿地叢鈔》補編・再補編，清・光緒十七年（1891 年）上海著易堂鉛印本。

〔註 32〕夏曉虹：《吟到中華以外天——近代「海外竹枝詞」》，《讀書》1988 年第 12 期。

準確清楚地描述物象。「櫝」與「珠」之間並非孰輕孰重的關係，「櫝」的作用在於保證詩文本體的輕盈靈動，也能將詩人看到卻無法盡然寫入詩歌的內容真實地記錄下來。「櫝」與「珠」相互依存的結構態勢，構成了晚清域外紀遊詩的重要特徵。

第三節　黃遵憲的實踐與「新派詩」的突圍之困

借由以竹枝詞為主體的晚清海外紀遊詩寫作，詩人們通過他山之石展開對本土文化的省察與反思，從而開啟了新的眼界，萌發出新的觀念。不過，從古體詩歌的美學角度而言，儘管詩人廣泛調用穿插注解、詩文互釋、靈活用韻等形式革新的要素，但就其表現效果觀察，依然是在古體詩的美學範疇內自說自話，難有大幅度的突破。一些海外遊歷者自身的學養和寫作能力的限制，使他們的求新求變之舉並未有效推進古體詩對新知新學的表現能力，更奢談去引領新的文學風潮。唯有黃遵憲的寫作以及梁啟超等人對「詩界革命」的推動，方才使域外行旅抒寫的文學變革功用得以凸顯，其中尤以黃遵憲的「新派詩」實踐最為突出。

1899 年，梁啟超在《夏威夷遊記》中率先提出「詩界革命」的口號，並以「三長」理論為之賦形：「欲為詩界之哥侖布瑪賽郎，不可不備三長，第一要新意境，第二要新語句，而又須以古人之風格入之，然後成其為詩……若三者具備，則可以為二十世紀支那之詩王矣。」〔註 33〕「新意境」「新語句」以及「古人之風格」三長兼備的總綱領，為詩界革命運動的開展奠定了理論基石。按照梁啟超的理解，「詩界革命」的文本範例首推黃遵憲的創作，特別是他的海外竹枝詞寫作和對「新派詩」的思考。需要注意的是，黃遵憲的寫作與「新派詩」概念的提出，均發生在梁啟超提出「詩界革命」口號之前，也早於譚嗣同等人實踐的「新學詩」〔註 34〕，但他的創作已被梁啟超確立為「詩界革命」的理想圖示。從光緒三年（1877 年）到光緒二十年（1894 年），黃

〔註 33〕梁啟超：《夏威夷遊記》，張品興主編：《梁啟超全集》第 4 卷，北京出版社 1999 年版，第 1219 頁。

〔註 34〕1897 年，黃遵憲作《酬曾重伯編修》，詩文中「廢君一月官書力，讀我連篇新派詩」兩句，標誌著詩人正式提出「新派詩」的口號，並以此標明自己的創作。《酬曾重伯編修》一詩可參見吳振清、徐勇、王家祥編校整理：《黃遵憲集》（上卷），天津人民出版社 2003 年版，第 229 頁。

遵憲以外交官的身份先後出訪過日本、英國、美國、新加坡等地，他堅信「詩固無古今也」〔註35〕，因而敢於擺脫古法的拘牽，沿著自己開創的道路持續探索，其實績正如梁啟超的評價「獨闢境界，卓然自立於二十世紀詩界中」〔註36〕，並引領了「詩界革命」的美學風潮。

在充滿詩性變革與衝動的晚清時代，黃遵憲深感古典詩歌「自古至今，而其變極盡矣」，由此主張推陳出新，將「身之所遇，目之所見，耳之所聞，而筆之於詩」〔註37〕，表現「古人未有之物，未闢之境」〔註38〕。如詩人所言，他可謂「足遍五洲多異想」（《以蓮菊桃雜供一瓶作歌》）之人，對於西方的新學理新景致，黃遵憲都迫切地希望將其納入詩歌的言說範圍，給國人展現出一個他們尚未接觸也不曾想像到的全新世界。因此，他的詩歌多觸及域外制度名物，並有《香港感懷十首》《倫敦大霧行》《登巴黎鐵塔》這樣植入新銳城市意象的詩篇，既有「吟到中華以外天」〔註39〕的行動，又有「銳意欲造新國」〔註40〕的宏大氣魄。相較於彼時興盛的海外竹枝詞寫作，黃遵憲的創作在情感姿態上做出了較大調整。很多寫作者都喜歡以「獵奇」的姿態觀察異國，對於一些域外禮俗（如男女平等、民主政治、交往禮儀等）甚至多有譏諷嘲弄之言，時刻顯露出道德和文化上的優越感，藉此紓解海外物質文明施加給自身的心理壓力。黃遵憲則清楚地認識到中國在文化和器物上雙重落後的現實，希冀借紀遊詩刊錄更多的異域學理，彰顯文學的經世致用功能。儘管依然受到古典詩歌平衡體制和詩意機制的影響，難以透徹展示現代器物的風神，不過相較於傳統意義上的詩歌美學，黃遵憲所追求的「新派詩」明顯地提升了詩歌「功能的現代性」。其詩作「把詩歌從山林和廟堂世

〔註35〕黃遵憲：《與朗山論詩書》，吳振清、徐勇、王家祥編校整理：《黃遵憲集》（下卷），天津人民出版社2003年版，第412頁。

〔註36〕梁啟超：《詩話·三十二》，張品興主編：《梁啟超全集》第18卷，第5310頁。

〔註37〕黃遵憲：《與朗山論詩書》，吳振清、徐勇、王家祥編校整理：《黃遵憲集》（下卷），第412頁。

〔註38〕黃遵憲：《人境廬詩草·自序》，吳振清、徐勇、王家祥編校整理：《黃遵憲集》（上卷），第79頁。

〔註39〕黃遵憲：《奉命為美國三富蘭西士果總領事留別日本諸君子》（五首），其中「吟到中華以外天」一句來自第二首，全詩錄之如下：「海外偏留文字緣，新詩脫口每爭傳。草完明治維新史，吟到中華以外天。王母環來誇盛典，《吾妻鏡》在訪遺編。若圖歲歲西湖集，四壁花容百散仙」。參見吳振清、徐勇、王家祥編校整理：《黃遵憲集》（上卷），第148頁。

〔註40〕梁啟超：《夏威夷遊記》，張品興主編：《梁啟超全集》第4卷，第1219頁。

界，帶到了嘈雜喧鬧的人間現實世界，強調了詩文『適用於今，通行於俗』的重要性」。〔註 41〕把這類文本置於域外行旅文學的範疇，可見其中諸多篇章都準確捕捉到行旅者繁富瑋異、追新逐奇的內心體驗，深度契合了「以舊風格含新意境」的「詩界革命」要旨。〔註 42〕

梁啟超總結詩界革命前期的缺點時，指出其弊之一在於「撏扯新名詞以自表異」〔註 43〕，令人無從臆解。他視新意境、新語句與古人風格為衡量標準，將「新意境」置於首位，由此高度肯定黃遵憲的《今別離》等詩篇：「時彥中能為詩人之詩而銳意欲造新國者，莫如黃公度。其集中有《今別離》四首，及《吳太夫人壽詩》等，皆純以歐洲意境行之，然新語句尚少。蓋由新語句與古風格，常相背馳。公度重風格者，故勉避之也。」〔註 44〕這首情思精微新穎、獨樹一幟的《今別離》，被陳伯嚴推為「千年絕作」〔註 45〕，楊香池贊其「首首俱以新思想人詩」〔註 46〕，袁祖光亦以「古意沉麗」〔註 47〕贊之。詩歌作於光緒十六年（1890 年），彼時黃遵憲在倫敦任駐英使館參贊，看到英國交通與電訊行業的發達盛況，於是便有感而發，採用樂府雜曲歌辭崔國輔舊題《今別離》，分別以四首詩歌詠火車、輪船、電報、照相等新事物以及東西半球晝夜相反的自然現象。詩歌內容別開生面，令人耳目一新，如「其一」寫道：

> 別腸轉如輪，一刻既萬周。
> 眼見雙輪馳，益增中心憂。
> 古亦有山川，古亦有車舟。
> 車舟載離別，行止猶自由。
> 今日舟與車，並力生離愁。

〔註 41〕王光明：《現代漢詩的百年演變》，河北人民出版社 2003 年版，第 45 頁。

〔註 42〕梁啟超曾說：「革命者，當革其精神，非革其形式。吾黨近好言詩界革命。雖然，若以堆積滿紙新名詞為革命，是又滿洲政府變法維新之類也。能以舊風格含新意境，斯可以舉革命之實矣。」參見梁啟超：《詩話・六十三》，張品興主編：《梁啟超全集》第 18 卷，第 5327 頁。

〔註 43〕梁啟超：《詩話・六十》，張品興主編：《梁啟超全集》第 18 卷，第 5326 頁。

〔註 44〕梁啟超：《夏威夷遊記》，張品興主編：《梁啟超全集》第 4 卷，第 1219 頁。

〔註 45〕梁啟超：《詩話・二十九》，張品興主編：《梁啟超全集》第 18 卷，第 5309 頁。

〔註 46〕楊香池著，張寅彭校點《偷閒廬詩話》（第一集），張寅彭主編《民國詩話叢編》第 3 冊，上海書店出版社 2002 年版，第 703 頁。

〔註 47〕袁祖光：《綠天香雪簃詩話》卷二，張寅彭主編：《清詩話三編》第 10 冊，上海古籍出版社 2014 年版，第 7254 頁。

明知須臾景，不許稍綢繆。
鐘聲一及時，頃刻不少留。
雖有萬鈞柁，動如繞指柔。
豈無打頭風？亦不畏石尤。
送者未及返，君在天盡頭。
望影倏不見，煙波杳悠悠。
去矣一何速，歸定留滯不？
所願君歸時，快乘輕氣球。

詩文記錄了人們搭乘火車、輪船遠行的場景，敘寫現代交通工具憑藉其便利與快捷，早已打破了傳統人對於時間和距離的觀念認知。其後三篇詩歌先後論及抒情者抵達異國之後用電報與家人聯絡、郵寄照片以解相思、最後回歸離人思婦情調，寫兩人彼此互相思念，欲夢佳期，卻因東西半球晝夜相反，難於夢中共時相遇。四首詩分別點明了異域器物或文化帶給詩人的新感受，從內在邏輯上看，四個篇章又貫穿了傳統的「遊子思婦」情思和「今別離」的主題，它已不再是單純的別離懷人之詩，而是溢滿了詩人透過「別離」觀察新生事物，再從新事物中捕捉到的近代人的新感情。與古人之別離相比，其間變化可謂繽紛多端，詩文也氤氳著濃鬱的現代氣息。

作為「詩界革命」的代表作品，《今別離》將詩人所觀新事物與傳統文化觀念完美融為一體，帶給讀者耳目一新之感。同時，其「新派詩」的特質還通過詩人對詩歌形式與語言的巧妙安排顯現而生。一方面，詩歌採取整飭的五言體式和以「賦比興」為主的傳統抒情方式；另一方面，為了多向度地反映旅行中採擷的新現實，黃遵憲倡導吸取古人「以文為詩」的經驗，「以單行之神運俳偶之體」，「用古文家伸縮離合之法以入詩」(《人境廬詩草自序》)。「以文入詩」可以在傳統詩歌的固形化抒情範式之外，涵容更多的社會內容，並以「伸縮離合」之法巧妙剪裁資料，使之得到精當呈現。如《今別離》第一首中，新名詞與文言詞彙融為一體，較好地傳達出作者的思想情感，詩文也極盡口語化，句句相承，銜接流暢，表意明快。「新」與「舊」之別離效果，借由自然之語，達到通俗透徹的表意境界，與同時代的「同光體」抑或其他擬古詩的語言相比，可謂一股平易暢達的清冽新風。胡適曾說：「做詩與做文都應該從這一點下手：先做到一個『通』字，然後可希望做一個『好』字……金和與黃遵憲的詩的好處就在他們都是先求『通』，先求達意，先求懂得。」〔註 48〕胡適推崇黃遵憲，正因為他能夠賞識民間白話文學的好處，以流俗之語入詩，他的《今別離》等詩歌，便是富含新思想和新材料的文本典範。不過，胡適對黃遵憲的論說有些先揚後抑，在高度評價《今別離》之後，他又以《以蓮菊桃雜供一瓶作歌》的末段為例，說黃遵憲追求的「新詩」是「用舊風格寫極淺近的新意思，可以代表當日的一個趨勢；但平心說這種詩不算得好詩。《今別離》在當時受大家的恭維；現在看來，實在平常的很，淺薄的很。」〔註 49〕胡適指出黃遵憲存在的問題，的確也是當時借用謠曲體或竹枝詞等民間形式的詩人之普遍侷限。詩歌改良者對詩境的開拓力度受制於傳統的詩學形式，造成他們的詩界「革命」之路困難重重。

新意境和舊風格的融合，即「革其精神，非革其形式」〔註 50〕的理念，的確有助於增強傳統詩歌對新情境的包容力，但不觸動關乎詩歌形式的核心要素，便始終無法徹底解決域外紀遊類作品「文法」與「韻味」失合的矛盾。在表現域外行旅題材時，舊體詩在音律結構體制、字數和句法規則等方面仍受頗多掣肘，語詞也經常超出傳統文體本身的負載，對遣意傳情形成阻滯，使詩質、詩語、詩體之間的裂隙逐漸擴大。進一步說，無論是輸入新詞還是更改句式，都很難將旅行者乍履他鄉的新鮮體驗還原成詩。種種聲光電影、奇趣異聞的感官抑或心靈體驗，最終還是被納入傳統心理呈現模式和典章故實，即固型化象徵的傳統中，亦是章太炎所謂「華言積而不足以昭事理」〔註 51〕，也如錢鍾書在評價黃遵憲的《日本雜事詩》時說：「假吾國典實，述東流風土，事誠匪易，詩故難工。」〔註 52〕即使像黃遵憲那樣，在《日本雜事詩》中對注解苦心孤詣，往往也會造成新材料（散文體語言）與舊體式（文言詩語）之間的失衡，因其頭緒萬端，始未多方而陷入「舊瓶裝新酒」的美學困境。郁達夫對此的評判是：「即使勉強成了五個字或七個字的愛皮西提，也終覺得礙眼觸目，不

〔註 48〕胡適：《五十年來中國之文學》，歐陽哲生編：《胡適文集》第 3 卷，北京大學出版社 1998 年版，第 226 頁。原載 1923 年 2 月《申報》五十週年紀念刊《最近之五十年》。

〔註 49〕胡適：《五十年來中國之文學》，《胡適文集》第 3 卷，第 226 頁。

〔註 50〕梁啟超：《詩話．六十三》，張品興主編：《梁啟超全集》第 18 卷，第 5327 頁。

〔註 51〕章炳麟：《學變第八》，見章炳麟：《訄書》，向世陵選注，遼寧人民出版社 1992 年版，第 27 頁。

〔註 52〕錢鍾書：《談藝錄》，中華書局 1984 年版，第 348 頁。

大能使讀者心服的。」〔註 53〕周作人的理解更為透徹：如黃遵憲《人境廬詩草》那樣能窺見作者和他所處的時代，的確值得賞識和禮讚，但「若是託詞於舊皮袋盛新蒲桃酒，想用舊格調去寫新思想，那總是徒勞」〔註 54〕。又指出「黃君（指黃遵憲，作者加注）對於文字語言很有新見，對於文化政治各事亦大抵皆然，此甚可佩服，《雜事詩》一編，當詩看是第二著，我覺得最重要的還是看作者的思想，其次是日本事物的記錄。」〔註 55〕感觸於時代的新舊變更，卻無從描摹其形。操持雅言文學的文人在行旅場景的轉換中產生捉襟見肘的窘迫感。形式框架的規訓，閱讀程式的制約，造成舊體詩難以揭示和傳遞新物象背後的深層理致，這是它在經驗表達上的短板。不過，從語言建設層面總結，晚清詩人的一系列詩學探索，還是使舊體詩顯露出由文言向白話過渡的新質。

客觀上說，詩人們在內容上納入外來語和借詞，大膽以方言口語入詩，更新了詩歌的語象資源；在形式上依靠竹枝詞等民間文體，在「言志」傳統和「韻律」規範之外，為抒情主體的情感建立起個人化的隱喻空間，使詩歌向通俗化過渡，便於情感的流通。而「自注」的廣泛出現和以文為詩、民歌句式或更為自由的體式革新，打破了傳統五言、七言詩歌的格律範式，這都鮮明地體現出一個趨勢，即域外行旅經歷啟發了晚清詩人「言文一致」的想法，他們從心理體驗反映到語言表現，不斷探尋以「俗語」改良「古語」的可能性。其所踐行的新名詞、新語句等文體實驗，很大程度上推進了詩歌抒情方式、語體結構和精神內蘊的遞變，為現代新詩的誕生積累了可資借鑒的寶貴經驗，也為孕育更為靈活自由的新詩文體作出了必要的鋪墊。已有論者指出：「晚清旅行寫作可作為漢語言文學實踐的一個重要部分，使得旅行者個人性的主體經驗，被潛移默化地納入中國文化中去，成為策動新文化、新文學、新知識的語言資源。」〔註 56〕以晚清域外紀遊詩歌為契機，「言文失合」觸發的齟齬與矛盾，促使一部分詩人繼續在舊詩體格局內部求索。還有一些知識分子（尤以留學歐美者居多）質疑文言體式的表現能力，認為它無力承載行旅交往等新語境中產生的文化元素與動態情感，由此在「詩界革命」以外的路向上另起爐灶，倡導更為徹底的語體變革精神，白話新詩的觀念呼之欲出。

〔註 53〕郁達夫：《談詩》，吳秀明主編：《郁達夫全集》第十一卷，浙江大學出版社 2007 年版，第 139 頁。
〔註 54〕周作人：《人境廬詩草》，《秉燭談》，河北教育出版社 2002 年版，第 42～43 頁。
〔註 55〕周作人：《風雨談》，嶽麓書社 1987 年版，第 104～105 頁。
〔註 56〕張治：《異域與新學——晚清海外旅行寫作研究》，第 11 頁。

第二章　早期新詩人的域外行旅情況

新文學的傳播者與實踐者們往往都具有留學生的身份與域外遊歷的切身體驗，他們或是為了學習西方先進的科技文明，或是為了拓展自己的文化見識而遊學海外。特別是對早期新詩人而言，文化遷徙的經歷使他們可以直接感受到域外文學的新鮮風氣，觸發他們思考中國新詩的前途與出路。在以往的研究中，學界往往把詩人的海外遊歷視為一個整體性的跨文化交流背景，從宏觀上考察海外要素（尤其是域外現代文學觀念）對創作主體產生的詩學影響，而對新詩人各自的遊歷路線，還有他們受行旅體驗激發寫下的具體作品，則缺乏必要的整理與爬梳。本章即從詩人個體角度釐清他們的海外遊歷線索，儘量完整地為其域外題材寫作進行系統歸類。

第一節　早期新詩人域外遊歷綜述

早期新詩人的域外遊歷基本都是建立在留學的背景上，因此我們對這些詩人的考量也以他們各自的留學國家或是地域為基點，按照詩人首次留學的時間順序，進行初步的歸類，並簡要介紹其海外遊歷期間涉及行旅題材的創作。這裡有三個問題需要說明，一是海外行旅題材的詩歌指的是詩人在海外寫成的涉及域外國家形象、遊歷過程、觀景體驗、文化感思的新詩作品，一些詩人如胡適、郭沫若、蘇雪林等同時還有關於行旅的舊體詩作，本著也將其劃入觀照範疇，以建立一種詩學比較的視野。還有一些詩作並非在域外完成，而是詩人回國後對異邦景物的回顧式抒寫，這類文本數量有限，我們也對其進行收錄和簡要介紹。二是一些文學家如朱光潛、葉公超等，他們在創作領域特別是域外行旅抒寫方面並不突出，但其對新詩理論建構卻做出了顯著的貢獻，而這種實績的取得又離不開海外要素的觸動和激發，因此也將這幾位新詩理論家的域外遊歷納入研究視域。三是像林徽因、方令孺等詩人均在20世紀20年代出洋留學，然其新詩創作主要發生在30年代，故不將其列為研究對象。以下將以國別為版塊對早期詩人的域外出行情況展開綜述。

一、留日詩人

1. 馮乃超（1901～1983）

1901年，馮乃超出生在日本橫濱一個華僑家庭。1924年，在日本第八高等學校理科畢業後，考入京都帝國大學文學部哲學科，1925年轉入東京帝國大學文學部社會學科，後改學美學與美術史。1926年3月開始，在《創造月刊》上發表組詩《幻想的窗》等具有象徵色彩的詩歌。1927年大革命失敗後，受成仿吾約請，於10月毅然棄學回國，參與主持創造社的工作。對於馮乃超來說，因為自小在日本長大，故東洋風景對其而言並非異域景觀，他的新詩作品多收入《紅紗燈》中，涉及觀景的詩文包括《淚零零的幸福昇華盡了》《蛺蝶的亂影》《陰影之花》《幻影》《冬》《冬夜》《鄉愁》《默》《短音階的秋情》《十二月》《不忍池畔》《歲暮的 Andante》《禮拜日》等。受象徵主義文學觀念的影響，馮乃超的風景書寫多集中於對幽秘的自然之境的描述，其詩歌中的景物總是若隱若現，富含豐富而複雜的暗示信息，潛隱著詩人精神上的壓抑與苦痛之感。

2. 周作人（1885～1967）

1903年，周作人入江南水師學堂學習海軍管理，1906年受江南督練公所公費派遣赴日留學，當年9月到達東京後先補習日語，後就讀於日本法政大學預科，再入東京立教大學修希臘文。1911年9月，周作人結束日本留學生活，與妻子羽太信子一同返回紹興。留學東瀛期間，周作人作過一些古體詩，直到1919年才開始新詩創作。1919年4月，他與妻子回日本探親，因「五四」運動爆發提前回國，同年7月再赴日本接妻子回國，並在武者小路實篤陪同下參觀日向新村，作《訪日本新村記》，極力稱讚這個「烏托邦」式的日本新村，並說：「我此次旅行，雖不能說有什麼所得，但思想上因此稍稍掃除了陰暗的影，對於自己的理想增加若干勇氣，都是所受的利益。」〔註1〕同年

〔註1〕張菊香、張鐵榮編著：《周作人年譜 1885～1967》，天津人民出版社2000年版，第147頁。

8 月，周作人回國，9 月作新詩《東京炮兵工廠同盟罷工》，描寫在日本所見工人罷工事件，這是他唯一一首觸及海外行旅的新詩作品。

3. 沈尹默（1883～1971）

沈尹默於 1905 年與其三弟沈兼士自費赴日本求學，1906 年因家庭出現經濟狀況，不得不結束學業回國，他在遊學期間並未入任何高校，因此只有留學之願卻無留學之實。1913 年，沈尹默任教於北京大學中文系，「五四」期間在《新青年》等刊物有《月夜》《鴿子》《人力車夫》等十數首新詩發表，但均與域外行旅經歷無關。1921 年，沈尹默因在北大任教授滿七年，按規定可以出國進修一年，遂選擇日本西京大學訪學。整體而觀，沈尹默雖為早期新詩主將，也有過留日經歷，但無論是舊體詩還是新詩寫作，均未留下涉及域外行旅見聞的詩篇。

4. 沈兼士（1887～1947）

沈兼士是中國文字學家、文獻檔案學家和教育學家，也是早期新詩的倡導者之一。1905 年，他與兄沈尹默自費東渡赴日本求學，入鐵道學校，後入東京物理學校，師從章太炎，並加入同盟會。1911 年回國。有新詩《小孩和小鴿》《寄生蟲》等，但均未涉及其域外行旅見聞。

5. 陳豹隱（1886～1960）

陳豹隱原名陳啟修，筆名勺水、羅江。1905 年東渡日本，1908 年考入東京第一高等學校預科，次年正式就讀，享受官費留學待遇。辛亥革命期間一度回國從軍。1913 年再赴日本，考入東京帝國大學法科大學政治科。1917 年底，受蔡元培之邀回國，任北京大學法科教授兼政治門研究所主任。1923 年曾赴蘇聯和西歐進修。1926 年曾赴蒙古庫倫（現烏蘭巴托）游說馮玉祥參加國民革命。「七一五」政變後，他流亡日本，從事經濟理論翻譯和文學創作，1930 年歸國擔任北京大學教授。在新詩領域，陳豹隱提出「有律現代詩」的主張，其涉及日本行旅的新詩作品包括《飛鳥山看花 3/14》《和東林定湖同遊東京郊外 2/8》《病後的街樹 2/10》等，詩題右邊的數字分別代表「逗數」和「音數」。

6. 成仿吾（1897～1984）

1910 年，成仿吾隨哥哥成劭吾同往日本留學。1914 年在岡山第六高等學校學習，初步接觸西方文學。1917 年在東京帝國大學造兵科學習。1918 年 5

月到10月短期回國。1921年放棄學業回國。1927年10月至11月短赴日本從事文學聯絡活動。1928年5月，成仿吾取經日本敦賀到海參崴的路線，再經莫斯科赴歐，在巴黎和柏林等地從事革命活動，1931年9月由歐洲回國。留日期間，成仿吾多與郭沫若等文友一同遊歷當地名勝，比如1916年春假他和郭沫若同遊四國栗林園和瀨戶內海，同年暑假在房州洗海水澡時結識了張資平。他涉及域外行旅的新詩集中在《詩十六首》，是他1920年在房州海濱度假期間寫成，包括《海上吟》《房州寄沫若》《歸東京時車上》《夢一般的》《靜夜》《我想》《秋幕》《白雲》《哦，我的靈魂！》《疲倦了的行路》《故鄉》《冬天》《殘雪》《冬的別辭》《春樹》《一刻》。〔註2〕與詩人那些讚頌狂飆突進精神的昂揚詩篇相比，這類行旅詩篇情調幽婉而悲哀，彰顯出詩人在當時的思想矛盾。

7. 鄭伯奇（1895～1979）

1910年，鄭伯奇參加同盟會和辛亥革命，後以公費考入南京民國大學政治專修科，後轉上海震旦大學初級預備班讀書。1917年，鄭伯奇得幾位友人資助赴日本留學，抱著「想學習些科學知識」以實現「實業救國」的理想，入東京第一高等學校留學生預備班學習。〔註3〕1919年升入京都第三高等學校。1921年加入創造社。1922年入京都帝國大學哲學科攻讀心理學。1923年暑假曾回國協助郭沫若、成仿吾等編輯《創造週報》和《創造日》。1925年在京都帝國大學畢業，入研究院繼續攻讀心理學。1926年7月，應郭沫若之邀放棄學業回國任教。1927年2月至4月，曾短期赴日處理未完學業事宜。1920年春天，鄭伯奇在京都送別田漢上火車後，在歸途上「忽然有一種從未經驗過的感覺，使心裏寧靜不下來」〔註4〕，遂寫下新詩處女作《別後》，詩人將京都的風景與起伏的情感混融雜陳，透射出淡淡的傷感情調，這在他的《落梅》《梅雨》等海外詩篇中表現得更為突出。

〔註2〕根據郭沫若的回憶：「他（指成仿吾，作者注）在那年（1920年，作者注）暑假，在房州洗海水澡，便做了不少詩給我。我替他集成《海上吟》，在《創造季刊》創刊號上發表了。」見史若平：《成仿吾傳略》，史若平編：《成仿吾研究資料》，知識產權出版社2011年版，第6頁。

〔註3〕《鄭伯奇傳略》，王延晞、王利編：《鄭伯奇研究資料》，山東大學出版社1996年版，第4頁。

〔註4〕鄭伯奇：《沙上足跡——文壇生活二十五年的回顧》，王延晞、王利編：《鄭伯奇研究資料》，第172頁。

8. 張資平（1893～1959）

1912年夏，張資平被廣東國民政府選派為留日學生。1919年，他考入東京帝國大學修習地質學。1921年和郭沫若、郁達夫、成仿吾等在日本成立創造社。1922年回國後任教於武昌師範大學，擔任岩石礦物學教授。1928年10月16日至30日，張資平還曾短期赴日訪問。他在自傳中曾言及乘坐高架電車看到的城市風景、聞到的少女香氣以及對社會現象的反思：「對於日本的女性，日本的風景，日本的都市社會現象，我覺得縱令無詩才加以吟詠，也應當用散文加以描寫。」〔註5〕其創作多涉及日本風物，域外氣息濃重，不過記錄域外行旅見聞的詩歌作品卻是極少，僅能尋見《1919年新詩年選》中的一篇採用散文詩體寫成的《海濱》。

9. 郭沫若（1892～1978）

郭沫若留學日本的時間為1914年到1923年。1913年12月28日，郭沫若乘火車由安東過境進入朝鮮，途徑漢城抵達釜山。1914年1月初在釜山乘船前往日本下關，繼續乘火車往東京，期間在京都逗留約一周時間。1914年7月中旬，郭沫若考入東京第一高等學校特設預科三部。1915年5月7日，他歸國回到上海，抗議日本對華「二十一條」，5月11日返回日本。1915年9月，他由東京抵達岡山，入第六高等學校學習醫科。1918年夏天，郭沫若結束岡山第六高等學校學業，由岡山轉到福岡，升入九州帝國大學醫科繼續學業。1921年4月，郭沫若回到上海，5月27日啟程返回日本，7月再回上海，9月返回日本。1922年7月，郭沫若返回上海，為創造社事務奔忙，9月回福岡繼續學業。1923年4月，郭沫若結束學業回國。其後又於1924年4月重返福岡，11月回到上海。1928年2月，郭沫若赴神戶，3月與安娜遷居至千葉縣市川市。

從詩人20世紀30年代之前的日本遊歷中，可以發現他頻繁往來於日本和上海之間，其行旅經歷特別是在日本期間的域外體驗較為豐富，多與訪友和遊覽風景相關。1914年8月29日，第一次領到留學生官費後，郭沫若便立即到房州休假遊覽，並特意去房州北條洗海水浴，還趁月夜划船去鷹島和沖島觀光。北條的鏡之浦在無風天氣如明鏡般清澈平靜，激發詩人的喜悅：「當我一躍入海中時，我不禁回憶到四川幽邃峨嵋山麓，我好像遊入峨嵋山

〔註5〕朱壽桐編：《張資平自傳》，江蘇文藝出版社1998年版，第198頁。

麓的水裏。」〔註 6〕為此特作古體絕句。1915 年 4 月，郭沫若與友人去飛鳥山觀櫻花。1916 年春假期間，與成仿吾同往宮島旅行，返回時船遊瀨戶內海，經四國的高松上岸，遊覽栗林公園。他還經常與田漢等人一道乘坐火車遊覽日本的太宰府等地，觀賞那裡的自然風光，也與朋友一同感受過東京都市的「咖啡館」情調，這些早年的域外旅行經歷，多記錄在《自然底追懷》和《今津紀遊》中。

郭沫若涉及域外旅行的詩作主要包括舊體詩《十里松原四首》等，以及新詩《日出》《晨安》《筆立山頭展望》《浴海》《立在地球邊放號》《電火光中》《雪朝——讀 Carlyle：〈The Hero as Poet〉的時候》《登臨》《光海》《梅花樹下醉歌——遊日本太宰府》《夜步十里松原》《太陽禮讚》《沙上的腳印》《新陽關三疊》《巨炮之教訓》《春愁》《新月與白雲》《鷺鷥》《晚步》《蜜桑索羅普之歌》《霽月》《晴朝》《岸上》《晨興》《春之胎動》《日暮的婚筵》《新生》《海舟中望日出》《南風》《雨後》《留別日本》《春寒》《淚浪》《夕陽時分》《新月與晴海》《博多灣海琉璃色》等。這些域外行旅詩篇寫到了東京與門司的城市脈動以及火車、電車等現代交通工具帶給詩人的新銳感覺。但從整體上說，郭沫若的域外行旅抒寫還是以描繪自然風景為主，集中於抒寫博多灣的天空與大海，雪白的沙灘與千代松原等。他的遊覽方式了暗合了日本彼時流行的登山與賞花文化，域外遊覽體驗也激發了他對於詩歌意象與節奏的全新認知。

10. 郁達夫（1896～1945）

1913 年，郁達夫隨長兄郁華赴日本留學，轉年 7 月考入日本東京第一高等學校，入醫科部特設預科。1915 年預科畢業後於當年 9 月入名古屋第八高等學校（現名古屋大學）醫學部，1916 年改讀法學部政治學科。1919 年 7 月畢業後，同年 11 月進入東京帝國大學（現東京大學）經濟學部學習。1921 年，與郭沫若、成仿吾等留日學生成立「創造社」。1922 年 3 月，郁達夫獲得東京帝國大學經濟學學士學位後，於同年回國。在日本期間，郁達夫的遊歷活動較為頻繁，在其自傳《雪夜（日本國情的記述）》裏已有展現。除了流連於東京的公園與娛樂場所外，郁達夫還對日本的自然景觀頗有興致，其域外行旅觀覽詩作基本都以舊體寫成，多抒寫臨水望鄉、春遊賞花、舟中觀景、松亭

〔註 6〕郭沫若：《自然底追懷》，《中國現代文藝資料叢刊》第 4 輯，上海文藝出版社 1979 年版，第 228 頁。

小酌、公園賞月、夜宿溫泉、登山攬勝、東都即景等行旅經歷，數量頗豐，詩味醇美，從中可以讀出日本茶道、觀花、野遊等文化對詩人的浸染。關於行旅的新詩，僅有《最後的慰安也被奪去》一首，乃是1921年詩人在京都一處墓地閒逛後有感而成。

11. 田漢（1898～1968）

田漢本名田壽昌，1916年夏初由長沙師範學院畢業，同年8月1日隨舅父由長沙啟程赴上海，隨後搭乘「八幡丸」號郵輪抵達日本神戶，後考入日本東京高等師範學校，在外語系學習英文。1919年，在東京加入李大釗等組織的少年中國學會，開始發表詩歌和評論，同年7月到9月曾短暫回國度假。1921年與郭沫若等組織創造社，倡導新文學。1922年9月與妻子一道回國，受聘於上海中華書局編輯所。他曾與郭沫若等留日青年廣泛交流文學，並多次與郭沫若、鄭伯奇、谷崎潤一郎等朋友或是家人相約出遊，足跡涉及京都、博多、二日、太宰府、鐮倉、長崎、大阪、京都等。他也頻繁出入神田、淺草一帶的電影院和劇院，真切體驗到日本繁榮的電影業和戲劇業，為東京的近代化和都會化所震撼。田漢關於域外行旅見聞的新詩作品可分為三類，一是如《黃昏》《敗殘者的勝利》《秋風裏的白薔薇》《暴風雨後的春朝》《珊瑚之淚》《落花》《月下的細雨》《落葉》《秋之朝》那樣抒寫自然風景的；二是像《一位日本勞動家》《東都春雨曲》之類記載他觀察到的日本人形象的；三是記錄日本文化風情，抒發詩人文化體驗的，如《浴場的舞蹈》《銀座聞尺八》《咖啡店之一角》《秋夜庵飲冰》等。此外，還有《七夕》《鐮倉別康景昭女士》等反映詩人思鄉或是別友之情的篇章。

12. 穆木天（1900～1971）

1920年，穆木天入日本京都第三高等學校文科，同年在《新潮》第3卷第1期上發表處女作《薔薇花》，開始文學創作，並在第二年加入創造社。穆木天回憶在京都的三年生活時曾說：「20年遭了父喪、家境漸趨零亂。同時日本資本主義在歐戰後，已到熟爛期。在這個時期，我已沒有1918年前後那種鬥爭情緒了。於是從陽氣變成憂鬱的，由衝擊變成回顧……一方面回顧著崩潰的農村，一方面追求著剎那的官感的享樂、薔藤美麗的陶醉。」〔註7〕這些心跡，可以在詩集《旅心》的一些文本中感觸到。1923年，他考入東京大學

〔註7〕戴言：《穆木天評傳》，春風文藝出版社1995年版，第13～14頁。

攻讀法國文學，詩風也受象徵主義詩歌的深刻影響。1926 年夏天，穆木天結束留學生活，選擇回國任教。他的新詩涉及日本抒寫的較多，如《伊東的川上》《雨後》《薄暮的鄉村》《山村》《夏夜的伊東町裏》《與旅人——在武藏野的道上》《雨後的井之頭》《雨絲》《蒼白的鐘聲》《雞鳴聲》等。詩人以「美化人生，情化自然」〔註 8〕的理念貫穿早期新詩寫作過程，注重把風景「鄉野化」之後，表達遠離文化故土之後特有的心境與情感。其詩歌多觸及日本的自然山水、鄉野情致和民俗風情，如京都當地的「雨絲」「鐘聲」「雪花」「月光」等，都進入其詩歌的風景世界。詩人還想作表現「敗墟」的詩歌，認為它既是「異國的薰香，同時又是自我的反映」〔註 9〕，他將民族色彩投射在東洋風景上，深入發掘出新詩的暗示力與表現力。

二、留美詩人

1. 胡適（1891～1962）

胡適在 20 世紀初及至 20 年代的域外行旅主要有兩次，尤以其在美留學的七年為主，可以說留美經歷激活了作家的思想觀念，塑造了他的文化立場。19 歲時，胡適考取庚子賠款留學美國官費生，因用「胡適」的名字報考，此後就正式沿用此名。1910 年（宣統元年）8 月 16 日，胡適從上海乘船赴美，9 月入康奈爾大學修讀農科。1912 年 9 月轉入文理學院，修哲學、經濟、文學。1915 年 9 月，入哥倫比亞大學哲學系，師從哲學家約翰·杜威。1916 年 2 月起，與陳獨秀、朱經農、梅光迪、任鴻雋、楊杏佛等討論文學革命問題，並作白話詩。1917 年 6 月 21 日乘「日本皇后」號郵輪經日本橫濱、神戶、長崎回國，7 月 10 日到達上海，同年 8 月受聘為北京大學教授。

胡適的第二次遊歷發生在 1926 年 7 月下旬，他取道西伯利亞大鐵路赴英國參加「中英庚款」全體委員會議，這也是他第一次遊歷歐洲。7 月 28 日，胡適一行經過烏拉爾山進入歐洲境，29 日下午到達莫斯科，路中所見「皆金頂之禮拜堂也。其數目之多，建築之佳，均是驚人。及到莫斯科，所在皆見絕偉大弘麗之禮拜堂。此間人有一句俗話說『四十個四十』，謂 Moscow（莫斯科）有

〔註 8〕穆木天：《秋日風景畫》，載蔡清富、穆立立編：《穆木天詩文集》，時代文藝出版社 1985 年版，第 204 頁。

〔註 9〕穆木天：《譚詩——寄沫若的一封信》，載蔡清富、穆立立編：《穆木天詩文集》，第 265 頁。

一千六百所禮拜堂。『南朝四百八十寺』，此意可想。」〔註 10〕在莫斯科期間，除了會友之外，胡適還參觀了革命博物館和第一監獄。8 月 1 日，乘火車離開莫斯科，一路西行抵達英國倫敦。胡適的倫敦出遊主要集中在大英博物館、漢普頓宮與溫莎城堡以及威斯敏斯特教堂等名勝古蹟，還有國家藝術畫廊的美術館。除此之外，他把更多時間用來在大英圖書館看敦煌卷子。8 月 21 日到 9 月 23 日，胡適在巴黎停留 34 天，自謂「遊覽的地方甚少，瑞士竟去不成；然在圖書館做了十幾天的工作，看了五十多卷寫本，尋得不少絕可寶貴的史料，總算不虛此一行。」〔註 11〕儘管如此，他還是多在友人陪同下遊歷了盧浮宮、羅丹博物館、盧森堡公園、小皇宮展覽館、紅磨坊等遊客必至景點。回到英國後，胡適曾赴牛津、利物浦、貝爾法斯特等地參觀講學。12 月 31 日，胡適乘船赴美國，於 1927 年 1 月到 4 月中旬在美國紐約、費城地遊歷並演講，他把大量時間投入在哥倫比亞大學圖書館，沒有展開更多的旅行遊覽。4 月 12 日，胡適由西雅圖上船回國，途經日本時遊歷了京都、奈良、大阪等處。

胡適關於旅行感懷的文章並不多，涉及域外行旅的部分主要集中在《漫遊的感想》〔註 12〕一文中。由他的一些遊記類作品，可以看到他很少發生主動的行旅，多是在朋友的帶動下一起觀光，而且注重對景點文化信息的考據。他涉及域外行旅的抒寫主要集中在留美早期寫下的一系列文言詩，多為對遊學所觀風景與見聞的抒寫，如《久雪後大風寒甚作歌》《大雪放歌》《雪消記所見》《遊「英菲兒瀑泉山」三十八韻》等。從 1916 年夏末到 1917 年歸國前後，胡適遵循了「凱約嘉湖詩波」之後「不再作文言詩」的宣言，寫下了一系列白話詩，其中頗多寫景紀遊之作，如《「赫貞旦」答叔永》《紐約雜詩》等。此外，還有英文詩歌《夜過紐約港》等。

2. 劉廷芳（1891～1947）

劉廷芳出生於基督教家庭，1911 年在司徒雷登幫助下赴美留學，先在哥倫比亞大學學習教育和兒童心理學，後赴耶魯大學神學院取得神學學士學位，

〔註 10〕《1926 年 7 月 29 日日記》，見季羨林主編：《胡適全集》第 30 卷，安徽教育出版社 2003 年版，第 218 頁。

〔註 11〕《1926 年 9 月 23 日日記》，見《胡適全集》第 30 卷，第 342 頁。

〔註 12〕原載 1917 年 8 月 13 日、20 日和 9 月 17 日《現代評論》第 6 卷第 140、141、145 期。

1920 年又獲得哥倫比亞大學師範學院哲學博士學位。同年學成歸國，任燕京大學神科教授和宗教學院院長。1926 年再次赴美在各大高校講學，期間曾赴英國訪問，1928 年回國。劉廷芳非常重視基督教文學的創作，在新詩、聖詩和翻譯領域均有所貢獻。他的新詩作品多為 20 世紀 20 年代寫成，語句短小整齊，詩風清新自然，主要收錄在詩集《山雨》（北新書局 1930 年出版）中。其中涉及域外行旅見聞的詩歌有《過落機山》《依路純（Illusion）》《重遊美南卓支亞省寄內子卓生》《依稀》《你的》《明珠》《過美洲新大陸即景》等。

3. 陳衡哲（1890～1976）

1914 年，陳衡哲考取清華留美學額，於 8 月 15 日乘「中國」號郵輪赴美，先在美國紐約州的 Putnam Hall 學校讀預科。該校臨近哈德遜河（即胡適筆下的「赫貞河」），風景與江南水鄉類近，卻有國內未可見的異國情調建築，陳衡哲對環境適應很快，較為順利地融入了當地生活。1915 年，她進入瓦沙大學主攻西洋歷史，兼修西洋文學。後入芝加哥大學攻讀西洋文學碩士。1920 年，陳衡哲結束學業，依舊乘坐「中國」號郵輪回國，之後任教於北京大學，專門講授西洋史課程。在陳衡哲為數不多的幾首早期新詩代表作中，《人家說我發了癡》與《散伍歸來的「吉普色」》這兩首可以算得上頗具「域外」氣息的。前者來自詩人在畢業典禮上真實遇到的事件，後者緣於她對歐洲流民文化和戰爭悲劇的理解，詩作成於海外，且均應和了彼時中國的文化語境和時代精神。陳衡哲在美期間的行旅主要圍繞自然景觀展開，她對湖景頗為鍾情，曾有七絕《五月二一日泛舟後湖》贈與胡適，也曾在散文《加拿大露營記》中表達過對美國露營文化的嚮往。後來她終於抵達加拿大安大略的鹿湖，在此獲得真實的露宿體驗，甚至在後來寫成的《晚上的西湖》一詩中，還藉此言彼地提到這段經歷：「聰明的西湖呵！／你知道我所思慕的，／是那個靜默而神秘的鹿湖，／你便拋棄了你的光華，／藏起了你的秀媚，／這樣靜悄悄的，／來給我賞受。」從中國的風景中看到西方，由西湖觀到鹿湖，這種運思風景的方式可謂引領風氣之先。

4. 陸志韋（1894～1970）

陸志韋 1913 年畢業於東吳大學，1915 年獲得保送美國留學的機會，1916 年入田納西州范德比大學皮博迪師範學院學習宗教心理學，1917 年轉入芝加哥大學生物學部修習生理心理學，1920 年博士研究生畢業，同年回國任教於南京高等師範學校。詩人觸及域外體驗的詩作很少，主要包括《航海歸來》

《九年四月三十日侵晨渡 Ohio 河》《憶 MICHIGAN 湖某夜》等寥寥幾首，均收入自印詩集《不值錢的花朵》和 1923 年由亞東出版社出版的詩集《渡河》，其中如《憶 MICHIGAN 湖某夜》等作品寫於詩人學成歸國之後。他的詩歌講求鍊字煉意，既有古典的韻律之美，又富含現代人的新體驗，特別是描述異國風景時，往往將現實風景與記憶中的故土風景兩相雜糅，豐富了新詩寫景一脈的運思手法。

5. 康白情（1896～1959）

康白情畢業於北京大學，是早期新詩人的代表和「五四」運動的主將之一。1920 年 4 月和 6 月，康白情曾組織北大遊日學生團取道朝鮮訪日，作宣傳及視察的事業，遊覽了橫濱、東京等城市和大阪的琵琶湖。歸國後，恰逢上海棉紗大王穆藕初出資，保送北大畢業學生赴美國留學，康白情正在被保送六人之列。同年 9 月 27 日，康白情搭乘「中國」號郵輪啟航赴美，就讀於加州大學伯克利分校，詩集《草兒》的「自序」便是 1921 年 10 月在此寫成的。1924 年，因政治上履不遂願，加上留學資助方倒閉，康白情結束學習返回祖國。在早期白話詩人中，康白情尤其以「寫景詩」見長，留有《廬山紀遊 37 首》《暮登泰山西望》《日觀峰看浴日》等以景寫勝的名篇，涉及域外行旅的詩作包括 1920 年訪日期間寫下的《紫躑躅花之側》《日光紀遊十一首》《幡》《歸來大和魂》四首，以及寫於「中國」號郵輪上的《別少年中國》《天樂》。按照當時的線路，「中國」號會在日本神戶停靠，遊客們往往乘火車前往東京遊玩，再從橫濱繼續乘船赴美。因為耽於和田漢聚會，康白情錯過了登船時間，只得在 11 月 23 日搭乘「尼羅」號（康白情詩中作「乃路」號）繼續行程，他的《寄別高山義三》《太平洋上颶風》《一個太平洋上的夢》均是在乃路號上寫成。抵達美國後，康白情的域外行旅文本有《舊金山上岸》《和平》等，因其逐漸轉向文言詩寫作，故此類新詩作品並不多。

6. 聞一多（1899～1946）

1912 年，聞一多考入清華大學留美預備學校。1916 年開始在《清華週刊》上發表系列讀書筆記。1922 年 7 月 16 日，聞一多乘坐郵輪取道日本赴美國留學，經停日本期間，聞一多在當地遊覽，認為「日本的山同樹真是好極了」〔註 13〕。抵達美國後，他先後在芝加哥美術學院、珂泉科羅拉多大學

〔註 13〕《致吳景超、顧毓琇、翟毅夫、梁實秋》，1922 年 7 月 29 日，孫黨伯、袁謇正主編：《聞一多全集》第 12 卷，湖北人民出版社 1994 年版，第 45 頁。

和紐約藝術學院進行學習，專攻美術且成績突出。同時，他還表現出對文學的極大興趣，主要體現在詩歌方面。1925 年 5 月回國後，聞一多任北京藝術專科學校教務長。對於美國，詩人的觀念比較複雜，認為美國的工人不如中國工人勤快，學生也不及中國青年善於思想，而不時受到的來自白種人的歧視，使詩人無時不在思念自己的故土。另一方面，詩人推崇美國的自然風光，曾與梁實秋結伴多次遊覽美國自然勝地，無論是落基山脈還是珂泉奇景，都留下了詩人的足跡。他還鍾情於芝加哥等地的電影院和藝術館，以及紐約城氣勢恢宏的都市景象。留美期間，詩人涉及域外心態和行旅見聞的新詩作品首推作於旅途中的《孤雁》，這是他出國後作的第一首詩，後收入詩集《紅燭》，並以「孤雁」的詩題作為「海外篇」的篇名。其他所涉行旅作品包括《太平洋舟中見一明星》《我是一個流囚》《寄懷實秋》《晴朝》《太陽吟》《憶菊》《秋色——芝加哥潔閣森公園裏》《秋深了》《秋之末日》《漁陽曲》《大暑》《閨中曲》等。這些詩歌鎔鑄了濃厚的古典文化氣息，所寫美國景色，多能聯繫到故土風光，暗含著遊子的孤獨和對家國的思念之情。

7. 劉延陵（1894～1988）

作為中國第一代白話詩人，劉延陵曾與朱自清等組織中國新詩社並創辦《詩》月刊，此為中國最早的新詩雜誌。他創作於 1922 年的《水手》文字樸實，情感真切，堪為早期新詩的成熟佳作，在當時影響頗大。1920 年，劉延陵曾作為《時事新報》和《晨報》的特派記者短期赴法。1922 年歲末，劉延陵申請官費留學美國，考入西雅圖州立大學攻讀經濟學，1926 年回國任教。抗戰爆發後，輾轉馬來亞和新加坡，最後在新加坡定居。劉延陵的新詩創作數目不多，多以敘說戀情或是寫景見長，為彼時的新詩壇帶來一股瑰麗浪漫之風。遺憾的是，他的詩作涉獵角度雖廣，卻未曾寫下具體的涉及域外行旅抑或留美見聞的作品，這不能不說是一個遺憾。

8. 冰心（1900～1999）

冰心在 20 世紀 20 年代的遊學集中在美國。1923 年，冰心獲得美國威爾斯利學院頒給燕京大學學生的獎學金，8 月 17 日，她由上海出發，乘「傑克遜」號客輪赴美，同船的還有許地山、梁實秋、吳文藻等人。威爾斯利學院離波士頓不遠，與湖濱為伴，風光秀美，冰心非常喜歡這裡校園環境，以「閉壁樓」命名學生宿舍（Captain John Beebe），以「慰冰湖」命名令她心動的 Lake Waban。詩性的雅譯，足見冰心對留學環境的鍾愛，這在她的《寄小讀者》通訊中可見一斑。冰心喜好在自然間漫遊，體會精神的自由與暢快，她曾說自己「生平的癖愛是山水」〔註 14〕。在閑暇或是休養身體的時候，她便「一天一天的在林中游戲行走，有時經過林下冰湖」〔註 15〕，還曾與吳文藻一起遊覽過綺色佳的山光水色。1926 年，冰心獲得文學碩士學位回國。在三年留美期間，冰心的域外行旅詩作主要有《倦旅》《讚美所見》等。她的域外詩作數目廖廖，以抒寫湖景為主，很少直接描摹所觀景色的具體狀貌，而是注重從景物中延伸出對自我心態的細膩解讀。

9. 梁實秋（1903～1987）

1923 年 8 月，在完成清華學校的學業後，梁實秋在上海乘坐「傑克遜」號客輪赴美留學，同船乘客除清華學校 67 名官費留學生外，還包括現代作家許地山和冰心。抵達美國後，梁實秋在科羅拉多大學攻讀英文和文學理論，兼修美術。留學期間，他與好友聞一多經常相約遊覽科多拉多附近的仙園、曼尼圖山、七折瀑等景點。為了在曼尼圖公園遊覽得更遠，剛剛學會開車三天的梁實秋甚至嘗試與聞一多一道自駕遊，差點造成墜崖事故。1924 年，梁實秋赴哈佛大學繼續修習西方文學和文學理論，聞一多則去紐約繼續繪畫事業。兩人相約乘車東行，一路遊覽，在芝加哥便逗留了兩個星期，足見二人均是喜愛旅行之人。1926 年，梁實秋結束學業回國任教。就域外行旅詩歌創作而言，梁實秋的作品很少，唯有寫於乘船赴美途中的《海嘯》一詩頗具代表，主要寄託了遊子對家國的思念。

10. 孫大雨（1905～1997）

1925 年，孫大雨畢業於北京清華學校高等科。1926 年 8 月下旬，他以清華留美學生身份，乘「麥欽萊總統號」郵輪赴美國留學，就讀於新罕布什爾州達德穆斯學院，1928 年以高級榮譽畢業。1928 年到 1930 年，孫大雨就讀耶魯大學研究生院，專攻英國文學，1930 年回國。就讀耶魯期間，孫大雨曾於 1929 年赴紐約自學，並多次遊覽紐約市立博物館和剛成立的現代藝術博物館。他傾心於現代藝術，並自覺將其與自身的古典文化背景結合，浸潤了他的新詩創作。旅居紐約時，孫大雨還曾到加拿大蒙特利爾的麥吉爾大學短期訪學。雖然學業緊張，生活壓力較大，孫大雨還是利用有限的時間流連於諸

〔註 14〕冰心：《〈平綏沿線旅行記〉序》，《冰心選集》第 6 卷，河北教育出版社 1992 年版，第 113 頁。

〔註 15〕卓如：《冰心傳》，海峽文藝出版社 1998 年版，第 129 頁。

多藝術場館。學習之餘，他還細緻遊覽考察美國的各大城市，尤其是紐約給他留下了深刻的印象。街道、高樓、舞場、貧民窟……紛繁蕪雜的現代景觀使他獲得了新鮮的都市體驗，觸發他逐漸改變單純崇尚古典藝術的審美品味。受艾略特和龐德的影響，孫大雨寫下一系列涉及異域文化和行旅元素的新詩，如《紐約客》和《自己的寫照》等〔註 16〕，還包括他寫於留學途中的《海上歌》。從創作時間上看，孫大雨的域外行旅代表詩作超出了本著的研究時段，但就其藝術完成度和文學影響力來說，這些文本堪稱早期新詩異國抒寫特別是城市詩歌的典範，值得和前代作品進行比較研究與分析。

11. 朱湘（1904～1933）

1927 年，朱湘在清華大學畢業後，於是年 6 月搭乘「傑弗遜總統號」郵輪公費赴美留學，進入勞倫斯大學四年級，選修英文、拉丁文及英國文學。1929 年 9 月轉入芝加哥大學修習希臘文、比較文學與德國文學。為求生計，朱湘不及獲得學位便在同年歸國任教。他的詩歌極少寫具體的風景，也沒有在本研究時段內的涉及域外行旅的詩篇。

三、留歐詩人

（一）法國

1. 周太玄（周無）（1895～1968）

周太玄是中國著名的生物學家、教育家、翻譯家和詩人，也是「少年中國學會」的主要創立者之一。1919 年 2 月 1 日，周太玄赴法國勤工儉學。1920 年和女友王耀群一起就讀蒙彼利埃大學，周太玄在此學習博物學。1924 年獲教育碩士學位後，又進入巴黎大學研究院。1930 年 11 月，周太玄結束十年遊歐生涯，從巴黎乘車一路向東至莫斯科，由西伯利亞大鐵路回國，任教於四川大學。1936 年至 1937 年，周太玄曾赴法、蘇進行了為期半年的科學考察。周太玄在 20 世紀 20 年代的域外行旅主要集中在對法國特別是巴黎的文物古蹟、名人故居、博物館以及大學的探訪，他也對法國南部的風光心嚮往之。在新詩寫作方面，他的作品主要發表在《少年中國》雜誌，如《黃蜂兒》《去年八月十五》《夜雨》《小歌》等均是在留學期間寫成，其中涉及域外行旅的

〔註 16〕《紐約客》寫於 1928 年，《自己的寫照》寫於 1930 年，均超出了本課題研究的時間範疇，但這兩篇文本是孫大雨域外抒寫的代表作，文學影響力較大，故將其也列入觀照視野。

詩篇主要是《過印度洋》（署名周無）。這首詩寫於詩人赴歐乘船路過馬六甲海峽之時，後經趙元任作曲，成為當時膾炙人口的歌曲，並受到胡適的肯定。

2. 李金髮（1900～1976）

李金髮早年就讀於香港聖約瑟中學，後至上海入南洋中學留法預備班。1919 年 11 月，李金髮赴法勤工儉學，先是由法華教育會安排在巴黎附近的楓丹白露市立中學學習法語，次年脫離教育會成為自費留學生，1921 年考入第戎國立美術專科學校，次年轉入巴黎帝國美術學院。1925 年 6 月，李金髮應劉海粟聘請歸國，任上海美術專科學校教授。作為中國早期象徵派詩人的核心人物，李金髮以海外詩集《微雨》和《食客與凶年》《為幸福而歌》（1923 年編定，詩人回國後正式出版）奠定了他在早期中國新詩史上的地位。受限於勤工儉學的有限經濟條件，自謂「寒酸去國」的李金髮無法像一些公費留學生那樣傾情遊玩，甚至住在巴黎五年，還沒登過一次埃菲爾鐵塔。在為數不多的行旅訪問經歷中，李金髮尤其喜歡盧森堡公園，經常在那裡讀書作畫。此外，他幾乎每週都要遊覽各類博物館和美術館，觀摩全市博物館的名作，並在「第一次遊盧森堡博物館就醉心於美麗的石像，即有意從事雕刻」〔註 17〕。1922 年冬天，趁德國馬克匯率下跌，李金髮赴德國柏林遊學，他在這裡編定了詩集《微雨》，並寫下《食客與凶年》，把自己自嘲為在德國經濟的「凶年」享受低價馬克之福的「食客」。在德國期間，他與好友林風眠遍訪大小電影院和咖啡館，也考察和瞭解了戰后德國的社會狀況。1923 年冬天，李金髮返回法國，並與在德國相識的女孩 Gerta（李金髮將這位德國戀人的名字翻譯為「屐妲」）結婚，寫下第三本詩集《為幸福而歌》。因婚後的經濟狀況拮据，李金髮無力去南法的海濱度假，只能選擇相對較近、開銷較少的聖凡拉利海濱與家人同遊。〔註 18〕1925 年，李金髮選擇從意大利乘船回國，與妻子在意大利遊玩了半年，涉及威尼斯、羅馬、那不勒斯等城市。在羅馬逗留的四個多月中，李金髮「看盡一切古蹟、教堂、博物館，每個名勝都留下不可磨滅的印象，那裡是凱撒大帝紀念戰功的凱旋門，那裡是尼魯王窮奢極欲的宮殿，那裡是人與獸鬥的演武場，那裡是掩埋成千成萬基督教徒的地下迷宮，骷髏猶在牆壁岩穴中，看了令人毛髮悚然」。〔註 19〕

〔註 17〕李金髮著，陳厚誠編：《李金髮回憶錄》，東方出版中心 1998 年版，第 46 頁。
〔註 18〕相關情況可參見李金髮《憶巴黎海濱》，李金髮著，陳厚誠編：《李金髮回憶錄》，第 185～188 頁。
〔註 19〕李金髮：《靴國的回憶》，香港《文壇》月刊第 122 期，1955 年 5 月。

從行旅抒寫上觀察，李金髮的三部重要詩集都成於域外，涉及行旅觀察經歷的詩篇數目繁多，比較有代表性的是《里昂車中》《景》《夜之歌》《盧森堡公園（重回巴黎）》《巴黎之囈語》《街頭之青年工人》《寒夜之幻覺》《故鄉》《悲》《柏林初雪》《沈寂》《放》《明》《黃昏》《遊 Posedam》《過去與現在》《完全》《秋》《柏林之傍晚》《秋興》《Millendorf》《遊 Wannsee》《紅鞋人——在 Café 所見》《柏林 Tiergarten》《韋廉故園之雨後》《海浴》《Am Meer》《海潮》《Fontaine-aux-Roses（巴黎城南）》《初夜》《重見小鄉村》等。李金髮的域外行旅抒寫多以象徵主義技法，將異國景象與個人的孤獨寂寥體驗融合相生，文字充滿朦朧與奇詭之感。他擅長捕捉現代人身處巴黎都市的情感細節，在一定程度上契合了波德萊爾等先賢的詩思，創立了新詩異域抒寫的獨特一脈。

3. 王獨清（1880～1940）

1913 年，王獨清考進三秦公學學習英文，1915 年離家前往上海，不久東渡日本，開始接觸外國文學。兩年後返回上海，任《救國日報》編輯。1920 年 5 月 9 日，王獨清由上海出發，乘坐「阿爾芒勃西號」郵輪赴法國留學，研究和考察歐洲古典建築藝術，還曾遊歷意大利、比利時和德國柏林，並特意遊覽了柏林的圖書館和博物館。1925 年上半年，詩人的光陰「多半是消磨在浪遊之中」，他想「有系統地考察歐洲各處最古的美術」〔註 20〕，於是有了第二次意大利之行。他在威尼斯、羅馬、那不勒斯等地遊覽後，又在瑞士流連許久，在 1925 年底取道里昂由法國馬賽登船回國。王獨清的海外寫作成果頗豐，詩集《聖母像前》《威尼市》中存有大量抒寫巴黎城市風貌和法國異域風情的篇章，其中涉及域外行旅和觀覽經歷的經典文本有《聖母像前》《失望的哀歌》《我從 CAFÉ 中出來……》《最後的禮拜日》《我飄泊在巴黎街上》《弔羅馬》《別羅馬女郎》《但丁墓旁》《Seine 河邊之冬夜》《來夢湖的回憶》《火山下》等。他的行旅詩篇多以漫遊者的視角描述病態的都市，景物在他的詩歌中被碎片化地呈現，沾染著漂泊者的憂傷與孤獨，一方面是詩人感傷主義的情感再現，同時也是王獨清運用象徵主義技法的美學實驗。

4. 蘇雪林（1897～1999）

蘇雪林一生曾有兩次長期赴法之旅。一次是 1921 年到 1925 年，另一次是在 1950 年到 1952 年。1921 年秋，蘇雪林考取吳稚暉、李石曾在里昂創辦

〔註 20〕王獨清：《我在歐洲的生活》，光華書局 1932 年版，第 214 頁。

的中法學院，8 月 13 日由上海乘「Porthos」號海輪赴法，入里昂中法學院，先後學習西方文學和繪畫藝術。1924 年轉入里昂國立藝術學院學習繪畫。1925 年因母親生病遂輟學回國。在其自傳體小說《棘心》中，蘇雪林記載了自己的幾次行旅經歷，比如她去法國南部城市都龍的來夢湖休養身體，感受自然之美，還在「法京遊覽與歸國」一章中談到在巴黎的遊覽經歷。她在巴黎並無遊伴，只是憑著一本旅行手冊在街上亂闖，為了更為「經濟」地遊遍巴黎，她「照遊覽指南所示，將巴黎分為八區，每天遊一區。按圖索驥地逐一拜訪那區內的名勝，一天之間，可以經歷八九處地方。雖然走馬看花，不能詳細領略那些名勝的好處，但巴黎的盛況，她終算得其大概了。」〔註 21〕饒有意味的是，蘇雪林的域外詩歌寫作是文言與白話並行的，按照作家自己的說法：「民國十年我赴法留學，為想專心學習外國的東西，故意不多帶中國書籍，且亦真的無暇弄中國文學，詩爐的火真的熄滅了。第二年與幾個男女同學共遊法國名勝郭城（Grenobe），看猶麗亞齊（Uriage）的有名古堡 E．R．，又遊覽盧丹赫（Lautaret）連山。數日清遊，詩興忽然大發，長歌短詠，共做了三四十首。」〔註 22〕蘇雪林晚年時將生平所作舊詩詞結集出版為《燈前詩草》，其中第四卷《旅歐之什》便輯錄了她早年留法遊覽郭城時的這些詩作，包括《溪行》《九日乘火車至郭城》《往看盧丹赫山》《記郭霍諾波城蹤》等文本，共 26 首。1923 年，蘇雪林還一口氣寫成 43 首白話新詩，受當時「小詩」之風浸染，其詩體清新短小，題名《村居雜詩》，發表在 1923 年 10 月 25 日《晨報副刊》上，後又連載多期。同時進行文言與白話兩種詩歌體式記遊，可謂蘇雪林行旅抒寫的顯著特色。

5. 林如稷（1902～1976）

1923 年 10 月，林如稷自費到法國留學，先後在里昂大學、巴黎大學法科和文科聽課，自修經濟史和近代法國文學等課程，1930 年秋從巴黎回國，次年任教於北平中法大學經濟系。作為淺草社的發起人，林如稷的文學創作以小說為主，新詩作品多寫於出國留學之前，並沒有涉及域外行旅的詩文創作。

6. 梁宗岱（1903～1983）

1917 年，梁宗岱考入廣州培正中學，在校期間開始詩歌創作。1923 年被保送入嶺南大學文科。1924 年秋，梁宗岱在家人支持下選擇赴歐留學，先在

〔註 21〕蘇雪林：《棘心》，《蘇雪林文集》，北京燕山出版社 1998 年版，第 187 頁。
〔註 22〕蘇雪林：《我與舊詩》，《蘇雪林文集》第 2 卷，安徽文藝出版社年版，第 141 頁。

瑞士日內瓦大學學習法語，一年後轉法國巴黎大學聽課。留法期間結識了法國象徵派詩歌大師瓦雷里，並將其詩作譯成中文。1930 年夏天曾赴德國海德堡大學訪學半年，後經蘇黎世進入意大利佛羅倫薩大學進修意大利語。1931 年「九一八」事變後，為了「共赴國難」，梁宗岱由法國乘船回國，結束七年留歐生涯。留法期間，梁宗岱遍覽各大美術館和博物院，對巴黎瞭解頗深，他尤其推崇在大自然中體驗和發現美。不過，詩人沒有直接抒寫域外行旅體驗的原創詩作，他把更多的精力用在詩歌翻譯和詩學理論建設上，留存下來的海外詩篇僅有 1925 年 2 月 20 日寫於日內瓦湖畔的《白薇曲》，是他致獻法國姑娘安娜（梁宗岱給她起名白薇）的作品。

（二）德國

1. 宗白華（1897～1986）

1920 年 5 月，宗白華由上海出發，乘郵輪「阿爾芒勃西」號，與王獨清、蕭三等同船赴歐留學，先後在法蘭克福大學、柏林大學學習哲學、美學等課程。1925 年回國後在南京大學、北京大學任教。從幼時起，宗白華便對自然風景有著天然的熱愛，他認為在自然中活動是養成詩人人格的重要條件，指出詩人的精神世界應該與自然景象交融互滲，由此方能進入藝術的境界。在德國留學期間，他遍遊各個城市的美術館，還在巴黎的博物館流連甚久。在盧浮宮觀看羅丹的雕塑，直接給予他「自然之美」的啟示。他還建議青年人「多作山水中徒步旅行」〔註 23〕，以感悟自然與內心的遇合。1923 年，宗白華創作了《流雲小詩》，其中涉及行旅的詩篇包括舊體詩《海上寄秀妹》和新詩《夜》《晨》《秋林散步圖》《柏林之夜》《雨夜》《郊遊》《柏林市中》《不朽》《自題德國海濱小照》《德國東海濱上散步》《黑影》《東海濱》《冬景》《夜中的流雲》《大城的情緒》《生命之窗的內外》等。除了《柏林之夜》等少數描繪德國都市景觀的篇章外，宗白華的大部分涉及域外行旅觀覽的抒寫都集中於對德國自然風景的描繪，試圖為自然外物與人類的內心世界尋找交流的渠道。

2. 王光祈（1892～1936）

王光祈是中國著名的音樂學家，曾與《京華日報》編輯周太玄（周無）一同提議建立「少年中國學會」。1920 年，王光祈受上海《申報》駐德記者聘

〔註 23〕宗白華：《致柯一岑書》，林同華主編：《宗白華全集》第一卷，安徽教育出版社 1996 年版，第 414 頁。原刊於 1922 年 6 月 7 日《時事新報・學燈》（上海版）「通訊」欄上。

請赴德國訪學，意在考察德國社會情況。4 月 1 日，他乘法國船離開上海前往德國法蘭克福，學習德語和政治經濟學，並兼任《申報》《時事新報》和北京《晨報》的駐德特約記者。1923 年 7 月，王光祈遷居柏林，在那裡專修小提琴和音樂學理論，並於 1927 年 4 月入柏林大學攻讀音樂學，1933 年起任波恩大學東方學院中國文藝課講師，後病逝於德國波恩。王光祈的域外行旅集中於德國，他也是開創東方民族音樂理論先河的音樂學家。就新詩創作來說，王光祈的詩作極少，涉及域外行旅的詩篇主要是 1920 年赴德留學時在郵輪上寫下的《去國辭》，謳歌了「少年中國」的澎湃精神。

（三）英國和德國

1. 傅斯年（1896～1950）

1919 年夏，傅斯年在北京大學畢業後考取庚子賠款的官費留學生，赴英國倫敦大學學院研修實驗心理學，同時涉獵數學、物理、哲學、文學等學科。1923 年秋天，傅斯年由英赴德，入柏林大學哲學院，學習心理學和比較語言學等。1926 年冬天應中山大學之聘回國，在中山大學任教。楊步偉曾以「寧國府大門前的一對石獅子」〔註 24〕比喻傅斯年和陳寅恪，肯定其學習生涯之清白與刻苦。除了曾赴巴黎會見胡適以及零星的遊歷外，傅斯年專心治學，幾乎沒有主動的旅行。其海外寫作多為對學子內心多元複雜境況的揭示，有新詩《心悸》《心不悸了！》等，並有《留英紀行》《歐遊途中隨感錄》等為數不多的紀行感悟類文章。

（四）英國、法國

1. 劉半農（1891～1934）

劉半農是新文化運動的幹將和白話文的倡導者。1920 年 2 月 7 日，劉半農乘日輪「賀茂丸」號赴歐，初入英國倫敦大學學院學習語音學原理。1921 年 6 月入法國巴黎大學學習，並在法蘭西學院聽講，繼續學習實驗語音學。1922 年春，德國馬克大跌，劉半農選擇到柏林大學短期訪學三個月。歸法後又於同年冬天重遊柏林。1923 年，他曾去比利時布魯塞爾看望蔡元培。1925 年獲得法國國家文學博士學位，同年 7 月 3 日，劉半農一家乘坐法國郵輪「Paul Lecal」號由馬賽啟程回國，途中連做《歸程中得小詩五首》，抒發遊子

〔註 24〕楊步偉、趙元任：《憶寅恪》，載臺北《清華校友通訊》第 2 期，1970 年 4 月 29 日。

思鄉之情。因為經濟狀況始終不佳，劉半農的遊歷範圍較為有限。初到倫敦時，他每週有兩日遊覽大英博物館，還喜歡光顧查令十字大街的二手書店，搬至倫敦郊外居住後，也偶而帶家人去郊外旅行。作為白話新詩的實踐者，劉半農涉及域外心路歷程和遊覽經歷的詩篇除了歸國途中寫成的小詩外，還有寫於英國的《牧羊兒的悲哀》《一個小農家的暮》《稿子》《夜》《教我如何不想她》《在一家印度飯店裏》，寫於法國的《恥辱的門》《戰敗了歸來》《巴黎的秋夜》《劫》《巴黎的菜市上》《別再說……》《記畫》《熊》《老木匠》《三唉歌（思祖國也）》，記載德國經歷的《柏林》《我竟想不起來了！》等。

2. 朱光潛（1897～1986）

朱光潛的留學經歷非常豐富。1925 年，他獲得官費留英的資格，當年 9 月取道蘇聯赴英，在愛丁堡大學學習。1928 年獲文學碩士學位後，轉入倫敦大學就讀，同時在法國巴黎大學註冊聽課。1931 年，朱光潛赴法國斯特拉斯堡大學進修。1933 年由馬賽乘船回國，結束歐洲求學生涯。雖然經濟條件有限，但朱光潛經常主動開展遊歷，如意大利、比利時和瑞士等國家，都留下過他的足跡。尤其是他對莎翁故居、盧浮宮等文學聖地和博物館的多次探訪，豐富了其對藝術與美的理解。在《談美》等文章中，朱光潛曾多次談及遊歷經驗與美感獲得的關係。他對於新詩的主要貢獻在於新詩美學建構，並沒有涉及域外行旅的新詩作品。

（五）英國

1. 邵洵美（1906～1968）

1925 年初，邵洵美乘「嘉多富」號郵輪赴歐洲留學，入英國劍橋大學依曼紐學院英國文學，曾利用假期赴法國巴黎進畫院學習繪畫。1926 年因家人召喚，邵洵美惜別劍橋，於 5 月下旬乘郵輪回國。初到歐洲的時候，邵洵美在意大利的那不勒斯登岸，遊覽博物院時發現了希臘女詩人薩福的畫像，引發他對新詩詩格的思考與探索，並自覺開始寫作新詩。他的詩歌詞句新奇，辭藻華麗，音調多變，多以纏綿的欲望充當情感之肌理，抒發「頹加蕩的愛」。他的詩集《天堂與五月》便是在歐洲留學期間完成的，1928 年在上海出版的《花一般的罪惡》也收錄了多首歐遊之作，其中涉及域外行旅遊歷體驗的文本包括《我只得也像一隻知足的小蟲》《病痊》，寫於歸途郵輪上的《漂浮在海上的第三天》《紅海》《愛》《To Sappho》《To Swinburne》《花》等。

四、留蘇詩人

1. 蔣光慈（1901～1931）

蔣光慈早年受無政府主義和社會主義學說影響，積極參加革命活動，較早學習並接受了《共產黨宣言》等革命書籍。1921 年 5 月，蔣光慈和劉少奇、任弼時等人攜帶上海社會主義青年團給第三國際的密信，由上海乘輪船經日本長崎至海參崴，再轉鐵路直達莫斯科，入莫斯科東方共產主義勞動大學中國班學習政治經濟學，並取俄名烏特金，開始文學創作。1922 年加入中國共產黨。1924 年初夏，與蕭三等人一同歸國，後經瞿秋白介紹，到上海大學社會學系任教，同時從事革命文學寫作。1929 年 8 月下旬，蔣光慈赴日本養病，期間號召成立太陽社東京支部，同年 11 月 15 日由東京回國。蔣光慈的海外寫作主要包括留俄三年間的詩集《新夢》（1925 年出版，收 1921 年 7 月 4 日到 1924 年 7 月 6 日詩人在蘇聯期間創作的新詩作品）和旅日日記《異邦與故國》（1930 年出版）。蔣光慈的蘇聯遊歷主要集中在莫斯科，他把這座城市視為「親愛的乳娘」和「第二故鄉」，《新夢》中涉及蘇聯行旅見聞與感思的篇章包括《紅笑》〔註 25〕《十月革命紀念》《太平洋中的惡象》《復活節》《新夢》《秋日閒憶》《自題小照》《莫斯科吟》《哭列寧》《臨列寧墓》《月夜的一瞬》等。這些詩歌多以如焚的激情高歌赤都紅影，頌揚革命激情，莫斯科的城市面貌和詩人自身的激蕩感懷融為一體，形成奔放昂揚的「紅色鼓動詩」。蔣光慈也憑藉詩集《新夢》而被錢杏邨稱為「中國革命文學著作的開山祖」〔註 26〕。

五、跨洲留學詩人情況

1. 葉公超（1904～1981）

1912 年，9 歲的葉公超便赴英國讀了兩年書，1914 年又在美國讀書一年，14 歲時回國。1917 年入天津南開中學就讀。1920 年 8 月，葉公超搭乘「南京號」郵輪赴美國伊利諾伊州巴納高級中學就讀，中學畢業後曾回國住過一段時間然後第三次赴美。先入貝茲大學，1922 年考入麻省愛默斯特大學學習，1925 年獲學士學位後轉赴英國劍橋大學攻讀文藝心理學，1926 年獲得劍橋大學文學碩士學位。離英後，他曾短赴法國巴黎大學研究院修習，同年歸國，

〔註 25〕1921 年 7 月，蔣光慈在赴莫斯科途中經過烏拉爾山脈時寫下《紅笑》，這是詩人第一首歌頌蘇聯的詩歌。

〔註 26〕《蔣光慈傳略》，見方銘編：《蔣光慈研究資料》，寧夏人民出版社 1983 年版，第 5 頁。

任北京大學英文系講師。他對於新詩的貢獻主要在於理論建設和批評，而非新詩創作。就其域外寫作而言，僅有在愛默斯特大學讀四年級時寫下的一本英文詩集《Poems》，現已遺失。

2. 徐志摩（1897～1931）

徐志摩一生的出外遊歷共計四次，他的遊學圍繞美國和英國展開。早在幼年讀書時，他就對美國產生了濃厚的興趣，其記載少年經歷的《府中日記》除了登錄日常瑣事外，還專門從《謙本圖旅行記地理讀本》中抄錄了《尼亞哥拉》《仙都——加利佛尼亞》《落機山之奇觀》《大湖》四篇北美遊記。一來顯現出他對美國的嚮往，二來也契合了他樂於遊覽自然、尋訪勝蹟之心。在導師梁啟超的建議和父親徐申如的經濟支持下，徐志摩於 1918 年 8 月 14 日乘「南京號」郵輪從上海浦江碼頭出發，赴美自費留學。經過 21 天的海上旅行，終於抵達美國舊金山。他先是在馬薩諸塞州的克拉克大學修習社會學（歷史），後轉入紐約哥倫比亞大學攻讀經濟學。為了追隨精神導師羅素的步伐，徐志摩於 1920 年轉至英國倫敦政治經濟學院就讀，後入劍橋大學國王學院學習政治經濟學。其間多與當地文化名士交往，並在康橋美麗風景的觸發下開始大量寫作新詩。其行旅抒寫文本包括《夏日田間即景（近沙士頓）》《春》《沙士頓重遊隨筆》《私語》《夜》《康橋西野暮色》《康橋再會罷》等。這些詩篇描摹了英國的田園風光，表現了詩人對自然之靈性的嚮往。可以說，康橋生活奠定了詩人的藝術觀，使他確立了精神主體的自我意識。1922 年 8 月，徐志摩結束英國學業乘船歸國，在途中寫下《威尼市》《馬賽》《地中海》《夢遊埃及》《地中海中夢埃及魂入夢》〔註 27〕等詩篇。1924 年 5 月至 7 月，徐志摩陪同泰戈爾赴日本，寫下《沙揚娜拉十八首》《留別日本》等詩作紀念日本友人，敘寫文人情誼。1925 年 3 月至 7 月，徐志摩為了排遣心中鬱悶，選擇「自願的充軍」〔註 28〕遊歷蘇、德、意、法等歐洲國家，試圖尋找創作的靈感。他給自己制定了詳細的行旅路線，先是取道西伯利亞大鐵路，乘火車一路往西，穿越西伯利亞的茫茫雪原。漫長的旅途上，蒼茫的土地和貝加爾湖的美景給詩人留下了深刻的印象，他寫下《西伯利亞道中憶西湖秋雪庵蘆色作歌》《西伯利亞》等

〔註 27〕《夢遊埃及》《地中海中夢埃及魂入夢》這兩首詩並非詩人真實的行旅記錄，而是他在船行過程中的精神漫遊，而這種文學想像的生成，或許又與徐志摩接觸到的西方文人對埃及文明的想像傳統相關。

〔註 28〕此語出自《歐遊漫錄——西伯利亞遊記》，韓石山編：《徐志摩全集》第 2 卷，天津人民出版社 2005 年版，第 68 頁。

詩篇。到達莫斯科後，他特意拜訪了托爾斯泰的家人，也拜謁了契訶夫的墓地，瞻仰了列寧的遺體，隨後一路西行抵達歐洲。在歐洲遊歷期間，他在法國祭掃了波德萊爾、曼殊菲兒等人的墓地，在意大利拜謁了雪萊、濟慈、勃朗寧夫人、但丁等詩人的墳塋，並在英國終於見到了羅素。此間寫下《翡冷翠的一夜》《詩句》《在哀克剎脫教堂前（Exeter）》等。1928 年，徐志摩決定進行一次環球旅行，想要「重走」一遍當年遊學的路線，先是到日本，然後東渡太平洋到美國，再從大西洋到歐洲，最後經印度返回。當年 6 月 15 日，徐志摩先後抵達日本、美國、英國、印度、新加坡等國家，寫下那首膾炙人口的《再別康橋》，以及《深夜》《在不知名的道旁（印度）》《他眼裏有你》等。這次域外旅行是訪問之旅，詩人所到的景點有限，也未能展開更為深入的遊覽與探訪。整體上看，徐志摩的行旅抒寫最為集中的地點均在歐洲，且以康橋為中心。他是喜好旅行之人，早在《府中日記》中便多有對登山觀湖泛舟等遊歷的記載，並專設「遊覽地方」一欄以登錄每日巡遊景點，足見其對遊歷之重視。他在歐美留學時，也廣為觀覽自然景點和人文景觀，這種對「遊」的癡迷伴隨了詩人一生。如果說他是新文學家裏鍾情旅行的第一人，大概並不為過。

3. 蕭三（1896～1983）

蕭三在 20 世紀 20 年代的域外行旅有兩次，其遊學圍繞法國和蘇聯展開。1918 年，蕭三赴京入勤工儉學留法預備班，後參加「五四」運動。1920 年 5 月，他和 126 名勤工儉學學生一道，乘坐「阿爾芒勃西」號郵輪啟程，赴法後入蒙達日公學學習，聽說德國生活費用低，便又在德國居住了 8 個月，後因組織活動需要返回巴黎。1922 年，蕭三轉赴蘇聯，在莫斯科東方勞動者大學學習，並於 1924 年 8 月經海參崴乘輪船回到上海。蕭三的第二次出訪是在 1928 年，他到莫斯科養病期間，在莫斯科東方大學任教，開始從事文學活動，直到 1939 年 3 月方才回國。在本著所涉的時間範疇內，蕭三涉及域外行旅的詩作僅有寫於赴法郵輪上的一首《過印度洋雜詩》，至於《我又來謁列寧墓——為列寧去世 15 週年作》《紅場》《瓦西慶樂》等抒寫蘇聯的詩作，均是 20 世紀 30 年代的作品，故不納入本著的研究視域。

4. 羅家倫（1897～1969）

羅家倫是中國現代教育家、思想家和社會活動家，也是「五四」運動的命名者，他的遊學圍繞美國和德國、法國三國展開。1917 年，羅家倫入北京大學，曾與傅斯年等組織新潮社，創辦《新潮》雜誌。1920 年 9 月 27 日，他獲得上海綿業大王穆藕初的獎學金資助，搭乘「中國號」郵輪赴美留學，入普林斯頓大學研習文學、歷史、哲學以及教育學。1922 年因慕杜威及 Dean Woodbridge 兩教授之名，轉入哥倫比亞大學。1923 年冬，羅家倫離美赴歐，在德國柏林大學旁聽歷史和哲學課程。1925 年他轉入法國巴黎大學，仍主修歷史和哲學，其間曾赴英國牛津大學查閱資料。1926 年，羅家倫結束遊學之旅，於 6 月 18 日由法國馬賽搭船回國，後出任清華學校首任校長。相比於舊體詩寫作，羅家倫的新詩創作數量較少，涉及域外行旅生活的主要包括《普林斯頓的秋夜》《一個柏林的冬曉》《赫貞江上游的兩岸》《戰場的自由女神》《凱約湖中的雨後》等，收錄在詩集《疾風》中。

六、留學背景之外的詩人

1. 劉大白（1880～1932）

1913 年，劉大白因在其主編的《紹興公報》發表討伐袁世凱的文章，為避免迫害被迫東渡日本避難。在東京期間加入「同盟會」，1915 年因公開發表反對「二十一條」條約的文章，受到日本警視廳的監視，不得不離開東京轉赴南洋新加坡、印尼等地，在當地華僑學校講授國文。1916 年，袁世凱稱帝失敗而病亡後，劉大白方才回國定居。在日本期間，劉大白並沒有被異國繁榮昌盛的景象所吸引，而是滿懷憂國憂民之心，將大部分時間用在學習日語和關心時政上，他極少出門上街，更奢談主動觀賞遊覽風景。詩人在日本寫下一系列舊體感懷詩篇，均收入《白屋遺詩·東瀛小草》中，其中 1914 年《櫻花》一首寫道：「縱教偷得好春光，花到蓬萊竟不芳。有色無香非上品，流紅未足誤劉郎。」對於櫻花盛開的景色，詩人卻毫無賞花之興，這足以證明他與異國風景之間的心理疏離感。伴隨著與沈玄廬等人交遊的展開，劉大白的遊覽視界逐漸擴大。他曾遊歷過富士山、太陽閣等當地名勝，留有《浪淘沙·遊日本向島登太陽閣，醉後觀隅田川晚景》等文言詩詞。從 1919 年開始，劉大白方才開始新詩寫作，其抒情、說理之外另有寫景一脈，注重傾心自然，追求物我交融，但均與域外風景無關，因此對劉大白域外行旅抒寫的考察，還是以其舊體詩詞創作為中心。

2. 傅彥長（1891～1961）

傅彥長原名傅碩家，又名傅碩介，字彥長。早年曾在上海專科師範學校、上海務本女校等地任教。1917 年，他隻身一人遊學日本。和一般選擇出行海外的青年不同，傅彥長並未選擇學校就讀，他不看重文憑與證書，而是專注於對藝術沙龍與社團的探訪，以此考察日本的人性與文化，學習日本文化中的藝術特質。1920 年 9 月，他以音樂家的公派身份赴美考察，遊歷之處均為美國各類音樂會和音樂團隊，這為他日後從事音樂教育積累了大量第一手的資料。1923 年 2 月，傅彥長由美歸國任教，在上海藝術大學、同濟大學等高校教授藝術理論和西方藝術史。從遊歷觀念上看，傅彥長認為地理的遷徙不應帶有功利性的目的，對個人而言出國僅僅是換一個地方生活一陣那樣簡單，因此他的域外生活雖然艱苦，但精神上卻充滿了自由與自足。他對於各種藝術形式均有涉獵，新詩方面涉及行旅經歷的作品寥寥，比較有代表性是發表在 1919 年《新詩年選》中的《回想》，抒寫他在日本街道上散步時的感受。

3. 俞平伯（1900～1990）

1918 年，俞平伯的第一首新詩《春水》在《新青年》發表，標誌著他正式投身新詩寫作。1920 年 1 月，剛剛從北京大學畢業的俞平伯與傅斯年一起赴英國留學，離別前寫下新詩《別她》，抒發對祖國之愛戀，希望此次出國能夠尋得一條救國之路。抵達英國後，因英鎊匯率上漲，俞平伯難以負擔留英開銷，只得於當年 4 月回國，草草結束遊英之行。因為並沒有正式就讀任何學校，因此我們未將俞平伯列入「留學詩人」的範疇。俞平伯的第二次出國之旅發生在 1922 年 7 月，作為浙江省視學，他受省教育廳委派赴美國考察當地教育，途中曾在東京參加上野公園參觀東京博覽會。抵達美國後，他先在紐約居住了一個月，後因病於當年 11 月提前歸國。雖然在早期新詩創作特別是在紀遊詩領域以及新詩理論上貢獻頗豐，但俞平伯的海外經歷卻多被人忽略，這主要是因為他的出行時間過短，加之身體狀況不佳，沒有充分在當地展開遊歷，也幾乎沒有從中採擷詩歌創作的素材，這對擅長紀遊題材的詩人來說可謂遺憾。儘管如此，俞平伯還是留下一些涉及域外之旅的詩歌，如 1920 年 3 月 9 日歸國途中的《去來辭》《僅有的伴侶》，感歎自己歐遊來去匆匆，「空負了從前的意」。還有 1922 年赴美後寫成的《東行記蹤寄環》（七首）（包括《吳淞江》《長崎灣》《橫濱》《China 船上之一》《Honolulu》《China 船上之二》《Berkeley 之圓月》）《Clifton Park 中之話》《八月二十四日之夜》《Baltimore 底三部曲》《到紐約後初次西寄》《車音》《佔有——遊博物院後所感》《去思——去紐約作》《坎拿大道中雜詩》《祈禱》《飄泊者底願望》等。

4. 鄭振鐸（1898～1958）

1919 年，鄭振鐸參加「五四」運動並開始發表文學作品。1920 年與沈雁冰等人發起成立文學研究會，創辦《文學週刊》與《小說月報》。1927 年，因白色恐怖加劇，鄭振鐸決定赴歐躲避，5 月 21 日，他乘 Athos 號郵輪赴法。作家希望把這次出行當作一次學習的機會，因而到達巴黎後，除了參觀博物館，體驗凡爾賽宮、巴黎聖母院、和平咖啡屋等當地文化地標外，他每日基本都在盧森堡博物館和國立圖書館裏收集資料。1927 年 9 月，鄭振鐸赴英國倫敦，在大英博物館查閱敦煌「變文」以及開展相關寫作活動。1928 年 9 月，到意大利訪問羅馬、那不勒斯、威尼斯、佛羅倫薩等地後回到巴黎，10 月中旬由巴黎乘船回國。旅居英、法期間，鄭振鐸的將他的訪學遊覽經歷記入《歐行日記》，對自己的寫作、訪問、遊覽等情況作了非常細緻的記錄。特別是他對郵輪生活的描述，為我們瞭解彼時知識分子出洋的細節提供了鮮活可感的資料。不過，雖然身為早期新詩的主將，鄭振鐸卻沒有關於域外行旅的詩作留存。

第二節　域外行旅的基本特點

從上一節的詩人遊歷情況匯總可以看出，異域遊學構成了大多數早期新詩人的寫作背景，除了少數幾位緣於政治原因出國避禍的詩人外，幾乎所有行走域外的詩人都是源自海外求學的內心召喚，以留學生的身份出洋學習。如夏志清曾指出的：「當時較具影響力的作家，幾乎清一色的是留學生，他們的文章和見解，難免受到他們留學所在地時髦的思想或偏見所感染。」〔註 29〕同時，這種「感染」還應體現在域外遊歷體驗對詩人產生的影響上。結合早期新詩人域外行旅的整體情況，我們不妨釐清其間細部的差異，提取共性的交集，探析詩人域外行旅的一些基本特點。

一、從留學到遊學：行旅的目的性轉換

身處新舊時代之交，彼時文人的出國遠行往往源於國家富強觀念的驅動，希冀從他國的自強之道中有所借鑒和吸收，以幫助中國走向現代之路。此種願望承襲了傳統「仕」文化的家國觀念，又浸潤了來自西方的現代國家意識。

〔註 29〕〔美〕夏志清：《中國現代小說史》，劉紹銘等譯，復旦大學出版社 2005 年版，第 17 頁。

就早期新詩人而言，他們的出國初衷也與「強國」的理念相關，凡出外求學，多是為了獲取經世致用的才能，尤其是先進的自然科學知識。無論是清政府還是民國政府，其派遣留學生出洋所學的學科，也都以交通、農業、橋樑等注重實際應用的科目為主，至於藝術哲學等門類則幾乎沒有涉及。如胡適修學農科、郭沫若學習醫科、成仿吾則更為直接，他向日本學習造兵科，意在富國強兵。隨著留學的深入，一些思想先行者認識到拯救國民精神的重要，進而調整了留學的學科方向，試圖從思想上強健國人的靈魂。如魯迅、郭沫若等選擇棄醫從文，都是基於這種觀念的觸發。伴隨著對西方文化觀照的漸次深入，在 20 世紀 20 年代出國的諸多文人開始以人文科學或者直接以文學作為求學目標，而把作為「五四」時代背景的自然科學話語理解為助力性因素，以自然科學的方法輔助其人文學科的思考，用科學的眼光展開人文的觀察，這成為當時留學生（以留歐美學生為主）的一種典型的方法論。

外在的、由國家富強觀念構成的整體文化氛圍，與詩人內在的對「遊」文化的投合與嚮往，在當時形成一種合力，導致很多人萌發走出去看一看的強烈願望。異國對於他們來說，散發著強有力的磁性魅力，使其無時無刻都想擺脫文化慣習的羈留，正如郭沫若的表達：「景仰歐美，景仰日本，景仰京滬，景仰成都，就跟五牛崩屍一樣，少年的心受著四方的牽引，他是沒有一刻寧靜過的。」〔註 30〕除了強國觀念的外在驅使，詩人內心對「觀察」世界的渴望也構成推動其走出國門的精神要素。留學德國的王光祈便認為一個人如果想要與「舊中國」隔絕，那一個方法便是出國留學或是做工：「我不是說外國社會都是好的，——其實壞處亦正不少，——亦不希望永久的離開中國社會，不過是我希望在短時期內，應該設法到外國去換一換空氣……看見他國社會的好處，便聯想到中國社會的壞處，看見他國社會的墮落，便聯想到中國社會的特長，看見他國社會與中國社會的共同弱點，便想到人類的全體改造，總之外國的學術生活，都可以作我們的參考。」〔註 31〕觀察他國，取法救國，是時代賦予學子的責任，王光祈試圖「換一換空氣」的初心，實際和郭沫若、成仿吾、周太玄等人無異。他們選擇出行，便是為了觀察西方，窺見國家興衰成敗的端倪，精神中充滿了崇高而豪邁的情愫。不過，細究王光祈

〔註 30〕《郭沫若自傳第一卷——少年時代》，《郭沫若全集》（文學編）第 11 卷，人民文學出版社 1992 年版，第 168 頁。

〔註 31〕王光祈：《旅歐雜感》，《少年中國》第 2 卷第 5 期，1920 年 11 月 15 日。

的言語，還會發現另一端倪，他說：「別人出國的宗旨多係求學，我出國的宗旨則兼求學與修養兩種。」〔註 32〕這句話中含有一個重要旨義，即他發現了出國對於個人精神世界亦即他所說的「修養」的建構作用，特別是留學遊歷之於自我人文精神的啟迪效應。這種效應的獲得，當然不僅限於觀察異邦的政治情況和國家體制，還應融合了更多從「遊學」之「遊」中收穫的精神質素。

傅斯年在《歐遊途中隨感錄》中曾論及他赴歐的目的，其中屢次談到「改造自我」這一關鍵主題，如「我這次往歐洲去奢望甚多，一句話說，澄清思想中的糾纏，煉成一個可以自己信賴過的我。」〔註 33〕冷卻政治熱情之後，他期待通過留學之旅實現自我的精神改造，而他的留學方式也頗為有趣。在歐洲期間，傅斯年從不以學位為重，而是專心遊學聽課，這大抵代表了 20 世紀 20、30 年代赴歐學子的普遍狀態。比如羅家倫留學海外六年，先後在美國普林斯頓大學、英國倫敦大學、德國柏林大學、法國巴黎大學學習，卻如傅斯年一樣，並不以取得學位為目的，而是選擇其所鍾愛的導師，以及他所感興趣的教育、文學、哲學、歷史等人文學科課程旁聽修習。他後來也為自己的遊學方式做出說明：「我們年輕時，在歐洲各地是遊學而非留學，在出國的四五年中，我們不會固定地在任何一所大學裏作過長達一年的停留，依照我們預定的計劃，我們幾乎訪遍了歐洲所有著名的學府，也曾向許許多多大師級的學者當面請教。但是，一旦我們瞭解這所大學的傳統和特點，而且與當地著名學人請教辯說，解決我們心裏疑團後，我們隨即又去訪問另一所學府。」〔註 34〕

如羅家倫、傅斯年這樣的「留學」，實際上便成為真正意義上的「遊學」之旅，這正是 20 世紀 20 年代在中國知識界興起的一股風潮。彼時學子留學海外，很多人只是在各大院校聽課遊走，搜集材料，書寫文章，且興趣不斷轉移，形成了開放性的「文學／文化」觀念，出現了一批中西兼修、見識廣泛且文史皆通的新型學者。鄭振鐸在他內容詳盡的《歐行日記》中曾吐露過出行的因由：「這次歐行，頗有一點小希望。（1）希望把自己所要研究的文學，作一種專心的正則的研究。（2）希望能在國外清靜的環境裏作幾部久欲動手寫而迄因上海環境的紛擾而未寫的小說。（3）希望能走遍各國大圖書館，遍

〔註 32〕王光祈：《旅歐雜感》，《少年中國》第 2 卷第 5 期，1920 年 11 月 15 日。

〔註 33〕傅斯年：《歐遊途中隨感錄・（一）北京上海途中》，收入《傅斯年文物資料選輯》，臺北中研院史語所 1995 年版，第 35 頁。

〔註 34〕劉維開：《羅家倫先生年譜》，中國國民黨中央委員會黨史委員會 1996 年，第 203 頁。

閱其中之奇書及中國所罕見的書籍，如小說，戲曲之類。（4）希望多遊歷歐洲古蹟名勝，修養自己的身心。」〔註 35〕從中可見，鄭振鐸觀察西方的目標更加具體，他意識到行旅是一種獨特的修習，因此對「學」與「遊」的方案設置也更為翔實。綜合而觀，現代文人在追求西方知識、考察海外文明的同時，也頗為希望根據自身的現實條件，有選擇性地遊歷異國的風光名勝。諸如徐志摩、聞一多、李金髮、邵洵美、孫大雨等詩人更是從對行旅路程、景點的觀察與感悟中，發掘出能夠激活個人創造力的精神質素，為寫作開啟了一扇嶄新的大門。

二、域外行旅的交通情況與觀光方式

（一）越洋郵輪與跨洲鐵路

現代中國交通技術的改善主要體現在兩個方面，一是國內鐵路建設的全面展開，二是國際海運線路的開拓，而後者為現代文人出國求學提供了必要的交通條件。幾乎所有早期新詩人的出洋留學都是借助海運交通，且集中於幾條固定的線路。除卻自晚清起便已漸成熟的中日航線外，中法（上海—馬賽）與中美（上海—舊金山）定期航線的開通，使跨洲的聯繫更為便捷。在中美航線中，如徐志摩（1918 年 8 月出發）和葉公超（1920 年 8 月出發）均選擇搭乘「南京」號郵輪赴美，郵輪自上海浦江碼頭出發，在海上航行 21 天後，抵達美國西海岸城市舊金山。陳衡哲（1914 年 8 月出發）、羅家倫（1920 年 9 月出發）、康白情（1921 年 9 月出發）均搭乘「中國」號郵輪赴美。1923 年，冰心乘「傑克遜」號客輪赴美，同船的還有許地山、梁實秋、吳文藻等人。根據當時的郵輪航線，所有的赴美航線都會在日本停靠，增加補給後再繼續行程。如「中國」號會在日本神戶停留，船上所有遊客需要前往橫濱繼續搭乘郵輪。至於中法郵輪行程，往往都是取道馬六甲海峽，沿印度洋一路向西，經紅海入地中海抵達南歐沿線，沿途會在香港、小呂宋（今馬尼拉）、新加坡、意大利的那不勒斯、熱那亞等海港城市以及南法的海港停留，一般以馬賽作為終點，航期約為 35 天。如劉半農、朱光潛、李金髮、蘇雪林等均搭乘了此條線路上的郵輪，多是法國郵輪「Porthos」號或「Athos」號。而寫於郵輪上的一系列「海上感思」詩篇，構成了新詩人域外抒寫的集中主題。

〔註 35〕鄭振鐸：《歐行日記》，《鄭振鐸全集》第 17 卷，花山文藝出版社 1998 年版，第 5 頁。

在跨洲航空業尚未起步的年代，除了海上交通外，還有一條通過鐵路入歐的方式，這便是西伯利亞大鐵路。西伯利亞鐵路東起海參崴，西抵莫斯科，全長近一萬公里，於20世紀初葉建成，橫跨廣袤的西伯利亞平原和烏拉爾山脈，是世界上最長的鐵路。今天，國人如要借助西伯利亞鐵路赴歐，可從北京一路乘火車北上，穿越蒙古過境後接續進入西伯利亞鐵路，但在當時的交通條件下，國人必須借助陸路或是海路先抵達海參崴，方能搭上西伯利亞列車。文人如選擇此法赴西歐，往往是乘車抵達終點站莫斯科，然後繼續搭乘從莫斯科出發的國際列車一路西行，經東歐諸國，穿越德、法等國抵達目的地。由此赴歐，抵達柏林只需 11 天，到巴黎 13 天，到倫敦 14 天，比海路要節省半個多月的時間，但車票所含服務並不包含沿途的餐飲和莫斯科的住宿費用，加上頻繁的護照簽證檢查，因而它遠不如中法郵輪航線那般熱門。選擇鐵路出行的詩人，要麼是直接奔赴莫斯科，要麼便是有著考察蘇俄的旅行設想。如 1921 年 5 月，蔣光慈赴蘇聯學習，先由上海乘輪船經日本長崎至海參崴，再轉西伯利亞鐵路直達莫斯科。1925 年 3 月，徐志摩取道西伯利亞大鐵路乘火車一路往西，穿越西伯利亞的茫茫雪原，短暫遊覽莫斯科後一路西行抵達歐洲。同年 9 月，朱光潛為了節省旅行時間，放棄了原先從海路經地中海、馬賽赴英的設想，而改由西伯利亞鐵路赴英，算上途中耽擱的時間，一共用時 26 天方抵達愛丁堡。1926 年 7 月下旬，胡適採取了和徐志摩、朱光潛相同的線路，也是取道西伯利亞大鐵路到莫斯科，短期遊歷後繼續西行。這些例證均與詩人的「赴歐」相關，也有一些詩人借西伯利亞鐵路「回國」的例證，如 1930 年 11 月，周太玄結束學習生活，從巴黎乘火車一路東行抵達莫斯科，由西伯利亞大鐵路回國。可以說，西伯利亞鐵路成為時人赴歐的一條重要的通道，諸如徐志摩、胡適等詩人均有記述沿途風景見聞的詩篇，尤其是西伯利亞的荒原景象和東正教教堂的人文風光，成為其詩文言詠的重心。

（二）異域旅行方式與旅行觀念的影響

與艱辛的跨洋行旅和緊張的留學課業相比，域外旅行則為詩人們提供了更多自由閒適的空間，使他們收穫難得的精神愉悅感，便於他們以輕鬆舒緩的心態觀察異域。和傳統的中國文人一樣，留洋詩人的旅行多與自然山水遊歷相關，同時也或多或少地受到異國旅行文化的影響，觸發他們採用當地人的旅行方式展開遊覽，這又分為兩種情況。

一種情況是行旅線路對旅行方式的影響，比較典型的是從上海赴美的郵輪都要在日本停靠幾日，因為停靠城市和再次出發的港口城市不同，所以乘客往往乘火車前往東京等大城市遊玩，然後繼續赴港口城市搭船。於是，諸多詩人便參與了這種由郵輪線路決定的「日本行」。如康白情、聞一多、胡適、徐志摩等，均有借助此類「必須的」旅行展開的訪友、遊覽行為。並且，郵輪本身就是一種新興的旅行方式，人們可以觀察不同海域的風光，體會停靠港口的風土人情，還能在漫長的航行途中專心閱讀、思考、寫作，很多海外詩篇正是在詩人出海途中誕生的。

還有一些詩人企慕歐洲文人的傳統旅行線路，以追慕感懷的心態尋訪先賢的道路，比較典型的是李金髮、王獨清、徐志摩、邵洵美等人的意大利之行。他們遊走在威尼斯、那不勒斯、羅馬、佛羅倫薩等歷史古城，拜謁濟慈、拜倫的墳塋，慨歎龐貝城的淒涼，想像古羅馬的繁盛，其遊歷既源自他們對意大利文明的嚮往，同時也或多或少地受到西歐文化界流行已久的「文藝復興聖地旅行」的影響。其所經之地和所攬之景，均順應了歐洲人遊覽意大利的傳統線路。

另一種情況是當地的旅行觀念對作家的薰陶。比如郭沫若、田漢留學日本期間，正是日本的「大正」時代，蒙戰爭對經濟的激發，彼時的日本社會相對穩定，經濟比較繁榮。在郭沫若、田漢、張資平等人的日記中，可以找到大量乘坐電車觀看城市風物的記載。同時，他們還頻繁遊覽當地的公園，登臨著名的山川。遊園登山的旅行方式看似與中國傳統文人的取向一致，但細究其裏，可勘其中差異。以登山為例，郭沫若屢次與朋友登山遊覽，實際上是受當時日本「大正」登山熱的風氣推動。在這樣一個大的旅行觀念背景下，審視郭沫若的「登山」行為和相關寫作，便能發現它絕非中國傳統意義上的「登臨」題材那般簡單，而是有了新的內涵。

再如徐志摩在 1925 年遊歷歐洲期間，拜謁了大量文學先賢的墓地，按照他自己的說法，「這次到歐洲來倒像是專做清明來的」，「不僅上知名的或與我有關的墳（在莫斯科上契訶夫、克魯泡德金的墳，在柏林上我自己兒子的墳，在楓丹薄羅上曼殊菲兒的墳，在巴黎上茶花女、哈哀內的墳；上菩特萊《惡之花》的墳；上凡爾泰、盧騷、囂俄的墳；在羅馬上雪萊、基茨的墳；在翡冷翠上勃朗寧太太的墳，上密佗郎其羅、梅迪啟家的墳；日內到 Ravenna 去還得上丹德的墳，到 Assisi 上法蘭西士的墳，到 Mantua 上浮吉爾（Virgil）的墳）。我每過不知名的墓園也往往進去留連，那時情緒不定是傷悲，不定是感觸，有風隨風，在塊塊的墓碑間且自徘徊，等斜陽淡了再計較回家。」〔註 36〕直到今天，中國人也沒有產生墓地旅行的習慣，但如果把目光移向歐洲，我們則會發現，從公元 4 世紀開始，便已產生專門赴那不勒斯朝聖詩人維吉爾墓地的旅行團。1375 年，文藝復興之父，意大利詩人彼特拉克去世後，其位於阿克瓦的墓地也成為文學聖地，朝聖旅行者絡繹不絕。在近現代文學旅行的發源地英國，人們對文學旅行的熱衷也始於作家的墓地觀光遊，而後才發展到作家的故居遊和文學博物館遊。在傾慕文學旅行的西方人眼中，作家的墓地應成為人們瞻仰偉大靈魂的聖地，墓地旅行也當構成文學旅行中最重要的一部分。從徐志摩早年的自我記述中，並未見其對墓地遊有著過多的興趣，更奢談在「不知名的墓園」裏流連，他在歐遊過程中選擇墓地旅行的方式，一方面是與「弔古」「傷時」的慕古情懷有關，另一方面很大程度上是受到了歐洲文學旅行文化中「墓地巡遊」的影響。他的行旅多是以文學為本位，圍繞作家生活地或文學發生地進行的遊覽活動，從而暗合了歐洲文人的「文學旅行」風尚，也為現代知識分子遊覽世界開闢出一條新的觀察路徑。而他對一些歐洲作家「獨自旅行」觀的傾心實踐，又與普遍流行的那種結伴同遊拉開了距離，便於他更為專心地體悟所觀之物，以文學之心抒寫世間風景。

除了郭沫若的「登山」與徐志摩的「觀墓」之外，陳衡哲的露營之旅也頗為典型。她赴美期間經常有想要去「露營」的願望，而露營旅行正是美國當地的消暑方式。在朋友海德夫人的邀請下，她在加拿大安大略省北部的鹿湖曾有過為期一個月的露營旅行經歷，終讓其得償所願。鹿湖的景色和北美的風光多次出現在她日後的寫作中，可見當地旅行觀念對作家的行旅和寫作的激發作用。

（三）風景的交集

縱覽早期新詩人的海外旅行，雖然每個人對旅行投入的熱情不同，對景點地標的選擇也各有殊異，但行旅國度當地的文化風尚和藝術積澱，使得很多詩人在觀賞風景的過程中形成了視線的交集，主要體現在四個方面：

一是英法的博物館。如英國倫敦的大英博物館，曾吸引胡適和劉半農傾

〔註 36〕徐志摩：《歐遊漫錄——西伯利亞遊記》，韓石山編：《徐志摩全集》第 2 卷，第 100 頁。

注大量時間來此查閱《敦煌抄本》。再如藝術之都巴黎，這裡的盧浮宮、羅丹博物館、盧森堡博物館等景觀幾乎出現在所有走訪巴黎的詩人文字中。李金髮便經常在盧森堡公園中寫生作畫，在盧森堡博物館裏觀摩雕塑，王獨清也頻繁出入盧森堡博物館，於期間流連忘返。蕭三、胡適、宗白華等都遊覽過盧浮宮博物館，而羅丹的雕塑更是直接啟發了宗白華的「自然之美」觀念。除卻博物館這類宏大的文化地標，就連被稱為「文學咖啡屋」的和平咖啡館〔註 37〕，也多次閃回在胡適、王獨清的詩文裏。歷史悠久的文化空間，見證並疊合了諸位詩人在不同時間的遊歷身影，其文化厚重感不言而喻。

二是德國「馬克」遊。1922 年冬天，受「一戰」失利的巨大影響，德國馬克的匯率大幅度震盪下跌，一批詩人看到馬克匯率對其較為「合適」，便選擇赴德國訪學或是遊玩。如李金髮、劉半農等都有過一致的選擇，他們在德國期間一面訪問各大名校，同時也抓緊時間遊覽了柏林的博物館和咖啡屋，體驗到當地的文化風情。

三是意大利「名城」遊。除了我們熟悉的徐志摩外，諸如李金髮、王獨清、鄭振鐸、邵洵美、朱光潛等都有過遊覽意大利的經歷，且行程多是由威尼斯到羅馬，再一路往南行至那不勒斯，遊覽附近的龐貝古城遺址。選擇到意大利旅行，一來是「文藝復興聖地」對文人的召喚；二是因為這裡屬於南歐，遊人可以從那不勒斯港搭乘郵輪值接回國。如李金髮的回國，便是選擇了取道意大利的方式。

四是自然風光遊。很多詩人對山水風景的愛好是發自天然的，留美期間，俞平伯與好友聞一多同在科多拉多學習，便經常相約遊覽仙園、曼尼圖山、七折瀑等景點，還曾選擇自駕遊出行。留日期間，郭沫若、田漢、成仿吾、張資平等文人都曾在房州海濱度假，在北條洗海水浴。他們還多次相約遊覽，如郭沫若曾與成仿吾遊覽四國栗林園和瀨戶內海，與田漢乘火車探訪太宰府的自然風光等。就自然風光遊覽而言，諸多詩人的交集聚合在「遊湖」上，如王獨清和蘇雪林都有過遊覽位於法國南部的來夢湖的經歷，前者寫下詩歌《來夢湖的回憶》，後者則把遊湖經歷在小說《棘心》中加以呈現。至於胡適、陳衡哲、任叔永等留美詩人頻繁的遊湖之旅，尤其是「凱約嘉湖詩波」，更是成為引起新詩變革的激發性因素。

〔註 37〕和平咖啡館（Café de la Paix）位於法國巴黎，曾吸引柯南·道爾、維克多·雨果、奧斯卡·王爾德等文人光臨，在當地人氣極盛。

三、行旅的差異與新詩的展開

儘管留學海外的詩人都有著域外行旅特別是遊覽觀光的經歷，但就其具體情況來說，則又特點各異。如胡適本人雖遊歷頗多，卻幾乎都是在友人的帶領下完成的，除了去圖書館之外，絕少有發自本心的專門遊覽。還有些詩人一心求學，根本沒有閑暇顧及旅行。而郭沫若、徐志摩、邵洵美、俞平伯等則傾心旅行，即使無從尋找旅伴，也願意以「獨遊」的方式探訪歐陸美景。也有一部分詩人即使產生遊歷的衝動，卻受限於經濟的窘困，或是像李金髮那樣選擇相對便宜的地方遊覽，或是乾脆壓抑了遊的衝動，把更多的時間用於鑽研學業。如果從宏觀角度審視詩人對行旅的選擇與其出行的差異，會發現其留學國別背景和經濟條件所起到的重要影響。比如留日、留法詩人多出身清寒，即便是去勤工儉學，也無法享受和官費或半官費學生同等的權利，更不能像公費生一樣遊覽異國，而留歐美學生或是家境優渥，如徐志摩、邵洵美那樣有家庭的經濟支持，或是擁有清華、北大的學生身份，能夠獲得來自官方的獎學金資助，抑或是得到資本家的私人捐贈（如 1920 年 5 月，工商鉅子穆藕初捐款五萬銀圓資助北大學子出國深造，其中便包括羅家倫、康白情等詩人）。我們不能輕易地說經濟的差異決定了留學生的思想價值取向，但經濟性因素的確會影響到他們的海外遊覽之多寡，使其對域外經驗的攝取走向了不同的向度，這自然也會在詩人文化心理的生成過程中有所體現。

一個早已被文學史接受的事實是，留學地域的不同造成了早期新文學家思想觀念上的差異，尤以留歐美與留日學生的一系列論爭為代表。如夏志清所認為的，上世紀初葉中國留學生的中心是日本、美國和英國，「即便是把自由派與激進派的紛爭看做留美、留英學生與留日學生的紛爭也不為過。」〔註38〕他的論述觸及兩個問題，一是現代知識分子大都具有留學背景，潛臺詞是海外經歷對其文學啟迪的重要性；二是留學國別的不同，對域外「文學／文化」信息接受的具體情況，導致選擇不同地域留學的文人在思想觀念和文學理念上形成各有向度的傾斜，諸多差異性文化信息的碰撞，引領了新文學早期的文學觀念論爭。同樣關注現代作家海外留學背景的李怡則提出不同的觀點，認為簡單地以「自由」和「激進」來定義留英美學生與留日學生的特徵並不準確，他的觀點更為客觀具體：

〔註38〕〔美〕夏志清：《中國現代小說史》，第 17 頁。

> 五四新文學運動便是中國作家「日本體驗」與「英美體驗」共同作用的結果：日本體驗為中國作家造成的生存壓力激發了他們生命的內在活力，日本體驗中所感知的西方現代文明景象則成了他們的理想目標；英美體驗給了中國留學生比較完整的學科專業訓練，英美文學發展中的具體文學策略也往往成為中國作家直接取法的對象（如胡適對意象派語言主張的攝取）。然而，自五四以後，由於歸來的中國留學生社會地位與文化取向上的明顯差距，他們各自所倚重的異域資源也更加顯露出了彼此的分歧。充滿社會改造熱情但學科教育不夠完整的留日知識分子常常只能在社會的中下層艱難求生，這在某種程度上拉近了他們與普通民眾的距離，決定了他們的文學思想與文學追求帶有更加明顯的社會性、大眾性與政治革命色彩，其中一些作家傾向於進一步切入本土的人生體驗，視文學創作為現實人生的「苦悶的象徵」，以異域弱小民族的反抗意志當作現實批判的動力，魯迅、胡風就是這樣；另外一些作家則試圖在日本或經由日本繼續獲取對抗現實壓力的「先進武器」，於是他們從日本找到了蘇聯，找到了激進的無產階級革命理論，創造社作家就是這樣。而英美留學生呢，因為一般都完成了令人羨慕的高等專門教育，在國內獲得了較高的社會地位，所以便與社會的普通民眾保持了相當的距離，同時倒是與國家的管理層達成了某種微妙的默契，在這種情況下，西方文化中原本存在的批判性資源被他們作了某些有意無意的淡化，而所謂理性、節制的新人文主義傾向與充滿實用精神的經驗主義傾向都得到了一定的強化，學衡派、新月派都是如此。〔註39〕

從夏志清的「接受的差異」到李怡的「體驗的差異」，均建立在留學文人與域外「文化／文學」的交流與碰撞基礎之上。就新詩自身的發展狀況觀察，「接受之差異」體現在新詩人紛紛與地緣文學概念相遇合，表現出不同的接受特徵。如留美詩人多以實驗的態度探求詩歌的語體之變，留英詩人多聚焦於詩歌的抒情功能，留德法詩人普遍打磨文本的現代主義特質，留日蘇詩人則注重詩歌的「為人生」的實用性。很多寫作者如徐志摩、劉半農、王獨清等

〔註39〕李怡：《日本體驗與中國現代文學的發生》，北京師範大學博士學位論文，第15～16頁。

人的海外旅行未拘泥在一個國家或地域，因此可以在不同文化「對應點」的穿梭交流中獲取更為多元的信息，形成開放性的美學觀念。而「體驗的差異」則與詩人們的遊歷經驗更為貼合，跨界的時空轉換，新銳的視覺刺激，拓展了詩人認知風景的視閾，促使他們自覺調整寫作的方向，主動將現代旅行觀念和西方風景美學融入新詩，推動了新詩精神主體和美學內質的同步成長。

第三章　域外行旅要素對新詩觀念的觸發：以胡適為中心

以清末民初的海外紀遊詩寫作為媒，在新詩體式的發生過程中，海外文化要素的參與愈發顯著，特別是留學生文化群體（在20世紀第一個十年以留美、留日學生為主體）的跨語際、跨文化實踐，將語體問題從工具辨析的層面深化至創作本體，為全新詩歌觀念的登場拉開了帷幕。梁實秋曾明確強調過留學生尤其是留美生在白話文運動中所發揮的骨幹作用：「近來倡導白話文的幾個人差不多全是在外國留學的幾個學生，他們與外國語言文字的接觸比較的多些，深覺外國的語言與文字中間的差別不若中國言語文字那樣的懸殊。」〔註1〕在這方面，胡適的思考頗具有代表性。本章即以胡適早年在美國的留學遊歷為中心，探討海外學人如何通過對行旅的抒寫思考文學變革之可能，進而促成其詩歌觀念的產生。

第一節　行旅意識與風景觀念

胡適在早期新詩生成階段，即20世紀初直至20年代的域外行旅主要有兩次。第一次是他考取庚子賠款第二批官費留學生，於1910年8月到1917年6月在美國康奈爾大學（1915年9月轉入哥倫比亞大學）留學；第二次是1926年7月下旬至當年年底，經西伯利亞大鐵路橫跨亞歐大陸抵達英國，參加「中英庚款」全體委員會議，並先後遊歷英國、法國等西歐國家，12月31

〔註1〕梁實秋：《浪漫的與古典的》，新月書店1931年版，第6～7頁。

日乘輪船赴美國訪問，1927 年 4 月 12 日離美，經日本返回。回視兩次域外遊歷，顯然留美的七年時光對胡適文學思想的形成更為重要。在這期間，他遊歷了異國的自然景觀，感受到現代的都市風情。全新的觀景體驗滲透進他的思想空間，鍛造出詩人世界性的時空意識，這在很大程度上觸發了胡適白話詩觀的生成。

所謂行旅意識，指的是經歷地理遷徙和文化漫遊的人在行旅中形成的精神觀念，尤其是他看待旅行與探索世界的態度，直接影響著主體的文化感知方式和觀察外物的眼光。作為遠涉重洋的求學者，胡適的行旅自然與一般的旅行者不同，學業的目標與他本人的性情，決定了他的遊歷不以賞景攬勝為主，而是帶有純粹的目的性指向。從日記、自傳等材料中，也可窺見胡適並非像郭沫若、徐志摩那般熱衷旅行。他曾自謂「懶於旅行」〔註 2〕之人，就算在北京待了九年，也沒去過長城〔註 3〕。雖然說的是自己歸國後的體驗，但縱觀其行旅歷程，胡適的確很少自覺追求這類經驗。通過《胡適留學日記》，我們可以觀察到，他在美期間涉及「域外行旅」的遊歷主要以訪友、參加集會、宣講會為主，專以觀景休閒為旨趣的旅行次數則非常有限。1911 年 5 月 20 日，胡適受郭守純之邀泛舟 Cayuga（凱約嘉，今譯為卡尤加）湖，他在日記中記述道：「余來此幾及一年，今日始與湖行相見禮。」〔註 4〕凱約嘉湖是伊薩卡（即康奈爾大學所在的 Ithaca 市，胡適翻譯為綺色佳）的自然名勝，也是該城吸引遊客的焦點所在，往來旅行者絡繹不絕。然而胡適旅居日久，方在朋友的陪同下踏遊此地，也許是康奈爾大學的學業壓力過重，或者就是源於他自身對旅行的淡漠態度。

以《胡適留學日記》為重心，梳理胡適詳細論及或是以遊記、旅行記形式記錄下來的遊歷活動，大抵有如下幾次，現加以列舉：

1911 年 6 月 13 日到 24 日，按照胡適的記載，這是他赴美以來第一次出門旅行，乃是去 Poconopines 參加「中國基督教學生會」的夏令會。參會期間，他遊覽了 Pocono 湖、Naomi 湖，並至尼格拉瀑布（Niagara Falls）觀飛瀑。

〔註 2〕胡適：《平綏路旅行小記》，《獨立評論》第 162 號，1935 年 8 月 4 日。

〔註 3〕這段論述可參見胡適寫於 1928 年的《廬山遊記》，《新月》第 1 卷第 3 號，1928 年 5 月 10 日。

〔註 4〕《胡適留學日記》（上），1911 年 5 月 20 日，安徽教育出版社 2006 年版，第 17 頁。

1912 年 6 月末，胡適赴北田（Northfield）旅行，8 月中旬遊維廉城，並遊覽紐約。這段日記名為北田日記，但已遺失，只能從胡適給母親的信中瞭解他原本的旅行計劃。〔註 5〕

1912 年 12 月 25 日，胡適寫下《斐城（Philadelphia）遊記》，並於 27 日抵達該地。他的目的是參加「世界大同總會」的活動，順便訪問舊友，遊歷斐城的歷史古蹟，但日記並未交代遊覽的細節。

1914 年 7 月 28 日，胡適寫下《遊活鏗谷記》，記載 7 月 25 日往遊活鏗谷（Watkins glenn）的經歷，尤其著重描寫山景之險要。

1914 年 9 月 13 日，胡適寫下《波士頓遊記》，記載其 9 月 2 日至去安謀司參加學生年會並遊覽波士頓的經歷。年會於 5 日結束，胡適從年會舉辦地安謀司（今譯為阿默斯特）赴波士頓，道中游唐山（Mt.Tom）並登臨觀景平臺遠望，當晚抵達波士頓。6 日，至耶教醫術派教堂（The First Church of Christ Scientist）瞻禮，歸途至波士頓公家藏書館、藝術博物館。7 日是這次遊歷最為豐富的一天，先是乘車赴康可（Concord）遊覽禮拜堂、愛麥生（Emerson）舊居、女文豪阿爾恪特夫人（Louisa May Alcott）舊居、霍桑舊居「道旁廬」（The Way Side），午飯後又拜謁霍桑、阿爾恪特氏、愛麥生的墓地，試圖尋找索虜（Thoreau）之墓卻沒有覓得，隨後遊覽康可之戰的古戰場，下午遊覽克拉克故居。8 日，胡適遊覽哈佛大學及三大校立博物館、華盛頓榆樹以及佛蘭克林公園。9 日下午，遊班克山（Bunker Hill），這也是獨立戰爭最重要的一個古戰場，隨後遊覽海軍造船塢。10 日乘船遊覽波士頓港，至巴斯（Bass Point）。11 日啟程乘夜車返回綺色佳。縱觀胡適留學日記，這是他最為詳盡地記載遊覽景點、描繪景物特徵、抒寫觀景體驗的一篇文章。

1915 年 1 月 4 日，胡適追記其聖誕假期期間赴哥倫布城（Columbus，Ohio）參加世界學生會代表赴第八次總會年會。先乘車至水牛城周遊城市，然後至尼格拉飛瀑城（Niagara Falls）訪卜郎博士夫婦，在他家過聖誕節並與其遊覽瀑布，進入加拿大境。26 日抵達哥倫布城，30 日遊覽該城，主要遊覽 Geofrey 工廠及第一銀行。31 日返回綺色佳。

〔註 5〕關於北田之行的計劃，1912 年 6 月胡適給母親的信中說：「本月廿一日擬往遊『北田』，約住十日可歸……八月十幾當往遊維廉城，赴吾國學生大會，歸途須至紐約一遊。紐約者，世界第一大城也。兒居此邦已二年，尚未一至其地，可謂憾事。自紐約歸時，約在八月之末。」見《胡適全集》第 23 卷，第 40 頁。

1915 年 1 月 27 日，胡適寫下《再遊波士頓記》，記錄其赴波士頓演講始末。1 月 18 日夜乘火車離開綺色佳，19 日抵達波士頓，胡適特意提到「此余第二次來此也」〔註 6〕。20 日至哈佛，重遊大學美術館（Foggart Museum），下午遊覽波城美術院（Boston Museum of Fine Arts）。21 日至紐約，22 日參觀紐約美術院（The Metropolitan Museum of Art），此為胡適第二次來到紐約。24 日晚上返回綺色佳。

1915 年 2 月 14 日，胡適寫下《紐約旅行記》，記載他第三次紐約之旅。這次是代表康奈爾大學應「美國限制兵備會」的邀請，共同討論設立學校聯合抵制增兵問題。此次出行，胡適盡以訪友為主，日記中除了有遊覽自由女神像的記載外，並更多遊覽經歷的記錄。

1917 年，胡適寫下《歸國記》，此為其留學日記的最終篇。文章記載了他 6 月乘火車穿越美加邊境，觀覽落機山（今譯為落基山）以及郵輪上的見聞，對經停日本橫濱等港口時的遊訪經歷，也作了簡略介紹。

胡適留美七年，日記所載見聞甚多，留意其中抒寫行旅的文字，可以找到一個共通點，即無論是在康奈爾修業還是遠途出行，只要是記錄遊覽當地著名景點的內容，事件起因往往都是友人先發出邀請，他才會參與進來。除了 1911 年 8 月 20 日記載獨遊 Cascadilla 谷外，胡適基本上沒有主動且單獨旅行觀光的經歷。雖然他從未明確言及自己的行旅觀念，但諸多材料陳列出的事實本身，或許已經透露出一些信息，也能說明胡適誠如其自謂，確是「懶於旅行」之人。那麼，在有限的遊歷中，在自然景色與城市景觀之間，詩人更鍾情於哪一類風景？何種景物才能激發他的好奇心，進入他的寫作視域？這些問題都涉及了胡適的「風景觀」。

現代文人的風景觀研究已成為現代作家研究的一門顯學，當眾多研究者意識到風景觀與作家文學觀、人生觀的重要聯繫後，作家的風景觀便上升到影響文學生成的顯著層面。對一位作家而言，風景觀至少應該包含兩個方面，首先是什麼樣的景物對他來說屬於風景，而且是「美」的風景；其次便是如何欣賞風景，即作家從哪個層面來閱讀風景，以及精神主體與風景之間的物我關係，這牽涉到作家介入現實的視角和審美的基調。胡適的留學日記中出現自然風景的頻次頗高，對於優美的景致，他的措辭基本都是「風景絕佳」或是「風景佳絕」「風景極佳」之類。如 1911 年 5 月遊 Gorge，同年 10 月遊

〔註 6〕《胡適留學日記》（上），1915 年 1 月 27 日，第 314 頁。

Fall Creek，1914 年 9 月遊佛蘭克林公園，1915 年 2 月遊赫貞河，1917 年 5 月游水源湖（Reservoir Lake），1917 年 6 月遊加拿大落機山，返國路上遊覽神戶和長崎，均可見以上幾種說辭。

1912 年 8 月 31 日，胡適在給母親的信中第一次介紹了綺色佳，談起大學校園和周邊的風景，說由學校「去山下約二里許，有小湖，名凱約嘉湖。湖面闊僅五里許，而長百餘里，故又名曰指湖，以其長而狹如指也。湖上水波平靜時，可蕩舟，兩岸青山如畫，每當夏日，蕩舟者無算，兒時亦往焉。」〔註7〕他把 Ithaca 雅譯為綺色佳，把 Cayuga 譯成凱約嘉，從字面意義理解，已能感受到詩人與此間風景的精神投合。如前所述，胡適日記中記錄的能夠讓他「歎絕」的風景大都是自然景觀，以湖濱水景最為集中，單是泛湖乘船的遊覽，詩人便有多次記載。遙想日後他對任叔永《泛湖即事》的批評乃至由此引出的「詩波」，正與他從一次次遊湖中獲得的直接體驗密切相關。長湖、溪流、飛瀑、奇峰……種種自然物構成詩人行旅觀看的風景主體，潛移默化地滋養了他的藝術靈性，影響著詩人對行旅生活的感知和表達，特別是在幾個點上形成意識的交集：

一是抒發「懷鄉」之感，在異域景觀中找尋故鄉的面影。遊玩北田時，胡適寫此地「有清溪淺水，似吾國鄉間，對之有故鄉之思焉」〔註8〕；觀賞綺色佳的花田，他也有「惟對此佳景，益念吾故鄉不已」〔註9〕的感歎。二是探訪當地勝景，吐露「歎奇」之情。如 1914 年 7 月胡適遊覽活鏗谷，認為「此地真天地之奇境也」，進而與他不久前遊英菲兒山的體驗相比較，得出只有像英菲兒山那樣，不由人工建設登山輔助步道，而是讓探險者憑藉才力去探尋秘境，方能達到「極夫遊之樂」。〔註10〕三是受中國古典美學濡養，推崇風景的調和之美。在這種美學觀念的導引下，那些不夠和諧的景致，自然引起胡適的關注甚至是反感。1911 年 5 月，他第一次與朋友蕩舟遊覽凱約嘉湖，便發覺此地「景物亦佳，但少點綴」〔註11〕。在抒寫綺色佳風景時，詩人讚美了風景的調和之美，寫道：「下午五時三十分離綺色佳。時大雨新霽，車行湖之東岸，日落湖之西山，黑雲蔽之，久之見日。雲受日光，皆作

〔註7〕《胡適全集》第 23 卷，第 43 頁。
〔註8〕摘自胡適 1912 年 6 月 22 日致母親信，《胡適全集》第 23 卷，第 41 頁。
〔註9〕摘自胡適 1914 年 5 月 11 日致母親信，《胡適全集》第 23 卷，第 53 頁。
〔註10〕《遊活鏗谷記》，《胡適留學日記》（上），1914 年 7 月 28 日，第 206 頁。
〔註11〕《胡適留學日記》（上），1911 年 5 月 20 日，第 17 頁。

赤色。日下而雲益紅，已而朱霞滿天半，湖水返映之，亦皆成赤色。風景之佳，真令人歎絕。」在他看來，風景的「如畫美」需要不同景物彼此間的搭配與映襯，以自然和諧為旨歸。甚至對於都市物質景觀，胡適也保持了同樣的觀景思路。如他歸國後遊覽廣州，當欣賞中山紀念塔時，贊其簡單而雄渾，而七十二烈士墓風格屬於中西雜湊，特別是墓頂中間仿造了紐約的自由女神像，所以全不諧和。這種對調和之美的推崇，貫穿了胡適的一生，也是其風景觀念的重要特質。

胡適曾在《山中雜記》中提到杭州的煙霞洞，說這裡的風景打動了他的心，1924 年竟特意在此久住三個多月。〔註 12〕這在詩人並不豐富的旅行生活中堪稱重要一筆，亦直接印證出他在美國留學時對自然景觀的熱愛，依然有著持續的現實影響力。相較於對自然風景的偏重，胡適較少觀照和抒寫城市人文風景，既沒有郭沫若、郁達夫那種對「黑色牡丹」的由衷讚歎，也無孫大雨、李金髮那般對都市「惡之花」的感性揭示。或許正如他所言：「可惜我沒有惠特曼的偉大的詩才，不能歌頌這種物質文明的真美術。」〔註 13〕詩人無意於都市五光十色的炫目光華，也對消費景觀興味索然。如 1914 年遊覽波士頓累維爾海濱時，他記錄道：「此地為夏日遊人麇集之所，為不夜之城，遊玩之地無數，然皆俗不可耐，蓋與紐約之空來島同等耳。」〔註 14〕紐約的空來島和波士頓的海濱風光甚好，然而賭場、酒吧、舞廳雲集，在胡適看來應該是破壞了自然的和諧與寧靜，方才有了「俗不可耐」的論斷。可見，身處物質文明的中心，胡適並未產生過度的豔羨與震驚，喧囂紊亂的城市空間，反而一定程度上阻滯了他對詩意的提取和沉澱。

在大多數情況下，詩人都保持著與城市的情感距離，即便某些時候有所深入，往往也只是把它看作外在的文化考察對象。1915 年 7 月，他給母親的信中談到轉學去哥倫比亞大學的原因，第一條就是「兒居此已五年，此地乃是小城，居民僅萬六千人，所見聞皆村市小景。今兒尚有一年之留，宜改適大城，以觀是邦大城市之生活狀態，蓋亦覘國采風者，所當有事也。」〔註 15〕由此能夠看出，觀察人文生活，採覽異邦風物，正是胡適城市旅行的主要目

〔註 12〕參見胡適 1923 年的日記《山中雜記》，《胡適全集》第 30 卷。

〔註 13〕《1925 年 10 月 4 日日記》，《胡適全集》第 30 卷，第 208 頁。

〔註 14〕《波士頓遊記》，《胡適留學日記》（上），1914 年 9 月 13 日，第 275 頁。

〔註 15〕摘自胡適 1915 年 7 月 11 日給母親信，《胡適全集》第 23 卷，第 85 頁。

標。他所涉足的城市景觀多為歷史古蹟和藝術展館，詩人或是觀看大型博物館中的東方藏品，或是以新聞記者般的視角，記錄波士頓與紐約等大城市的交通科技，或是深入「辟克匿克」(野餐)、大學藏書樓和美術館等文化風尚，從中探索思想學問的方法。他尤其喜好對景物或展品進行考據〔註 16〕，如他在遊覽康可時所說的「思歷史之遺烈，念文人之逸事，感慨之情，何能自已」〔註 17〕。即使是在盧浮宮或是大英博物館，他欣賞的焦點也不是那些來自西方的「鎮館之寶」，而是館中收藏的中國展品和具有史料價值的文獻抄本。總之，以自然審美為主體，以城市文明為參照系，比較異我的「文明／文化」差異，聚合成胡適行旅意識的核心向度，其觀念背後也浮現出一個持續追求人文精神與科學理性的現代主體形象。

需要強調的是，域外行旅體驗和胡適的自我發現乃至文學想像是一個同質同構的過程。作為偏好自然審美的寫作者，「在自然中的活動是養成詩人人格的前提」〔註 18〕。也如里爾克所言，「世界的山水化」過程內蘊著「一個遼遠的人的發展」。〔註 19〕越界的行旅更新了詩人對風景的認知體系，此外，行旅要素還在參與詩人內心世界建構的進程中，孕育了他的美學感受力，拓寬了他的審美視野。通過新奇的海外觀物體驗，胡適逐漸認識到親身經歷和實際觀察之於文學表達的重要性，他把這種感受不斷內化於情感和形式相互磨合的寫作實踐，一方面豐富了作家的經驗類型，為行旅抒寫積累了豐贍的素材，儲備了鮮活的意象；同時為他日後深入探討詩與經驗的聯繫、主客體空間關係的演變，以及詩歌內在寫作機制的現代轉化等命題進行了必要的鋪墊。

〔註 16〕胡適在國內的遊歷多為古蹟，如西湖、雲岡石窟等。他曾多次表達對旅行考據的熱愛，如《盧山遊記》中，光歸宗寺後的一個塔，胡適就用四千字的篇幅加以考據，這在詩人看來是一種性情的偏向，也是思想學問的方法，即教人疑而後信，考而後信，去分辨那些捏造的古蹟。「一個塔的真偽同孫中山的遺囑的真偽有同等的考慮價值。肯疑問佛陀耶舍究竟到過盧山沒有的人，方才肯疑問夏禹是神是人。有了不肯放過一個塔的真偽的思想習慣，方才敢疑上帝的有無。」參見胡適《盧山遊記》，《新月》第 1 卷第 3 號，1928 年 5 月 10 日。

〔註 17〕摘自胡適 1914 年 9 月 8 日給母親信，《胡適全集》第 23 卷，第 67 頁。

〔註 18〕宗白華：《新詩略談》，《少年中國》第 1 卷第 8 期，1920 年 2 月 15 日。

〔註 19〕〔奧〕里爾克：《論「山水」》，馮至譯，《馮至全集》第 11 卷，范大燦編，河北教育出版社 1999 年版，第 330 頁。

第二節　行旅抒寫中的變革嘗試

遊學美國的七年間，胡適的詩歌創作幾近百首，多為對遊學所觀風景與見聞的抒寫，兼有與任叔永、楊杏佛等朋友的唱和之辭，基本都以文言詩體呈現。他曾明言自己不喜歡作全然寫景的詩，即使有對赴尼格拉瀑布觀飛瀑、遊活鏗谷等名勝和伊薩卡、紐約、波士頓等城市的記述，也與晚清域外紀遊文學那種抒發驚羡體驗、鎔鑄新知入詩的路數相異。詩人並不刻意發掘域外風景的「異國感」，而專注於「寫此間景物。兼寫吾鄉思」〔註20〕，向懷鄉的古典母題與即景寫情的行旅寫作傳統靠攏，使得文本空間和現實經驗之間貼近與偏離並存。如1911年1月末所作兩首小詩，有「永夜寒如故，朝來歲已更。層冰埋大道，積雪壓孤城」以及「雪壓孤城寒澈骨，天涯新得故人書」〔註21〕的句子。「孤城」意指胡適求學居住的綺色佳，第一次遭遇異國雪景的冷清寂寥，直接放大了他的孤獨與艱辛感受。即使進入三月初春，綺色佳依舊一派寒氣，甚至到了四月，河流中尚有浮冰，早晚溫差極大，這觸發詩人經常憶起家鄉的融融暖意與新柳纖桃。現實的景色與記憶的風景對照相生，在胡適筆下凝聚成代表其心理處境的一座「孤城」。此時他的風景抒寫較少關涉現實語象，異國風景往往充當了精神主體表達情感的提示性要素，文本的「造境」成分多於「寫境」。面對綺色佳的自然美景，他的《孟夏》〔註22〕一詩恰能表露心跡：「人言此地好，景物佳無倫。信美非吾土，我思王仲宣。」王仲宣即王粲，其《登樓賦》云：「雖信美而非吾土兮，曾何足以少留！」身居異國遠境，胡適卻生發出與先賢一致的感懷，甚至在詩的末尾寫下「安得雙仙凫，飛飛返故園」，足見他思鄉情結之重。

或許是南方人的緣故，胡適真的不太適應美國的漫長冬季。隨著留學時間的推移，他的詩文才逐漸淡化了初來乍到時的懷鄉憂思，對現實景物的關注也開始增多，其中依然多見對大風雪的抒寫。如《久雪後大風寒甚作歌》（1913）《大雪放歌》《雪消記所見》（1914）等，皆有對雪中景物的細緻觀察。詩人不以為苦，反而賦詩稱樂，表達「風雪於我何有哉！待看冬盡春歸來！」〔註23〕的樂觀情調。詩人愈發領悟到自然風景的美好：「吾向不知春

〔註20〕《胡適留學日記》（上），1911年5月19日，第17頁。
〔註21〕《胡適留學日記》（上），第3頁。
〔註22〕《胡適留學日記》（上），1911年5月19日，第17頁。
〔註23〕《久雪後大風寒甚作歌》，《胡適留學日記》（上），1914年1月29日，第87～88頁。

之可愛，吾愛秋甚於春也。今年忽愛春日甚篤，覺春亦甚厚我，一景一物，無不怡悅神性，豈吾前此枯寂冷淡之心腸，遂為吾樂觀主義所熱耶？」〔註 24〕「樂觀」的自謂，或可看出美國人的樂觀精神以及布朗樂觀主義思想對他的影響，也契合了詩人「愛春日甚篤」的心理狀態。從 1914 年中期開始，胡適的書信文章中較少再出現「懷鄉」或是「傷春悲秋」的感念。涉及行旅詩文，他的筆力傾向於記錄景物的細節樣貌，追求描寫上的客觀形似。多樣駁雜的語言成分與情感元素匯入文本，影響了語詞和詩體之間的張力平衡，促使詩人主動嘗試調整與變革。

按照胡適《四十自述》中的記載，早年就讀中國公學期間，他便有在代數課本上寫作紀遊詩的經歷：「丁未正月（1907）我遊蘇州，三月與中國公學全體同學旅行到杭州，我都有詩紀遊。但當時不知詩韻，後經楊千里先生點撥，才知道哪怕犧牲詩意，也要保證韻腳的均齊。」〔註 25〕從表面上看，胡適的這段記載是對詩體與詩意關係的初步理解，由其措辭亦可揣度到他對文與質失衡（犧牲詩意遷就體式）的早期質疑。在隨後的寫作中，胡適曾談到他在戊申（1908）年後初學律詩，只覺得這種體裁是「似難而易的把戲；不必有內容，不必有情緒，不必有意思，只要會變戲法，會搬運典故，會調音節，會對對子，就可以謅成一首律詩」〔註 26〕。從這些思考可以看出，甫經接觸古體詩歌寫作的胡適，已經認識到俗語定式對詩歌內容造成的諸多限制，這種對「韻律」的反思始終留存在詩人的腦海中，成為他日後創格破體的突破口。

1913 年，胡適驚歎於當地十年罕見的風雪天氣，他以此為題材敘寫寒冬景致，作《久雪後大風寒甚作歌》。詩人有意擺脫精研苛細的律體，而採取了西文詩歌中常見的「三句轉韻體」，還將由關聯詞語組接的散文句法植入詩篇，突破了傳統格律寫景詩感興對舉、物我相融的二元並置結構，增強了詩歌的敘事性特質。1915 年，胡適作《老樹行》，也採用了此種創調體式。不過，從頻次上看，胡適的變體試驗並未持續展開，他把更多的思考放在「詩與真」，即詩歌與現實的關係上。1911 年，胡適第一次遊覽尼格拉瀑布（Niagara Falls）

〔註 24〕《〈春朝〉一律並任楊二君和詩》，《胡適留學日記》（上），1914 年 5 月 31 日，第 125 頁。

〔註 25〕《四十自述》，《胡適文集》第 1 卷，第 78 頁。

〔註 26〕《四十自述》，《胡適文集》第 1 卷，第 79 頁。

期間，第一次觀看到全景視角（General View）下瀑布「自高岩飛下」的奇崛氣象，從而得出唐人詩所謂「一條界破」〔註 27〕的慣語實為「語酸可嗤」〔註 28〕。因其寫不出瀑布真實的雄奇狀貌，特別是飛瀑由高岩傾瀉而下瑰奇多變的雲霧盛景，亦無法呈現由行旅體驗所引發的感知新變。傳統的人文化山水關聯著古人共性的情感倫理結構，它的表現形式相對穩定，後人很難在這類崇尚神似美的文字中窺得當時的風景真貌，也無法完整追蹤行旅者的視覺軌跡，因此令詩人感到不滿。究其內裏，源於理性認識和自我表達的需要，胡適希望將自己的視覺經驗充分納入文本的表現視界，其間蘊含的新的風景觀念之覺醒，既是「後天的心理和感覺的薰陶的結果」，還是一個「文化建構的過程」〔註 29〕，作家通過這個過程確立了專屬自我的「社會和主體性身份」〔註 30〕，所以「風景」的發現對應了個體「內心世界」的發現，兩者是一體同構的關係。

1914 年夏季，胡適與幾位外國朋友共同遊覽英菲兒瀑泉山（Enfield Falls），歸後立即以紀實的筆法追敘本次勝遊，寫下《遊「英菲兒瀑泉山」三十八韻》〔註 31〕。儘管自謙地認為「此詩雖不佳」，但胡適也明確指出作品的優點在於「不失真」，繼而引申談到「嘗謂寫景詩最忌失真」「又忌做作」〔註 32〕。此間之真，至少包括兩重含義：一是音韻形式不可壓制寫景的內容，破壞詩歌的理趣，而本詩的理趣在於「佳境每深藏，不與淺人看。勿惜幾兩屐，何畏山神慳？」尋山乃是探奇求險，而非清平享樂，蘇軾所謂「也知造物有深意，故遣佳人在空谷」，恰可解胡適所感。第二重含義是詩人需要把風景視作客觀的認知對象，親自感受景致的況味，定格即時的穎悟，其文章

〔註 27〕胡適論及的「一條界破」，應該指的是廬山的青玉峽瀑布景觀。他在《廬山日記》曾說：「徐凝詩『今古長如白練飛，一條界破青山色』，即是詠瀑布水的。李白《瀑布泉》詩也是指此瀑。《舊志》載瀑布水的詩甚多，但總沒有能使人滿意的。」參見胡適《廬山遊記》，《新月》第 1 卷第 3 號，1928 年 5 月 10 日。

〔註 28〕《胡適留學日記》（上），1911 年 6 月 24 日，第 25 頁。

〔註 29〕吳曉東：《郁達夫與現代風景的發現問題——2016 年 12 月 13 日在上海大學的演講》，《現代中文學刊》2017 年第 2 期。

〔註 30〕〔美〕W.J.T.米切爾編：《風景與權力》，楊麗、萬信瓊譯，譯林出版社 2014 年版，第 1 頁。

〔註 31〕《遊「英菲兒瀑泉山」三十八韻》，《胡適留學日記》（上），1914 年 6 月 12 日，第 133～134 頁。

〔註 32〕《胡適留學日記》（上），1914 年 6 月 12 日，第 134 頁。

應摒除套語，講求「實際」〔註 33〕。如他在《詩貴有真》中的認識，詩歌的真「必由於體驗」，而非沿襲甚至照搬前人語句。〔註 34〕依靠真實的觀察所得分辨和描寫風景，揚棄傳統運思方式所對應的表達策略，構成胡適新詩思維的起點。

回覽《遊「英菲兒瀑泉山」三十八韻》，傳統紀遊詩側重的對「一物一景」的定向觀照被行旅者「移步換景」的遊動視點所取代，他沿深壑、岩石、藤根、險徑逐層探入，終於觀到飛瀑「奔流十數折，折折成珠簾。澎湃激崖石，飛沫作霧翻」的絕代奇觀。詩人將主體感知浸入風景，樹立起獨立於傳統風景的現代行旅者形象，也使文化記憶中的固型化風景讓位於真實具體的景物抒寫。1914 年底，胡適赴哥倫布城參加世界學生會代表赴第八次總會年會，途中訪問卜郎博士夫婦，與之再遊尼格拉飛瀑。他從加拿大境內回望冬日瀑景，記載其「瀑飛成霧，漫天蔽日」，還特意在「漫天蔽日」後以括號加注，言「此 4 字乃真境」〔註 35〕，暗含著彼時他對現實主義詩歌的推崇。大概是遊覽美國瀑布帶給胡適的「震驚」感受過人，即使回到國內遊覽廬山瀑布，他也覺得此間景致平平，無法與美國瀑布相比，並指出「前人如王世懋、方以智諸人對瀑布的驚歎文字有點不實在」〔註 36〕，可見他對詩要「求真」「忌做作」觀念的一以貫之，還有對陳言套語的敏感和警覺。這也在很大程度上印證了柄谷行人對風景是「認識性的裝置」〔註 37〕的論斷，作家通過行旅改變了知覺的形態和觀景的方式，才有機會發現深度的風景。以胡適為例，於世界性觀景體驗中萌發的比較意識，以及科學主義與實證精神的雙重浸染，

〔註 33〕胡適認為文學可以分為理想主義和實際主義，理想主義的特點是「不為事物之真境所拘域」，而實際主義則「以事物之真實境狀為主」，純粹的實際派詩人當推唐代的白居易。見《讀白居易〈與元九書〉》，《胡適留學日記》（下），1915 年 8 月 3 日，第 110～113 頁。在 8 月 4 日的日記《讀香山詩瑣記》中，胡適繼續論及這一話題，認為白居易「寫景之詩，亦無愧實際二字。實際的寫景之詩有二特性焉：一曰真率，謂不事雕琢粉飾也，不假作者心境所想像為之渲染也；二曰詳盡，謂不遺細碎（details）也。」見《讀香山詩瑣記》，《胡適留學日記》（下），1915 年 8 月 4 日，第 113 頁。

〔註 34〕《詩貴有真》，《胡適留學日記》（上），1915 年 2 月 11 日，第 367 頁。

〔註 35〕《世界學生總會年會雜記》，《胡適留學日記》（上），1915 年 1 月 4 日，第 338 頁。

〔註 36〕胡適：《廬山遊記》，《新月》第 1 卷第 3 號，1928 年 5 月 10 日。

〔註 37〕〔日〕柄谷行人：《日本現代文學的起源》，趙京華譯，生活·讀書·新知三聯書店 2003 年版，第 12 頁。

促使他反思傳統的山水審美經驗。他將人文化山水所對應的精神倫理和美學向度移接至現代詩境，還在古典詩學文化濾鏡的外圍，尋覓到建立在內心主體意識之上的觀景角度與「崇真」的表達方式。詩人以此作為認知轉化的「裝置」，發掘出風景的異質性特徵，從而拓展和更新了自我的想像視域。

在胡適的紀遊詩序列中，還應留意他的英文詩文本。詩人在康奈爾大學就讀期間，選修了大量英國傳統文學的課程，按照江勇振的說法，這「就是胡適白話文學革命的靈感來源」〔註 38〕。受英詩影響，胡適也嘗試過此類寫作。在 1911 年 5 月 29 日的日記中，他便有這樣的記載：「夜作一英文小詩（Sonnet），題為 Farewell to English I（《揮別「英文一」》，筆者加），自視較前作之《歸夢》稍勝矣。」〔註 39〕關於詩的內容，作者並沒有詳盡展示，但這條信息已能證明一點，即在一年級的時候，胡適便開始了英文詩的寫作，而且仿寫的是經典的十四行詩體。他沒有追逐當時流行的現代主義路數，而是貼合著西方古典詩學中的韻律與對仗法則布局謀篇。看《夜過紐約港》《今別離》等英文詩作，均可視為其行旅抒寫的重要文本，特別是《夜過紐約港》這篇作品，或許要比《嘗試集》乃至《嘗試後集》中的詩歌更值得引起研究者的重視。1915 年 2 月 14 日，胡適寫下《紐約旅行記》，記載他第三次紐約之旅，文中敘述了這樣一段見聞：

> 餐後以車至車站。車停港外，須以渡船往。船甫離岸，風雨驟至，海上皆黑，微見高屋燈火點綴空際，余頗欲見「自由」之神像乃不可見。已而舟行將及車次，乃見眾光之上有一光最明亦最高，同行者遙指謂余曰：「此『自由』也！」〔註 40〕

同年 7 月，胡適在日記中重述了這一段經歷，以為同伴所言「此自由也」之語大有詩意，遂作一英文詩，並自譯為中文，詩文如下：

CROSSING THE HARBOR

As on the deck half-sheltered from the rain
We listen to the wintry wind's wild roars,
And hear the slow waves beat
Against the metropolic shores;

〔註 38〕江勇振：《捨我其誰：胡適》第一部，新星出版社 2011 年版，第 582 頁。
〔註 39〕《胡適留學日記》(上)，1911 年 5 月 29 日，第 18 頁。
〔註 40〕《紐約旅行記》，《胡適留學日記》（上），1915 年 2 月 14 日，第 369 頁。

And as we search the stars of Earth
Which shine so staringly
Against the vast, dark firmament, —
There—
Pedestalled upon a sphere of radiancy,
One light stands forth pre-eminent.
And my comrade whispers to me,
"There is 'Liberty'!"

〔中譯〕夜過紐約港
我們駐足甲板，半側身子淋著雨，
聆聽冬日之風狂暴地怒號，
靜聽那海浪緩緩地拍擊，
紐約這座大都市之海岸；

我們搜尋一地球之星，
她映襯在廣袤、漆黑之蒼穹裏，
顯得如此之耀眼、明亮，——
在那一團光輝之墊座上，
有一簇光是如此地燦爛、出眾。
吾同伴在耳際低語：
「此即『自由女神』像也！」〔註41〕

英文原詩與詩人自譯依次相連，除了取消隔行的押韻外，譯文形式和內容幾乎與原文一致，並沒有「二次創作」的痕跡。詩人以補錄的方式還原了乘船旅行的現場，並回到當時的觀察視角展開具體的鋪敘。風聲與海浪聲，構成聽覺的層次；夜空與雕像的光輝，構成視覺的層次。多重感覺與物象被觀察者的主體意志統攝一體，將文本引入一種面向未來經驗的宏闊境界。再看胡適的自譯，所用皆為梅光迪曾與之談及的「文之文字」（可譯為 Prose Diction）。借助白話詞句、英文自由詩體和相對自然的音節記錄觀景體驗，顯得清晰質直，透徹通達，也證明使用白話詩語和散文文法來講述行旅見聞，的確增強了詩歌的原創性與表現力。

〔註41〕《夜過紐約港》，《胡適留學日記》（下），1915 年 7 月，第 97 頁，第 100 頁。

從白話詩的寫作水準上看，《夜過紐約港》堪稱胡適的寫景佳作，然而比對胡適一年後正式開啟的白話詩寫作，卻感覺詩人之後無論如何嘗試，均很難在音律結構和文體結構上徹底擺脫舊詩的影響。看《嘗試集》的諸多篇章，仍然未能抵達白話詩應有的開放之境，甚至有「舊瓶裝新酒」之嫌，無法形成對《夜過紐約港》的明顯超越。這或許證明，處於「嘗試前期」的胡適雖然找到了「反詩歌的『散文化』」與「反文言的『白話化』」兩條路徑，但他更為偏重對後者的觀照，〔註 42〕尚未完全設想出中國詩歌也能借鑒西洋詩的自由體結構，根據需要表現的內容安排詩行長度。因此，對於《夜過紐約港》譯文所蘊含的新詩方向性建構的意義，至少當時的胡適還沒有產生充分自覺的認知。

客觀而言，胡適的英文詩作品雖然僅有幾首，但這類寫作訓練影響了他對詩歌語感、內容、結構的認識。像《夜過紐約港》這一類的寫景詩嘗試，為他日後思考、實踐詩歌改良提供了經驗。正如傅雲博所說：「他的中文新詩就是從他實地的英詩寫作的經驗中轉借、挪用過來的。」1〔註 43〕回望胡適 1911～1915 年間的旅行與紀遊詩寫作〔註 44〕，他的詩文雖未脫離傳統的詩格範疇，但已顯露出由古典向現代過渡的趨勢，進入了新詩誕生的「前史」形態。從多維度的破體試驗中，可以窺見域外行旅要素對胡適的啟發與引導。比如，精練純熟的舊詩體多以套語述景，無法恰如其分地揭示景物背後的深層理致，也無力涵蓋鮮活多變的異國經驗，因而「失掉達意尤其是抒情底作用」〔註 45〕，導致寫景詩的「失真」。胡適則通過親身的行旅實踐，強調觀察和體驗的當下性，終以「語必由衷，言須有物」〔註 46〕作為消除文學舊弊的根本途徑。具體來說，文言詩語在新景物、新現實面前的力不從心，以及作家表達現代人新型情感的自我訴求，使胡適意識到文學發展的關鍵在於突破「有文而無質」的「無物」狀態。只有吸取前人以文為詩的經驗，用「文的語言」描寫景物，才能解放「物」的展現空間，使詩歌走出「以往『興會神旨』的虛幻」，「像

〔註 42〕康林：《〈嘗試集〉的藝術史價值》，《文學評論》1990 年第 4 期。

〔註 43〕轉引自江勇振：《捨我其誰：胡適》第一部，第 566 頁。傅雲博的原文出處如下：Daniel Fried: *Beijing's Crypto-Victorian: Traditionalist Influences on Hu Shi's Poetic Practice*, Comparative Critical Studies 3.3 (2006), p.372.

〔註 44〕這些行旅詩作主要發表在《留美學生年報》（1914 年更名為《留美學生季報》）的「文苑」欄目上。

〔註 45〕梁宗岱：《新詩底十字路口》，《大公報・文藝》第 39 期，1935 年 11 月 8 日。

〔註 46〕《〈沁園春〉誓詩》（1916 年 4 月 16 日第三次改稿），《胡適留學日記》（下），第 213 頁。

『文』一樣擁有具體、充實而自在的內容」，〔註 47〕進而疏解晚清域外紀遊詩「言文失合」的困局。從 1915 年夏季開始，胡適嘗試將大量的新名詞納入詩歌，增強文本的說理成分，使之涵載更多的風景民情。這種做法承接詩界革命「融會新知」的要旨，同時踐行了詩人追求的「清楚明白」和「傳神達意」等理念，推動了他由創作古詩到醞釀新詩的思維轉換。

第三節　「凱約嘉湖詩波」的催化作用

胡適曾坦誠表示白話文學運動並非個人之力，而是諸多內在因子共同推動的結果，如古代白話文學作品的傳播、官話區域的日益擴大、世界文化的滲入、科舉制的廢除等，均成為白話文學的激活要素，暗合著文學史發展的必然趨勢。不過，關於他與陳獨秀等人對新文學的助推之功，胡適也給予了充分的自我肯定：「白話文的局面，若沒有『胡適之、陳獨秀一班人』，至少也得遲出現二三十年。」〔註 48〕他確定白話文學即將全面發展，並「認領」了自己之於新文學的貢獻，進而指出文學革命的思想並非是從「產業發達，人口集中」的那種現代國家文化模式中產生的，而是在大量宏觀因素的作用下，加上「許多個別的，個人傳記所獨有的原因合攏來烘逼出來的」。也就是說，正是圍繞在胡適身上的一系列多元而又個別的因素，催化了白話文的誕生。這些「獨有的原因」，也就是偶然因素包括了「從清華留美學生監督處一位書記先生的一張傳單〔註 49〕，到凱約嘉湖上一隻小船的打翻；從進化論和實驗主義的哲學，到一個朋友的一首打油詩〔註 50〕；從但丁（Dante）、卻叟（Chaucer）、馬丁・路德（Martin Luther）諸人的建立意大利、英吉利、德意

〔註 47〕姜玉琴：《胡適新詩理論中的言物、說理與敘事》，《中國文學研究》2018 年第 3 期。

〔註 48〕《中國新文學運動小史》，《胡適文集》第 1 卷，第 111 頁。

〔註 49〕在《逼上梁山》一文中，胡適提到清華留美學生監督處一位書記叫鍾文鼇，他經常借每月向留學生發放補助的機會配發一些傳單，一次傳單的內容說中國應改用字母拼音，引發胡適回信辯駁，認為鍾文鼇不通漢文，需要先把漢文弄通方可言及其他。後來胡適感到這一行為的唐突，自我反省後覺得自己應該用點心思去研究這方面的問題。見《逼上梁山》，《胡適文集》第 1 卷，第 127 頁。

〔註 50〕1915 年 9 月 17 日，胡適做了一首長詩《送梅覲莊往哈佛大學》給梅光迪，詩中用了十一個外國人名，任叔永把這些名字連綴起來，也做一打油詩嘲笑胡適，引發二人相互以詩贈和，催生出胡適「作詩如作文」的想法。見《送梅覲莊往哈佛大學詩》，《胡適留學日記》（下），第 151 頁。

志的國語文學，到我兒童時代偷讀的《水滸傳》《西遊記》《紅樓夢》：——這種種因子都是獨一的，個別的；他們合攏來，逼出我的『文學革命』的主張來」〔註 51〕。細細思量胡適列舉的一個個偶然性事件，「凱約嘉湖上一隻小船的打翻」頗值得引起我們的重視。從某種程度上說，由行旅引發的這次文學風波，竟然徹底把胡適「逼上了決心試做白話詩的路上去」〔註 52〕，促成了胡適白話詩觀和「活的文學」觀的生成，可謂意義重大。

1915 年夏季以後，圍繞「文學革命」的討論成為胡適與朋友之間熱議的話題，「文學革命」的口號就是在這時提出的。〔註 53〕「那個夏天，任叔永（鴻雋）、梅覲莊（光迪），楊杏佛（銓），唐擘黃（鉞）都在綺色佳（Ithaca）過夏，我們常常討論中國文學的問題。」〔註 54〕雖然胡適的朋友們普遍認同當今中國文學急需一場文學的「革命」，但白話是否可以用來作詩，即「文之文字」能否成為「詩之文字」（Poetic Diction），如何看待「有文而無質」等問題，構成他們激烈探討與切磋的焦點。胡適曾在回顧這段經歷時表示，文學革命之所以能夠孕育而生，大致有三個偶然的因素〔註 55〕，而第三個因素，也就是前文言及的「小船的打翻」一事正與行旅體驗相關。

1916 年 7 月 8 日，任叔永同陳衡哲、梅光迪、唐擘黃等泛舟湖上，遭大雨翻船，有感寫成一首四言古體詩《泛湖即事》，並把詩作寄給身在紐約的胡適，徵求他的意見。任叔永泛舟的地點是凱約嘉湖，距康奈爾大學校園不遠，也是胡適非常熟悉且時常踏足的景點。〔註 56〕當日，來自沃莎女子

〔註 51〕《中國新文學運動小史》，《胡適文集》第 1 卷，第 123 頁。

〔註 52〕《逼上梁山》，《胡適文集》第 1 卷，第 137 頁。

〔註 53〕胡適的《送梅覲莊往哈佛大學》一詩中出現「文學革命其時矣」一句，這是「文學革命」一詞首次在胡適筆下出現。見《胡適留學日記》（下），1915 年 9 月 17 日，第 151 頁。

〔註 54〕《逼上梁山》，《胡適文集》第 1 卷，第 130 頁。

〔註 55〕前兩個因素一為胡適針對主張採用字母替代漢文的觀點予以駁斥，得出白話才是活語言的觀點；二是 1915 年夏天，胡適在與任叔永等人的辯論後，於 9 月 20 日在從綺色佳到紐約的火車上寫下「詩國革命何自始？要須作詩如作文」之句，正式表明「中國詩歌開始革命」的念頭，並從這個方案萌發了做白話詩的嘗試。

〔註 56〕胡適曾多次遊歷此湖，並有相關文字記錄，如其日記所載：「二十一日為星期六，承此間律師羅賓生君（James.R.Robinson）招往其湖上夏季別墅為兩日之留。別墅在 sheldrake point，為凱約嘉湖之最空闊處。有小半島深入湖心。在其上，南望，依稀可見康乃耳大學鐘塔（天氣清朗始可見之）；北望，則平湖浩蕩。有時對岸煙雨昏蒙，則覺湖益小，山益大。而朝暮風送湖波，打岸作

學院的陳衡哲等女學生訪問康奈爾大學，任叔永等「科學社」成員相邀陳衡哲一行共同乘船遊湖，忽遇大風，他們匆忙駕船靠岸，但此時大雨已至，他們的小舟幾近傾覆，雖無人受傷，但眾人衣服都濕了。這本是任叔永與陳衡哲的第一次見面〔註 57〕，戲劇化的泛舟遇雨，終於給了任叔永挾傘於後、殷勤探問的機會，此般新奇而寶貴的體驗，激起他作詩的衝動，據此寫下四言長詩：

蕩蕩平湖，漪漪綠波。言櫂輕楫，以滌煩屙。
既備我餱，既偕我友。容與中流，山光前後。
俯矚清漣，仰瞻飛艘。橋出蔭榆，亭過帶柳。
清風竟爽，微雲蔽喧。猜謎賭勝，載笑載言。
行行忘遠，息揖崖根。忽逢波怒，鼉掣鯨奔。
岸逼流回，石斜浪翻。翩翩一葉，馮夷所吞。
舟則可棄，水則可揭。濕我裳衣，畏他人視。
濕衣未干，雨來傾盆。濛濛遠山，漠漠近瀾。
乃據野亭，蓐食放觀。此景豈常？君當加餐。
日斜雨霽，湖光靜和。曦巾歸舟，蕩漾委蛇。

任叔永寄送此篇給胡適，是兩人多年來形成的文學默契，然而胡適對詩文的強烈反應，恐怕又是任叔永始料未及的。詩中「言棹輕楫，以滌煩荷」「猜謎賭勝，載笑載言」等句，恰好是胡適《詩三百篇言字解》一文曾涉及的問題，這類「陳腐」的「死字」讓他頓時感到「有點不舒服」〔註 58〕，便立即執筆給叔永寫信評詩。他與叔永交情篤厚，往日素有詩文唱和，因此敢於直抒胸臆，多次坦言其弊。1916 年 7 月 29 日，胡適在日記《答覲莊白活詩之起因》中，詳細梳理了兩人圍繞此事幾次通信的要點，如 7 月 12 日《胡適寄叔永書》寫道：

……惟中間寫覆舟一段，未免小題大做。讀者方疑為巨洋大海，否則亦當是鄱陽洞庭。乃忽緊接「水則可揭」一句，豈不令人失望

潮聲，幾疑身在海上也。」《凱約嘉湖上幾個別墅》，《胡適留學日記》（下），1915 年 8 月 24 日，第 131 頁。

〔註 57〕任叔永曾在回憶這次見面經歷時說：「余心儀既久，一九一六年夏與陳女士遇於伊薩卡，遂一見如故，愛慕之情與日俱深……」任鴻雋：《五十自述》，《科學救國之夢：任鴻雋文存》，上海科技教育出版社 2002 年版，第 685 頁。

〔註 58〕《胡適口述自傳》，《胡適文集》第 1 卷，第 282 頁。

> 乎？……「岸逼流回，石斜浪翻」，豈非好句？可惜為幾句大話所誤。……

7月14日叔永的回信答道：

> ……足下謂寫舟覆數句「未免小題大做」，或然。唯僕布局之初，實欲用力寫此一段，以為全詩中堅。……或者用力太過，遂流於「大話」。今擬改「鼉掣鯨奔」為「萬螭齊奔」，「馮夷」為「驚濤」，以避海洋之意。尊意以為何如？

7月16日胡適回信繼續指出詩中謬誤：

> ……「泛湖」詩中寫翻船一段，所用字句，皆前人用以寫江海大風浪之套語。足下避自己鑄詞之難，而趨借用陳言套語之易，故全段一無精彩。足下自謂「用力太過」，實則全未用氣力。趨易避難，非不用氣力而何？……再者，詩中所用「言」字、「載」字，皆係死字，又如「猜謎賭勝，載笑載言」二句，上句為二十世紀之活字，下句為三千年前之死句，殊不相稱也。……以上所云諸病，我自己亦不能免，乃敢責人無已時，豈不可嗤？然眼高手低，乃批評家之通病。受評者取其眼高，勿管其手低可也。一笑。……〔註59〕

從行旅的角度走入任叔永的這首四言古體詩，可以體會到詩人並非全然承襲「詩三百」之孤詣，而是力求在韻律節奏的限定內，盡可能地讓詩文記載更豐富的行旅過程和場景細節。湖水的平靜、遊客的怡然、亭橋的風貌、風雲的變化，乃至波動舟傾、大雨突襲帶來的驚慌，風平浪靜、臨湖野餐時的歡愉，均在字句的延展中得以展現。充滿敘事性的情節層層推進，使事件的始末清晰可觀，讀之不會令人產生費解。不過，正如前文的論述，通過遊覽飛瀑等當地景觀，胡適已經敏感地發現：文人往往要借助古典風景的「擬像」描述眼前的實景，觀察者的視覺經驗無法經由傳統語境這一觀看中介準確傳達，造成了詩文中的精神主體與現實的疏離。來到紐約之後，急遽變動的都市物象，交錯雜糅的現代情思，使胡適對「『我手』不能『寫我口』的焦慮聚積到了頂點」〔註60〕，而任叔永的詩則為他釋放情緒、表達觀念創造了

〔註59〕《答覲莊白活詩之起因》，《胡適留學日記》（下），1916年7月29日，第261～262頁。

〔註60〕趙薇：《白話詩與「國語的文學，文學的國語」思想之發生論——以胡適1910～1917年的探索路徑為中心》，《中國現代文學研究叢刊》2015年第3期。

機遇。結合胡適對寫景詩的失真、做作等問題的思考，重新檢視任叔永的這首詩，一些問題便浮現出來。拋去最為明顯的四言體制對自由表意和敘事節奏的限制不說，單是寫景一端，便能發現諸多問題。例如，「橋出蔭榆，亭過帶柳」一句，如果不是特意標注，就很難想像這是美國的風景。根據筆者的遊歷實踐，現實中的凱約嘉湖確有西方古典園林中那種承襲古希臘、古羅馬建築傳統的小型涼亭，但這種「西洋亭」和任叔永詩中之「亭」帶給人的想像空間，大抵是不在同一個維度的。此外，任叔永以「鼉掣鯨奔」「馮夷所吞」敘寫翻船過程，字面意為鼉龍閃轉鯨魚飛奔，黃河水神吞沒小舟。動用翻雲覆雨般的宏大氣象表現凱約嘉湖的水波，明顯是用格調古奧的「大詞」言及小事，有小題大做之嫌，這些描摹水波風浪的傳統套語，也很難使讀者感受到鮮明實際的風景。

面對胡適的批評，任叔永並沒有提出激烈的異議，他並非全然否定以白話入詩〔註 61〕，唯有對「言」「載」二字為「死字」的說法不太贊同。「載笑載言」見於《詩經・氓》「既見復關，載笑載言」，又可見漢代楊脩《節遊賦》：「於是迴旋詳觀，目周意倦，御於方舟，載笑載言。」叔永認為「載笑載言」這樣的古語如果能夠表達今天的情景，那麼也可以視為今日之語，而非「三千年前之死語」。實際上，胡適的本意是在說「言」「載」二字在文法上的作用，毛《傳》、鄭《箋》都有「言」代表「我」的意思，任詩顯然也以此為意。言櫂輕楫，即為我劃著輕槳，但胡適《詩三百篇言字解》中卻提出「言」字所用與「而」字相似，不能與「我」的意思強同，〔註 62〕因而在這首詩中也不可輕易亂用。顯然，任叔永並沒有完全理解胡適關於「活字」與「死字」的觀點，按照胡適指出的問題，他對詩文再次進行了修正，並寄送給胡適。詩歌的主要改動有四處，一是將原文中的「清風競爽」改為「清風送爽」；二是改「行行忘遠，息楫崖根。忽逢波怒，鼉掣鯨奔。岸逼流回，石斜浪翻。翩翩一葉，馮夷所吞」一段為「載息我棹，於彼崖根。岸折波回，石漱浪翻。翩翩一葉，橫擲驚掣。進嚇石怒，退惕水瘞」；三是將「畏他人視」改為「畏人流睇」；

〔註 61〕任叔永認為他與梅光迪雖然都反對白話，但立場並不相同，梅光迪從整體上反對白話為文，他「則承認除白話有其用處，但不承認除白話外無文學，且於白話詩之能否成立，為尤斷斷耳」。任鴻雋：《五十自述》，《科學救國之夢：任鴻雋文存》，第 684 頁。

〔註 62〕胡適：《詩三百篇言字解》，《神州叢報》第 1 卷第 1 期，1913 年 8 月。

最後改「乃據野亭，薦食放觀」為「乃趨野亭，憑闌縱觀」。〔註 63〕從這些改動可以看出，任叔永虛心接受了胡適的大部分建議，對文章作出了切實有效的修改，特別是改用了一些更為通透的文字入詩（即胡適認為的「活字」），增強了表達的通俗性，也更為接近現實的本相。這一改稿是否得到了胡適的嘉許，並沒有確證的史料來證實，但可以想到的是，即使任叔永做出了相當規模的修改，也依然離胡適的詩歌標準距離甚遠。

仔細揣度胡適在給叔永兩封回信中的批評，可以窺見他的評論焦點：第一，所寫翻船一段「皆前人用以寫江海大風浪之套語」，且為「大話」，與現實情境大相徑庭，無法盡然達意；其次，「死字」居多，造成「全段一無精彩」，而更改方法不外乎用「活字」作詩，此為「文學革命」的真諦。因此，即使叔永頗費了一番改動的工夫，可陳腐的死字與現代的活字並置一堂，還是無法根除文字上的突兀與失調。令胡適意想不到的是，他與任叔永的這番討論竟然引起了泛舟的另一當事人——梅光迪的激烈回應。借胡適對任叔永「翻船」的批評，梅光迪「拔刀相助」，寫信予以反擊。在文學需要革新的層面上，其實三人的觀念並無牴觸，梅光迪唯獨覺得以白話入詩，看似新奇，但缺乏「美術家」「詩人」及「文學大家」的鍛鍊和美化，便很難衡定它的價值，因此還應謹慎行事。〔註 64〕再有，梅光迪堅守正統的詩歌觀，認為白話只可用於小說詞曲，不能用在詩的文字裏。〔註 65〕詩與文各司其職，「詩的文字」與「文的文字」不可相通，即「詩文分途」，正是梅光迪與胡適在文學觀念上的聚訟焦點。〔註 66〕針對梅光迪的質疑，胡適作長書奉答，指出美術家的「美化」恰恰是他們這一代人應該去完成的使命。至於白話入詩，也並非他所首創，

〔註 63〕摘自任叔永 1916 年 7 月 17 日答胡適信，見《胡適留學日記》（下），1916 年 7 月 29 日，第 262 頁。

〔註 64〕摘自《梅覲莊寄胡適書》（七月十七日），《胡適留學日記》（下），1916 年 7 月 29 日，第 262～263 頁。

〔註 65〕摘自梅覲莊 1916 年 7 月 24 日寄胡適書，《一首白話詩引起的風波》，《胡適留學日記》（下），1916 年 7 月 30 日補記，第 264 頁。

〔註 66〕在 1916 年 8 月 8 日寄給胡適的信中，梅光迪言及歐美新興的自由詩體並未被西方詩歌主流所接受，以此論證白話詩無法成為文學變革的主流方向。值得注意的是，梅光迪並沒有全盤否定白話詩，而是認為「『白話詩』亦只可為詩之一種……非詩之正規」，因此「與詩學潮流無關」，能入選之白話，也必須是「有意義、有美術之價值者之一部分」。放在當時的歷史語境中理解，這種觀點具有一定的客觀性，不能簡單地理解為保守陳舊。梅鐵山主編：《梅光迪文存》，華中師範大學出版社 2011 年版，第 543 頁，第 545 頁。

他列舉了陸游的「溫溫地爐紅，皎皎紙窗白，忽聞啄木聲，疑是敲門客」等絕句，黃庭堅的《望江東．江水西頭隔煙樹》、辛棄疾的《尋芳草》、柳永的《晝夜樂》等詞，還有諸多元雜劇，論證這些詩詞都是以白話入詩，因此白話詩並非突兀誕生，它早已存有自身的文學脈絡與傳統，今人需要做的，則是不斷去嘗試和試驗。胡適由此宣稱：「自此以後，不更作文言詩詞」〔註 67〕，而將筆力傾注在白話詩的嘗試上，以「活字」入詩踐行言之有「物」的構想。

從守舊、彷徨到突破，從「作詩如作文」到「白話作詩」，胡適的新詩觀有了相對清晰的起點，它的確立又與行旅元素的推動不無關聯。由「泛舟」這一微小的行旅事件引發的胡適與任叔永、梅光迪等人的筆戰看似偶然，但事件本身既是他更新詩歌言說方式的突破口，也是他此前行旅遊學中積累的寫作觀念的一次大爆發。一系列偶發事件帶來的連鎖反應，竟然引發了文學歷史的變革，其間的鬥爭焦點大抵還是源自詩語舊格和現代體驗之間的矛盾。如果繼續停留在舊體詩的範疇，那麼語詞只能滑動和漂浮於經驗表面，抓不住寫作者期望表達的經驗，也不能平實暢達地反映行旅。可見，胡適就「小事件」作出的「大回應」，實際上還是對「言文失合」問題討論的延續。而他在論爭之後，決意單槍匹馬獨闢蹊徑的孤單心緒，恐怕也只有那首《蝴蝶》方能印證了。

第四節　對「詩波」的重述及其意義

在《逼上梁山》以及《口述自傳》等回憶性文字中，胡適比較詳細地梳理了他走上白話文學道路的脈絡。特別是《逼上梁山》一文，單從胡適設計的文題，便能感受到他的文學觀是在與任叔永、梅光迪等好友的一次次筆戰交鋒中逐步成形的，而最終促使他另闢戰場，即所謂「上梁山」的導火索，恐怕還得落於凱約嘉湖上的「詩波」。關於事件的經過和彼此觀點的推演，胡適在《逼上梁山》中已有詳細的敘說，他把這次事件整合進文學革命起源史的劇情主線，視之為催化白話詩觀生成的激變性力量。在此之前，他已與朋友們圍繞「詩之文字」與「文之文字」的論爭以及關於「死字」與「活字」孰優孰劣的問題探討了一年有餘，除了對白話的歷史乃至當前文學的弊端產生了一些漸進性的認識外，胡適尚未形成切實有效的推行白話文學、尤其是白話

〔註 67〕摘自胡適 1916 年 7 月 26 日給梅覲莊的回信，《胡適留學日記》（下卷），1916 年 7 月 30 日補記，第 265～270 頁。

詩的方案。反而是借助「翻船」的契機，胡適對他們這一年多以來的論爭進行了充分反思，並認識到無論是任叔永還是梅光迪，他們其實都不反對白話，也認同務去陳言、革除套語以掃文學舊弊的說法，三人往復辯難的焦點，實則集中於白話是否可以成為中國詩歌變革的主流方向，而不是作為詩歌的某一個門類。這場「詩波」之後，胡適決意不再耽於對單一問題的爭論，而是以實證的態度開啟作白話詩的嘗試，探索由文言古體到白話新體的進階路徑。

由「翻船」一事引發的詩歌試驗或可再次證明，作為晚清文學革命激發要素的海外行旅體驗，同樣也是推動新詩誕生的力量之一。雖然胡適沒有加入凱約嘉湖的行旅，但他對古體寫景詩「失真」問題的長久反思，為他參與這次重要的詩學討論奠定了基礎，使他的言說既是有感而發，又有充足的經驗和理論支撐。儘管胡適一再說明他的文學革命思想來源於一系列偶然性因素的積累和刺激，但如果把各種因素條分縷析地加以梳理，或許最重要的一次「偶然」便是他與任、梅二人圍繞「凱約嘉湖詩波」的爭論。歷史自然無法假設，但我們可以大膽揣想，如果當時任叔永沒有極力邀請陳衡哲來綺色佳遊玩，如果他沒有即興寫下這首《泛湖即事》，又或者他寫下了詩卻未曾寄送胡適欣賞，那麼便不會引起胡適之於這首紀遊詩所作的任何批評，也便失去了「逼上梁山」的話語契機。也許在胡適的心中，這次爭論恐怕不只是一個簡單的「偶然」，它的意義遠比文學史對它的記錄更為深遠。

如果瀏覽一下胡適在這次論爭期間寫下的書信，除了與任、梅等好友的直接對話外，他還對韋蓮司簡單提及過這件事情。在 1916 年 7 月 26 日給韋蓮司的英文信中，胡適寫道：「我與綺色佳的朋友們正在火熱地探討著一些文學話題，因此我自感沒熱情去修改獲獎文章了。」〔註 68〕待到 8 月 3 日，胡適再次提及：「我與綺色佳諸朋友的『筆墨戰』現在暫時平息了，最終的結果還是令我滿意的：我一直沒有被那些朋友們的保守觀念所束縛，而是堅持捍衛『白話』這一文學介質的功用，我也公開宣告再也不用那些被我稱為『死字』的語言去作詩了，接下來的數年我都要對它展開『試驗』（這個『它』指的是白話，作者注）了。〔註 69〕留學期間，胡適與韋蓮司通信頻仍，兩人多

〔註 68〕筆者譯自胡適 1916 年 7 月 26 日寫給韋蓮司的英文信，見《胡適全集》第 40 卷，第 168 頁。

〔註 69〕筆者譯自胡適 1916 年 8 月 3 日寫給韋蓮司的英文信，見《胡適全集》第 40 卷，第 172 頁。

是探討雙方共同關注的話題，或是共知的生活細節，很少談及與此無關的內容。由此觀之，胡適在兩封信中提到這場文學風波，即便語言非常簡潔，也未必能夠讓韋蓮司知曉「筆墨戰」的來龍去脈，但兩次「提及」本身，已從一個側面證明了他對此事的重視。

還能印證此事在胡適心中地位的，則是他在歷次文化活動中對這一事件的重述。自 1920 年起，胡適先後在國內多所大學和社會機構宣講他的白話文主張與文學理論，如在南京高等師範學校演講《白話文法》（1920 年 8 月 4 日），在武昌大學演講《新文學運動之意義》（1925 年 9 月 29 日），在香港大學演講《中國文藝復興》（1935 年 1 月 4 日）等。值得注意的是，在 20 世紀 40、50 年代三次帶有普及新文學常識的啟蒙性質講座中，胡適均重點談起他提倡白話文的起因，並將凱約嘉湖上的「翻船」詩案作為重點陳述內容。這些內容大致相同，但他每次描述的內容與措辭還是有所差異和側重，對比之下，頗有趣味。

1947 年 11 月 1 日，胡適在在平津鐵路局演講《白話文運動》時，說起這則「有趣」的故事：

> 我的母校是美國康納爾大學，學校在山上，下面有一小湖，那時我已離開學校。一年暑假來了一個女留學生入暑期學校，康納爾大學學工科的多，為了巴結這女學生，幾個男同學請這位女學生划船遊湖。船在湖中的時候忽然起了大風，於是大家趕快向岸邊劃。到岸邊的時候，大家因為搶著上岸，把船弄翻了，衣服全濕。幸而野餐沒有濕，於是大家上岸，連烘衣服帶野餐。天下的歷史，不管是唯物，唯心，唯神的歷史觀，歷史往往出於偶然。那裡面有一位中國留學生任先生，把當時在湖中遇險的情形寫了一首舊詩寄給我看，我接到一看，馬上就回答他說：你寫的很好，但是把小湖寫的像大海，用的全是一些古老的成語。這些死的文字，不配用在二十世紀。對於這個批評，他很虛心接受，把原來這首詩改來改去。後來又有一位同學，看了我的信大為生氣，反駁我，和我打筆墨官司，談詩的問題，討論到中國的文學要用什麼文字的問題。我說不但是小說，戲曲都要用白話，一切文學乃至於詩，都應該是白話。〔註 70〕

講演對象是鐵路專業員工，非從事文學的專業人士，也未必具有新文學的背景知識，因此胡適沒有言及任叔永和梅光迪的具體姓名，同時簡化了他

〔註 70〕《白話文運動》，《胡適文集》第 12 卷，第 44～45 頁。

與梅光迪多次往復的爭論，而是從「巴結一位小姐」這個故事性因素頗強的細節入手，逐步將論爭焦點投射到「中國文學用什麼文字」上，從而推出他的白話文學觀。1952 年 12 月 8 日，胡適又在臺北中國文藝協會演講《提倡白話文運動起因》，繼續提到了這次事件：

> 在 1915 年（即民國四年）的夏天，美國康奈爾大學暑期學校，來了幾個中國女學生，那時我已經離開了康奈爾大學，到了哥倫比亞大學，但還有許多朋友仍在康奈爾大學。那所大學的風景很美，有山、有湖、有瀑布。那個時候在美國學校中，中國的女學生很少。所以這許多男學生就很巴結這幾位小姐。在一個星期天，男學生雇了一條船請女學生去遊凱約嘉湖。這時正值夏天，天氣變化很快。正在遊湖的時候——天氣忽然變了，於是他們趕快將船搖到湖邊去。在剛要登岸的時候，大風來了，很幸運的沒有發生意外事情，只是男學生和女學生的衣服被暴風雨打濕了。這是一件小事，偶然的事，卻是中國文學革命、文字改革、提倡白話文字運動的來源。……湖上翻船是第一個偶然，任先生作詩是第二個偶然，我批評他是第三個偶然，他沒有反駁是第四個偶然，梅先生罵我是第五個偶然。〔註 71〕

既然演講對象換成了文藝協會的專業人士，胡適自然也就提升了內容的理論深度。引文中省略的部分是他系統介紹的與任叔永、梅光迪之間往復討論的過程，也動態地呈現給聽眾一個信息，即圍繞白話入詩的觀念不是朝夕之間突然誕生的，而是長期思考不斷論辯才得出的。同時，胡適也為聽眾講述了他對白話文學的看法，認為這一文學樣態在中國古典文學中具有綿長的生命脈絡，它並非在新的時代憑空誕生，而是在《詩經》《論語》乃至黃庭堅、蘇東坡、李白、杜甫的詩文中已有展現。從演講稿的內容透視，胡適對「凱約嘉湖詩波」的論述有了一些新的特點：一是他沒有提及「翻船」的細節〔註 72〕，而是簡單帶過事件之後，便把演說重心投射在學理性更強的內容上；二是把任叔永遊玩寫詩的事件賦予了一個標誌性的、具有文學史演進意味的宏大意

〔註 71〕《提倡白話文的起因》，《胡適文集》第 12 卷，第 48～49 頁。

〔註 72〕1953 年 1 月 7 日，胡適在臺北市「記者之家」演講《報業的真精神——臺北市報業公會歡迎會上講詞》時，又談起這次在文藝協會上的發言，內容與文藝協會發言基本一致，唯有「翻船」事件被重新提到。

義，目之為「中國文學革命、文字改革、提倡白話文字運動的來源」。從現有的資料來看，這是胡適對「凱約嘉湖詩波」用語最重的一次論斷，或許在他看來，「翻船」的偶然性已經具備了引導出某種必然的可能。不過，胡適的這次演講也出現了一個時間上的誤差，他強調任叔永遊湖的時間是 1915 年（民國四年），與事實並不相符。根據胡適留學期間日記的記載，可以清晰地查到這樁事件發生在 1916 年的夏天，況且胡適在演講中強調自己彼時已離開康奈爾大學，轉至位於紐約的哥倫比亞大學。如果事件發生在 1915 年，那時胡適還在康奈爾就讀，自然也就和演講中提到的時間產生了矛盾。也許是事隔日久的緣故，胡適似乎真的混淆了這件事的發生年份。1954 年 3 月 15 日，他在臺北省立女子第一中學演講《白話文的意義》，再次提到這一事件：

> 我的母校康奈爾大學的校園裏有一個凱約嘉湖，附近有山有瀑布，風景優美。在 1915 年的夏天，來了幾個暑期學校的男女同學，那裡的中國女學生很少，所以男學生就忙著租船，請了兩個女同學遊湖。忽然起了大風，他們就趕快靠岸，船剛靠岸，風雨來了，大家又搶著上來，把船弄翻了，雖然沒有出什麼危險，卻弄濕了一位女同學的衣服。他們就在岸上用了野餐，其中有一位同學卻寫了一首詩叫「凱約嘉湖上覆舟記實」。那時候我已離開康奈爾大學到哥倫比亞大學去了，所以他把那首詩寄給我看。他作的是四個字一句的古詩，我看完之後就寫信給他批評這首詩不好。因為將二千年前的死字和二千年後的活字用在一起，文字不一致，詩的文字是應該一致的。我那個朋友就提出抗議，這些事都是偶然的。來了女學生是一個偶然，租船遊湖又是一個偶然，遇著風雨，弄濕衣服，也都是偶然。那個朋友作詩以及我批評他，都是偶然又偶然的事。那時哈佛大學有位姓梅的老朋友，見到我的批評就出來打抱不平，來信罵了我一頓，我又回信駁他。〔註 73〕

在這段演講稿中，胡適依然把翻船事件定位在 1915 年，這也造成很多學者在引述或是轉述「凱約嘉湖詩波」時，往往「輕信」了胡適的自我陳述，錯誤地將事件定位於 1915 年。這次演講的受眾群體是學生，因而胡適並沒有像對文學協會的專業人士那樣細緻陳述爭論的來龍去脈，而是採取了較為簡潔的語言講述事件經過。他談到的「二千年前的死字」和「二千年後的活字」一

〔註 73〕《白話文的意義》，《胡適文集》第 12 卷，第 76 頁。

句，與其實際批評任叔永時言及的「三千年前的死字與活字」有措辭的差異，但並不影響主要意義的表達。

以上列舉的三段演講，應該是胡適演講錄中較為完整的涉及「翻船」詩波的材料。多次累加的重述，或可揭示事件本身在他心目中的重要性，也從一個側面向讀者證明：一次微小的行旅寫作，竟然成為作家文學觀生成過程中的重要節點，甚至衍化為文學變革的觸發點，它被詩人不斷「經典化」與「歷史化」的過程和意義，也為後人留下了充足的再闡釋空間。

第五節　寫景詩觀的延展與完善

借由「翻船」引發的論爭，加上南社創作傾向對胡適的直接觸動，他進而提出「八事」的主張，其形式層面的「不用陳套語」與精神層面的「不摹仿古人」「須言之有物」，或可理解為詩人對表現「明顯逼人的影像」，即「詩的具體性」〔註 74〕的重視。以這種反對形式主義和擬古主義的文學觀為契機，他之後的創作基本遵循了「不更作文言詩詞」的宣言。1916 年夏末至 1917 年歸國前後，胡適寫下一系列韻律自由、白話為主的詩篇，其中頗多行旅觀景之作。從體式上看，這些詩歌仍為再構的文言詩，沒有脫離舊詩的框架，但它們貫徹了詩人「自己鑄詞」來描寫「人人以其耳目所親見親聞所親身閱歷之事物」〔註 75〕的理念，更適於還原真實的現場感，貼合行旅者的心理節奏。如《早起》一篇寫到：

> 早起忽大叫，奇景在眼前。天與水爭豔，居然水勝天。
>
> 水色本已碧，更映天藍色：能受人所長，所以青無敵。〔註 76〕

再如《中秋夜月》寫到：

> 小星躲盡大星少，果然今夜清光多。
>
> 夜半月從江上過，一江江水變銀河。〔註 77〕

這兩首詩的可貴之處，在於它們提供了一個完全回歸現場的觀察者視角，詩中景物都來自詩人直接感知的視覺經驗。如《早起》四句，抒情者先是因

〔註 74〕胡適：《談新詩——八年來一件大事》，《星期評論》「雙十節紀念號」，1919 年 10 月 10 日。

〔註 75〕胡適：《文學改良芻議》，《新青年》第 2 卷第 5 號，1917 年 1 月 1 日。

〔註 76〕《早起》，《胡適留學日記》（下），1916 年 9 月 3 日，第 284 頁。

〔註 77〕《中秋夜月》，《胡適留學日記》（下），1916 年 9 月 12 日，第 288 頁。

奇景而震驚，進而闡明具體的景致，隨即堪破美景的成因，最後道出「能受人所長，所以青無敵」的主體感思。詩歌的意義結構、時空架構與抒情者的觀察視角、情緒層次形成契合，現場感十足。再看《中秋夜月》中的核心景觀，依然取自詩人偏愛的水景。四句所寫景物，既無陳言套語，也無仿古痕跡。抒情者的目光從星空移至水面，仿若攝影機一般，帶給讀者清晰的鏡頭推移感。兩首詩中的觀察者同處靜觀的角度，「他」通過視線的變化次第鎖定了景物，使文本風景由流動的物象組接切換而成，沒有過多抽象或想像的「造境」成分。又如《落日》《「赫貞旦」答叔永》等寫景詩，《紐約雜詩》等介紹美國風俗的打油詩，皆是延用樸素白描的寫景思路謀劃篇章。既實現了清楚明白的表意初衷，也盡力「傳達了一種對社會現象的敏銳感知」〔註 78〕，拓寬了詩歌的說理與敘事空間。

《「赫貞旦」答叔永》寫於 1917 年 2 月 19 日，是胡適應和任叔永而作。同為寫赫貞河美景，兩人文風對比之下，殊異明顯。任叔永的詩寫赫貞河「赫貞著勝名，清幽獨佔斷。冬積冰昳昳，秋浮月豔豔。朝暾與夕曛，氣象復萬變」〔註 79〕，文風趨古，所寫風景類似普及介紹，而非實景觀察，再看胡適的應和：

> 「赫貞旦」如何？聽我告訴你。昨日我起時，東方日初起，
> 返照到天西，彩霞美無比。赫貞平似鏡，紅雲滿江底。
> 江西山低小，倒影入江紫。朝霞都散了，剩有青天好。
> 江中水更藍，要與天爭姣。誰說海鷗閒，水凍捉魚難，
> 日日寒江上，飛去又飛還。何如我閒散，開窗面江岸。
> （節選）〔註 80〕

自《紐約雜詩》起，胡適的詩文中經常出現類似打油詩的句子，《「赫貞旦」答叔永》也屬此列。這類「做詩如說話」的句子詼諧幽默，表意清楚直白。文中所涉赫貞河景，正是他在紐約居所推窗即視的日常景象。〔註 81〕與任叔永的文字比照，任力求泛寫湖景，對景物進行系統歸納，很難看出他對

〔註 78〕姜濤：《「新詩集」與中國新詩的發生》，北京大學出版社 2005 年版，第 140 頁。

〔註 79〕《叔永柬胡適》，《胡適留學日記》（下），1917 年 2 月 17 日，第 325 頁。

〔註 80〕《「赫貞旦」答叔永》，《胡適留學日記》（下），1917 年 2 月 19 日，第 325 頁。

〔註 81〕1916 年 7 月 16 日，胡適在日記《移居》中記載：「居室所處地甚高，可望見赫貞河，風景絕可愛。」1917 年 11 月 4 日，在《紐約雜詩》（續）中他也有「『江邊』園十里，最愛赫貞河」之句。參見《胡適留學日記》（下），第 251 頁，第 295 頁。

風景的採寫來自直接經驗還是間接經驗。胡適則選擇更為具體的某日清晨，他定格了抒情者開窗欣賞湖面朝霞的瞬間，依照在特定時間座標上觀察到的景物構築畫面空間，將風景完全限定在觀察者的視域內。不論是「赫貞平似鏡，紅雲滿江底」抑或「朝霞都散了，剩有青天好」，都是以當下的視覺經驗忠實再現風景，盡力呈現自然景物的客觀模態。詩中「海鷗奔忙」與「詩人閒散」相互映襯，也使自然景致氤氳著寫作者的精神氣息，凝聚了現代人的浪漫情愫。縱覽這些清晰翔實、剪裁精巧的文本，能夠體會到詩人逐漸擺脫了對修辭慣習的倚重，他的寫景觀念開始由體驗風景趨向於認知風景，這一過渡環節為他的白話詩觀成型奠定了堅實的基礎。

1917 年 6 月 21 日，胡適乘「日本皇后」號郵輪經日本回國，7 月 10 日抵達上海。返回故土的胡適與積蓄已久的新文學語境合流，並持續思考著新詩內容與形式的改革方案。彼時詩壇寫景紀實的風氣正盛，抒寫行旅風景體驗的文本漸成規模，諸多詩文對風景之「真」的強調，對風景之「動」的呈現，對風景中的「我」之凸顯，對應了「五四」時代的科學理性、動感精神和主體意識。詩學路徑與時代精神之間的互喻共生聯繫，使胡適更為關注「風景」的發現對新詩成長方向的影響，他多以此作為寫作和批評的焦點，其思考上的延展與完善體現在三個層面：

第一、套語和影像的關係。在「翻船」詩波中，胡適批評任叔永所用的都是前人寫風浪的套語，因而把「不用陳套語」列入「八事」之一。需要注意的是，胡適把這一條列入文學「形式」的範疇，但他很快便覺察到此種分類的片面性，如其所述：

> 套語的本質不在於其形式，而在於其情味，也就是心理作用。一切套語在緣起之初，都是合理的，都是用具體的字引起「濃厚實在」的意象，「如說『垂楊芳草』，便真有一個具體的春景；說『楓葉蘆花』，便真有一個具體的秋景。這是古文用這些字眼的理由，是極正當的，極合心理作用的。但是後來的人把這些字眼用得太爛熟了，便成了陳陳相因的套語。成了套語，便不能發生引起具體意象的作用了。」……所以單說「不用套語」是不行的，還需要說明要用詩文引出具體的現實的影像，這才是今人需要學習的目標。新鮮的影像用慣了也就陳腐了，所以胡適要「務去陳言」，創造能發生新鮮影像的字句。〔註 82〕

〔註 82〕胡適：《讀沈尹默的舊詩詞》，《每週評論》第 28 號，1919 年 6 月 29 日。

這段論述清楚地表明胡適對待套語問題的新認識，他秉持一種歷史主義的態度看待套語，指明所有套語在其興起之初，並不存在表意上的失真現象。最初的「套語」對應的是古人面對的具體風景，符合當時人們的心理活動狀態，但今人對它們的過度濫用，妨礙其「引出具體的現實的影像」，最終導致「情味」的失去。因此，當前去除套語、務去陳言的目的，就是為了引發「新鮮」的影像，這種影像必須是現代人可以感受到的具體的事物。透過《談新詩》一文，胡適賡續闡釋了具體新鮮的影像之必要，他把詩歌與散文的區別定位在具體和抽象兩種趨向上，認為新詩除了詩體的解放以外別無他途。並且「須要用具體的做法，不可用抽象的說法」，「凡是好詩，都是具體的；越偏向具體的，越有詩意詩味。凡是好詩，都能使我們腦子裏發生一種——或許多種——明顯逼人的影像。這便是詩的具體性。」〔註 83〕誠然，以具體或抽象判定詩歌的優劣，其中的褊狹顯而易見，但從觀念接受的層面考量，為了「令主體感知與客體形質精確相符」，進而在對風景的理性度量中「凸顯出主體的力量」，〔註 84〕初期白話詩人普遍響應了胡適的主張。他們注重採擷風景的細節，將追求逼真、客觀的美學理念納入詩思，既構成了白話詩寫作的基本法則，也切中了「新文學以真為要義」〔註 85〕的美學旨歸。

第二、新詩表述空間與新語體的關係。按照胡適的邏輯，由語言革新到詩體解放的「進境」，也是白話詩最終成為新詩的重要途徑。新詩之所以能夠將真實具體的風景和眾多新事物納入表述空間，正在於「詩體的大解放」，源於這種變革，「豐富的材料，精密的觀察，高深的思想，複雜的感情，方才能跑到詩裏去。五七言八句的律詩決不能容豐富的材料，二十八字的絕句決不能寫精密的觀察，長短一定的七言五言決不能委婉達出高深的理想與複雜的感情。」〔註 86〕為了證明自己的觀點，胡適特意列舉了傅斯年和俞平伯的寫景詩，認為「寫景的詩，也須有解放了的詩體，方才可以有寫實的描畫」〔註 87〕。他以傅斯年的《深秋永定門晚景》為例，其中有一句「忽地裏撲喇喇一響，／一個野鴨飛去水塘，／彷彿像大車音浪，漫漫的工——東——當。」

〔註 83〕胡適：《談新詩——八年來一件大事》。

〔註 84〕萬沖：《視覺轉向與形似如畫——中國早期新詩對風景的發現與書寫》，《中國現代文學研究叢刊》2018 年第 8 期。

〔註 85〕玄同（錢玄同）：《隨感錄》，《新青年》第 6 卷第 3 號，1919 年 3 月 15 日。

〔註 86〕胡適：《談新詩——八年來一件大事》。

〔註 87〕胡適：《談新詩——八年來一件大事》。

依照胡適的看法，此詩若不用新體標點，就無法完全寫實，也無法說得如此細膩。再如俞平伯《春水船》之類樸素清新的寫景詩，「乃是詩體解放後最足使人樂觀的一種現象」〔註 88〕。留美的羅家倫曾寫過一首自由體新詩《凱約湖中的雨後》，文中所述風雨襲船的地點和過程，與任叔永的《泛湖紀事》幾乎一致，但觀其內裏，便會發現詩文涵蓋了湖景的層次、風浪的起伏、眾人的反應、造物的深意。對比兩種「泛湖」抒寫，顯然自由詩體更能拉近經驗與表達的距離，創建出內蘊豐富的情思空間。這類寫作印證並支撐了胡適關於詩體解放的論斷，也生動說明只有從以「字思維」為本位的文言詩體過渡到以詞、句思維為本位的現代詩體，才有可能對精神主體表達複合體驗的要求應對裕如。

第三、風景詩的剪裁力。後人批評早期新詩的弊端時，大都將鋒芒指向胡適倡導的「詩的經驗主義」〔註 89〕觀念。諸多寫作者跟隨胡適的旁觀者視角，採用實錄與直寫的方法，刻意追求描寫的具體明確，導致一些文本很難抵達詩的氣韻境界，使讀者只見「白話」卻不見「詩」。即使如康白情那般「以寫景勝」〔註 90〕的詩歌，往往也因單純「把新詩底作用當作一種描摹」而產生「一覽無餘」的缺陷〔註 91〕，匱乏自然和人生的共俱與同化。苛求詳盡而缺乏提煉，是當時論者批評寫景詩的焦點。為此，胡適提出了「剪裁力」的概念，結合他在留學時從印象派詩人那裡汲取的「濃縮是詩的核心」等觀點，我們可以將「剪裁力」理解為對景物的精心選擇與重點呈現。詩歌是否具有剪裁力，是胡適評價古今詩歌的重要標準。他曾用章炳麟的《東夷詩》比照黃遵憲的《番客篇》，認為前者的剪裁力更強。〔註 92〕關於新詩剪裁力的評述，主要集中在胡適對康白情詩集《草兒》的鑒賞。他認為中國舊詩的體式不適

〔註 88〕胡適：《談新詩——八年來一件大事》。

〔註 89〕這一觀念由胡適提出，最早出現在其詩作《夢與詩》的「自跋」中，胡適寫道：「這是我的『詩的經驗主義』(Poetic empiricism)。簡單一句話：做夢尚需要經驗做底子，何況做詩？現代人的大毛病就在愛做沒有經驗做底子的詩。」參見胡適《嘗試集》，華夏出版社 2009 年版，第 185 頁。

〔註 90〕朱自清：《中國新文學大系·詩集·導言》，朱自清編選：《中國新文學大系·詩集》，上海良友圖書印刷公司 1935 年版，第 3 頁。

〔註 91〕俞平伯：《草兒·俞序》，參見康白情《草兒》，上海亞東圖書館 1922 年版，第 2～3 頁。

〔註 92〕《五十年來中國之文學》，《胡適文集》第 3 卷，第 233 頁，原載 1923 年 2 月《申報》五十週年紀念刊《最近之五十年》。

宜作紀遊詩，因此好的文本極少，而《草兒》大部分篇幅均寫紀遊，正所謂新詩的一次「大試驗」，也是這部詩集「在中國文學史的最大貢獻」，它的長處在於顏色的表現和自由的實寫，而弱點則是寫作者機械地理解了「詩的具體性」，特別是對景物不加揀選地羅列，如同「記帳式的列舉」，造成當前寫景詩「好的甚少」。胡適進一步解釋說：好的寫景詩「第一須有敏捷而真確的觀察力，第二須有聰明的選擇力」，不然便「只是堆砌而不美」。〔註 93〕

與理論創構相對的是，胡適自身對剪裁力的運用並不像他的預設那般完美，純粹客觀的景物羅列或是文辭過於淺白的表述，也能在他的一些詩歌中尋見。比如他寫於 1918 年的《看花》《樂觀》等記錄行旅見聞的作品，按照胡適自己的理論，的確是打破了舊詩的形式藩籬，描寫也堪稱具體，但詩歌的詩味和想像的理趣卻在繁複的意象堆砌中消散了，落入了「胡適之派」〔註 94〕的個人趣味裏，難以為新詩樹立起普遍有效的標準。怎樣從拍攝記錄風景到講述乃至發明風景，從直觀感相的外部模寫深入物、情、意三境的綜合創構，這種思維轉換不僅屬於早期新詩如何處理現實經驗的核心問題，還是新詩發展自身的必要途徑。審視胡適在新文學第一個十年中的創作，他還是盡力擺脫留美寫作中那類刷洗過的文言詩風，多選取長短無定的白話去還原鮮活的影像，將寫實主義視為經驗表達的最佳向度，這些思想與方法對後繼者起到了深潛的影響和制約。對胡適這代詩人而言，在形式上擺脫與古典格式的周旋、發現獨立於文人傳統之外的風景後，進一步把詩歌從詩體解放引入詩質建構的層面，打通外在現實景觀與內在生命詩情的通道，逐漸衍生為新詩發展中的一個常態化命題，構成了新詩傳統的重要組成元素。

本章小結

整體而觀，留美行旅體驗使胡適切身感受到經驗與寫實之於文學的意義，以紀遊類文本作為主體試驗對象，以行旅事件充當創新文學觀念的關鍵節點，胡適在行旅要素等一系列因子的觸發下不斷思考文學的變革之道。如果說白

〔註 93〕胡適：《評新詩集．康白情的〈草兒〉》，《讀書雜志》第 1 期，1922 年 9 月 3 日。

〔註 94〕胡適曾總結胡思永的詩歌「明白清楚」「注重意境」「能剪裁」「有組織，有格式」，並將此四項歸為「胡適之派」的特徵。參見胡適《〈胡思永的遺詩〉序》，《胡思永的遺詩》，亞東圖書館 1924 年版。

話語體和自由化詩體奠定了新詩的生成基礎，那麼行旅要素的首要作用在於更新了詩人內心的文化參照物，激活了他用新詩語表達域外風景的籲求，進而增強了新詩塑造複雜空間場景的能力。源於闡釋新事物和表達新經驗的文學需要，諸多像胡適一樣負笈異邦的詩人均注意發掘有益於詩歌觀念演進的因子，他們借助體式創調、視點變換、去除套語、以文入詩等多重手段，試圖契合行旅者主體的精神要求，使文本的「質」更加適應現代性經驗表達的需要，以便增強詩歌對現實的表現力，為現代詩語言說探索出一條通道。「讓語言和形式貼近感覺經驗而不是感覺經驗去遷就語言形式」〔註 95〕，這是新詩生成過程中的重要一環。行至「五四」，更多新詩人擁有了區別於晚清一代的個性行旅經驗。「動感文明」的定向支配與現代國家觀念的強烈牽引，「風景的發現」對自我意識和文化心理的影響塑造，以及藝術傾向上西方文學觀念與情調的引導催化，使詩人的語體革新意識較之以往更為自覺和徹底，也給了他們拓展詩歌抒情空間、調試語詞節奏、探析文化理趣的契機。他們在異國環境中盡情馳騁想像，視域外風景為文化表述的心靈媒介，「將異域的感受與自我發展的深切願望相互溝通」〔註 96〕，形成彼此之間暗合、呼應的精神聯絡，從而印證了「五四」一代作家追求「深度體驗」的內在情感結構。白話新詩的觀念也在行旅體驗等多種要素的「綜合性引導」下持續成長，並逐步向成熟邁進。

〔註 95〕林崗：《海外經驗與新詩的興起》，《文學評論》2004 年第 4 期。

〔註 96〕李怡：《「日本體驗」與中國現代文學的發生》，《中國社會科學》2004 年第 1 期。

第四章　行旅體驗與新詩精神主體的形成

域外留學、考察、旅遊、訪問的經歷，為現代詩人提供了大量異於本土的感覺經驗，如乘坐新興交通工具的「速度」體驗、跨越大洲的「世界」體驗、對現代科技的「驚羨」體驗、對城市文明的「異化」體驗、回望中國的「懷鄉」體驗等，均參與了新詩人的精神空間建構，其表現出的知性、感性因素之消長，為新詩現代精神主體的生成供給了充足的養分，促成其慣習的改變和精神的轉化。按照劉再復的定義，精神主體指的是「在認識過程中與認識對象建立客體關係，人作為主體而存在，是按照自己的方式去思考、去認識的，這時人是精神主體。」〔註1〕從這個意義上說，現代詩人乍履他鄉，所觀多為陌生的風景，嶄新的文化要素和知識因子滲入他們的認知空間，不斷滌蕩著陳舊的觀念積習，使作為實踐主體的抒情者具備了前所未有的、多元化的觀察視角和情感體驗。特別是行旅的精神功能激活了他們的文化感受力，並對精神主體的感覺結構和表達方式產生了綜合性的影響。在精神主體介入世界的方式、感悟時空的模式、觀察現實的角度等方面，域外行旅體驗的「塑形」作用尤為突出。本章將聚焦於這些精神向度，考察早期新詩人如何受到傳統的風景觀念與域外旅行理念的雙重激發，確立起蘊含比較意識的文化視野，以及「遊」之觀念怎樣參與了精神主體「體驗」現代性的生成過程。

〔註1〕劉再復：《論文學的主體性》，《文學評論》1985年第6期。

第一節　「遊」之觀念的現代精神轉化

在精神主體介入世界的方式上，傳統文化中「遊」的觀念與域外行旅文化交流融合，開啟了現代意義上的精神轉化，在心理功能上激發詩人於旅行中發現自我，並通過創作彰顯主體意識，為獨立的精神空間賦形。大冢幸男曾將異國旅行對文人的影響化為四種情況：「第一、由於產生了新鮮感，因而作家的創作活動旺盛起來；第二、作家往往歎服他所訪問的國家，這種歎服有時甚至達到『海市蜃樓』（mirage）式的錯覺地步；第三、如歌德的意大利之行，給作家本人以自我發現的機會。——啟示作家發現自己的真正姿態；最後，作家往往把自己的祖國與訪問過作對照，因而作家成為祖國的批判者，或相反成為『國粹』者的情況，屢見不鮮。」〔註2〕以上幾種影響，也普遍適用於中國早期新詩人。

與晚清一代出洋文人相比，早期新詩人的學問見識更為博大通徹，他們對於新事物雖也有歎奇驚羡之感，卻不像前人那般眼界乍開的激烈，而是將震驚體驗從容消化為日常經驗，不再充當單純的獵奇者或是屈辱體驗的承受者，看待異域的心態趨於淡定和緩。誠然，緣於出遊國度的文化背景和詩人個體性格、趣味的差異，他們對當地人文風土、社會百態和制度器物的感受並非整齊劃一，而是紛然雜陳，各臻其態。如留英美的詩人，普遍就比留日、留法詩人融入當地文化的程度更高。不過，行旅中遇到的優美風景（多為自然景觀）可以引起詩人的廣泛共鳴。風景對身心的調節功能尤其是精神愉悅等遣懷功效，引渡寫作者在品味賞心悅目之美時，也獲得了正向的精神提升。他們帶著審美的態度去旅行，與蟄伏在精神傳統中「遊」的觀念遇合，突破了很多晚清行旅者「遊必以致用」〔註3〕的功利心態，著重貼合其輕盈、灑脫、自由的精神本相，並以此為契機反哺他們的創作，為新詩以更為開放的姿態抒寫風景帶來可能。

域外風景帶來的如畫之美，可以使人在精神層面擺脫現實煩惱的羈絆，它「高過任何體力上的辛勞，親情的呼喚，或國家責任的壓力，讓人擺開一

〔註2〕摘引自〔日〕大冢幸男：《比較文學原理》，陳秋峰、楊國華譯，陝西人民出版社1985年版，第94頁。

〔註3〕關於「遊以致用」的論述，參見蘇明《域外行旅體驗與中國近現代文學的變革》第一章第一節《「遊以致用」：近代域外遊記文學審美價值的缺失》，南京大學博士學位論文2009年，第10～23頁。

切，盡情盡興地投入其中，欣賞觀覽一番，去發掘山水之美；或在日常性的無聊生活中，品味、經營出美感來。」〔註4〕留德初期，宗白華便頗為推崇在山水間的徒步旅行，並在靜寂的自然之夜覓得靈感的源泉：「民國十年的冬天，在一位景慕東方文明的教授的家裏，過了一個羅曼蒂克的夜晚；舞闌人散，踏著雪裏的藍光走回的時候，因著某一種柔情的縈繞，我開始了寫詩的衝動。」〔註5〕詩人的心坎深處始終縈繞著萊茵河的「故壘寒流」與「殘燈古夢」，這驅使他「常時做做古典的浪漫的美夢」〔註6〕。如他的《生命之窗的內外》一詩，正蘊藉了詩人內心的神秘節奏。《流雲小詩》中的大多詩篇，所寫也都是詩人身處靜謐的夜與晨之中「與自然人生最親密的接觸」〔註7〕。再如慰冰湖之於冰心，康橋之於徐志摩，博多灣之於郭沫若……這些「有意義的風景」均成為詩人造夢的溫床。以郭沫若為例，他是朝而登山，夕而落谷之人，喜好將身體託付於自然。1914年8月，當他第一次領到留學生的官費（獎學金）後，立即選擇去房州度假，盡情享受房州北條的海水浴。在無風的天氣下，北條的鏡之浦如明鏡般清澈平靜，此般風景帶給詩人極大的喜悅：「當我一躍入海中時，我不禁回憶到四川幽邃峨嵋山麓，我好像游入峨嵋山麓的水裏。」〔註8〕在自然情調的激發下，郭沫若作《鏡浦真如鏡》《飛來何處峰》《自日照天地》三首五言絕句，以騁遊歷欣悅之情。這位從山區走出的詩人極其熱愛大海，如成仿吾對他的追憶，說他「常說大海能喚起他的激情，一看見海，什麼憂鬱和煩悶都沒有了」〔註9〕。

值得注意的是，在諸多歌詠大海的詩文中，郭沫若特別視博多灣為「思索的搖籃」和「詩歌的產床」〔註10〕。如其在《淚浪》一詩中所詠唱的：「我忘不了博多灣里的明波，／我忘不了志賀島上的夕陽，／我忘不了十里松原的悠閒，／我忘不了網屋町上的漁網」。博多灣水色明媚，島影綽約，這富有詩意的風光直接觸發詩人的創作靈感：「博多灣水映在太陽光下，就好像一面

〔註4〕龔鵬程：《遊的精神文化史論》，河北教育出版社2001年版，第197頁。
〔註5〕宗白華：《我和詩》，《文學》第8卷第1期，1937年1月。
〔註6〕宗白華：《我和詩》。
〔註7〕宗白華：《我和詩》。
〔註8〕郭沫若：《自然底追懷》，《中國現代文藝資料叢刊》第4輯，上海文藝出版社1979年版，第228頁。
〔註9〕成仿吾：《懷念郭沫若》，《文匯報》1982年11月24日。
〔註10〕郭沫若：《淚浪》，《郭沫若全集》（文學編）第5卷，人民文學出版社1984年版，第391頁。

極大的分光圈，劃出無限層彩色。幾隻雪白的帆船徐徐地在水上移徙。我對著這種風光，每每想到古人扁舟載酒的遺事，恨不得攜酒兩瓶，坐在那明帆下儘量傾飲了。」〔註 11〕翻滾的海濤、噴薄的太陽……使詩人體會到自然的偉力和萬物的神性，《女神》中直接抒寫博多風景的詩篇就達 21 首。甚至談及棄醫從文的緣由，詩人還特意提及此地：「所以至此的原因，我的聽覺不敏固然是一個，但博多灣的風光富有詩味，怕是更重要的一個吧。」〔註 12〕

與郭沫若沉浸在博多海景不同，同樣留學日本的穆木天、陳豹隱、鄭伯奇等，都寄情於日本的鄉野情致，穆木天曾陳述自己的一次遊歷見聞：

> 夜是靜靜的。濤聲和山中的微風聲相應合著。一灣碧海。遙遙地，海面上，散佈著一些漁火，在閃爍著……
>
> 我一邊望著漁火，聽著風聲，一邊默默地往前走著。在那一條平滑的灰白仄道上，往前奔著心裏像有無限的憧憬……〔註 13〕

詩人遊走在靜謐的夜空之下，山海之間，體悟著人與萬物的和諧相生，他的文字間也氤氳著清新的自然氣息。受中日兩國言詠自然的文化傳統薰陶，穆木天逐漸形成崇尚自然的人生觀，並樹立起「美化人生，情化自然」〔註 14〕的文學宗旨，以之貫穿自己的文學寫作。他在 20 世紀 20 年代中期寫下的很多詩篇，如《山村》《薄暮的鄉村》等，皆出自詩人對日本自然山水的天然熱愛和心理感應。可見，以自然審美為主導的「遊」哺育了詩人的直覺世界與靈感時空，疏解了他們對海外環境的陌生感，使他們可以較為順暢地適應異國的氛圍，釋放想像的靈性，並為觀察視野的進一步打開醞釀著可能。

比照傳統文化中「遊」的經驗世界，現代意義上的旅行空間更為寬廣，既包含了鄉土田園的自然空間，同時又容納了都市的文化空間。現代旅行與古典旅行最大的區別，在於「城市遊」的地位愈發突出。憑藉現代化的物質技術手段，城市文明豐富了人類的感官體驗，與古樸靜態的鄉野文明形成顯著的差異。對甫經接觸異邦城市文明的詩人而言，如博物館、電車、咖啡廳、舞廳、高樓大廈等都會意象符號，不斷衝擊著他們的感覺系統，使其獲得了

〔註 11〕郭沫若：《殘春》，《中國留學生文學大系・近現代小說卷》，上海文藝出版社 2000 年版，第 368 頁。

〔註 12〕郭沫若：《追懷博多》，《郭沫若全集》（文學編）第 19 卷，人民文學出版社 1992 年版，第 335 頁。

〔註 13〕穆木天：《秋日風景畫》，《良友》第 82 期，1933 年 11 月。

〔註 14〕穆木天：《秋日風景畫》。

過往知識譜系中無法覓得的新銳經驗。郭沫若便是在東京銀座的咖啡館感受到「五蘊皆充」與「五蘊皆空」交錯轉換的「咖啡館情調」，才將「色香聲聞味觸的混成世界」目為「仙境」〔註 15〕，表達新興消費空間帶給青年人的精神震撼。留美的聞一多和孫大雨分別身處紐約、芝加哥兩座不夜城，他們體驗著都市噴薄脈動的節奏，受其影響而揚棄了單純崇尚古典藝術的審美情趣，為創作融入了更多的都會意緒和現代氣息，開始表現城市人錯綜紛繁的意識變化。

在各類城市景觀模態中，現代博物館對詩人的文化洗禮尤為值得重視，它甚至在很大程度上奠定了作家的藝術方向。1920 年，宗白華遊覽了巴黎的羅丹博物館，他從一件雕刻作品上生發頓悟，察覺藝術能夠定格自然的真實與優美。這番邂逅如詩人所言，是他生命迷途中忽然遇著的「一刹那頃的電光」。在這道光的燭照下，宗白華找到並堅定了自我的藝術信仰。〔註 16〕與宗白華的經歷相似，李金髮參觀盧浮宮和羅丹博物館時，矚目於唯美的人體雕塑，藝術的眼界豁然開朗。再如 1925 年，邵洵美駐留那不勒斯期間，特意考察了市立考古博物館，一張壁畫的殘片使他「驚異於希臘女詩人莎弗的神麗」〔註 17〕，自此走上了追尋她的道路，並在日後閱讀莎茀（即薩福）的過程中萌發了創作新詩格的願望。通過現代博物館的遊歷，詩人們各自找準了藝術的目標，足見這類體驗對他們的觀念觸動之深。

以上諸例，可以證明都市之「遊」對詩人現代審美意識產生的積極影響。在胡適那裡，都市的氛圍還能對詩人的哲學觀產生作用力。當他初到美國時，精神上並不適應現代都市的氛圍，甚至內心滿懷悲觀思鄉之情，但過了不久，詩人便被美國人的樂觀精神與充滿活力的朝氣所感染了。如他在《我的信仰》中所記錄的，就讀康奈爾大學期間，胡適曾第一次觀看了足球比賽：「我坐在那裡以哲學的態度看球賽時的粗暴及狂叫歡呼為樂。而這種狂叫歡呼在我看來，似乎是很不夠大學生的尊嚴的。但是到競爭愈漸激烈，我也就開始領悟這種熱心。隨後我偶然回頭望見白了頭髮的植物學教授勞理先生（Mr. W・W・Rowlee）誠心誠意的在歡呼狂叫，我覺得如是的自慚，以致我不久也就熱心

〔註 15〕郭沫若：《創造十年》，《郭沫若全集》（文學編）第 12 卷，人民文學出版社 1992 年版，第 114 頁。

〔註 16〕宗白華：《看了羅丹雕刻之後》，林同華主編：《宗白華全集》第一卷，第 309 頁。原載《少年中國》第 2 卷第 9 期，1921 年 3 月 15 日。

〔註 17〕邵洵美：《詩二十五首・自序》，上海時代圖書公司 1936 年版，第 6 頁。

的陪著眾人歡呼了。」〔註 18〕觀看球賽的經歷，使胡適切身體會到美國人「對人生持有喜氣的眼光」。看似平常的一件生活小事，卻成為激發他樂觀主義人生哲學的直接來源，足見現代城市經驗對域外文人的精神影響之巨。

異邦的自然風光與都市景觀，開闊了新詩人的觀景空間，平衡了寫作者的文化心態，以「觀看」為中心的海外體驗，也為他們的「遊」之理念增添了跨文化語境下的比較意識，使「遊」步入了現代的層面，主要可以從兩個方面來把握。首先，詩人通過遊歷獲得了開放性的文化視野。得以出洋留學，是他們人生中的重大轉折，一定意義上改變了所有人的成長軌跡，也為其提供了更為廣博的培養想像力、磨礪文學思維的環境。郁達夫便直接表露過留學之於他的重要作用：「是在日本，我開始看清了我們中國在世界競爭場裏所處的地位；是在日本，我開始明白了近代科學——不問是形而上或形而下——的偉大與湛深；是在日本，我早就覺悟到了今後中國的運命……」〔註 19〕出洋留學為知識分子提供了學識增長的助力，無論是留日的郁達夫還是留美的胡適等人，都是這方面的受益者。擔任駐美大使時，胡適曾在日記中提到比他大五歲、輩分是其叔叔的胡近仁，寫道：「忘友堇人先生遺詩三冊，海外讀畢，頗感覺失望。堇人少年時有才氣，可以造就，不幸陷在窄小的環境裏，拔不出來，就無所成而死，可惜。」〔註 20〕按照胡適的理解，環境對於一個人的造就力異常重要，如果他的叔叔像自己一樣改換環境，出洋求學，則人生可能又是另一番面貌了。

1927 年 4 月中旬，胡適從美國歸來，中途在日本住了二十三天。遊歷箱根、京都、奈良、大阪等城市期間，他曾拜訪著名的經濟學家福田德三。當時福田德三剛剛旅歐歸來，胡適便藉此話由，詢問他出國後的思想主張是否有所改變。福田表示，自己從前主張社會政策，這次遊歐回來後，便覺得未來只有社會主義或資本主義兩種道路。胡適建議福田去美國遊歷一番，或許能在那裡看到第三條路，而福田卻說想等自己六十歲「思想定了，不會改變了」之時，再考慮去美國一覽。這番談話給了胡適極大的刺激，他感到「世間的大問題決不是一兩個抽象名詞（如『資本主義』『共產主義』等等）所能完全

〔註 18〕胡適：《我的信仰》，歐陽哲生編：《胡適文集》第 1 卷，第 13 頁。

〔註 19〕郁達夫：《雪夜（日本國情的記述）》，《郁達夫全集》第 4 卷，浙江文藝出版社 1992 年版，第 370 頁。

〔註 20〕胡適 1939 年 9 月 8 日日記，見季羨林主編：《胡適全集》第 33 卷，第 146 頁。

包括的。最要緊的是事實」，而事實的取得，又需要借助「走出去看看」的旅行視野才能實現。胡適認為，這種認知上的「世界意識」可以幫助我們打開思路，不至於讓我們陷入用簡單概念詮釋一切問題的迷信。〔註 21〕在胡適這代文人看來，跨國的文化之「遊」不僅是一個簡單的文化交流和學習新知的過程，同時也是一個揚棄舊我再造新我的契機。可見，異國的語言習俗、生活習慣、思想觀念、行為方式對海外學人形成了多向度、多視點的啟示，從生命意識到文學觀念，新詩的精神主體都獲得了充分生長的機遇，形成了帶有比較意識的文化視野。

憑藉自覺的比較意識，一些詩人開始調整文化的參照物，反思傳統文學的述景策略，進而尋求變革之可能，這構成現代意義上「遊」之觀念的第二重功用。頻繁遊覽域外的風景，為詩人建立起現代意義上的景色比較意識，激發了他們對文學抒寫傳統的反思。當胡適遊覽了尼格拉大瀑布（今譯為尼亞加拉大瀑布）之後，他回到國內反觀廬山瀑布，便有了新的感受：「看廬山三疊泉瀑布，覺得景色不出色，也許是觀察角度問題，也許『是因為我曾幾次看過尼格拉大瀑布』。」〔註 22〕無論如何，他都感到前人書寫廬山瀑布的文字過於失真。這種「失真」的判斷，源自詩人真切地感受過廬山瀑布和尼格拉瀑布，見識過美景之外的美景，因而才會產生對古典寫景詩語的質疑。同樣，郭沫若登臨日本高山、觀賞九州海景後，對夢中偶得的「俯瞰群山小」的詩句以及「無風不起浪」的俗語進行了質疑。特別是談及風浪的這句俗語，在詩人看來「大約是不曾見過海的古人所造出來的謠言」，因為根據他的實地觀察，無風起浪恰是日本海的常態，詩人的頭腦中由此浮現出「舉世浮沉渾似海，了無風處浪頭高」的文字。〔註 23〕登山與觀海的實地遊歷經驗，更新了詩人舊有的風景參照體系，並且「揭示了他『內心世界』的發現和新詩創作的起點」〔註 24〕。

經由風景體驗的激發，郭沫若在觀景中逐步形成文化比較的觀念，這也助益了詩人的思想成長。如前所述，古人之「遊」多為自然山川美景，而現代之遊既包括了自然萬物，更涵蓋了都會景觀。當遊覽者交替穿梭在自然與都

〔註 21〕歐陽哲生編：《胡適文集》第 4 卷，第 35～36 頁。
〔註 22〕胡適：《廬山遊記》，《新月》第 1 卷第 3 號，1928 年 5 月 10 日。
〔註 23〕郭沫若：《浪花十日》，《文學》第 5 卷第 1 號，1935 年 7 月。
〔註 24〕〔日〕藤田梨那：《郭沫若的留學體驗——「風景」與「內心世界」的發現》，《現代中文學刊》2012 年第 5 期。

市之間時，一種文化交錯的雜糅體驗便生發而出。1920 年，郭沫若與田漢乘火車前往二日市，路過一個小站時，郭沫若的車票被風吹出窗外，在他下車撿拾車票的過程中，列車卻徐徐啟動，把詩人獨自留在了車站，於是他只能沿鐵道線步行，前往五英里之外的目的地。這般經歷給予詩人獨特的經驗，他穿行於田疇之中，感慨「在火車中觀察自然是個近代人底腦筋」，而行進在麥苗與溪流的環繞下，自己就成了米勒田園畫中的人物，甚至變成陶淵明筆下的「五柳先生」了。〔註 25〕在詩人的視野中，眼前是一條「健康」的道路，他念誦著惠特曼的《坦道行》，內心充滿了精神的自由，並在明媚的風光中收穫到「健康的倦意」。〔註 26〕一場錯過火車的小意外，使郭沫若暫時與火車所指涉的城市機械文明拉開了距離，他毫無準備地行入鄉野，卻從中讀解出自由的精神元素，使自我意識得以充分顯揚。

由城入鄉，體驗鄉野，並在城鄉文化的對比中收穫頓悟，這種思維軌跡不止一次地閃現在郭沫若的腦海中。1924 年 10 月，詩人攜全家渡川上江沿小副川出遊，幾日下來，他對清靜恬淡的田園生活感觸頗多，5 日晚便寫信給成仿吾，言及自己從日本熊川的鄉野古風中體悟到國內文化之所以有新舊之爭，都是由於「生活的關係」。這些文字讀之頗有意味：

> 我們國內除幾個大都市沾受著近代文明的恩惠外，大多數的同胞都還過的是中世紀以上的生活。這種生活是靜止的，是悠閒的，它的律呂很平勻，它的法度很規準，這種生活的表現自然不得不成為韻文，不得不成為律詩。六朝的文人為甚麼連散體的文章都要駢行，我據我這幾天的生活經驗來判斷，我知道他們並不會故意矜持，故意矯揉的了。他們也是出於一種自然的要求，與他們的生活合拍，他們的生活是靜止的，是詩的，所以他們自不得不採取規整的韻律以表現他們的感情。而我們目下的新舊之爭也正表示著一種生活交流的現象。新人求與近代的生活合拍，故不得不打破典型；舊人的生活仍不失為中世紀以上的古風，所以力守舊壘。要想打破舊式詩文的格調，怕只有徹底改造舊式的生活才能辦到吧。〔註 27〕

〔註 25〕《郭沫若致宗白華》，信中落款日期為 1920 年 3 月 3 日，按照孫玉石據信中所述活動日程的推算，此信應寫於 3 月 30 日。《郭沫若全集》（文學編）第 15 卷，人民文學出版社 1990 年版，第 124 頁。

〔註 26〕《郭沫若致宗白華》，《郭沫若全集》（文學編）第 15 卷，第 128 頁。

〔註 27〕郭沫若：《行路難》（下篇），《東方雜誌》第 22 卷第 8 期，1925 年 4 月。

從日本的鄉野生活中，詩人竟能覺察出眼前的靜態文明與中國新舊文學的關聯，並把國內文化新舊之爭的關節點定位在「生活方式」的體驗層面。當時國內學界多從文化和思想的角度論析新舊文學之爭，相較之下，郭沫若的考察思路堪稱新穎，而這種啟示的獲得，又與詩人的觀景體驗密不可分。

郭沫若的例證說明了一個問題，當詩人深入瞭解異國的人文風景，親自接觸並融入當地生活之後，他的比較意識便不再單純侷限在景物的層面上，而是延伸到更為深邃的文化觀念層面。因此，文化比較意識的確立，使詩人的觀景理念邁向了立體和多元，不僅擴展了他對景物狀貌的認識，還指引他從對風景內在精神的靈性領悟，延伸至對深邃複雜的文化內涵的智性解讀，從而切實顯示出這一理念的文化功能。在《漫遊的感想》中，胡適記錄了自己第二次赴美的見聞與心得。他一路北上由黑龍江出境，途中不斷將中西百姓的生活進行比對。路過哈爾濱時，他說自己「得了一個絕大的發現：我發現了東西文明的交界點」。「道裡區」的電車、汽車與「道外區」遍行的人力車，形成物質文明層面的視覺差異。胡適由此想到：「這不是東方文明與西方文明的交界點嗎？東西洋文明的界線只是人力車文明與摩托車文明的界線——這是我的一大發現。」〔註 28〕他認為這種「摩托車的文明」顯然是物質文明，「卻含有不少的理想主義，含有不少的精神文明的可能性。」〔註 29〕1927 年 3 月，胡適到達費城，隨後去位於鄉間的 Haverford 朋友家小住。他看到木匠、泥水匠都要乘著汽車或是駕駛摩托車來做工，一個鄉鎮的摩托車竟有一二百輛之多。這般物質文明的壯闊景觀，極大地激發起胡適的感想：「摩托車的文明的好處真是一言難盡……如今有了汽車，旅行便利了，所以每日工作完畢之後，回家帶了家中妻兒，自己開著汽車，到郊外去遊玩；每星期日，可以全家到遠地旅行遊覽。例如舊金山的『金門公園』，遠在海濱，可以縱觀太平洋上的水光島色；每到星期日，四方來遊的真是人山人海！這都是摩托車的恩賜。這種遠遊的便利可以增進健康，開拓眼界，增加智識，——這都是我們在轎子文明與人力車文明底下想像不到的幸福。」〔註 30〕從表象上看，轎子、人力車文明與西方的摩托車文明構成交通出行方式的對照，更深一步講，胡適看到的是兩種國家發展方式的差異。摩托車等現代交通工具不僅為

〔註 28〕胡適：《漫遊的感想》，歐陽哲生編：《胡適文集》第 1 卷，第 29 頁。
〔註 29〕胡適：《漫遊的感想》，歐陽哲生編：《胡適文集》第 1 卷，第 30 頁。
〔註 30〕胡適：《漫遊的感想》，歐陽哲生編：《胡適文集》第 1 卷，第 31～32 頁。

人們提供了生活上的便利，而且為他們帶來「增加智識」的機會，甚至可以訓練人的官能。因此，都市的物質意象便具備了向精神意象轉化的可能，而西方城市文學中都市意象對人的異化效應，還有機械文明對人性的傾軋等主題，則在詩人熱烈的正向情緒中暫時被掩蓋了。在早期的留洋文人中，像胡適這樣從物質文明之中生發出文化比較的觀念，這種情況並不少見，但我們不能簡單直接地沿著他們的內心狀態去思考，或者完全以他們的描述文字為中介，形成對異國文化形象的建構。唐德剛在其編譯的《胡適口述自傳》中，經常插入自己對胡適生活和思想的理解，其中一些點評頗具創意，尤其是他提出的「限制導遊」概念，可以幫助我們更為客觀地去理解那個時代留學生的特殊心態：

> 近代西方遊客，對集權國家旅遊事業（通稱「觀光事業」）的批評，總歡喜用「限制導遊」（Guided tours）這句話來說明對方只許看好的，不許看壞的。近百年來，美國各界之接待外國留學生，事實上也是一樣的。所不同者，美國的限制導遊多出諸遊客的自願；另一方面，則是多少有點強迫性罷了。其實就「限制」一詞來說，二者是殊途同歸的。只是自動比被動更有效罷了。胡適之先生那一輩，比較有思想的留學生，就是參加了這個自動的「限制導遊」，而對美國文明，終身頌之的！不過所謂「文化交流」本來就是個截長補短的運動。胡適之先生那一輩的留美學生但見洋人之長，而未見其短，或諱言其短，實是無可厚非的。他們所要介紹的「西方文明」，原來就是要以西方之長，以補我東方之短。如果我們知道西方也是「尺有所短」，我們就自護其短，那就是冬烘遺老了。〔註31〕

〔註31〕歐陽哲生編：《胡適文集》第1卷，第196頁。在《胡適口述自傳》的第三章《初到美國：康乃爾大學的學生生活》中，胡適言及初次抵美之後受到北美基督教青年會協會主席約翰·穆德（John R. Mott）等人的接待，而多年後，穆德的兒子成為洛克菲勒基金會撥款捐建的「遠近馳名的紐約的『國際學社（International House）』的執行書記」，這在胡適看來正是從未中斷的「國際精神」（參見《胡適文集》第1卷，第183頁）。編者特意注明：這個「國際學社」其實「是一座世界各國留美學生所雜居的觀光大飯店」，充斥了來自落後國家的留學生，每日極其嘈雜混亂，在這裡是否能體驗到真正的美式生活，作者保持了疑問，並指出：「胡適之先生是位有思想的哲人，但是一個人的思想很難跳出他青少年時期所熱愛的環境和歲月。所謂『不識廬山真面目，只緣身在此山中』，大概就是這個意思罷！」（參見《胡適文集》第1卷，第194頁）由此可以想像留美之初的胡適對美國文化的種種「誤讀」。

一般來看，「限制導遊」的發起者應為國家的宣傳部門，他們希望控制遊客的觀賞軌跡，藉以向其展現理想中的國家形象。而有的時候，「限制導遊」的發起者可能就是遊覽者自己，他們根據想像中對目標國家的群體習慣性理解（比如美國意味著自由，法國意味著浪漫，德國意味著嚴謹，意大利意味著古典，瑞士意味著靈性的自然等等）去看待風景，產生了對當地文化的簡單正向肯定。王獨清剛剛踏上巴黎土地的時候，兩眼幾乎滿是眩暈的感覺，心胸填滿著「說不出的一種膨脹的快感」〔註 32〕。蕭三穿越烏拉爾山脈終於抵達莫斯科之後，激動地表達自己「終於到了另一個世界，一個嶄新的神聖的革命的地面上」〔註 33〕。蔣光慈更是在詩歌中反覆詠唱「貝加爾湖的碧滴滴的清水，／洗淨了我的心臟」（《紅笑》），「貝加爾湖的清水，／把我的心洗淨了；／烏拉爾的高峰，／把我的眼界放寬了」（《新夢》）。由此可見，彼時的文人出洋，大都出於對目的地國家的文化景仰和物力豔羨，因此他們剛剛到達異國時，便多少會在原有的認知習慣影響下，放大自己對域外風情的正向感受，而當他們逐步深入當地生活，產生更為廣泛的遊歷體驗之後，他們對異邦的認識便逐漸趨向客觀立體。就像王獨清似的，巴黎既是喚開他「生命上另一境界的一個都市」，是自己親近的目標，同時，隨著對巴黎人文生態瞭解的深入，詩人感受到城市光鮮背後「世紀末的殘病」，進而與城市一道陷入「頹廢的氛圍」，醉心於耽美派的藝術之中。〔註 34〕這種原初想像與現實體驗的情感偏離，使得詩人的域外體驗與抒寫展現出更為豐富的張力。其中蘊含的具體情況，值得繼續深入比對和反思。

第二節　「獨遊主義」與精神主體的自我發現

上一節談到「遊」之觀念的現代轉化，除卻地理遷移對詩人心靈施加的影響外，還應充分考量中國人的遊歷習慣如何與異國的相應文化產生融合，進而在域外旅行文化的「他方傳統」之中，綜合審視中國詩人的文化行旅。例如，王獨清、徐志摩、李金髮、邵洵美都有去意大利旅行的經歷，且旅行線路均包含了威尼斯、羅馬、佛羅倫薩，他們在但丁故居追慕詩人的行跡，在羅馬懷想古都的榮光，在佛羅倫薩膜拜文藝復興的遺產。與他們生活的西歐

〔註 32〕王獨清：《我在歐洲的生活》，第 1 頁。
〔註 33〕高陶：《天涯萍蹤——記蕭三》，中國青年出版社 1991 年版，第 112 頁。
〔註 34〕王獨清：《我在歐洲的生活》，第 149 頁。

環境相比，意大利位於南歐，詩人們選擇去這裡旅行，一方面是受到古典厚重的文化氣息吸引，另一方面還緣於兩個當地性因素的影響：一是當時歐美人最青睞的旅行線路就是意大利之旅，各大旅行社均投入大量精力運營這條線路，使之愈發趨向成熟；二是歐洲知識分子普遍將意大利視為古典精神的聚集地，像濟慈、拜倫等先賢均遊歷過意大利，並為其寫下不朽的詩篇，後世的歐洲知識分子往往也追慕大師的足跡，主動加入這場文藝復興的懷舊之旅，這種源自歐洲的「修業旅行」風氣自然會對中國詩人產生精神觸動。再如徐志摩頻繁拜謁歐洲文人的墓地，既接續了中國詩人的慕古傳統，也契合了歐洲「文學旅行」中自中世紀便已開啟的「文人墓地遊」的旅行風尚。再如郭沫若、田漢、成仿吾、穆木天等人的日本都市之旅，他們在日本體驗到了新興的現代消費文化，紛紛浸淫在都會的景象裏，感受物質文明蓬勃的朝氣。從表象上看，他們的旅行是一種私人行為，實際上卻又參與到彼時日本的主流旅行熱潮之中。當時，日本人頗為鍾情「東京都會遊」，東京「充滿了『大正羅曼』的『都會化』『近代化』的各種景象，汽車、電影院、咖啡店都使日本的城市風俗逐步走向歐化」〔註 35〕。因此，當分析詩人的現代旅行時，既要把握他自身的「遊」之觀念與中國文化傳統的聯繫，還需要釐清當時異域旅行觀念和旅行風尚對詩人的啟迪，而詩人如何在「遊」之中更進一步地發現自我，溝通自我與文學的心靈聯繫，是本節著重探討的問題。

以郭沫若為例，「風物紀遊」是其早期詩歌寫作的側重點。他在日本的遊歷主要圍繞自然與都市兩方面展開，而自然遊又以「浴海」和「登山」為重心。海面的平靜與奔騰，在詩人頭腦中形成涇渭分明的兩重印象，特別是風暴席捲之下的洶湧海浪，一改詩人之前對大海形成的靜態印象，他也將這般風景體驗寫入詩歌之中，形成了《立在地球邊上放號》《浴海》等文本。而登山體驗與詩人內心的自我發現勾連更為緊密，在《自然的追懷》和《櫻花書簡》等文章書信中，他記載了自己在岡山第六高等學校登東山和操山的經歷，並勸說父母也去登一登峨眉山。有意味的是，郭沫若曾說自己幼年面對峨眉山時「並不感覺著它的美」〔註 36〕，反倒是留學日本之後，詩人彷彿突然爆

〔註 35〕〔日〕小谷一郎：《田漢與日本——以在日時的田漢及其與日本作家的交流為中心》，見〔日〕伊藤虎丸兼修，小谷一郎、劉平編：《田漢在日本》，人民文學出版社 1997 年版，第 471 頁。

〔註 36〕郭沫若：《峨眉山下》，《郭沫若全集》（文學編）第 20 卷，人民文學出版社 1992 年版，第 202～203 頁。

發了對家鄉山川的熱愛，如他在《今津紀遊》中說的：「我是生長在峨眉山下的人，在家中過活了十多年，卻不曾攀登過峨眉山一次。如今身居海外，相隔萬里了，追念起故鄉的明月，渴想著山上的風光……」〔註 37〕藤田梨那曾有專門的文章論述「登山體驗」與郭沫若「內心世界」發現的關係，她認為郭沫若留日期間最大的收穫在於對「風景」的發現，而「登山」在其中扮演了重要的角色：一來是詩人從日本的山景懷想起家鄉的山水，從而「打開了溯源自己原初風景的窗口」，使「故鄉的風景第一次出現在他的內心世界，與他的意識相遇」；二是借助登山抵達自由的心境，詩人進一步地發現了自我，這裡既有日本「大正登山熱」的現代體育風尚渲染，又有盧梭《懺悔錄》和《新愛洛綺絲》中「回歸自然」等觀念對彼時日本產生的文化影響。〔註 38〕

關於「大正登山熱」，可在郭沫若 1917 年給父母的書信中得到確證，如他指出「歐洲人最喜登山，近來日本亦大獎勵此舉。」〔註 39〕而《今津紀遊》一文則記錄了詩人在九州登山時的聯想，他由自己的登臨想到盧梭在安奴西山中邂逅雅麗、格拉芬里德兩少女的場景。〔註 40〕經由日本的文化中介，詩人與盧梭相遇，並通過攀登日本的山峰，悟解出人性與自然的內在韻律。這種異國「風景」的發現對應了作家「『內心世界』的發現，它使人們將意識的眼光轉向自己的內心世界，現代自我意識的形成當經過這樣的一個過程」〔註 41〕。如同詩人在《登臨》一詩中的內心自況，這首詩的副題為「獨遊太宰府」，記述了郭沫若在 1919 年登太宰府天滿宮身後一座小山時的情景。文本中的抒情者歷經攀爬之苦，卻還不斷呼喊著「我要登上山去」「我快登上山去」。「登山」象徵著對精神自由之境的企慕，然而詩人又時常吐露著思念家人的悽楚，從而使其登山者的形象帶有雙重的精神品性：一方面追求純粹的自由，一方面無法擺脫情感的牽絆，這種「靈魂久困在自由與責任兩者中間」〔註 42〕的心境，借由登臨的觀景體驗得以激發。

〔註 37〕郭沫若：《今津紀遊》，《郭沫若全集》（文學編）第 12 卷，第 305 頁。

〔註 38〕〔日〕藤田梨那：《郭沫若的留學體驗——「風景」與「內心世界」的發現》，《現代中文學刊》2012 年第 5 期。

〔註 39〕唐明中、黄高斌編注：《櫻花書簡》，四川人民出版社 1981 年版，第 126 頁。

〔註 40〕郭沫若：《今津紀遊》，《郭沫若全集》（文學編）第 12 卷，第 317 頁。

〔註 41〕〔日〕藤田梨那：《郭沫若的留學體驗——「風景」與「內心世界」的發現》，《現代中文學刊》2012 年第 5 期。

〔註 42〕郭沫若：《三葉集・郭沫若致田漢》，《郭沫若全集》（文學編）第 15 卷，第 66 頁。

詩人在登山過程中確證了心靈的矛盾狀態，可謂在風景中發現了自我，這便印證了柄谷行人的觀點：參與現代文學史研究的文學史家們以為「現代自我」是在腦子裏生成的東西，但實際上「自我」的存在還需要另外一些條件。觀物毋寧是產生在風景之中的，主觀或自我也是如此。主觀客觀之認識論的場所成立於「風景」之中，也就是說二者都派生於「風景」。〔註43〕這番論述不僅適用於郭沫若，而且普遍存在於早期旅外詩人自我意識的生成過程中。

相比於郭沫若的旅行與「大正登山熱」的關係，徐志摩則直接受到歐洲文人「修業旅行」風俗的影響，他在歐洲的遊歷之旅，如同去赴一場美的宴會，也是追隨拜倫、濟慈等先賢足跡的朝聖之旅。在詩人的心目中，「自然」既是美之風景，還是啟發他「官覺」的老師：「我生平最純粹可貴的教育是得之於自然界。」〔註44〕無論是少時求學還是出洋讀書，「自然」都扮演了極其重要的角色，它對詩人性靈和想像力的激活與打磨，於知識層面和心理體驗層面給予他充足的養料，使其懷有對「自然」特殊的親近感，並在詩文中不斷邀請人們步入自然的懷抱。例如，1925年春，徐志摩沿西伯利亞大鐵路乘火車赴歐，每當列車逢小站停車時，無論外面的天氣如何寒冷，詩人都要下車去散步，因為清潔的空氣可以「給你倦懶的性靈一劑決裂的刺戟」，甚至能夠「激蕩你的志氣，加添你的生命」〔註45〕。同年夏天，在佛羅倫薩的山間閒居時，徐志摩充分地將自我融入自然中的行旅，甚至感覺到「偉大的深沉的鼓舞的清明的優美的思想的根源」〔註46〕就藏在那風籟中、雲彩裏、山巒間、花草中。他將秀逸的英倫自然風光視為思想的來源，將人生悲觀的病根歸結於主體中斷了和自然的聯繫。這種觀念的獲得，與他在劍橋大學的修學之旅密不可分。沉浸於優美、寧靜、諧調的康橋風景，詩人讀解出自然與人生的靈性殊緣：「我的眼是康橋教我睜的，我的求知欲是康橋給我撥動的，我的自我意識是康橋給我胚胎的。」〔註47〕他以悠閒紆徐、從容自適的「遊」的態度感受行旅，在日常景致中鎖定了美的存在，

〔註43〕參見〔日〕柄谷行人：《日本現代文學的起源》第一章「風景之發現」。
〔註44〕徐志摩：《雨後虹》，韓石山編：《徐志摩全集》第1卷，第159頁。
〔註45〕徐志摩：《歐遊漫錄——西伯利亞遊記》，韓石山編：《徐志摩全集》第2卷，第76頁。
〔註46〕徐志摩：《翡冷翠山居閒話》，韓石山編：《徐志摩全集》第2卷，第114頁。
〔註47〕徐志摩：《吸煙與文化》，韓石山編：《徐志摩全集》第2卷，第331頁。

在季節運轉中發現了微妙神秘的心靈脈動，最終從耳目的覺悟抵達生命的覺悟。

初到劍橋大學時，徐志摩與妻子張幼儀居住在沙士頓，這是一個距離康橋六英里的小村。徐志摩每日在學校與居所之間奔波，未曾充分體驗康橋的風景。直到他一個人遷到劍橋城生活後，才「有機會接近真正的康橋生活」，同時「也慢慢地『發見』了康橋」〔註48〕。他經常站在皇家學院橋邊的樹下，凝視校友宿舍蒼白的牆壁、永遠直指天空的哥特式教堂，眺望克萊亞學院的方庭以及三一學院那古樸的輪廓，或是在「晚鐘撼動的黃昏，沒遮攔的田野，獨自斜倚在軟草裏，看第一個大星在天邊出現」〔註49〕。學院建築的古樸典雅，康河風景的清澈透逸，成為詩人反省內心的參照物，而他凝視學校景觀與自然風物的觀察視角，已然內化在抒寫康橋的一系列詩歌中。詩中的抒情主體扮演著旅行者和觀察者的雙重角色，同時也是詩人自我存在的象徵。徐志摩以自然培育性靈，滋養人格，反哺寫作，正契合了宗白華對詩人與自然關係的精闢論述。宗白華認為，在讀書窮理和廣泛參與社會活動之外，詩人如要培養人格，還應多在自然中活動，直接觀察自然，因為「『詩的意境』就是詩人的心靈，與自然的神秘互相接觸映像時造成的直覺靈感，這種直覺靈感是一切高等藝術產生的源泉，是一切真詩、好詩的（天才的）條件。」〔註50〕

顯然，徐志摩的寫作始終嘗試把自然的諧樂引入意識空間，真正步入了宗白華所說的「詩的意境」。在康橋諧調勻稱的建築與濃蔭綠草的自然面前，詩人尋得了可以滋潤心靈的純粹神奇的美感，同時他發現這種美感體驗的獲得與「獨遊」有著緊密的聯繫。於是，他不斷肯定著個體在自然間獨自漫遊的精神價值，發現了「孤獨」的妙處。如《翡冷翠山居閒話》中，徐志摩特意渲染了獨行於秀麗山水間的情趣：

> 你一個人漫遊的時候，你就會在青草裏坐地仰臥，甚至有時打滾，因為草的和暖的眼色自然的喚起你童稚的活潑……你的心地會看著澄藍的天空靜定，你的思想和著山壑間的水聲，山罅裏的泉響，有時一澄到底的清澈，有時激起成章的波動，流，流，流入涼爽的

〔註48〕徐志摩：《我所知道的康橋》，韓石山編：《徐志摩全集》第2卷，第335頁。

〔註49〕徐志摩：《我所知道的康橋》，韓石山編：《徐志摩全集》第2卷，第344頁。

〔註50〕宗白華：《新詩略談》，林同華主編：《宗白華全集》第一卷，第169～170頁。原載《少年中國》第1卷第8期，1920年2月15日出版。

橄欖林中，流入嫵媚的阿諾河去……〔註 51〕

「一個人漫遊」便是獨行，也是詩人在旅行觀念上宣揚的「獨遊主義」〔註 52〕。既然要堅持「獨遊」，那麼選擇遊伴，進而與遊伴溝通經驗、分享感想便不那麼重要了，因為在獨遊主義者那裡，旅行的目標就是遊歷本身，而非其他——「同樣一個地方你獨身來看，與結伴來看所得的結果就不同」〔註 53〕。在理想的同伴難以覓得的情況下，「獨遊」反而能夠使旅行者保持對景物的專注度，從而增加了他與風景產生精神共鳴的機遇。詩人甚至認為，當一個人有機會獨自閒遊自然的時候，「那才是你的肉體與靈魂行動一致的時候」，這種感受就「像一個裸體的小孩撲入他母親的懷抱」一樣〔註 54〕。

從徐志摩的「獨遊主義」裏，我們彷彿看到了他所仰慕的濟慈形象。濟慈第一次發表詩歌《「哦，孤獨」》時，便表達了遠離城市、回歸自然的拙樸願望。完成《安狄米恩》的寫作後，濟慈曾為自己安排了一次四十多天的英國湖區和高原之旅，按照傅修延的理解，遊覽北英格蘭湖區和蘇格蘭高地的這段經歷「對其精神發展有重大影響」〔註 55〕。縱覽濟慈寫於這次旅行期間的文字，凡是涉及自然之美的觀點，如「大自然的神工鬼斧定然超過任何一種想像」，「我要從這裡學詩，要比過去任何時候都勤於動筆」〔註 56〕等等，大都出自他獨自一人對「自然」的專注凝思。詩人的肉身完全融入自然的博大之美，正所謂徐志摩所感悟到的肉體與靈魂的行動一致。雖然學界並無明確證據闡明徐志摩的旅行觀念和自然意識受到濟慈的直接影響，但從他在《濟慈的夜鶯歌》中對濟慈詩學思想的全面論析，還有對濟慈感官世界與大自然和諧關係的深邃揭示，或可看出徐志摩很大程度上受到了濟慈詩學觀念的正向激發，特別是在依靠大自然構築想像力的「純粹境界」向度上，他和文學

〔註 51〕徐志摩：《翡冷翠山居閒話》，韓石山編：《徐志摩全集》第 2 卷，第 114 頁。

〔註 52〕徐志摩在《歐遊漫錄——西伯利亞遊記》中曾說：「我的理論，我的經驗，都使我無條件的主張獨遊主義——是說把遊歷本身看做目的。」見韓石山編：《徐志摩全集》第 2 卷，第 69 頁。

〔註 53〕徐志摩：《歐遊漫錄——西伯利亞遊記》，韓石山編：《徐志摩全集》第 2 卷，第 69 頁。

〔註 54〕徐志摩：《翡冷翠山居閒話》，韓石山編：《徐志摩全集》第 2 卷，第 113 頁。

〔註 55〕傅修延：《濟慈詩歌與詩論的現代價值》，北京大學出版社 2014 年版，第 286 頁。

〔註 56〕〔英〕約翰·濟慈：《一八一八年六月二十七日致托姆·濟慈》，載《濟慈書信集》，傅修延譯，東方出版社 2002 年版，第 142 頁。

先賢達成了觀念上的一致。濟慈詩歌中對「孤獨」意識的不斷賦值，同樣在徐志摩那裡得到呈現。和濟慈一樣，徐志摩在詩文中不斷強化著「孤獨」的精神效能，肯定了「孤獨」的正向價值：「對有創造力的頭腦來說，孤獨就像是吹向那尚未顯露的色彩與美麗的世界的春風；儘管它們都沒有實體，但它們都以各自的方式，帶有最強大的力量和最有生命力的氣息。」〔註 57〕詩人揭示出在遊覽中保持「孤獨」的詩性價值，它凝聚著藝術家內在的生命力量，促進了抒情者獨立精神和想像空間的生成。《我所知道的康橋》裏，徐志摩著重筆墨強調人在欣賞風景時，首要的條件便是「絕對的單獨」：

> 「單獨」是一個耐尋味的現象。我有時想它是任何發見的第一個條件。你要發見你的朋友的「真」，你得有與他單獨的機會。你要發見你自己的真，你得給你自己一個單獨的機會。你要發見一個地方（地方一樣有靈性），你也得有單獨玩的機會。我們這一輩子，認真說，能認識幾個人？能認識幾個地方？我們都是太匆忙，太沒有單獨的機會。說實話，我連我的本鄉都沒有什麼瞭解。康橋我要算是有相當交情的，再次許只有新認識的翡冷翠了。啊，那些清晨，那些黃昏，我一個人發癡似的在康橋！絕對的單獨。〔註 58〕

無論是「絕對的單獨」還是這篇文章後文出現的「甜蜜的單獨」，都強化了在自然間「獨遊」的重要作用。借助它的心理效能，詩人得以純粹地融入康橋鄉野，把握景物飄忽無定的細微神妙；借助「孤獨」，詩人在一個個古墓墳塋前獨自徘徊，憬悟時光，於精神時空演繹生與死的循環；借助「孤獨」，詩人沉浸於幽靜的夜空星象，辨出黑夜的脈搏與呼吸，等待心靈深處的神秘衝動。因此，只有理解了詩人的孤獨，才能更深入地體會他的詩歌。比如那首早已被經典化的《再別康橋》，孤獨的撐篙者消失在康河的夜波裏，寫作者於寂寞中沉思，在記憶中漫遊，從而陶醉在「甜蜜的單獨」之中。無論是「輕輕」還是「悄悄」，都點染著徐志摩式的瀟灑與輕盈，詩歌抵達了精神的自由之境，這也是現代人才會生出的感受，而非某些論者不斷強調的那份古典的「沉重」與「哀愁」。也如詩人在《春》中的敘寫：

> 雀兒在人前猥盼褻語
> 人在草處心歡面赧，

〔註 57〕徐志摩：《翡冷翠日記》，韓石山編：《徐志摩全集》第 5 卷，第 296 頁。
〔註 58〕徐志摩：《我所知道的康橋》，韓石山編：《徐志摩全集》第 2 卷，第 336 頁。

我羡他們的雙雙對對，
有誰羡我孤獨的徘徊？
孤獨的徘徊！
我心何嘗不熱奮震顫，
答應這青春的呼喚，
燃點著希望燦燦，
春呀！你在我的懷抱中也！

「孤獨的徘徊」成為抒情個體與詩性感受締結關聯的前提，亦是新詩精神主體現代性存在的顯性標誌。如同海德格爾在《人，詩意的安居》中所說：「大都市中，人們像在其他地方一樣，並不難感到寂寞，但絕對想像不出這份孤獨。孤獨有某種特別的原始的魔力，不是孤立我們，而是將我們整個存在拋入所有到場事物本質而確鑿的近處。」〔註59〕對於徐志摩這樣的詩人，「獨行於自然」既是他的行旅習慣，同時也構成一種穩定的詩歌運思方式，它將精神主體從現實物質社會（主要是城市經驗）的規束中暫時解放出來，通過對亙古不變、不假言說的自然風景的觀察與凝視，在自然中疏解了精神世界的衝突，從而收穫內心的平衡，並以自然為鏡，使精神主體的存在意識更為顯揚。可以說，「獨遊」之路便是精神主體的自我發現之路。

以「獨遊」中的觀察為前導，海外詩人深切體會到異域風景對旅行者心性的雕磨。他們從容調動、組織情感元素，追求以境悟理的思維境界，推動觀景理念發生「向內轉」的傾向。這既是徐志摩的審美選擇，也在新詩人中具有一定的共通性。很多早期新詩人都如徐志摩那樣，主動為精神主體邂逅獨遊體驗製造良機，並將「獨遊」上升到藝術審美的高度，以之作為文學創作的重要信條。當郭沫若還在六高讀書時，他便時常到六高對面的東山散步，「在月夜我獨自徘徊於東山的山陰……在那時候，我曾吟下《晚眺》與《新月》二絕。」〔註60〕同樣是一個黃昏，他獨行穿越了操山的松林，望見「遙遠的西方山頂上正有睡眠著一個太陽，但是已經僅剩半規了。這濃紅的夕陽彌漫天空，像飛灑著的血流」，詩人「置身在這偉大的時空間」，招致了「洶湧

〔註59〕〔德〕海德格爾：《人，詩意地安居：海德格爾語要》，郜元寶譯，廣西師範大學出版社2000年版，第67頁。

〔註60〕郭沫若：《自然底追懷》，《中國現代文藝資料叢刊》第4輯，上海文藝出版社1979年版，第231頁。

澎湃的靈感」，因此寫下古體詩《登操山》。〔註 61〕看他的《新陽關三疊》《岸上》等詩篇，其中不時閃現出「我獨自一人」〔註 62〕的詩句。從日本的「物之哀」精神中，詩人尋得創作的新徑，他所設置出的觀景者形象，已然將自我完全沉入自然，進入獨遊的神奇境界。再看王獨清的文字，他寫下「我尋味著孤獨的寂寞在苦惱我的時刻所帶來的那種似澀似甜的滋味」〔註 63〕的長句，試圖為「孤獨」解析出更具思辨色彩的信息，勾勒現代人對城市投合與疏離並行的複雜心態。

留美期間，胡適也曾多次選擇獨自出遊，並逐漸發現了獨行的妙處。1926 年遊歐期間，他還寫信給徐志摩，說自己在倫敦無事可做，因而來巴黎住幾天，還想到瑞士去遊玩：「我這回去國，獨自旅行，頗多反省的時間。我很感覺一種心理上的反動，於自己的精神上，一方面感覺 depression，一方面卻又不少的新的興奮。」〔註 64〕1935 年，他在《新年的夢想》一文中再次談及這個話題：「新年前的兩日我正在作長途的旅行。寂寞的旅途是我最歡迎的，因為平常某日有應作的事，有不能不見的客，很少有整天可以自由用來胡思亂想的；只有在火車和輪船上，如果熟人不多，大可以終日關在一間小房間裏，靠在枕頭上，讓記憶和想像上天下地的自由活動，這在我們窮忙的人是最快樂的一件事。」〔註 65〕無論是「獨自旅行」還是「寂寞的旅途」，都給予詩人一個難得的自我反省的精神空間。他可以集中處理觀察所得的異國景觀和文化見聞，也可以專心安排自己的記憶碎片，使之有序排列，形成條理清晰的思維鏈條，這正是獨自旅行的作用。

最後需要強調的是，「獨行」這一詩學舉動不僅為詩人開發出獨立的情思空間，而且充分放大了自我的存在意識，甚至造就了他們的美學感悟力。1929 年夏天，梁宗岱曾到瑞士南部的阿爾卑斯山避暑，他住進一座意大利式的古堡，每晚都在閣樓上獨自俯瞰高山夜景，聆聽大自然的音響，最終領悟到歌

〔註 61〕郭沫若：《自然底追懷》，《中國現代文藝資料叢刊》第 4 輯，上海文藝出版社 1979 年版，第 232 頁。

〔註 62〕郭沫若：《新陽關三疊——宗白華兄硯右》，《時事新報・學燈》1920 年 7 月 11 日；《岸上三首》，《時事新報・學燈》1920 年 8 月 28 日。

〔註 63〕王獨清：《我在歐洲的生活》，第 56 頁。

〔註 64〕胡適：《新自由主義》，《晨報副鐫》1926 年 12 月 8 日。

〔註 65〕胡適：《新年的夢想》，《胡適文集》第 11 卷，第 532 頁，原載 1935 年 1 月 6 日《大公報》星期論文。文中所言「新年前的兩日」指的是 1934 年 12 月 29 日和 12 月 30 日，筆者注。

德《流浪者之夜歌》中的「峰頂」體驗，方才生動譯出這首詩的真意。〔註66〕雖然梁宗岱的遊歷時間超出了本著的研究範圍，但這個例子卻證明了一個問題，即域外行旅特別是「獨遊主義」為詩人注入了精神的補劑，也使他們在與自然風景心無旁騖的交流中，發現了內心深處的自我存在。隨著新詩的發展，「獨遊」於海外風景演繹成一類穩定的象徵模式，它暗合了作家觀景理念中對精神內宇宙的側重，強化了「孤獨」的詩性意涵，也深化了新詩對「言我」與「言景」交互關係的思考。

第三節　外在之我：時空體驗模式和觀物方式的新變

西風東漸的文化滲透，使中國經歷了前所未有的開創性變化，其標誌便是現代時間觀念的形成，以及一代人在「世界」這一空間範圍內對風景的想像。「世界圖景」的顯現，使得詩人對自我身份產生新的認知，拓展了他們的精神視野和思想格局。王一川曾論述道：「對詩人來說，自己所置身其中的生存體驗世界的變化及其語言表現才是真正至關重要的：從以中國為中心的古典『天下』體驗到現在的『全地球合一』的全球體驗，這一轉變對詩人及其他普通人造成的生存震撼是真正致命的。」〔註67〕也如李怡所說，在詩人的諸多域外體驗中，最為「重要的是自我空間意識的變化，重要的是自我與世界的『關係』的調整。跨出國門、進入國際空間的實感擊碎了一位傳統文人的『天朝上國』夢幻，異域他鄉同樣威儀的文明秩序令人不得不接受國家民族的平等觀念，在另一個活生生的世界裏，那些詩人已經無法拒絕的萬千新奇都在改變著詩人的知識結構與價值取向。」〔註68〕誠如斯言，在西遊美洲時，梁啟超便感歎過行旅體驗對其智識的增長，以及他對自我與世界的觀念新知：

> 從內地來者，至香港上海，眼界輒一變。內地陋矣，不足道矣。至日本，眼界又一變，香港上海陋矣，不足道矣。渡海至太平洋沿

〔註66〕梁宗岱的譯文如下：「一切的峰頂／沉靜／一切的樹尖／全不見／絲兒風影。／小鳥們在林間無聲。／等著吧，俄頃／你也要安靜。」這裡的「峰頂」體驗既屬於歌德，也應屬於作為譯者的梁宗岱。參見〔德〕哥德：《流浪者之夜歌》，梁宗岱譯：《一切的峰頂》，上海時代圖書公司1936年版，第8頁。

〔註67〕王一川：《全球化東擴的本土詩學投影——「詩界革命」論的漸進發生》，《北京師範大學學報》（社會科學版）2008年第2期。

〔註68〕李怡：《日本體驗與中國現代文學的發生》，北京大學出版社2009年版，第70～71頁。

岸，眼界又一變，日本陋矣，不足道矣。更橫大陸至美國東方，眼界又一變。太平洋沿岸諸都會陋矣，不足道矣。此殆凡遊歷者所同知也。〔註 69〕

行旅的深入開闊了梁啟超的文化眼界，使他獲得了帶有比較意識的宏觀視野，更觸發他誕生了「世界人」的自我認知，這對於時代轉型期的文人重新認識自我、把握精神個體與外在時空乃至世界的聯繫起到了決定性的影響，也使他們感受到脫胎換骨之感，繼續看梁啟超的自述：

余頻年奔走海內外，未嘗有所終三年焉。其尤奇者，則年年今日，必更其地。十年來無一重複。自癸巳在家鄉一度生日，諸母猶噢以飴餳棗栗之類。爾後甲午此日在黃海舟中，乙未此日在京師，丙申此日在上海，丁酉此日在武昌，戊戌此日在洞庭湖舟中，己亥此日在日本東京，庚子此日在夏威夷島，辛丑此日在澳洲雪梨市，壬寅此日在日本東海道汽車中，今年癸卯今日，在太平洋。〔註 70〕

「十年來無一重複」，看似簡單的七字陳述，卻涵蓋了詩人極為繁複的行旅歷程。頻仍的出行打亂了時人傳統的生存節奏，將行旅者置於複雜交錯的時空之間，反而給予精神主體成長的機會。正如楊波的論述：「縱橫四海的海外行遊讓梁啟超體會到了 19 世紀世界風潮的衝擊顛蕩，終將他從一個了然無大志的『鄉人』，一變而為『國人』，再變而為『世界人』。」〔註 71〕論者進一步引述李歐梵的觀點，指出這種先知先覺的蛻變是「中國進入世界的開始」〔註 72〕。的確，「鄉人—國人—世界人」的視野演進，使詩人確立起一種超越前代文人的全球意識，當他們以這種在行旅中被激發的觀物視角再次反觀「國」與「鄉」時，自然會產生迥異於前的認識，喚醒全新的視界。

無論是梁啟超的世界旅行還是後起文人的越洋求學，我們都能把握到一個清晰的線索，即從晚清的詩歌改良運動到留學歐美、東洋的海外學子，他們均廣泛地探求詩體變革之道，並多以全球意識反觀「自我」，重新詮釋認知

〔註 69〕梁啟超：《新大陸遊記節錄》，張品興主編：《梁啟超全集》第 9 卷，第 1143 頁。

〔註 70〕梁啟超：《新大陸遊記節錄》，張品興主編：《梁啟超全集》第 9 卷，第 1126～1127 頁。

〔註 71〕楊波：《域外行旅與晚清文學變革》，《河南大學學報》（社會科學版）2011 年第 2 期。

〔註 72〕〔美〕李歐梵：《中國現代文學與現代性十講》，復旦大學出版社 2002 年版，第 91 頁。

習慣中的風物人情，這正是中國詩學在精神主體建構和觀物方式層面實現現代轉型的關鍵一環。域外行旅的時間變換與空間位移對詩人施加的最大影響，應該還是文化視域上的變換。這種變換造成的各種衝擊，不斷地內化於他們的創作，形成對早期新詩精神觀念與藝術內質的雙重支撐。前文曾經分析過黃遵憲的《今別離》，這是新派詩中抒寫域外時空感受的佳作。1915 年 7 月，當胡適讀到這首《今別離》的第四章「汝魂將何之」時，認為其中意涵頗新，卻「惜其以夢為題，而獨遺月」，認為「千里遠別，猶可共嬋娟之月色，今之去國三萬里者，其於國中父老骨肉，日月異明，晝夜異時，此夜綺色佳之月，須待一晝夜之後始可照吾故園桑梓，此『今別離』之月色也」。他進而寫成英文小詩兩章，並自譯為白話文，其白話詩文亦以《今別離》命名，錄之如下：

憶昔別離，已有數載，
山川河流阻隔吾與汝，
但這就是一切。
這同一輪圓月曾照過汝，
也曾照過吾，儘管我們遠別離；
此輪圓月，如同今夜之月，
我們彼此用心閱讀此月之書，
惟有吾與汝才讀得懂。

今夜之月又圓了！——
吾與汝相距半個地球；
這些星星不似從前，
再也不能點綴汝之天空。
我們各自心頭之話，
再也不能請月亮來傳遞，
因為此時汝所在之山谷，
正被夏日正午之驕陽暴曬著。〔註 73〕

「吾之星夜」與「汝之驕陽」，寫到了黃遵憲詩中未曾提及的時差體驗。古人言及「但願人長久，千里共嬋娟」，乃是設置在同一時間體系之中，而跨越大洋的域外之旅，使胡適這代文人親自感受到時間座標與觀物體驗的錯置感，發

〔註 73〕《胡適留學日記》（下），1915 年 7 月 26 日，第 103 頁。

現傳統詩文對「古別離之月」的抒寫無法涵蓋他此刻感受到的現實，即同一時刻相聚世界兩端的彼此，卻因時差的影響無法達成古人「共嬋娟」的感受。胡適言說了古典審美體驗在域外行旅中的失效，並以更為形象的文字將自我的所觀所感精確呈現，對黃遵憲的《今別離》之「今」實現了升級和更新。〔註 74〕

再以胡適的《夜過紐約港》為例，詩人寫道：「我們駐足甲板，半側身子淋著雨，／聆聽冬日之風狂暴地怒號，／靜聽那海浪緩緩地拍擊，／紐約這座大都市之海岸。／我們搜尋一地球之星，／她映襯在廣袤、漆黑之蒼穹裏。」詩中景物與觀察者都被置於清晰、具體的時空語境下。地球、天空、城市、雕像和抒情主體對照疊合，構成由遠及近、自上而下互相嵌套的清晰層次，標誌著詩人對精神主體與世界關係的新知。再如《一念》中的抒情主體笑地球「一日夜只打得一個迴旋」，笑「千千萬萬大大小小的星球」「總跳不出自己的軌道線」，笑「一秒鐘行五十萬里的無線電」卻「總比不上我區區的心頭一念」，這「一念」「忽在赫貞江上，忽在凱約湖邊」，這「一念」甚至可以「一分鐘繞遍地球三千萬轉」。詩人將心頭倏忽間的閃念與宇宙星辰、現代科技聯結一體，「閃念」自身涵載的宏闊信息（赫貞江指紐約，凱約湖指伊薩卡）超越了自然界與科學的運行極限，彰顯出人類想像力的博大以及精神世界的寬廣。像地球、世界、宇宙這類空間語象頻繁出現於早期新詩文本，彰顯出寫作者詩學想像資源的新變。

隨著現代交通條件的改善和洲際旅行線路的成熟，傳統意義上「咫尺天涯」的空間遠景很可能成為便於觀看的現實近景。特別是漫長的旅程帶給詩人特殊的時空感受，觸發他們在相對獨立的交通工具空間內馳騁詩情，構築文本。一個顯在的現象是：很多文學家的寫作就是在行旅交通過程中完成的，諸如「道中所作」或是「寫於某某輪船」「寫於某某海上」的作品層出不窮。1899 年底，梁啟超乘船赴美，途中無聊，於是「忽發異興，兩日內成十餘首」〔註 75〕，「驀然忽想今夕何夕地何地，乃是新舊二世紀之界線，東西兩

〔註 74〕就後人對黃遵憲這首《今別離》的仿傚之作而言，胡適對自己英文詩歌的自譯文字更為接近日後白話詩的要求，但從詩歌的內涵上看，早在 1898 年，劉大白便有仿照黃遵憲《今別離》作成的《新相思》兩首，有「此夜彼為晝，星球方右旋」的句子，寫到時差對男女訴說衷腸帶來的影響。如果將這類仿寫黃遵憲《今別離》的詩文歸納為一個序列，或可發現很多有趣的話題。所錄詩句出自劉大白：《新相思》，《舊詩新話》，開明書店 1929 年版，第 194～197 頁。

〔註 75〕梁啟超：《夏威夷遊記》，張品興主編：《梁啟超全集》第 4 卷，第 1219 頁。

半球之中央」〔註 76〕，這種同時處於新舊時間與中西空間疊合的關節點上的「時間與空間體驗在千年中國詩史上是絕無僅有的」〔註 77〕。再如郭沫若的《海舟中望日出》、康白情的《一個太平洋上的夢》《天樂》、孫大雨的《海上歌》、周無的《過印度洋》、邵洵美的《漂浮在海上的第三天》、徐志摩的《再別康橋》等作品，都是遠渡留洋途中的乘興之作。在充滿變動的行旅過程中，交通體驗給予詩人難得的時機，便於他們在與既往經驗拉開足夠的距離之後，利用相對封閉的環境展開詩思。同時，現代交通體驗還提供給詩人全新的觀物視角。胡適曾有《飛行小贊》一詩，敘寫他乘坐飛機觀看風景的感受：「看盡柳州山，／看遍桂林山水，／天上不須半日，／地上五千里。／／古人辛苦學神仙，／要守百千戒，／看我不修不煉，／也凌雲無礙。」〔註 78〕雖然詩歌的寫作地域並非海外，但詩人的觀物方式在當時的旅行抒寫中非常具有代表性。乘飛機高空觀景，將人與風景從以往的同處一個平面的關係，變為人對風景縱向的、由上而下的俯視關係。人眼鳥瞰到的風景成為地圖般微縮的景觀，瞬間便能被觀察者收入眼中，這便與前人那種動輒數日方能覽遍桂林的體驗截然不同了。

與郵輪和飛機相比，詩人搭乘列車時體驗到的「加速度風景」，往往會對新詩的意境生成和美感傳遞影響更甚。郭沫若曾向宗白華講述自己在日本的旅行經歷，1920 年 3 月，他和田漢從博多乘火車前往二日市、太宰府，詩人感歎：「今日天氣甚好，火車在青翠的田疇中急行，好像個勇猛沉毅的少年向著希望彌滿的前途努力奮邁的一般。飛！飛！一切青翠的生命燦爛的光波在我們眼前飛舞。飛！飛！飛！我的『自我』融化在這個磅礡雄渾的 Rhythm 中去了！我同火車全體，大自然全體，完全合而為一了！」〔註 79〕受泛神論思想的洗禮，詩人將火車、自然與精神主體融匯一身，走向心靈的律呂。此時此刻的乘車經驗，使詩人充滿了歡欣和愉悅。值得說明的是，在赴日之前，郭沫若已有過鐵路旅行的經歷，然而他的體驗卻異常糟糕。1913 年 11 月 4 日，他乘火車走京

〔註 76〕梁啟超：《二十世紀太平洋歌》，張品興主編：《梁啟超全集》第 18 卷，第 5426 頁。

〔註 77〕李怡：《日本生存的實感與中國詩歌的近代變革》，《社會科學研究》2004 年第 1 期。

〔註 78〕《南遊雜憶》，《胡適文集》第 5 卷，第 637 頁。原載《獨立評論》第 141 號（1935 年 3 月 10 日）、第 142 號（1935 年 3 月 17 日）、第 145 號（1935 年 4 月 7 日）。1935 年 10 月由上海國民出版社推出單行本。

〔註 79〕《郭沫若致宗白華》，《郭沫若全集》（文學編）第 15 卷，第 121 頁。

漢線北上天津，詩人記載道：「和火車見面是有生以來的第一次，論理應該有些新奇的記憶，但無論怎樣的搜索，所能記憶的卻只是過磅時的麻煩，車站上的雜沓，車廂中的污穢。而尤其使人失望的是車行中所接觸到的窗外的自然。」令其失望的「窗外的自然」，大概指的是車道兩側衰黃的枯草，光禿的沙丘，墳墓般的建築。這些毫無美感可言的景物是「沙漠化的進行曲，墳墓的進行曲，頹唐了的大地的葬歌」〔註 80〕。如果將這段體驗定格為一個座標，那麼七年之後，郭沫若看到的「窗外自然」不僅不再令他失望，連大地的風景也換了一番模樣，葬歌的調子被另一種音響所置換：「我憑著車窗望著旋回飛舞的自然，聽著車輪鞺鞳的進行調，痛快！痛快！」〔註 81〕詩人「觀看」的焦點不再是景物的具象和細節，激活其心靈的反而是景物之間聯動變換的速度，這種速度既是現代科技的象徵，也勾連著他與西方立體派詩人的觀念契合，因此才會覺得只有在運行的火車上念誦麥克司·韋伯（Max Weber）的《瞬間》一詩，方能體悟其「時間底記錄」和「動的律呂」〔註 82〕之妙味。詩人傾心於火車觀物，正是看中了火車所象徵的不斷流徙變化的「動」之經驗。1921 年 4 月，他在門司與成仿吾會合，兩人一道乘船回上海，郭沫若又寫下《新生》一詩，重述了在日本乘火車的這次體驗：

紫羅蘭的，
圓錐。
乳白色的，
霧帷。
黄黄地，
青青地，
地球大大地，
呼吸著朝氣。
火車
高笑

〔註 80〕劉元樹主編：《郭沫若創作精編．郭沫若自傳》（上），安徽文藝出版社 1997 年版，第 227 頁。

〔註 81〕《郭沫若致宗白華》，1920 年 3 月 30 日。《郭沫若全集》（文學編）第 15 卷，第 121 頁。

〔註 82〕《郭沫若致宗白華》，1920 年 3 月 30 日。《郭沫若全集》（文學編）第 15 卷，第 123 頁。

向……向……
向……向……
向著黃……
向著黃……
向著黃金的太陽
飛……飛……飛……
飛跑，
飛跑，
飛跑。
好！好！好！……

在詩人筆下，古老觀看模式下的靜態風景被列車的速度帶起，在觀看者面前形成流動的卷軸，律動著奔放的畫面節奏感，而火車自身的運動軌跡，也借由視覺效果奇特的詩行得以擬現。成仿吾寫過一首《歸東京時車上》，對「光陰」飛逝的微妙捕捉和幽婉再現，都源於現代交通帶來的速度體驗。這一體驗為新詩開創了從科學汲取靈感和想像的途徑，它強調流徙創化的變動之美，從而與古人注重淡泊明淨、精神相對守恆的靜態美拉開了距離，甚至打破了傳統經驗中時空的連續性與穩定性，為抒情者帶來觀景方式和感覺形式的巨變，使他們無論是觀察自然還是發現自我，都與往昔的「景隨境遷」有所不同。柄谷行人曾把「風景的發現」視為本國現代文學誕生的一大標誌，就因為在重新發現的風景裏，我們可以看到一個全新的思想、全新的社會和全新的人生，〔註83〕這一論斷可以幫助我們反觀中國新詩自身。對習慣在穩定、靜態的自然文化語境裏尋求詩意的詩人來說，多元繁複的時空體驗更新了他們對「世界」的感性理解，促成其觀物方式乃至想像視域的現代轉換，使外在的觀察者抑或行旅者視角得以形成，早期新詩中的「外在之我」也愈發顯揚。

20 世紀 20 年代初，李金髮寫下《里昂車中》一詩，抒情主體持續觀察著窗外移動的景物，由「疲乏的山谷」「月的餘光」「草地的淺綠」「遠市的燈光」等生發暗示、幻覺和聯想，以「朦朧的世界之影」勾勒行旅者的淒清心境。郭沫若、康白情、徐志摩等也有類似詩作，都以現代交通工具作為觀察外在風景的基點。當然，也有文人醉心於交通工具的「內部風景」，尤以張資平最為

〔註83〕參見〔日〕柄谷行人：《日本現代文學的起源》。

極端。他每日搭乘電車往返時，為了近距離觀察日本的女學生，甚至有時「乘電車的振動，故意撲身前去」，和她們發生身體接觸，以「實地領略」日本女性之美。〔註 84〕這當然屬於留學文人中的個別現象，就大部分詩人而言，他們更為關注「外在風景」的存在，特別是面對交通工具帶來的流動風景時，其對景物的捕捉便無法像山水田園詩那樣進行提前的預設。一切複雜的、毫無聯繫的景物紛至沓來，難以預期，古典詩歌意象自我循環的傳統和情感對應的法則失去了效力，寫作者們無法刻意揀選那些能夠切中即時心情的自然景物，他們只能以過客的姿態面對匆匆景色，在連續的畫面中捕捉瞬間的意識流動，注重營造抒情主體與所觀察之「物」的心理距離感。這種對外物風景的觀察和表現，「已明顯有別於古典詩歌『以物觀物』『物我同一』的表達方式，同時也超越了新詩草創期那種簡單、粗糙的『詠物詩』（如胡適的《鴿子》《一顆星兒》）——從根本上說，那種『詠物詩』也還沒有逸出古典詩詞的意境和託物言志或借景抒情的路數。……作為觀察者的外在之『我』在詩歌中的確立，恰恰是中國現代新詩『現代性』特徵顯現的標誌之一。」〔註 85〕

乘坐交通工具的體驗和行旅生活帶來的種種精神刺激，深刻改變了詩人對外部世界的感覺結構。從本體論的意義層面看，它還觸及新詩對傳統「主客體」等概念的重新認知。在中國古典詩學的觀念裏，文學關注對「道」的熟參與體現，「悟道」是文學的核心內容，主要探討的是人和自然的關係。所謂「道生一，一生二，二生三，三生萬物」〔註 86〕，「道」在老莊哲學體系中是居於萬物之上的純粹、自然之境，而文學的目的則是不斷向「道」靠攏，最終實現人與「道」的大和諧。像陶淵明「採菊東籬下，悠然見南山」的情境，正切合了文人對人和自然同一之美的想像。在這樣的文化傳統中，人的主體與

〔註 84〕參見朱壽桐編：《張資平自傳》，第 197～198 頁。

〔註 85〕參見張桃洲：《滬杭道上》，《讀書》2003 年第 2 期。此外，王國瓔在《中國山水詩研究》一書中認為中國的山水詩中存在著三種「物我」關係，即「物我相即相融」「物我若即若離」和「物我或即或離」。按照他的觀點，「物我相即相融」是詩人以物觀物的態度，也是詩人對自然現象本身即自成「道」、自成「理」的領悟；「物我若即若離」是因為「詩人雖已渾然忘卻社會人生中之我，但其『觀照者』的意識並未泯滅」；「物我或即或離」則緣於「美感經驗是渾然忘我的，因此可以使得物我之間從相對立而變為相融即。」見王國瓔：《中國山水詩研究》，中華書局 2007 年版，第 299～330 頁。這些觀點可以為我們理解古典行旅文學中的「物我」關係提供參考和借鑒。

〔註 86〕梁海明譯注：《道德經》，書海出版社 2001 年版，第 100 頁。

客體趨於融合，而意象、韻律等要素則是實現「融合」的重要媒介。基源於此，古典詩歌講求「以物觀物」，不強加心靈於物，而是將自我圓融無間地化入事物中，使物象得以自然呈現。物象與主體精神相互映襯又獨立存在，即所謂「物我同境」。在具體的操作中，傳統文人多講求詩與畫的統一，為了構建足具審美性的「詩」的意境，他們使用指向優美、浪漫的意象和韻律，使「詩」帶給人典雅正統的「畫」一般的審美感受。這種抒寫傳統和詩學理念並未被早期新詩人完全棄置，像郭沫若寫作《霽月》一詩時，便將自己化入森林幽寂的優美情景之中，將景象擬人化，使抒情者能夠與明月交談，和銀海唱和。詩人也在人與自然的匯合中表達了瞬時的心境，從而做到了人與詩、畫的融合統一。

相較於古典詩學中的「物我同境」，新詩中「外在之我」的出現，並非是將傳統的「物我觀念」視為揚棄抑或顛覆的目標，而是在此基礎之上，從現代性體驗的層面豐富了人和外在世界的「物我」關係。詩人不再刻意將精神主體融入物象世界，也不拘泥於古典詩歌的「靜觀」模式以及「物我相融」「神與物遊」等自然審美範式，他們以相對獨立靈活的抒情視角介入語象世界，為表達現代情感體驗開闢出新的路徑。甚至在王獨清那裡，他把抒情主體與「龐貝城附近的火山」擬化為彼此精神相對獨立的朋友，抒情者希望從火山那裡汲取鬥爭的精神，以「改正我這生活上的消沉，痹麻」。（《火山下——弔 Alice》）像這類「物我」關係的多重實驗，大多誕生於新詩人的行旅過程，使他們找到了利於抒發各自的遊歷感受、構築情思空間的觀察點。這種觀察的「自覺」，彰顯出詩人抒情角度和運思手段的變革。

同時，在借鏡西方的過程中，一些詩人採取「互文」的閱讀方式，將西式觀物理念與自身文化經驗結合，催化出域外行旅者特殊的心理機制和精神情調。這些影響有些為間接發生，如歐洲浪漫主義繪畫對風景尤其是天空的描繪、後印象派藝術對景物色彩和光影的強調，觸發聞一多、徐志摩等著力打磨意象的視覺性，使寫景詩與風景畫聯姻，為「繪畫美」的藝術旨向賦予深度。而直接影響的情況則更多，能夠引起新詩人震驚體驗的風景多為都市景觀，繽紛躍動的聲光電影豐富了他們的器物層知識，更激活詩人對現代主義文學中「漫遊者」身份的認同與反思，進而加深對「外在之我」的精神塑造。王獨清的《我漂泊在巴黎街上》《我從 CAFÉ 中出來……》便擁有閒逛的漫遊者眼光，抒寫游離於異己文化中的痛瘡與哀愁。旅途的顛沛、環境的陌生、人際關係的冷漠，構成現代主義意義上的窘困感受和生存焦慮。抒情者無法把握住生命存在的根基，他只能選擇一個異域游蕩者的精神形象，以此將精神主體的漂泊無依感沉鬱托出。正如李金髮的《我背負了……》一詩對「簡約之遊行者」形象的細膩打磨和孤寂沉思，其中既吸收了波德萊爾的精神要義，又能將詩人「無根的異鄉人」心態與異域遊歷產生的新奇感覺兩相結合。這類在行旅過程中被發現，進而意義持續增殖的「外在之我」，帶有濃鬱的異國色調，同時融合了寫作者本土的精神習俗。借助這些意蘊多維的抒情形象，現代詩人開啟了各自的觀察之門。儘管他們的家庭背景、教育狀況和經濟條件各有殊異，投入旅行的熱情和對域外經驗的攝取力度也不盡相同，但他們普遍自覺地吸納了海外「文化／文學」的要素，融匯現代旅行觀念和西方美學理論，並主動調整了寫作的方向，以作為旅行者的外在之「我」深入風景的內部結構，在風景的主體形態、意象框架、修辭策略等向度上持續發力，最終將風景的「物象」沉澱為精神主體的「心象」，為外部感覺經驗、內在心理經驗以及詩歌表達經驗之間的聯絡與轉化建立起有效的通路。此類嘗試不僅促進了新詩精神主體的生成，而且實質影響了新詩抒情視角、意象結構、語體風格等內質要素的審美嬗變。

第五章　「異域感」影響下的情感空間建構：以象徵派詩人為例

對早期新詩人而言，無論是遊學還是訪問，出洋經歷都會在不同程度上令其感受到國內外文明發展的落差感，從而在心理上產生相應的文化孤獨體驗。早在黃遵憲的《在倫敦寫真誌感》中，便有「人海茫茫著此身，蒼涼獨立一傷神」〔註 1〕的詩句，訴說著詩人獨自面對西方文明時產生的內心孤獨。無論是「詩界革命」前後的詩歌探索者還是早期新詩的先行者，地理時空的位移都使他們的生命進入了一種懸置的狀態，而流散的「身體／精神」雙重體驗，則為這些寫作者提供了前所未有的感覺經驗，也為他們帶來了融匯傳統與現代、熔接中國與西方的全新視野，便於他們在新的情感空間中開拓詩學疆土。可以說，包含流散體驗、懷鄉體驗、都市體驗、情愛體驗、旅行體驗等在內的異域體驗模式，均可以用「異域感」加以涵蓋。域外行旅的行為核心正在於「異域體驗」，它是一個從環境到情境，再到意境乃至心境的動態心理傳導過程。異域感的存在，使詩人的精神主體、觀物方式、認知過程都會發生連動式的相互影響，從而導致他們對先前所積累的觀念與慣習產生對應性的改變。就其情感層面來說，行旅者們往往喜歡將眼前的景物與原住地的慣常環境進行比對，當其中的差異性因素過大時，行旅者最初對異域的探奇之心便很有可能會被另一重的焦慮意識所覆蓋，使其產生對原住地也就是故鄉的懷戀與嚮往。當他們逐漸意識到歸鄉心願不能立刻實現時，敏感的詩人就

〔註 1〕錢仲聯：《人境廬詩草箋注》，上海古籍出版社 1981 年版，第 514 頁。

通過詩歌的方式，表達他們在異域文化中渴望歸鄉又難以回歸的情感矛盾，從而凝聚成一個帶有普遍性的情感空間模態。

幾乎所有出遊的詩人都經歷了流離失群的孤獨體驗，他們抒寫漂泊者的孤獨與空虛，眷戀自己的故土和母國，此類詩篇不勝枚舉。留美的聞一多便說自己是「不幸的失群的孤客」和「孤寂的流落者」（《孤雁篇·孤雁》）。留日的成仿吾則慨歎「故鄉何處？／讓我回去了罷！／一個人行路無依，／我心淒慘，我愁，我怕！」（《故鄉（Religious emotion）》）。無論是「不幸」還是「淒慘」，均是出洋詩人的典型心理特徵。在這些言詠鄉愁的情感空間中，早期象徵派詩人所表現出的特質更為豐富，其文本也值得深入品味。與其他遊學詩人相比，象徵派詩人普遍難以融入異域的生活環境，他們的生活條件多窮困淒苦，物質條件非常有限，而當他們目睹城市中紛繁蕪雜的亂象後，便很容易產生對異域的矛盾感受：一方面豔羨發達的物質文明，希冀深入都市之中體悟現代氣息，沉醉在狂歡狀態甚至是頹廢之中，使得都市「欲望之力」成為具有象徵意味的行動。其中，咖啡館、酒吧這些消費空間意象以物質刺激蠱惑著象徵派詩人的文學神經，便於他們馳騁綺麗的夢；而汽車、火車等交通意象則以速度與時間的「震驚」效果，滌蕩了現代詩人的感覺系統。另一方面，在感受到「物慾」對精神自由的誘惑以及「身體」在都市中失控的現實之後，這些孤獨憂鬱、多愁善感的靈魂又開始對自己的精神世界深惡痛絕，當他們與象徵主義文學遇合之後，諸如「頹廢」等觀念便喚醒了他們心中沉睡的詩神。在醜惡的現實、孤寂的心境與頹廢的情緒等多重因素的共同激發下，這些青年人選擇從個體角度出發，注重反映現代人在都市生活中的精神不適，他們的文本也流露出更多的隔絕與孤獨感，洋溢著濃厚的非理性色彩，從而在異域體驗的觸發下寫出帶有中國遊子心理特質的象徵主義詩歌。緣於早期象徵派詩人情感空間的豐富性與獨特性，本章即以他們的域外經歷和詩歌創作為中心，探析「異域感」對其情感空間建構施加的影響，並圍繞「懷鄉情結」與「文化焦慮意識」，還有情感體驗對寫作者詩歌觀念起到的塑形作用進行定向討論。

第一節　生存困境與「懷鄉」情結

如果觀察中國早期象徵派詩人的生平履歷，會發現他們大都有過旅外留學的經歷。李金髮、王獨清等為法國留學生並遊歷過歐洲，穆木天、馮乃超等則是赴日留學生。復原他們的創作軌跡，能夠注意到其開啟象徵主義詩歌創作的時間也大都集中在旅外時期，而歸國後又多回歸到現實主義的詩學體系之中。旅外的生活從某種角度來看，似乎成了詩人們走向象徵主義的推動力，而這一現象的成因則包含了複雜的因素。當時，國內詩壇的關注焦點在於現實主義與浪漫主義之爭，還有詩歌的白話化等問題，象徵主義文學並未居於核心位置。而在歐美和日本，這一時期正是象徵主義文學運動進行得如火如荼之時，西方論家對於象徵主義的探索與嘗試已經步入系統成熟期。置身這樣的文學環境，新詩人們能夠更加深入地學習和理解象徵主義文藝理論，並接受其影響。象徵主義的顯性特徵之一，即為對心靈深處情感的關注與暗示。詩人們行旅異國，第一次遠離故土和親人，在新的文化環境和社會環境中獨自生活，首先需要面對的是異域陌生感的挑戰。空間上的位移和全新的社會、文化環境，使他們或多或少會遭遇心理上的空虛與文化的衝擊感，進而滋生出與故土體驗迥異的現代性新感覺。特別是懷鄉情結，凝聚成他們筆下一個集中的情感向度和詩學主題。這種懷鄉情結不僅侷限在傳統的「遊子思鄉」層面，而且還牽涉著複合現代性質素的心理機制。旅外經驗為詩人開啟了現代生活的大門，尤其體現在由消費語境和現代生活激發出的現代體驗中。不過，當諸多新銳的體驗超過詩人的接受能力和情感負載時，壓力便積聚在他們的內心深處，使其產生極大的精神負擔，反而有可能呈現出消極和抑鬱的情緒。在心理學上，長期的壓抑必須借助一個情感的宣洩口得到釋放，才能回歸內心的平衡。恰逢此時，詩人們在不斷滋長的消極情緒中接觸到法國的象徵主義詩歌，其對個人幽微情感和潛意識的關注，還有追求頹廢感與病態美的藝術走向，契合了海外學人排遣懷鄉情感的特殊需要，因此他們紛紛走向象徵主義，也就顯得順理成章了。

中國儒家文化講求「父母在，不遠遊，遊必有方」「安土重遷」，認為家鄉即為一個人的根，進而給「遠遊」這一行為附加了十分沉重的情感因素。也基於此，思鄉、懷鄉、歸鄉成為中國古典詩詞中一個重要的命題，催生出諸如王籍《入若耶溪》中「此地動歸念，常年悲倦遊」的感歎，這種懷鄉文化也延續進入現代詩人的價值觀中，影響了他們的情感生成。王獨清曾經在自傳《我在歐洲的生活》中記錄了留學時的心理狀態，他將自己定義為一個無根的「流浪者」，這正代表了當時大多數旅外象徵派詩人的心理自況。他們對當下的生活產生了不穩定感，內心深處也缺乏歸屬與安全感，這種負向的體驗進而轉化為對故鄉的深切思戀與緬想。可以說，詩人們對故鄉的懷念是在一系列的生存困境中被激發出來的，也正是由於生活環境的複雜，才導致了詩人懷鄉體驗的差異性。深入細究其內部肌理，可以揭示出它與傳統遊子思鄉情感相異的現代性特徵。

身處域外環境，詩人面對的首要困境是地域上的遠離故土，還有與異域文化的心理隔閡。按照康德的說法，每一個生命存在的現實都是由時間和空間兩個維度的交錯構成的，空間是我們的「外經驗」形式，而時間則是我們的「內經驗」形式。卡西爾（Ernst Cassirer）也指出：「空間和時間是一切實在與之相關聯的構架。我們只有在空間和時間的條件下才能設想任何真實的事物。」〔註 2〕人的生命感覺就是通過對時空的真切體驗加以傳達的，時間體驗和空間體驗編織起我們認識現實社會和自我存在的網絡結構，而詩人的旅外經驗恰恰將詩人們對時空的感知系統進行了切割。從這些詩人們的自傳文字中，可以窺見他們前往異國求學的行程基本都需要乘船數月，途中要跨過遙遠的大陸與海洋，而到達異國之後，還要再坐車輾轉多次，才能到達留學的城市。其間路途遙遠顛簸，沿途的一切都令人陌生，使詩人們對空間的把握與感知出現了延宕，而心中的無所依靠感則愈發強烈。再者，從當時的時代大背景觀之，儘管交通和通訊條件大為改善，中外之間的人員流動規模日盛，但這種全球化的趨勢並沒有完全緩解國家之間的文化隔閡。王獨清曾在自傳中提及，他初到法國時所在的學校是華人學校，交往對象也多為中國人；李金髮在巴黎學習期間，不僅受到過法國學生的欺辱和排斥，也對巴黎學生肆無忌憚的放任生活很不以為然，他曾極盡諷刺法國學生舉辦的化裝舞會：「能在特殊的領域外發洩他們原始時代的獸欲，是現代文明的特產吧。可惜我們以前抱了敬鬼神而遠之的觀念，沒有參加過這個盛會。」〔註 3〕穆木天在日本經受了更為嚴重的文化隔閡體驗，他曾在自傳中提到日本政府和民眾對於中國留學生的種種孤立，這一切都引發出詩人抑鬱的感慨：「東京的生活，實在令我再忍受不下去了。」〔註 4〕留日期間，他與當地的社會生活不能兼容，精神陷入了孤獨無助的境地。馮乃超的文化隔閡感雖然不若穆木天那般激烈，不過他在京都法善寺山下居住時，每日聆聽附近清水寺的暮鼓晨鐘，

〔註 2〕〔德〕卡西爾：《人論》，甘陽譯，上海譯文出版社 1985 年版，第 54 頁。
〔註 3〕陳厚誠：《死神唇邊的笑：李金髮傳》，百花文藝出版社 2008 年版，第 46 頁。
〔註 4〕戴言：《穆木天評傳》，春風文藝出版社 1995 年版，第 17 頁。

竟然產生了「出世」的念頭，心態也一度滑向苦悶和孤寂，後來不得不離開對他而言如「死木」般的京都。

以上諸多例證，或可證明詩人在離開了自己的故土和家人之後，他們置身於陌生的文化環境裏，脫離了對慣習中的時間和空間的依附感，便很有可能萌生心理漂泊之感。與中國傳統文化中的遊子遠鄉體驗相比，這種漂泊感更為濃重和複雜，它不僅源於地域上大幅度的跨越，還在於詩人們徹底告別了本民族的文化族群。面對異國的社會和文化，他們心中遭遇的衝擊力也頗為顯著，對生活和生命的把控顯得愈發無力。在這樣的真空狀態下，詩人們對自我和現實的認知走向迷茫，心中也難以形成足夠的安全感。王獨清在詩集《威尼市》中就表達了對安全感的缺失。詩集中雖不乏對威尼斯種種美景的描繪，但在描寫的過程中，詩人使用了大量消極的意象——提琴的長弦、飄流的落花、不陰不晴的天氣……寫景與抒情交錯一起，使文本滋生出恍惚迷離的情緒。詩人是漂泊的，漂泊給了他「有病的心窩」和落花般的生活，讓他即使面對美景，也忍不住流露出心底的哀傷。由現實因素導致的精神孤獨始終無法獲得安慰和排解，甚至連地球都成為「一個已經腐敗了的土塊」，詩人「不願在這地球上住了！」（《聖母像前》）在李金髮的心底，也伴有這種漂泊無依的感覺，他在詩歌《我背負了……》中，將自己看作一個奔波在遠途中的旅行者：「我背負了祖宗之重負，裹足遠走／呵，簡約之旅行者，終倒在睡路側／在永續之惡夢裏流著汗／向完全之『不識』處飛騰／如向空之金矢。」他像一隻箭，朝著自己完全「不識」的地方飛去，獨自漂泊使他噩夢連連，卻又沒有回頭的可能。可見，遠離故土造成詩人們對時空的感受趨向模糊，他們的身心無所依傍，對於自身所處的環境也產生了恍惚感。在這樣的恍惚中，象徵派詩人們為詩歌定下了陰鬱的基調，其間蘊含了無盡的憂鬱和傷感。如《蒼白的鐘聲》一詩，穆木天為文本注入了揮之不去的鄉愁。詩中反覆提到了「故鄉」意象，如「故鄉之歌」「永遠的故鄉」「朦朧之鄉」「蒼茫之鄉」等。鐘聲飄蕩的最遠處就是故鄉，然而故鄉卻非實有，而是邈遠之鄉，彷彿是不可抵達的海市蜃樓，鐘聲散去，故鄉的幻影也隨之消失。作為精神符號，「鐘聲」將詩人的懷鄉之思引入悠遠綿長的境界，在行旅者的內心深處奏響嫋嫋餘音。

除去遠離故土的鄉愁，詩人們的生存困境還體現在他們對現代城市深入透視之後，對資本主義都市從期待到失望乃至拒斥的情感位移。剛剛踏入異國時，初涉先進資本主義國家土地的詩人們感到格外興奮。王獨清曾經這樣描述當時的心情：「我記得我初和巴黎接觸的時候，我底兩眼幾乎是要眩暈了去。我第一次在那塞納河旁走過，我底心胸填滿著說不出的一種膨脹的快感。——這是不消說的，一個久處在文化落後的東方的青年，一旦能走到資本主義發達的中心，他底愉快是怎樣也禁止不住的。」〔註5〕穆木天也曾在散文中提及初到日本時的心情：「夜色是朦朧的，心地更是朦朧的。心裏永遠是充滿著愛的憧憬。理想是能實現，倒是有點詩意。秋天的薄霧像是微笑著在安慰我。」〔註6〕這正是當時大部分旅外青年真實的心理寫照，他們將旅外當作人生新的開始，內心深處充滿了對發達資本主義社會的好奇與期待。正是緣於這樣的積極心態，詩人們初到異國時，詩作多呈現出浪漫主義的色彩。例如穆木天與郭沫若等人在東京創辦了創造社，宣揚浪漫主義表現自我、釋放激情的藝術理念，王獨清的一些早期詩歌在許多學者看來，也帶有濃厚的浪漫主義色彩。此時，詩人充滿了對發達社會的期盼，這種希冀與個人「自我實現」的願望以及國家富強觀念直接掛鉤。他們希望能夠通過在發達社會裏的學習和生活，更大程度地提升自己，以實現政治或者藝術上的抱負。

隨著詩人對資本主義世界的接觸逐步深入，他們的欣喜和快樂很快便轉向幻滅。在異國生活得越久，詩人們就越清楚地看到資本主義光鮮亮麗的外表下，其實包含著一顆已經趨向爛熟的內核。王獨清在里昂做園丁期間，住在當地的一個滿是潮濕和臭蟲的破旅館中，目睹滿是污水的街道和破敗的居所，體驗到掙扎在社會邊緣的窮人生活以及冷漠稀疏的人情關係。身處社會底層的境地，使詩人的內心受到極大的打擊，他看到了「下層社會的人是如何掙扎在生活裏的」，如其所言：「巴黎對於我，始終是喚開我生命上另一境界的一個都市……可是同時，它把我從過去浪漫的行蹤中漸漸地拉近了頹廢的氛圍。」〔註7〕正是源於在里昂的經歷，王獨清回到巴黎後，目光注意到了更多社會中的悲苦和不幸，巨大的打擊使他開始沉浸於唯美主義和波德萊爾「病態美」的文學風格中：「耽美派的藝術在我底眼前慢慢的閃出了它發亮的光輝：我咀嚼著包特萊爾以下的作家，用了貪饕的情勢我去消化他們……」〔註8〕他在《塞因河邊之冬夜》中描寫了幾個「睡在殘葉上」的貧民：「他們都是容顏瘠瘦，／他們都是

〔註5〕王獨清：《我在歐洲的生活》，第1～2頁。
〔註6〕穆木天：《秋日風景畫》，千秋出版社1934年版，第8頁。
〔註7〕王獨清：《我在歐洲的生活》，第150頁。
〔註8〕王獨清：《我在歐洲的生活》，第150頁。

亂髮蓬蓬，／都是裹著件襤褸的短衣，／像死了一樣的臥著不動。」而在另一邊的夜咖啡店裏，則是一派完全不同的景象：「妖女在猥抱緊擁／短發半裸的黑奴做著引起肉感的 Chica 之樂器助興……」富人們沉浸在燈紅酒綠的墮落中，窮人們則露宿街頭，淒慘到連麻醉自己的苦艾酒都買不起了，兩種生活並置一堂，形成鮮明的對比。此刻，詩人的內心象冬夜一樣寒冷，他不禁發出悲歎：「我查這文明都市不過是罪惡的深坑！／……／我恨不得學一個羅馬底 Nero／把這繁華的巴黎城用火來一烘！」他對資本主義世界的失望在這一聲悲歎中盡露無疑，在這樣破敗的環境中，詩人自感生活的無望。詩中最後一句吶喊，既表達出抒情者想要有所作為的願望，又埋藏著深深的無力感，因為「我」終究不能做成巴黎的 Nero，也無法拯救這座陰冷的城市。

同樣留學法國，李金髮也見證了金元社會的黑暗和底層生活的凋敝。他的象徵主義詩歌觀念是在巴黎學習藝術期間形成的。其中，印象派繪畫對他的藝術理念產生了深刻的影響，為他走向象徵主義奠定了理論基礎。在巴黎美院學習期間，他看到了「為了麵包出賣肉體」的裸體模特、校園霸陵的法國學生和他們之間放任的生活，不由發出了「自詡文明的法國人也不過如此」〔註 9〕的失望歎息。這種失望同樣留存在他的詩歌《巴黎之囈語》中，詩人筆下的巴黎一改傳說中的浪漫與繁華，而是充滿「悶塞了孱弱之胸膈」的霧氣、「不歎息之奴隸」「地窖之莓腐氣」以及張惶的人和可怖的瘦馬。城裏那些「不安睡的人／全輾轉在上帝之肘下／用意欲的嬉戲／冰冷自己的血」，人們深陷欲望的泥淖，在欲望的操控下變成冷血的動物。詩人嘲笑「此所謂人們之光榮／直到地上之爬蟲類」，傳說中的文明，也不過是地上的醜惡爬蟲，傳說中人類文明的驕傲，也不過是這樣一幅殘破的景象。

在很多象徵派詩人的精神世界裏，由生存困境激發出的懷鄉情愫，起源於現代城市帶給他們的精神疏離感，並最終促使他們產生對傳統鄉土文化抑或「古城」的追思。李金髮在懷鄉詩篇《故鄉》中，回憶了青春時期的自己與「你」（一說是髮妻）在晨光的山間玩耍、嬉戲的場景，那時「日光含羞在山後／我們拉手疾跳著／踐過淺草與溪流」，也有「和風的七月天／紅葉含淚／新秋徐步在淺渚之草荇／沿岸的矮林——蠻野之女客／長留我們之足音」。一幅唯美的鄉野山景，在詩人的回憶裏變得鮮活起來，其中淡淡的傷感，一是感歎青春時光和純美愛情的流逝，二是漂泊的自己對那個遠在梅縣的、充滿

〔註 9〕陳厚誠編：《李金髮回憶錄》，東方出版中心 1998 年版，第 36 頁。

鄉土風情的家鄉的懷念。與李金髮相比，穆木天所懷念的故鄉則是一座「古城」，即他在《江雪》中反覆吟詠的「啊！長白的古城！」這正是他的家鄉吉林省城，這座古城在「棉花般的雪」的覆蓋下，收起了平日裏的粗獷與野性，而是「罩住了炎騰騰的大平原的心裏的熱情／隱映著紅紅的烈火似的閒靜」。鄉野的雪景、北方的平原、奔放的性格……都匯聚在詩人對「古城」的想像之中，洋溢著他對故土人文品格的思戀。

無論是李金髮還是穆木天，他們所追思的家鄉都隱含著一個共同特點：遠離工業化和現代城市，與自然的鄉野田園經驗融合，並帶有隱世性與神秘主義色彩。在古典的城鄉文化中，自給自足的小農經濟並沒有使城市與鄉村之間形成絕對的文化差異，二者同樣都是建立在「自然」基礎上的空間文化形態，都與農業文明關聯密切，因此傳統懷鄉文學的關注點往往不取決於寫作者身處城市語境還是鄉村語境，「懷鄉」情感更多緣起於交通不便導致的地域空間阻隔。如「濁酒一杯家萬里，燕然未勒歸無計」（范仲淹《漁家傲・秋思》）中的羈旅之情，正是產生於家鄉遙遠、交通不便、因而歸家艱難的情感邏輯之上。回望早期象徵派詩人的「懷鄉」抒寫，其鄉情的萌發幾乎無涉交通因素，而多與他們的異國都市體驗有關。由商業文明發展催生出的現代都市與鄉村古城之間，不再僅僅是經濟發展體量上的差異，它們本質上代表了現代人兩種完全不同的生存境遇，以及人在兩種生存境遇中生發出的不同的文化觸感。如劉易斯・芒福德（Lewis Mumford）認為的，城市是「密切相關並經常相互影響的各種功能的複合體——它不但是權力的集中，更是文化的歸極（Polarization）。」〔註 10〕連同鄉土在內的各類文化樣態被城市所整合，就連現代人都成為維持城市機器運轉的微小部件，被固定在城市文化程序的一個個環節之中，逐漸喪失了個性化的感知能力，從而導致主體性的遮蔽。而現代派藝術的生存內核在於對「人」之觀念的把握，還有對人生存境況的關注，象徵主義更是將人的潛意識作為文學表現的根本對象。因此，當詩人們來到發達的異國城市（巴黎和東京），親眼見證了城市對空間的切割和對個體的封閉時，他們對這樣的變化先是感到不適，逐漸演變為一種恐懼，在潛意識中產生了對與城市文化屬性相反的、帶有自然屬性的鄉村故土的思念與渴求。他們並非真的想要離開異國，返回地理故鄉，而是希望借助文學的手

〔註 10〕〔美〕劉易斯・芒福德：《城市發展史——起源、演變和前景》，宋俊嶺、倪文彥譯，中國建築工業出版社 2005 年版，第 79 頁。

段或是精神調控的策略，擺脫消費文化對人的異化，於記憶和想像中的「詩性田園」實現向自然的回歸，從而獲得心靈的平靜。

傳統文化中的故鄉往往都指向詩人出生或成長的某一個具體地點，詩人們的懷鄉之情對應的也都是這些確定的地域。例如「洛陽親友如相問，一片冰心在玉壺」（王昌齡《芙蓉樓送辛漸》）中，直接點明詩人對故鄉洛陽的懷念，而「晨起動征鐸，客行悲故鄉」（溫庭筠《商山早行》）雖然沒有直接點明故鄉的具體位置，但尾聯的「因思杜陵夢，鳧雁滿回塘」已經說明，詩人曾久居的杜陵，正是引起他傷悲情緒的「故鄉」。在這些詩詞中，故鄉是一個真實可以到達的具體地點，但在象徵派詩人們的筆下，故鄉不再純然具備實際的地理座標屬性，當寫作者的「懷鄉」從現實需求上升為精神訴求之後，他們所懷戀的故鄉便逐漸從具象變成了模糊的泛指，形成帶有理想化色彩的虛擬之境。例如穆木天《蒼白的鐘聲》中所思戀的故鄉，就是一個在悠遠的鐘聲中浮現，又在嫋嫋的鐘聲中消散的幻影。詩人並沒有將其實體化呈現，而是借助鐘聲的朦朧和文字、韻腳的創新性排布，將「故鄉」這 概念進 步虛化，將其移升至心靈的高度，使其成為抒情者尋找心靈安寧的場所。此時，「故鄉」從實體轉化為虛體，構成一種象徵的結構，支撐起詩人在現實都市面前心靈「回退」的內在趨勢。王獨清也在《此地不可以久留》中，看到了「此地」的「風忽來忽去地長歎」，「男子們是又粗又惡」，「女子們是裝出了愛嬌」，發出了「啊，不如歸去！」的呼喊，但抒情主人公最終還是陷入不知出路的迷茫：「——但是不可以久留，我又怎能不留？／去？去？我該歸向那兒去？」詩人想要尋求精神上的安寧，有了目標，卻找不到途徑，只好一遍一遍地呼喊、懷想，最終在迷失方向的漂泊中染上了現代的「懷鄉病」。再讀穆木天的《與旅人——在武藏野的道上》，長期漂泊的旅人遭遇了同樣的境遇，他「踏破了走不盡的淡黃的小路」，「問遍了點點的村莊，青青的菜圃，滿目的農田」，雖然主人公保持著前進的姿態，卻望著「茫茫的無限」，內心充滿了迷茫。這般抒寫道出了詩人的心理境況：他在異鄉漂泊徘徊，內心存有無限的衝動，卻不知道身往何方，由此產生了「旅人呀，哪裏是你的家鄉？哪裏是你的故園？」的無根呼喊。「旅人」正是詩人的身份自況，而「故鄉」則指向詩人精神的根性傳統，那是能夠讓他停止漂泊、終結流浪、獲得心靈慰藉的地方。但是這樣的地方在哪裏呢？詩人最後也沒有給出明確的答案，他只是不斷地啟示「旅人」，也是啟示自己努力地往前走：「旅人呀，前進，對茫茫的宇宙／旅人呀，不要問哪裏是歡樂，哪裏是憂愁。」

當前進中的「旅人」有朝一日終於可以結束留洋，回歸他的祖國之時，詩人又應當如何表現呢？王獨清的一首《動身歸國的時候》頗為值得玩味。詩人以散文詩的結構記敘了一場來自「昨夜」的夢境：

> 我回到了已死的世紀，我故國底已死的世紀——我看見了治水的大禹，我看見了三千門徒圍著的孔子，我看見了在江邊行吟的屈原，並且我看見了建造萬里長城的那些不留姓名的大匠……
>
> 哦！天是那樣的清！風是那樣的溫……
>
> 哦！好偉大的山！好壯麗的河……
>
> 我底靈魂充滿了榮耀的陶醉，我底肺部漲滿了自傲的呼吸，我把身子浸在那潔淨的陽光中，受著健全的空氣底愛撫。

夢境中的詩人回到了故鄉，然而這個故鄉是穿越時空的古老的中國，並非詩人身居的現實地理空間。深入探究王獨清的「懷鄉」抒寫，它已經演繹成為詩人對文化原鄉不斷的內在撫摸，其間的大禹、孔子、屈原和萬里長城，皆為留存千年的中華文化之根，「懷鄉夢」便是一場懷戀中華的文化夢。然而，詩人隨後的抒寫情境卻發生了巨大的轉折，「我」的眼前突然變成「一片荒墳」和「望不盡的焦土」，耳邊「忽變成了可怕的寂靜」。顯然，「荒墳」和「焦土」隱喻了作家對城市超驗的視覺想像，而「可怕的寂靜」作為超驗的聽覺想像，道出了「我」在現代都市語境中的文化失語和隔絕體驗。一場夢醒，陷入的卻是另一重噩夢，由「夢中之夢」的嵌套結構，可以揣測詩人當時的心理狀態。在這首散文詩的後文，詩人真情吐露了心緒：「今日我終要走了，決心地走了。——我何嘗不知道我可以在這兒追求快樂？我何嘗不知道我已對這兒生了難捨的情意？不過，我既然得了 nostalgia（鄉愁、懷鄉病，作者注），就須當服從 nostalgia：這兒底一切雖然都好，但終竟不是我的！」都市生活的享樂氣息誠然能夠使人陶醉其中，但文化異己者的身份和始終難以融入異國的悲哀，最終觸發詩人動身歸國，並寫下如此坦誠的文字。可見，詩人們在漂泊異鄉時所產生的懷鄉情愫，都融合了複雜的現代意緒，從而與傳統的遊子思鄉之情產生了鮮明的對比。在他們的筆下，「故鄉」從具體之形抽象為一個帶有泛指性的文化符號，既充當著詩人逃避現實的心靈避難所，還是維繫詩人精神自信的文化聖蹟。他們不斷巡遊在「歸鄉」與「無法歸鄉」的矛盾心結之中，為其海外寫作建構起獨特的情感張力結構。

第二節 文化焦慮與寫作主體的自貶意識

任繼愈曾指出：「不同的文化接觸後，先進的一方必然影響落後的一方，這種趨勢不可逆轉。」〔註 11〕一個國家的文化依託於這個國家的發展歷史和綜合國力，隨著這個國家或民族政治、經濟地位的上升，其文化也必然成為一種強勢文化，進而在文化勢差的推動下，開始對弱勢文化進行輸出和影響。從晚清開始，文化勢差的置換打破了國人「天朝上國」的迷夢，他們對西方的文化心態也發生了巨大的轉變。正如哈佛大學教授杜維明所說：「無庸諱言，鴉片戰爭以來的一百五十年，五四運動以來的這八十年，特別是中華人民共和國成立以來的四十年，深受西方思潮（包括自由民主與馬列兩大互相抗爭的意識形態）影響的中國知識分子，因痛感中國經濟、政治和社會『處處不如人』，在悲憤、急迫和焦慮的心情中倡導富強，一致確信西方的今天是中國的未來，而且形成共識：只有西方的科學和民主才是中華民族救亡圖存的不二法門。相形之下，中國固有的精神文明，不論儒道釋三教、倫常道德、天地君親師的民間信仰，乃至天人相應的宇宙觀，都因不符合以現代西方思潮為典範的評價標準而被揚棄，成為有識之士不屑一顧的封建遺毒。即使所謂尚且有科學性和民主的『精華』，也只是質樸粗糙的原始資料而已。」〔註 12〕從晚清至民國初期的這段時間裏，知識分子的文化自信感受到了極大的衝擊，在強勢的西方文化面前，一部分人陷入由「文化勢差」所引發的焦慮，展現出群體性特徵明顯的心理症候。

心理學家卡倫·霍尼（Karen Danielsen Horney）曾提出「基本焦慮」（Basic Anxiety）的概念。所謂「基本焦慮」，是指主體對充滿強烈敵意的世人所產生的孤立與無助之感。她認為兒童在早期有兩種基本的需要：安全的需要和滿足的需要。兒童對於這兩種需要的滿足完全依賴於父母，父母（尤其是母親）是兒童成長過程中重要的客體。在孩子幼小的時候，如果能夠給予孩子持續穩定且合理的愛，並做到持之以恆、前後一致，孩子就會體驗到足夠的安全感，從而延伸出對於他人及世界的信任，並且感覺到自尊、自信以及對現實和未來的確定感和可控制感。但當父母不能滿足這兩個需要時，兒童就會產

〔註 11〕徐懷謙：《創建新文化不能白手起家——任繼愈談「文化勢差」》，《陝西發展導報》1997 年 7 月 18 日。

〔註 12〕孫雄：《近代基督教傳入與中國文化焦慮》，《中共浙江省委黨校學報》2010 年第 6 期。

生基本焦慮，並在遠離父母進入獨立生活之後，產生孤獨感、無力感、挫折感甚至對虛無和罪惡的無法克服感。〔註 13〕如果把這種心理概念移用到早期新詩人與國家的關係上，我們便會發現，當祖國和祖國的文化作為一個概念集合體（相當於父母的角色），卻無法給予作為個體的詩人（相當於孩童的角色）以足夠穩定的心理支撐時，他們的精神無法得到有力的安撫，內心深處也體驗不到足夠的安全感，便很有可能產生一種普遍性的、帶有孤立無助感的群體焦慮。

對早期象徵派詩人來說，他們正是懷著遠離「父母」的群體焦慮前往異國求學的，也正是由於這樣的心理狀態，詩人們在處理自己與異國社會和文化的關係時，往往自覺或不自覺地帶有一種敏感或是自卑情結，也因此更容易受到刺激和打擊。穆木天曾經看到日本《創造》雜誌新年刊的附錄，其中一張中國地圖被塗滿代表列強勢力範圍的不同顏色，尤其是涉及自己家鄉的東北地域，更使詩人覺得內心格外痛楚；李金髮在法國學習期間，被法國學生公開排擠、欺侮，靠著校長的一張「保護字條」才得以獲得片刻安寧；王獨清則是因為穿著得體而被認作是日本人，發現在歐洲人心目裏日本人比中國人「更高一等」，因此內心倍受打擊。從這些事例可以看出，雖然詩人們內心的潛在焦慮根源於祖國的孱弱，但將這種焦慮激發出來並引發更深層次的無助與痛苦感的，則是詩人的「旅外」行為。就好像如果存在基本焦慮的兒童僅僅待在家中，他的焦慮可能只侷限於父母和兄弟姐妹等親人，在於這些親人是否能對其自身的需求提供滿足感。只有當他真的走出家門步入社會時，心理平衡才有可能被打破，其焦慮也才會成長和延伸。

同理，詩人們遠離祖國，隻身前往異國，可以理解為對祖國之「家庭」環境的脫離。遺憾的是，他們中的大多數人都沒有得到有力且穩定的文化支撐，在這種境遇下，詩人只能獨自面對異域社會施加給自己的生存艱辛和文化壓迫，加上一些象徵派詩人敏感多愁的性格，他們更容易產生對自我與外部均無法掌控的無力感，由沒有出路的頹廢轉向極度的悲觀，進而影響到筆下抒情主體的性格。以王獨清為例，他以近乎病態的「城市漫遊者」作為對自己的身份定位。在詩歌《我漂泊在巴黎街上》中，抒情者一遍遍地呼喊：「我漂泊在巴黎街上／任風在我底耳旁苦叫／我邁開我浪人的腳步／踏過

〔註 13〕〔美〕卡倫·霍尼：《自我的掙扎》，李明濱譯，中國民間文藝出版社 1986 年版，第 156 頁。

了一條條的石橋」。他稱自己為「浪人」，在異國的街道上漂泊，迷茫而不知方向地四處行走。而在《ADIEU》中，他又寫道：「我心中感著說不出的寂寞，／今夜我送你去飄泊！／但我更是個無籍的人，／明日，又有誰來送我！」在《最後的禮拜日》中，他「好像看見『死』在緩緩地過去」，悲歎：「啊啊，可憐的我，——我已被失望逼得負了一身不能治的疲勞！／我怕這個一年最後的禮拜日也就是我底最後一朝！」在精神的重壓之下，詩人負了一身「病痛」，幾乎不知道自己能否撐過這最後一個禮拜日。看《勞人》一詩，寫作者繼續發出感慨：「我是個勞人呀／只有在這路上彷徨／彷徨！」詩人不僅在身體上客居異鄉，更是從精神上迷失了皈依的目標。於是，一個孱弱多病的、在異國城市中孤獨漫遊的精神形象便躍然紙上。現實中的王獨清其實身材高大，但詩文中的「內在之我」卻瘦弱不堪、神情憂鬱，這種文本與現實的內外反差，彰顯出詩人對自我精神形象的詩性認知。受困於高度的焦慮感，他感覺自己失去了對當下和未來的把控力，既沒有可以依靠的人和事，也不知道該往何處去，於是只能在城市中彷徨漫遊，陷入毫無希望的悲情之中。

與孤獨無依的「漫遊者」形象類近，李金髮則把自己定義為一個身世悲苦的「棄婦」。《棄婦》一詩中的「棄婦」意象，便聚合了作者內心深處的文化焦慮。一個被拋棄的女人在荒野裏迷茫徘徊，悲戚怒吼，她內心深處的痛苦無法得到順暢地紓解，只是「堆積在動作上」，這既說明棄婦行動的沉重，也反映出她內心的負擔。詩中多為淒冷殘酷的意象，如「長髮」「鮮血」「枯骨」「黑夜與蚊蟲」「荒野狂風」「遊蜂」「邱墓」等，無不從正面或側面揭示出「棄婦」遭受世人唾棄的精神痛楚。那種受盡折磨又無處可逃的悲苦在詩歌中被反覆強調、無限放大，與詩人自身的影像漸而疊合。作為一個超驗性的意象，「棄婦」包含了詩人對個體價值的主動「自貶」，而且這一比喻「是詩人身份自貶的極致體現」〔註 14〕。他將自己比作身世淒慘又無力改變命運的棄婦，內心惶惶又不知出路在何方，同時內心洶湧的情感又被極大地壓抑和扭曲，沒有宣洩的渠道。正如孫玉石先生對這首詩的評價：「作者在自己創作的最初動因裏，已經將棄婦的意象賦予了自身命運不幸與悲苦的感慨的內涵。作者是在個人的人生存在意義上思考著不公平的世界帶給自身生命的

〔註 14〕張德明：《異域生存的深刻理解與審美表達——論李金髮詩歌的現代性》，《四川大學學報》（哲學社會科學版）2004 年第 1 期。

痛苦悲哀和孤獨的。」〔註 15〕缺失安全感和依靠感導致的主體焦慮，使諸多早期象徵派詩人深陷於「棄婦」的萎靡與掙扎之中，與同時代詩歌中不斷張揚突進的動感、創新精神相比，早期象徵派詩人則在完全相異的另一個精神向度上做出了深入的開掘。

在新文學作家中，由文化遷徙觸發的身份焦慮，導致很多文人陷入無所依靠的精神苦結，這種症候很可能造成他們對自我身份的貶低，並將「自貶」意識引渡至文學創作，表達壓抑甚至扭曲的情感欲求。正如郁達夫小說《沉淪》中的主人公一樣，由於極度的自卑和敏感，加上原始欲望得不到順暢的釋放，當他在面臨日本社會對「支那人」的敵意時，便無法對自我身份進行正向的確證，從而一步步走向了溺海自殺的悲情結局。事實上，早期象徵派詩人身上也帶有這種「零餘者」的影子。如王獨清反覆訴說自己是個「精神不健全的人」和「個性和孤獨的人」(《聖母像前》)。在《遺囑》一詩中，這種自況的語調更為決絕:「我，我是一個孤獨的，一生飄泊的人，／還沒有完全離去所謂青春的年齡。／正當是孩童時便走出了我底故鄉，／就這樣，就這樣一個人飄泊在四方。／我底生活，完全是，是不健全的生活，／我底生活，是盡被無謂的傷感埋沒。」面臨著「無根的異鄉人」的尷尬處境，潛藏在抒情者心底的不安和軟弱使他無力承受困境帶來的壓力，當他發現自己作為一個年輕人的生活要求——諸如愛情的歡愉、青春的激情和事業的成就等都無法在現實中實現時，非正常的生活境遇便導引他走向極端，不斷發出「啊，今晚我，我就要死了，我就要死了」(王獨清《遺囑》)的哀歎。既然現實世界無可皈依，那麼逃避到象徵主義的藝術空間，似乎就成為必然的選擇。如王獨清的自我分析：

> 關於我，那是很明顯的:自己接觸到歐洲資本主義社會的時候，便正是這個社會要破產的時期，這自然是可以立刻感覺到的；而同時自己又是負著東方半殖民地底卑賤的命運，處處又和目前所接觸的社會發生了衝突。這樣，我底傾向便在不自覺的狀態之中決定了起來，我像是一個在這個世界上找不到安棲處的流浪者一樣，我底意識竟對於這個世界起了無限的嫌惡。不能自制地我走到一種病態的生活方式裏面去。「為藝術而藝術」的藝術便在這種情形下面緊緊地抓住我了。〔註 16〕

〔註 15〕孫玉石:《中國初期象徵派詩歌研究》，北京大學出版社 2010 年版，第 71 頁。
〔註 16〕王獨清:《我在歐洲的生活》，第 151 頁。

作為「找不到安棲處的流浪者」，詩人從象徵主義文學中尋得了情感的依託，也找到了「為藝術而藝術」的美學出口。以波德萊爾為代表的象徵主義詩人筆下那陰鬱、醜陋、喧囂的都市世界，與東方遊子心中的糾結亂象兩相契合，驅使他們自覺進入了象徵主義的大門，開闢了中國化象徵主義的詩學道路。一個值得注意的現象是，諸如咖啡館、酒吧等城市消費意象大量湧入中國象徵派詩人的文本，他們投身於城市的時尚文化空間，通過消費行為獲得令其沉醉的感官體驗，藉此抒寫精神流浪者「無家可歸」的悲哀。王獨清的《我從 CAFÉ 中出來……》便是典型，詩人將精神主體置於無所依靠的極端狀態，全詩使用凌亂的斷句，表現醉酒者意識的斷續起伏。弔詭的是，當抒情者沉溺於燈紅酒綠的喧囂世界時，他卻召喚出更為無盡的迷茫和空虛，甚至不知道「向哪一處走去，才是我底／暫時的住家……」這不僅僅是醉酒者的迷離，更是形而上意義上的現代人「無家可歸」的情緒。巨大的悲哀在詩中不斷暗湧，卻不曾噴薄而出，詩人只是「在帶著醉／無言地／獨走」，終於忍不住要感慨「我底心裏／感著一種，要失了故國的／浪人底哀愁……」又猛地收回宣洩的勢頭，將情感壓縮在一句「啊，冷靜的街衢／黃昏，細雨」之中。無限的感傷被詩人擠回心底，不能得到暢然的抒發，只得由詩人自己去默默承受。

與《我從 CAFÉ 中出來……》的情調類似，穆木天的《猩紅的灰黯裏》、馮乃超的《酒歌》也都以頹唐的心境抒寫遠離故園的哀愁。這種由消費情調彰顯出的脆弱之美證明：出於對現實語境及其話語壓力的逃避，抒情者紛紛借助詩歌的渠道構築欲望幻象，以釋放精神壓力，寄託個體情感，在虛無的經驗中獲得某種心理的平衡。向上追溯這類情感的成因，弱勢的國力使詩人們深陷於文化焦慮的折磨，而旅外經驗又激化了他們同外界之間的矛盾，特別是當他們遭受到異邦人對中國人的輕視後，那份潛藏於心底的文化憂思感便愈發凸顯。遺憾的是，他們既無法與外界達成和解，也不懂得該如何自處，在這樣的糾結中，詩人的精神力量因「先天不足」顯得柔弱無力。恰恰在這個時候，他們與異邦的象徵主義詩學遇合，將潛意識中對祖國的痛心和對自我命運的哀憐轉化成對自身的貶損，以詩歌的方式塑造出一個個孤獨無依的抒情主體形象，並不斷吸收和轉化象徵主義觀念，為其詩維運思提供了來自域外的獨特養分。

第三節　域外體驗對「審醜」趨向的影響

如前所述，中國早期象徵派詩人與西方象徵主義理論的接觸，大都發生在其域外求學過程中。如王獨清和李金髮都在法國求學，彼時象徵主義的浪潮在法國正處於高峰，無論是理論還是作品都非常豐富；穆木天在日本專攻法國文學，系統學習了象徵主義的文藝理論，為他的詩歌創作奠定了基礎；馮乃超在東京帝國大學文學部也廣泛涉獵了高蹈派和象徵派的作品，如日譯魏爾倫的詩集等，對他形成了初步的啟發。理論的薰陶與洗禮，為早期象徵派詩人帶來新的詩學觀念。例如，景物和韻律都不能構成詩歌的本質規定性，意象背後所隱含的「內在的繁複」才是詩歌的關鍵因素。他們跟隨這些理論的足跡不斷探尋，將詩藝運思的中心轉向了意象與心靈的契合，並奉波德萊爾等先賢為圭臬，尋求與日常事物的「共振」和「交響」。

作為古典精神與浪漫主義的反叛者，波德萊爾第一次打破了「真善美」相統一的觀念。他將「善」與「美」區分開來，致力於發掘醜惡肮髒的意象，並將其作為自己詩歌的主體呈現模式，這種「審醜」的詩學觀念使美學回歸到了「感性學」的範疇中。事實上，「審醜」不意味著以醜為美，而是透過事物的現象追尋其本質，正如馬拉美的「一朵花」所闡述的那樣：「象徵主義力避對客觀事物的直陳，而追求事物的本質及理念在具象中的呈現。」〔註 17〕詩歌的語言是用來揭露純粹的真實的，它通過新的表現方式以引起對存在的新解。「象徵」本身不是目的，它只是一個媒介，被用來溝通主觀情感和客觀對象，使作為感覺經驗的外部事實一旦出現，便立刻喚起那種情感，保證作品能夠從外圍不斷轉向其內在意義。因此，「審醜」並不是西方象徵派詩人追尋的意義終點，他們只是通過揭露和肯定醜惡事物的存在，為悲觀沉鬱的情感與外部世界尋覓另一重的聯繫。

在波德萊爾的詩學體系裏，使用被「醜化」的意象，構成他叛逆傳統的重要手段。為了能夠更好地抒發內心深處的潛意識，中國早期象徵派詩人也如波德萊爾似的，將醜的語象納入了詩歌表意的範疇，使之具備了美學上的合理性。穆木天曾在《譚詩》中對此作了解釋：「故園的荒丘我們要表現它，因為它是美的，因為它與我們作了交響，故才是美的……但靈魂不與它交響

〔註 17〕〔法〕馬拉美：《詩歌危機》，袁可嘉等編：《現代主義文學研究》（上冊），中國社會科學出版社 1989 年版，第 341 頁。

的人們感受不到它的美。」〔註 18〕在象徵主義詩歌中，美與畫是彼此分割的，現代藝術上的美學與人們尋常認知裏的美學不再被混為一談，詩人也不再侷限於對傳統認知裏的「優美」意象的使用，而是根據他們所要表達的情緒，還有這種情緒所能契合的景象來確定所使用的意象。受教於這樣的詩學觀念，當中國詩人在異域遭遇到種種生存困境的時候，他們往往選擇那些醜惡陰冷的意象，以此抒發內心深處的悲觀情感與叛逆觀念。其中，對意象的「醜化」運用最為嫻熟的是李金髮，他也在詩歌中多次對波德萊爾進行過致敬。例如《給蜂鳴》中的「腦海之污血」「老貓之歎息」「老囚之埋葬」，《里昂車中》中「細弱的燈光」「山谷的疲乏」「無情之夜氣」和《夜之歌》中「散步在死草上」「粉紅的回憶」「道旁朽獸」等，都是利用怪異醜陋的意象暗示所要表達的幽微情感以及對冷酷現實的控訴之情。再看王獨清的《塞因河邊之冬夜》中「嚎啕悲鳴」的風、灰色的近代文明之區、猥抱緊擁的妖女以及穆木天《薄光》中的「衰涼的原上」「豹皮般的枯葉」和「冷的油煎的心腸」等意象，雖不如李金髮詩歌中的意象奇崛醜怪，但也都塑造出一幅蕭索破敗的冷峻景觀。在他們的筆下，醜的意象成為自我表達的獨特通路，溝通了詩人的內心與外部的現實。

殊異於西方詩人的生存體驗和跨文化的內在焦慮，使得中國象徵派詩人朝著正統的象徵主義觀念靠攏的同時，也在自身美學慣習的影響下，或多或少地產生認識和理解上的偏離。就醜惡意象而言，波德萊爾使用醜惡意象的原因不僅停留於表現頹廢的世紀的情緒，也不以單純突破傳統的美學觀念為旨歸，還在於他將詩歌的本質上升到了超驗的層面。同樣是抒寫城市體驗，波德萊爾卻發出這般感歎：「喧囂雜沓的城，／夢魘堆積的城；／這裡光天化日之下，／幽靈竟在拉扯行人。」本雅明說「他為了在自己身上打下人群的鄙陋的印記而過著那樣一種日子」〔註 19〕。這一評價說明，波德萊爾把自己置於都市之惡，乃是出於自覺和有意識的預設。他對都市「惡之花」的文化透視視角，需要借助一種「穿透熟悉的表面向未經人到的底裏去」的「敏銳的感覺」，以發現「未發現的詩」（朱自清語）。他穿梭在真實與不真實的

〔註 18〕穆木天：《譚詩——寄給郭沫若的一封信》，蔡清富、穆立立編：《穆木天詩文集》，第 265 頁。

〔註 19〕〔德〕本雅明：《發達資本主義時代的抒情詩人》，張旭東、魏文生譯，三聯書店 1989 年版，第 8 頁。

城市之間，方能看到幽靈的存在，其回溯性的城市心態，乃是對城市既往之病的變形化復述。而中國早期象徵派詩人的異域情感抒寫指向的是單純的內心體驗，更大程度上是私人的、即時的、不斷變異的官能感受，雖然這也是一種鮮明的現代意緒，但其情感表達的深度，顯然又和波德萊爾的精神旨向迥異頗大。

在諸多中國象徵派詩人那裡，他們僅僅是從形象上模擬著波德萊爾的「漫遊者」，建構以醜為特質的意象譜系，並從波德萊爾的「頹廢」與「浮紈」（Dandyism）等觀念中，擇取利於切合其情緒的要素，與自我的欲望相勾連。以邵洵美為例，他捨棄了波德萊爾的超驗情感與寓言筆法，卻偏重於表達唯美的肉體經驗，從而確立其以「肉慾的官能享受」為中心的快樂主義原則。看他的《花一般的罪惡》，題目本身是對《惡之花》的直接套用，但波德萊爾透過巴黎看到的「惡魔」形象，在邵洵美筆下卻被「世俗化、色情化、變成男性慾望的載體」〔註 20〕，即所謂「頹加蕩的愛」〔註 21〕。對即時享樂的沉溺，使他的詩情滑入消除深度模式之後的狹窄與孤立。單單模擬波氏將世俗醜惡藝術化的形式，而「藉唯美之名將本來不乏人生苦悶的『頹廢』庸俗化為『頹加蕩』的低級趣味」（解志熙語）〔註 22〕，其所堅持的詩歌間離效果與藝術自主姿態，在縱慾的浮囂中反而步入了非人性化的泥潭。周作人曾說：「波德萊爾儘管有醇酒婦人的頹放，但與東方式的泥醉不同，而是有著的意旨在內。」〔註 23〕如波氏所倡導的：「我並不主張『歡悅』不能與『美』結合，但我的確認為『歡悅』是『美』的裝飾品中最庸俗的一種，而『憂鬱』卻似乎是『美』的燦爛出色的伴侶；我幾乎不能想像……任何一種美會沒有『不幸』在其中。」〔註 24〕這樣的「憂鬱」，具有對整體人類生命

〔註 20〕玳玫：《想像女性——海派小說（1892～1949）的敘事》，中國社會科學出版社 2004 年 7 月版，第 172 頁。

〔註 21〕蘇雪林曾說：「所謂『頹加蕩』是個譯音字，原文是 Decadent，這個字的名詞是 Decadence，有墮落衰頹之義。中國頹廢派詩人不名之為頹廢而音譯之為『頹加蕩』倒也有趣味。」見蘇雪林：《中國二三十年代作家》，臺北純文學出版社 1983 年版，第 153 頁。

〔註 22〕解志熙：《美的偏至——中國現代唯美——頹廢主義文學思潮研究》，上海文藝出版社 1997 年版，第 230 頁。

〔註 23〕仲密（周作人）：《三個文學家的紀念》，見北平《晨報副刊》1921 年 11 月 14 日。

〔註 24〕〔法〕波德萊爾：《美的定義》，伍蠡甫主編：《西方文論選》（下），上海譯文出版社 1979 年版，第 225 頁。

反思的形而上之美，而邵洵美等早期象徵派詩人對都市眩惑歡悅之力的沉溺與偏嗜，除了能夠豐潤現代人的「都市感」（如都市生命的脆弱感）之外，並未獲得更為精美的力量，而且尚缺乏由身體（性）潛在性所引發的嚴肅、高尚的生命感與反抗、拯救性的體驗，也沒有呈現出艾略特所說的那種由「惡的觀念包含著善的觀念」〔註 25〕，從而無法達到波氏超驗性的「憂鬱」存在。他們對都市病象的點化與欲望抒寫，不如說是對自我精神世界的誇張擬現。由此而觀，以西化的維度建立仿傚體系，反而有可能使中國式的「象徵主義」偏離這一概念本身的主旨，走向與概念要義相反的另一重維度。

實際上，波德萊爾對詩歌的感覺經驗系統早已有過精巧的構建，在他的《通感》一詩中，通感由三個層次獲得呈現，第一層次是色、香、味之間的交互與融合，如「有些芳香新鮮得像嬰兒的肌膚一樣／柔和得像雙簧管，綠油油像牧場」；第二層是人的精神世界與外在的自然界之間的交互感應，詩人能夠與自然界中的萬物產生共振：「人穿過象徵的林從那裡經行／樹林望著他，投以熟稔的凝望。」樹林對詩人的到來已經熟悉，二者之間的內在交流由來已久；第三層是人的感官和精神世界與超驗世界之間的感應。在波德萊爾看來，在現存的世界之上，還有一個作為上天和美的化身的理想世界，「人間的眾生相」不過是「上天的一覽」「上天的應和」。〔註 26〕文學是對天國幻象的呈現，它是「只在另一個世界真實的東西」，並且作為超驗世界的美的暗示存在的。詩人則是超驗的彼岸世界的「洞察者」，是隱晦的象徵森林的「翻譯者」和「辨認者」。而中國早期象徵派詩人對此的理解僅僅停留在第二個層面，如穆木天在《什麼是象徵主義》中將「通感」的概念歸納為「自然的諸樣相和人的心靈的形式之間」諸多複雜的交響，「聲、色、香、形影，和人的心靈狀態之間，是存在著極微妙的類似的」〔註 27〕，並將此作為象徵主義詩歌的主要邏輯。李金髮也曾敘述過自己的藝術觀念，強調一切事物都是有生命的東西，都能在與心靈的呼應中產生美。由此可見，無論是都市漫遊者的形象還是醜惡的意象，抑或通感的多重層次，在中國早期象徵派詩人那裡都存在著差異性的「誤讀」。他們與西方象徵主義契合的心理機緣，在於西方理論與自己遊歷異國都市所形成的精神世界之間的共振聯繫，而非在純粹詩學的範疇裏探

〔註 25〕王恩衷編譯：《艾略特詩學文集》，國際文化出版公司 1989 年版，第 115 頁。
〔註 26〕郭宏安譯：《波德萊爾美學論文選》，人民文學出版社 1987 年版，第 223 頁。
〔註 27〕蔡清富、穆立立編：《穆木天詩文集》，第 323 頁。

索象徵主義的內核。因此，他們雖然看到了詩人在溝通人與自然之間的紐帶作用，但並沒有傾力地去編織這條「紐帶」，未能在城市具象之下抵達提純之後的語言本質，也無力超越個人性的體驗，建構起更為寬廣的詩情空間。就如王獨清、李金髮等人的實踐那樣，抒情者多是在異國藝術的象牙塔中歌詠著個人情感，疏離了時代具體的變遷和人文現實的場景，其批判的精神與格局也遠不及他們的偶像詩人波德萊爾和魏爾倫。如何從個體的遊歷走向人類整體的遊歷，將個人性與人類共性的命運聯結一身，既是早期象徵派詩人的進階方向，也給後繼者留下了豐富的啟迪。

綜上所述，中國早期象徵派詩人們的寫作與其旅外經驗有著不容忽視的聯繫。跨洋遊歷不僅實現了空間的位移，使詩人置身於一個新的陌生文化環境，也為他們提供了從遠距離回望故國的新奇視角，觸發遠涉重洋的遊子在異國物質文化語境中形成獨特的心理體驗，並將現代意緒濃鬱的懷鄉情思注入新詩寫作，推動了「懷鄉」抒寫的古今轉換。同時，域外留學使詩人有機會深入系統地接觸象徵主義文學理論，他們走進了象徵主義的藝術空間，嘗試運用晦澀曲折的表現手法，將自己的生存窘境做出詩性呈現，為中國新詩注入了迥異於傳統的美學觀念。諸如意象的「審醜」、潛意識、通感等運思技法進入中國新詩的內質，增強了新詩對域外經驗的表達能力和新詩自身的藝術張力。

第六章　風景的「發現」與新詩內質要素建構

從個體角度看，每位詩人從行旅經驗中受惠的美學觀念和心理體驗不可能全然一致，但整體而觀，正是行旅的過程給予他們吸納跨文化經驗的機會，這種體驗也會直接或間接地表現在詩人建構新詩內部要素的過程中。作為詩學行為的「行旅」在諸多層面上與新詩內質的美感構成方式形成合鳴，如跨體式的語言、蒙太奇式和速寫式的意象結構、個體化的象徵模式等，進而參與到詩歌意象選擇、語言節奏、分行排列等蘊涵詩美特徵的運作流程。由此，與新詩行旅抒寫相關的文本不僅具備了專屬性的情感主題和意象群落，而且也擁有與這些主題相匹配的現代詩形和美感傳達方式。本章即從觀察「裝置」與行旅意象的生成、風景結構和詩意結構的關係、景觀節奏對詩歌節奏的影響等角度入手加以論析。

第一節　異國風景的意象譜系和觀看裝置

立於意象層面觀察，抒寫域外是中國知識分子汲取異域營養、表達現代觀念的重要方式。眾多詩人有意識地將「行旅」行為以及與之相關的域外風物作為詩歌的語象資源，以新名詞、新意象入詩，打破了傳統隱喻系統的穩定性，為「行旅」做出意象化的詩意呈現。這些創新性的嘗試，具有新詩意象美學探索的開創性意義。可以說，新詩的語體建構和情感空間建構都與行旅意象的譜系生成關係密切，如與行旅交通相關的火車、飛機、輪船等意象，憑藉其蘊含的現代時間意識，刷新了現代詩人的觀物方式。尤其是在清末民初，詩人們的跨域行旅均需依靠洲際輪船，漫長的航程、海上的風光觸動不少文人心懷，輪船、大海等意象往往也成為詩人抒發懷鄉幽思抑或寄託超現實情思的載體。再如山嶽、清風、江海、流雲等自然風景，培養了現代詩人的審美靈性，他們將域外自然風景與傳統文人精神視野中的自然審美觀融合互滲，在風景的意象結構和意義結構上大作文章。對甫經登陸異國的詩人而言，令其所受驚羨體驗最深的還是異邦都市意象，它們或是富含古典人文氣息的歷史古蹟，或是發達城市中的高樓大廈、工廠、咖啡館……這些人文物象衝擊了詩人固有的認知空間，因而多成為他們踏足域外城市之後，首先被其納入詩篇的意象。寫作者紛紛把都市意象視為涵載「現代情緒」的重要原料，如邵洵美所說：「新詩人到了城市裏，於是鋼骨的建築，柏油路，馬達，地道車，飛機，電線等便塞滿了詩的字彙。」〔註 1〕在現代詩人筆下，城市作為嶄新的意象資源，不斷湧入其文本的形態與精神之中。郭沫若便以對日本城市的詠歎，呈現出都市工業烏托邦的國族想像；在邵洵美的足音下，踏出的是頹廢者的迷情與疲乏；在蔣光慈、王獨清的血液裏，流淌的是先覺者對都市下層民眾的體懷；在李金髮的微雨中，墜落的是孤獨靈魂離群索居的現代意緒。《微雨》出版後，有人就在評論中說，李金髮詩的一個特點是「異國情調的描繪」〔註 2〕，孫玉石先生則進一步指出這種「異國情調」追求的結果，是「大量富有異國色調的意象的創造」〔註 3〕。作為意象的異域城市在新詩中頻繁登場，成為「現代詩歌意象自覺接受外來影響，不同於傳統意象而具備的最顯著的現代性特徵」〔註 4〕。這些新意十足的意象群落不斷閃現在詩人的行旅文本中，使他們獲得了更為豐富的、可供選擇的原材料，不僅擴大了新詩題材的表現範圍，同時拓展了新詩意象的創新空間。

諸多誕生於行旅過程中的意象聚合一起，共同構成新詩人對各自相對應的「異國形象」的理解。就本土文化身份來說，作為「他者」形象的「異國」是如何被想像進而被呈現的，它承載了抒情者何種情緒，都與詩人自身的文化感知方式和跨界身份觀念以及對景物的觀察方式關聯緊密。1914 年 9 月 13

〔註 1〕邵洵美：《洵美文存》，陳子善編，遼寧教育出版社 2006 年版，第 96 頁。

〔註 2〕博董（趙景深）：《李金髮的〈微雨〉》，北新週刊 1927 年第 22 期。

〔註 3〕孫玉石：《異國的與城市的——李金髮詩歌意象創造之一側面》，《嘉應大學學報》（哲學社會科學）2000 年第 5 期。

〔註 4〕王澤龍：《中國現代詩歌意象論》，中國社會科學出版社 2008 年 4 月版，第 224 頁。

日，胡適在日記中寫下《波士頓遊記》，記載他 9 月初去安謀司參加學生年會並遊覽波士頓的經歷。年會於 5 日結束，胡適離開安謀司轉赴波士頓，道中游唐山（Mt. Tom）。他對此記載道：

登唐山之樓，可望見數十里外村市。樓上有大望遠鏡十餘具，分設四圍窗上，自鏡中望之，可見諸村中屋舍人物，一一如在目前。此地去安謀司不下二十里，而鏡中可見安謀司學校之體育院，及作年會會場之禮拜堂。又樓之東可望東漢登城中工廠上大鐘，其長針正指十一點五十五分。樓上又有各種遊戲之具，有凸凹鏡無數，對凸鏡則形短如侏儒，對凹鏡則身長逾丈。樓上有題名冊，姓氏籍貫之外，遊人可隨意題字。余因書其上曰：危樓可望山遠近，幻鏡能令公短長。我登斯樓欲歎絕，唐山唐山真無雙。〔註5〕

在胡適的文字裏，他談到自己使用了「望遠鏡」觀察唐山的風景，鏡中的風景記錄了真實的景觀狀貌，但它對風景的縮放和變形，還有圓形鏡框將物象作出的分割與鎖定，使詩人此時觀看到的風景並非是「真實」的，而是經過「裝置」二次呈現而出的，因此方有「幻鏡能令公短長」之效。就好比今天很多人在異國旅行時，非常熱衷於用照相機或是手機的取景框（或是取景屏幕）觀察風景，這類遊客似乎更習慣於透過成像裝置去觀看，而不是用眼睛實際地和風景發生凝視關係。取景器中的「風景」既有著人為選擇的痕跡，又結合了現代的成像與美圖技術，此般風景自然不再是純粹的「現實」，而具有了人文性的特質。就文學寫作與風景認知的聯繫，柄谷行人已有過精闢的論述，他指出：「所謂風景乃是一種認識性的裝置，這個裝置一旦成形出現，其起源便被掩蓋起來了。」〔註6〕在他看來，「裝置」給予風景以人文性的意義，文人需要以對風景的認識性裝置顛倒為前提，才有可能找尋到適合記錄觀景體驗、建構獨立自我的現代視角。從早期新詩人的海外寫作中，也能發現他們持有各自的「裝置」，用以觀察和處理域外的風景影像。正如 18 世紀後期歐洲貴族出門旅行攜帶的「克勞德鏡」一樣，新詩人持有各種不同的「克勞德鏡」，也擁有尺寸各異的「取景框」〔註7〕。如果脫離了對這些「裝置」

〔註 5〕胡適：《波士頓遊記》，《胡適留學日記》（上），第 251 頁。

〔註 6〕〔日〕柄谷行人：《日本現代文學的起源》，第 12 頁。

〔註 7〕「克勞德鏡」是一種塗上了顏色的凸面鏡，能夠將景物構成、形狀和色彩壓縮收攏，便於人們從整體上觀察和描摹風景。關於與它相關的西方「如畫美學」，將在下一節中集中討論。

的理解，便很難洞徹域外風景抒寫的意義內涵。

為了利於分析，筆者將早期新詩人觀察異域的「裝置」歸為四種類型。一是中國古典詩學的文化傳統。新詩人在接受西方詩學理論之前，大都經歷了系統的中式「文學／文化」啟蒙教育，他們在體驗外國風物時，經常會受到傳統詩學的影響，把風景納入固有的文化體系，將「情境交融」的述景手法、「天人合一」的哲學思想，以及山水宴遊、羈旅行役等傳統題材移至現代詩境，使他們的經驗貫通中西，並有所側重地形成相應的審美態度。如蘇雪林遊歷瑞士等地後，寫有一組《村居雜詩》，詩中景語多為此類模態：「殘夢回時／聽窗外一陣一陣瀟瀟秋雨／推枕一望／月光如水／只風吹著樹頭颯颯的枯葉！／……／半月清遊／又須驅車歸去／問紅樹青山／當我再來時／還能相識否？」〔註 8〕「殘夢」「秋雨」「月光」「枯葉」等意象，寄託著作者的離愁別緒。東方自然審美觀的綿長推力，使得詩人依舊奉行傳統的觀景風尚，沒有刻意挖掘景物的「異國感」。她從風景中提煉出的詩情，內蘊道家無為而寄的幽思，兼有唐詩的餘韻。此時，異國風景中充盈的卻是傳統文人的情緒，詩人的現場經驗需要經過古典詩學的文化濾鏡這一觀看裝置的處理，「以中國傳統文化的運思來容納異域的相異性」〔註 9〕，然後才能得到呈現。偏重古典抒懷而疏於述異，彰顯了文學慣習對作家創作心理的深刻浸染。

詩人與傳統的寫景模式遇合，源於異國風景激活了他們關於同類景物的個體記憶，為其打開了追溯故園風土的窗口，也契合了「追懷」這一古典抒情主題。身居他鄉而懷戀故土，借他鄉景色企慕精神原鄉，成為很多詩人的遣情方式，而現代意義上的懷鄉情結，構成海外詩人第二種觀看「裝置」。他們較少探析物質景觀的獨特狀貌，而是從相對熟悉的自然景物入手，對自身的感受作出即時體認，這種情況多發生在留學之初。以宗白華為例，他在回憶童年經歷時，說起過「湖山的情景在我的童心裏有著莫大的勢力。一種羅曼蒂克的遙遠的情思引著我在森林裏，落日的晚霞裏，遠寺的鐘聲裏有所追尋」，尤其是到了夜裏，「深切的淒涼的感覺」和「說不出的幸福的感覺」結合在一起，令他的內心達到快樂的極致。〔註 10〕1921 年的一個冬夜，身在德國

〔註 8〕雪陵女士（蘇雪林）：《村居雜詩》，《晨報副刊》1923 年 11 月 19 日。

〔註 9〕楊湯琛：《文化錯位下的書寫——晚清首部域外遊記〈西海紀遊草〉分析》，《華文文學》2016 年第 3 期。

〔註 10〕宗白華：《我和詩》。

的學子偶然滋長出少時「羅曼蒂克」的情思，並「因著某一種柔情的縈繞」有了寫詩的衝動〔註 11〕。異邦的晚景雪色喚醒了詩人心中原初的風景記憶，在德意志的雪夜裏，他看到的卻是童年時代的浪漫景致，還有現實視野外的文化中國。詩人與風景所生發的意識互動，正是「古典」和「故鄉」兩種裝置共同施力的結果。

除去「古典」和「故鄉」這兩個裝置，第三種裝置是詩人受域外文學與文化陶染形成的「異國」文化視角。體現在美學觀念上，如波德萊爾、魏爾倫那般用神秘的意象寄託情緒，在城市的邊緣攝取醜惡之美，引起李金髮的真切共鳴，並喚醒了沉睡在他內心深處的詩神，使他操起兩位先賢的聲調，詠唱「對於生命欲揶揄的神秘，及悲哀的美麗」〔註 12〕，抒寫巴黎「枯瘦」的一面和現代人窘困的掙扎群像。再如日本文化中的禪學精神，強調從耳聞目睹的景物實體中去尋找「虛妄」的「實體」，如靳明全的總結，「島國風光的深層意念之一就是視島國風光的實體為『虛無縹緲的境地』，從中引申出禪學和審美的價值」〔註 13〕。由這類物觀意識入手，郭沫若結合自身的風景體驗，從日本禪學和景色實體中參悟到「賦與自然以生命，使自然再生」〔註 14〕的理念，寫下《岸上》等禪意濃厚的詩章。這充分說明詩人的觀物視角之獲得，與其遊學國家的文化傳統密切相關。比照之下，穆木天描繪的山村景致烙印著更多東北故鄉的特徵，因此按照普遍的理解，詩人所寫之景是經由內心過濾之後的記憶之景。實際上，穆木天的風景抒寫固然具有文化記憶的印記，但他浸淫在日本文化環境多年，受「萬世一系」的日本國民性精神和象徵主義思潮引導，他又不斷擬現一個人類、自然、宇宙永久契合的、穩定的人生世界。理解了這一點之後，我們反觀他的《山村》一詩：

> 輝陰的松杉，
> 起伏的山田，
> 抱住了小小的村莊，
> 逶迤參差，低矮矮的幾十的茅簷。

〔註 11〕宗白華：《我和詩》。
〔註 12〕陳厚誠：《死神唇邊的笑——李金髮傳》，第 71 頁。
〔註 13〕靳明全：《文學家郭沫若在日本》，重慶出版社 1994 年版，第 7 頁。
〔註 14〕郭沫若：《自然與藝術——對於表現派的共感》，《郭沫若全集》（文學編）第 15 卷，第 215 頁。

風聲飄飄
和著流水的潺潺，瀑布，山泉……
水車激激地旋轉，
打打的吐著泡沫，石砌的河邊。

散亂的乾草，
狼藉在道上，村間，橋頭，河岸……
掛著紅色煙草看板的草舍的階前，
咕咕咕咕鮮雞散叫的庭園。
（節選）

詩人似乎調用了對東北鄉村的記憶，描述著眼前的日本景致，然而這首趨於寫實的詩歌彷彿也讓我們看到了「一個未受任何『現代化』也即『西化』淫染的純粹東方民族的自然生活場景」，有如「日本的『浮世繪』一般富於人性的生活畫面」〔註15〕。詩人的觀看「裝置」由原鄉記憶和日本文化思想（包括他在日本接觸的法國文學觀念）兩部分組成，二者彼此影響，發生化學反應，作用於再現東瀛鄉土的過程，使風景抒寫展現出複合的張力結構。

異國文化視角的確立，使一部分詩人主動進入信息交流的語境，他們汲取著域外文化的新鮮要素，從心理和想像層面產生對風景美學的認同感，並以新的知識去認知風景。例如，在歐洲的風景美學中，希臘與阿爾卑斯、北歐與南歐均具有穩定的象徵意義，且構成西方文學的想像傳統，前者代表典雅之美與雄壯之美，後者則對應著純粹的自然美和奔放的人性美。這種西方風景想像的固型化傳統與中國詩人發生邂逅之後，拓展了中國新詩人認知風景的視界，便於他們深入而具體地理解當地的文學與文化。在信函中，郭沫若曾與友人探討無錫惠泉山的風景是否具有「希臘的風味」〔註16〕，還嘗試以西方人文精神中的北歐美、南歐美觀照他所看到的日本風景。再如徐志摩、王獨清、郭沫若都有言詠埃及文明的詩篇。1922年，徐志摩乘船經過地中海時，寫下《夢遊埃及》和《地中海中夢埃及魂入夢》兩首。古埃及的精靈「點染我的夢境」，「尼羅河畔的月色／三角洲前的濤聲／金字塔光的微顫／人面獅身的幽影！／是我此日夢景之斷片，／是誰何時斷片的夢景？」（《地中海

〔註15〕陳方競：《文學史上的失蹤者——穆木天》，北京大學出版社2007年版，第183頁。

〔註16〕郭沫若：《創造十年》，《郭沫若全集》（文學編）第12卷，第125頁。

中夢埃及魂入夢》）值得注意的是，徐志摩的這首詩是典型的「神遊」之作，切合了中國詩歌的傳統想像模式。英國藝術史家馬爾科姆・安德魯斯曾在一次採訪中談到這種「神遊」（安德魯斯稱之為「臥遊」），他認為這種「臥遊」「指的是由某個意象所激發的精神上的漫遊，也就是在想像中游山玩水。我覺得它是對風景效果和自然世界的一種內化，一種沉思方式。而在西方傳統中，人們更像真正的遊客，他們想實地參觀，想要拍照，想到處親自走走看看。我覺得『臥遊』這種理念是非常有益的，可以為西方傳統所採納」〔註 17〕。安德魯斯對中國的「神遊」保持了足夠的好奇，而徐志摩在「神遊」中對埃及的神秘想像，或者說專門針對埃及的「臥遊」，恰恰也是西方詩歌的一類想像母題，在濟慈、拜倫等詩人筆下便吟哦不絕。埃及的國家形象和歷史興衰，融匯了西方人對古典文明的神秘輝煌與頹敗蕭索的宏大想像。以異國的埃及想像作為觀察的「裝置」，徐志摩捕捉到了西方詩維中的這條線索。借助中國詩歌「神遊」的方式，他構建起超驗性的語境，沉入其中發掘古文明的奇異風景，吐露文化穿越者的即時情思。智性的思考與浪漫的幻想，都被詩人鎔鑄在「文學夢」的內部空間，彰顯出他對西方風景美學和中國古典詩學兩種想像經驗的駕輕就熟。

最後一種「裝置」是詩人自身具有的「民族——國家」觀念。本尼迪克特・安德森曾指出民族國家是一種建構性的存在，它的產生依靠思維的想像和現實的創造，兩者相互推動，並行不悖。無論是在想像維度還是實體建構維度，「民族—國家」觀念都刷新了國人關於自我與時代、世界的關係認知，作為觀察風景的「裝置」，這種認知也影響了詩人閱讀風景的態度。姜濤曾在其著作中專設一章「新詩『裝置』的內外：早期白話詩的政治與美學」，其中特意提到新詩「裝置」的生成「在一定程度上也伴隨了空間、場景的疏離」，如郭沫若置身東瀛，遠離「五四」的真實現場，反而獲得了一個外在的觀察視角。論者從新詩發生的特殊現場角度理解「裝置」的作用，並引用了宗白華在 1920 年 1 月 30 日寫給郭沫若的信。信中，宗白華對郭沫若所處的空間狀態表達了羨慕之情：

> 你住在東島海濱，常同大自然的自然呼吸接近，你又在解剖室中，常同小宇宙的微蟲生命接近，宇宙意志底真相都被你窺著了。你詩神的前途有無限的希望啊！〔註 18〕

〔註 17〕摘自「第一財經」網站對安德魯斯的採訪，由熊鈺採訪、翻譯。https://finance.sina.com.cn/roll/2018-06-15/doc-ihcyszrz5605299.shtml

〔註 18〕《三葉集》，1920 年 1 月 30 日，亞東圖書館 1923 年第 3 版，第 13 頁。

沿著宗白華的文字，論者指出無論是「海濱」還是「解剖室」，都遠離了「五四」新文學的直接現場。在郭沫若所處的空間中，「不僅大小宇宙的『風景』能被窺探，現代詩歌的『裝置』與『前途』也有了無限展開的可能」〔註19〕。由此可見，域外行旅的經歷，使詩人在空間上與中國文學的現場保持了距離感，他們在文化比較視野中對新文學乃至中國發展道路的認知，也會殊異於國內的學人，並影響到「民族——國家」觀念的構成。有論者指出：「在晚清至民國時期，中國人走到域外的時候，其個體、自我意識，更多的還不是那種沉潛於內心，自成一體的內面自我，他們總是背負家國抱負的主體，自我身份與民族身份同時發揮作用，實際上是自我主體與民族主體的雙重建構。」〔註20〕對照郭沫若和成仿吾的寫作，郭沫若可以在北九州的海浪面前「立在地球邊上放號」，想像出鳳凰凌空翱翔的姿態和天狗躍動呼號的步伐，而成仿吾對日本鄉村、海洋、田野等風景的描繪和對物象的詠歎，彷彿總籠罩著一層舊時代的陰影。兩位詩人的寫景情調彼此殊異，卻都偏向對民族主體的身份建構，為光明和黑暗並存、希望與憂患角力的現實留下了精神面影。甚至在某些時候，詩人會受「民族——國家」的觀念驅使，對異國景象作出極端化的反應。1923年夏天，東京遭遇特級地震，回到此地的穆木天看到觸目淒涼的殘垣破瓦，竟然覺得這是「千載不遇的美景」〔註21〕，愛國者的逆反心理，導致詩人走向偏狹與盲目。再如張資平初到日本時，認為日本的風物雖然精巧，但並不值得過分崇拜。他乘火車欣賞沿途的幽雅景色，卻「看不出一點偉大的東西來」，因為自己畢竟是「從有長江大河的大中華來的人物」〔註22〕。言外之意則是日本的風物僅有精巧，始終無法與華夏文化的博大相比擬。無論是穆木天還是張資平，他們的觀景裝置安插了太多「民族主義」的零件，這使得他們的觀景體驗受「五四」一代青年人的文化焦慮意識影響，往往伴隨著情感上的矛盾糾結，很難從對民族主體的塑造和想像中抽身而出，純然以審美角度建立風景的認同。隨著時代文化的演進，來自「民族身份」一方的壓力趨於緩解，行旅者的「內面自我」才有了進一步延續生長的可能。

〔註19〕姜濤：《公寓裏的塔：1920年代中國的文學與青年》，北京大學出版社2015年版，第83頁。

〔註20〕陳璐：《中國早期新詩中的「留學生海外寫作」現象論》，西南師範大學碩士學位論文，2003年。

〔註21〕戴言：《穆木天評傳》，春風文藝出版社1995年版，第14頁。

〔註22〕朱壽桐編：《張資平自傳》，第189頁。

通過論析以上四種「裝置」，能夠窺見早期海外詩人的「觀看」本身不僅是在視覺經驗範疇內感知、還原景物現場，而且是一種有意識的文化選擇行為。正如曾軍為「觀看」作出的定義：「從文化學的角度來說，『觀看』不僅僅是『目之所見』，更是『人的文化之見』。」〔註 23〕旅行者觀看到的風景也不再是「觀看的對象，而是植根於意識形態的一種觀看方式」〔註 24〕。此時，風景便「成為有效的社會化媒介和知識媒介，認知一隅風景就是認知我們的身份、我們的生存方式以及我們的歸屬。我們的個體及社會身份在風景以及構成風景的種種地域中一一得以展現」〔註 25〕。身在異國的詩人觀看外部世界時，大都會根據相應的旅行心態、文學理念和思想觀念遴選觀察的「裝置」，對其內部組件進行各有側重的調配，因此他們觀察到的「異國形象」便有了不同的表現模式。

從宏觀角度考量，早期新詩人的異國形象建構主要集中在英國、意大利、法國、德國、蘇聯、美國、日本這七個國家。徐志摩、劉半農、邵洵美等留英詩人往往偏重上文言及的第三種「裝置」，特別是徐志摩汲取了華茲華斯、騷塞、濟慈等詩人的浪漫主義詩風，他所涉獵的英國風景多為自然風光，文字洋溢著對優美與崇高的精神嚮往。同樣受「異國」文化視角的牽引，徐志摩、王獨清、李金髮、邵洵美等遊歷過意大利的詩人，普遍汲取了西方文化經典中認知意大利風景的傳統，將它詮解為象徵古典主義精神的美與藝術之都，甚至發出「恨何不早來此樂土，或心願永久居此，以終餘年」〔註 26〕的感歎。新詩人似乎並不看重意大利的現實風情，他們更為屬意那類指涉抽象的、代表永恆的人類文化價值，故而才把意大利視若古典美的對應物。

相較於英國的優美沉靜和意大利的古典厚重，早期新詩中的法國形象在李金髮、王獨清等詩人那裡常以病態的樣貌出現。城市意象被某種神秘的情緒牽引著，以破碎的形式排列組構，醜陋的圖景和腐朽的氣息讓人感到壓抑不安。類似的審醜意識與感傷色調，也被李金髮移接至對德國的描述中。如同《柏林之傍晚》裏的奇詭詩句：「屋尖漸團深黑／製造出多少不可思議的誘

〔註 23〕曾軍：《觀看的文化分析》，《文學評論》2008 年第 4 期。

〔註 24〕Denis E. Cosgrove, *Social Formation and Symbolic Landscape*, Madison: University of Wisconsin Press, 1998, p.35.

〔註 25〕Christopher Tilley, *The Materiality of Stone: Explorations in landscape Phenomenology,* Oxford: Berg Publishers, 2004, p.25.

〔註 26〕陳厚誠：《死神唇邊的笑——李金髮傳》，第 105 頁。

惑」。「故鄉記憶」和「異國文化」兩種「裝置」作用於詩人，使抒情者遊走在都市現實與鄉土記憶之間，海外景象和個人的寂寥感受融合相生。與李金髮詩歌中的不安情緒相比，宗白華則將柏林城景化入寧靜和諧的氛圍裏。德國的雪與柏林的夜，都平添了古樸的東方韻味，令人領略到一顆傳統之心對異鄉風景的點化之力。

在諸多的觀景「裝置」中，「民族——國家」這一心理模式更具有普泛性，尤其是詩人對蘇聯和美國的形象再現，均緊密貼合了此種「裝置」運作的軌跡，且在情感表達上流向兩端。早期新詩中的蘇聯形象主要出現在蔣光慈、蕭三等人的作品裏，詩人多採擷帶有標誌性的景觀。如蔣光慈的《紅笑》《新夢》等文本中，赤色的莫斯科、壯美的貝加爾湖與烏拉爾山頻仍現身，凝聚著作家對革命聖地的衷心禮讚。詩人借助風景來實現自己的民族國家遠景，異國抒寫本身成為一種承載想像的符號，而關於景物的真實細節則在宏大敘事中變得漫漶不清。相似的情感結構也出現在留美詩人的文本中，無論是聞一多還是孫大雨，他們都對現代都市吐露著反感和牴牾的情緒，其詩文雖然技巧殊異，卻共同指向都市文化批判，如聞一多的《孤雁》中對美國控訴道：「啊！那裡是蒼鷹底領土——／那鷙悍的霸王啊！／他的銳利的指爪，／已撕破了自然底面目，／建築起財力底窩巢。／那裡只有銅筋鐵骨的機械，／喝醉了弱者底鮮血，／吐出些罪惡底黑煙，／塗污我太空，閉息了日月。」詩人筆下的「美國」成為罪惡的淵藪，它與機械文明同構，破壞著人類的生存秩序和人文生態。孫大雨則突出了紐約城「森嚴的秩序，紊亂的浮囂」，揭示物質社會的怪誕、畸形與病態。他們讚頌「力之美」，卻更願意盤詰「惡之花」，反思器物文明和商業文化對人性的反噬，這構成留美詩人抒寫城市的主要情感取向。

觀察郭沫若、成仿吾、張資平等留日詩人筆下的日本形象，寫作者一方面描繪著大海、松林、山嶽等自然景觀，肯定風景體驗帶來的遣懷之趣和愉悅忘憂之感；另一方面，詩人於景物中尋找故鄉的面影，透過日本回望中國的本土處境與文化現實，其視覺經驗貫通了故土情思和時代憂懷。需要注意的是，緣於中日自近代以來的國家關係，中國文人心中的日本形象往往是複雜的：一方面它象徵著「西方」，是國人謀求國家富強的學習目標；另一方面，它則受到中國人「三棱鏡」（Prism）心態的影響，不時被國人所輕視。如胡適乘船赴美時，首站停留日本，他對日本的印象便非常糟糕：「過日本時，如長崎、神戶、橫濱皆登岸一遊。但規模之狹，地方之齷齪，乃至不如上海、天津遠甚。居民多赤身裸體如野蠻人……」〔註 27〕這就是典型的三棱鏡心態，而「這三棱鏡的組合，是傳統華夏天朝中心觀之下對日本的鄙夷之心，以及他當時強烈的愛國心」〔註 28〕。由此可觀，現代詩人對日本的形象建構既包含了他們對日本風景的內在觀看，也時刻離不開「民族——國家」裝置對其思想的導引。這樣一來，他們觀看到的風景既來源於日常現實，又超越了風景的日常性意義，在外張式想像的層面，異國風景（以現代都市景觀為主體）被視作文人設想中國應然形象、即現代富強國家的理想化目標，也充當了他們建構「五四」一代主體性人格的重要媒介。

從幾組具有代表性的異國形象中，我們可以捕捉到異國文化的主體色彩——英國的浪漫、意大利的古典、法國的頹廢、德國的沉靜、蘇聯的激蕩、美國的浮躁、日本的自然等。這些異國形象生成的歷史，也是詩人觀察和思考「域外」這一話語資源、不斷更新觀看「裝置」的過程。法國形象學研究學者布呂奈爾就認為，形象是加入了文化和情感的、客觀的和主觀的因素的個人的或集體的表現。〔註 29〕異國想像來自詩人個體的創造活動，當這些個體的視線形成共性的交集時，對異國形象要素中某些向度的偏重，便很能反映出一類群體的情感認同和價值態度。考察早期新詩人筆下的異國意象，正可從中提煉出幾個基本的特點：首先，詩人自身的家庭背景、教育狀況特別是經濟因素，在很大程度上決定了他們對觀景「裝置」的選取。像徐志摩、邵洵美、胡適等詩人大都沒有經濟上的負擔，因此能夠保持怡情悅性的態度，縱情於西方的風景。他們強化了精神主體在風景之中的個性體驗，希冀借助文化的「他者」發現自我的精神存在；而李金髮、蕭三等詩人的域外遊學受經濟條件影響較大，他們在異國經歷了底層的艱辛生活，對異國的理解自然也會與徐志摩他們有所不同，較多偏重從社會性的觀察視角開啟對異國形象的認知。他們對自我文化身份的確證，往往也伴隨著情感上的憂鬱和迷惘，甚至「陷入一種極為尷尬的境地：一邊是對祖國的赤子之情，一邊是對西方異族的亡我之恨；一邊連著封建社會傳統文明的記

〔註 27〕《胡適致胡紹庭、章希呂、胡暮僑、程士范》，信件發自美國綺色佳的郵戳日期是 1910 年 9 月 25 日，具體寫作日期無考。見《胡適全集》第 23 卷，第 23 頁。

〔註 28〕江勇振：《捨我其誰：胡適》第 1 部，新星出版社 2011 年版，第 173 頁。

〔註 29〕孟華：《比較文學形象學》，北京大學出版社 2001 年版，第 113 頁。

憶，一邊連著資本主義社會的現代文明的感受、體驗」〔註 30〕。其次，詩人對異國形象的早期建構往往是抽象的粗線條勾勒多，細緻具體的描述少，而日常生活敘事與公共空間更是沒有得到充分的展開。隨著新詩的逐步發展和詩人域外體驗的逐漸加強，觀景者擇取「裝置」以及認識風景的情況都發生了不同程度的變化，使得早期新詩中的異國形象經歷了一個「由主觀感受型向具體客觀型轉換，由冷漠、灰暗到友善、斑斕的形象演繹過程」〔註 31〕，顯露出生動直觀的當下性特徵，為早期寫景詩的寫實化、具體化方向增添了注腳。

此外，詩人在對異國形象的兩大意象序列，即自然和城市進行採擷時，也存在自然意象多、城市意象少的特點。檢視構成異國形象主體的那些自然意象，又能發現詩人普遍喜歡選擇夜幕、秋色、寒冬、月光等自然景觀作為言說對象。這類意象群組本身，便構成了詩人對自我生存狀況的一種隱喻。單鎖定「冬」作關鍵詞，便可觀得宗白華的《冬景》、馮乃超的《冬夜》、成仿吾的《冬天》、羅家倫的《一個柏林的冬曉》等文本，而以「夜」為題的詩歌在每位詩人那裡幾乎都能尋到。如成仿吾的《靜夜》、蔣光慈《月夜的一瞬》、徐志摩《夜》《翡冷翠的一夜》、李金髮《夜之歌》《寒夜之幻覺》《初夜》、羅家倫《普林斯頓的秋夜》、宗白華《夜》《柏林之夜》《雨夜》……他們時常擬現著異國夢境和夜色幻景，以夢幻的感性思維將詩歌引入充盈主觀情緒的非理性世界，吐露對故土的懷戀以及精神上的漂泊感。

無論是季節意象，還是寫作者對「夜」之經驗的持續賦值，很多詩人筆下的異國風景多是發揮著「提示性」的作用。抒情者向人們展示他所處的時空背景，卻不去發掘與背景相關的異國文化細節，而是將真實的風景作為追溯情感的引線。要想讓詩人與海外風景達成情感認同，往往就需要從視覺乃至心理上喚起他們的故國記憶，從異國的近景向寫作者的記憶深處延伸，緬想出一個帶有鮮明意向性的故國遠景。這樣一來，異國風景雖然在場，卻無具體之形，「異國」在詩歌中實際上是缺席的存在。即使它的面影偶而閃現，大都也是經由詩人特定觀看「裝置」折射或衍射之後的「去異國情調」的風景。近景開始變得漫漶不清，故國的遠景反倒清晰起來，就自然意象而言，

〔註 30〕周曉明：《多源與多元：從中國留學族到新月派》，華中師範大學出版社 2001 年版，第 186 頁。

〔註 31〕方長安：《1920 年代初中國新詩中的「西方」》，《河北學刊》2011 年第 6 期。

這種傾向更為突出。換言之，諸多詩人在調動異邦自然意象和都市意象兩大群組的同時，多將自身的啟蒙與家國之思納入意象塑造中，由「異邦」回望「本土」，使意象空間與現實經驗之間既有同步，也有偏離，這種情況幾乎在每一位有域外行旅經歷的詩人身上都有所體現。一種情況是，精神主體能夠主動融入異域文化，並從中汲取良性的養料。如胡適筆下的綺色佳（伊薩卡）、徐志摩詩中的翡冷翠（佛羅倫薩），對城市名稱雅譯的背後，寄寓著詩人對異邦城市和異國文化的傾慕與投合，景語與情語和諧相融；另一方面，如李金髮《柏林之傍晚》《巴黎之囈語》《盧森堡公園》中的意象群落透射出的，依然是詩人無法融入城市文明的精神焦慮與內心苦楚，他對異國情調「惡之花」似的批判性再現，潛藏著這一代知識分子對本土文化的眷顧與反思。由此，由異邦意象組成的文化「他者」空間，就構成詩人反思當下、回溯傳統的一個渠道。從表述策略上看，寫作者或是如王獨清那樣，將羅馬視為「長安一樣的舊都」（《弔羅馬》），由歐洲古典精神的沒落反觀華夏文明的興衰，或是如聞一多《秋色》一般，將芝加哥的風景與本土的「紫禁城」等影像雜糅混融，以此紓解知識分子內心的去國焦慮。由這類風景意象衍生的，是詩人在文化「他者」面前產生的認同危機和反思意識，這也為新詩開啟了又一穩定的抒情母題。

第二節　「風景結構」影響下的「詩義結構」

域外風景充當了新詩人重要的寫作資源，風景抒寫也為詩人設置出一個課題，即如何組織他們看到的各種層次的「風景」，並將既往文化記憶與新銳視覺經驗鎔鑄於詩。這涉及了兩個重要的問題：一是風景的觀察者，即旅行者；二是新詩的結構意識，而新詩的「風景結構」如何向「詩義結構」轉化並發揮作用，成為本節討論的焦點問題。

談到風景的結構之前，首先需要對風景的概念作出框定。英文中的風景landscape的詞根來源於德語語系的荷蘭，原意指值得描述的迷人事物，進而與能夠打動人心的自然景觀聯繫起來。《風景與認同——英國民族與階級地理》的作者溫迪·J·達比把「風景」定位在這樣幾種元素之中：「風景中古舊或衰老的成分（可能是人物也可能是建築物），田間頹塌的紀念碑、珍奇之物如古樹或『靈石』，以及言語、穿著和舉止的傳統，逐漸加入這種世界觀的生成。」〔註 32〕他眼中的風景不僅包含自然與人文景觀，還涵蓋了個體意識對景物的排列與篩選，特別是他指出景觀並非天然形成的，而是人類認識的產物，契合了西蒙·沙瑪在《風景與記憶》一書中闡述的核心觀點——「風景首先是文化，其次才是自然」，它是「投射於木、水、石之上的想像結構」〔註 33〕。在兩位風景美學家看來，如果人們遇到了難以被視覺經驗直接統合的景象，往往就會根據自身所熟悉的文化習俗和知識體系，為風景製造出可供闡釋的結構，這個結構凝聚了那個時代人們的文化習俗和認知習慣。在這樣一種認知的過程中，旅行者的身份、他的眼光、他的心態、他所觀察的「裝置」，都是構成風景的重要元素，甚至直接影響著風景被「人文化」解讀的方向。

關於新詩的「內部觀察者」和域外風景的聯繫，本著在之前的章節中已論述頗多，如「漫遊者」的形象，曾被我們作為關鍵詞介入對留法詩人的分析。在早期新詩的文本空間內，總有一位漫遊於街頭田間的青年人形象，作為「漫遊者」（或稱閒逛者）的主體試圖借助對異國都市的散點觀察，進入物質符號表象下的內部結構。「只有那些城市的異質者，那些流動者，那些不被城市的法則同化和吞噬的人，才能接近城市的秘密」〔註 34〕，並從紛亂的都市景觀中搭建起主體的精神世界。其情感表現或是如孫大雨的《自己的寫照》，李金髮的《悲》《失敗》，王獨清的《聖母像前》《我從 CAFÉ 中出來》，成仿吾的《故鄉（Religious emotion）》，聞一多的《孤雁》，詩篇中的抒情主體都持有「漫遊／觀察」的視角，他們借助內向性的自我言說，以漫無目標的旅行者形象自況，傾訴身處異鄉的迷惘與憂鬱，詩中氤氳著倦遊的氣息。在他們的視線中，城市成為碎片化的存在，難以聚合成統一的整體，而這種觀察經驗的獲得，正是借助漫遊者的形象實現的，因而風景中的漫遊者本身，便也成為風景的組成部分。

在成仿吾那裡，「漫遊」被視作改變現有生活現狀的一條通路，即使它僅能在詩人的想像中存續：「啊，讓我作一個 Wanderer！／我這有限的生涯／不

〔註 32〕〔美〕溫迪·J·達比：《風景與認同：英國民族與階級地理》，張箭飛、趙紅英譯，譯林出版社 2011 年版，第 81 頁。

〔註 33〕〔英〕西蒙·沙瑪：《風景與記憶》，胡淑陳、馮樨譯，張箭飛校譯，譯林出版社 2013 年版，第 67 頁。

〔註 34〕汪民安：《城市經驗、妓女和自行車》，載《身體、空間與後現代性》，江蘇人民出版社 2006 年版，第 131 頁。

能長為社會的馬車而終老。／啊，不盡的潮流！／我不堪再同你跑；／我要於你的範圍以外，／求我的真存在；／啊，讓我作一個 Wanderer！」(《我想》)「Wanderer」即漫遊者，從旅行的角度觀察，這位漫遊者本身就是旅行者，它帶給詩人超越性的力量，使他們有機會在虛構的空間內信馬由韁，探求現實以外的精神世界。從更廣闊的視野言說，新詩中旅行者視角的形成，緣於作家親身參與到世界性的時間與空間架構之中，他們對陌生的異域社會和文化產生了全新的體認，進而通過對海外現場的文學還原與詩性想像，催化了現代意義上精神主體的誕生。「旅行者」即是視角，也是形象，作為早期新詩發展過程中的重要質素，「旅行者」的眼光之變化，體驗之完善，觀念之立體，也推進了新文學的格局變化。如周憲所說：「自近代以來，中國文學中最有衝擊性和震撼力的著述往往是以下兩種，一種是西方科學或文學的翻譯著作……再一類恐怕就是旅行文學或遊記文學，從晚清以降的旅行文學中，我們大致可以看到一個旅行者眼光逐漸變化的軌跡。」〔註 35〕從行走主體的身份背景來看，晚清時人的行旅偏重官方背景，而民初文人的行旅多建立在個人出行的背景上，無論是行走的方式還是旅行的目的，更偏重於私人的需要，這就使得旅行者的眼光變化匯聚了更多「個人化」的特質，也使得作家可以自由選擇不同的「裝置」，將觀察到的「風景」作出各臻其態的豐富呈現。因此，當我們討論早期新詩人的異國想像與相關抒寫時，也應該注意他們如何刻畫「旅行者」的形象，以之組織視覺經驗和文化記憶，進而搭建起風景的結構。

梳理域外詩文中的此類「旅行者」文化形象，至少可從三個向度把握：首先，勘察抒情主體的身份與「旅行者」的功能，這一形象能夠幫助詩人直接組合視覺信息，「他」穿梭在詩歌的字裏行間，履行著記錄景物的使命，視風景的真實樣態為表現的主旨。旅行者還隨時充當著外界和心靈間經驗流通的中介，助力於文本情感層次的提升。如宗白華的《德國東海濱上散步》、郭沫若的《晚步》所敘寫的，詩人化身為獨行的旅者，寄情於自然景觀。他們摹寫著風景的細節，體悟觀景中偶得的妙思，顯現出由物象走入心象的詩思流動。李金髮的《遊 Wansee》《遊 Posedam》更是直接將早期新詩中較少出現的「遊」納入詩題，以此記載他的德國體驗。旅居柏林期間，詩人經常遊歷近

〔註 35〕周憲：《旅行者的眼光與現代性體驗——從近代遊記文學看現代性體驗的生成》，《社會科學戰線》2000 年第 6 期。

郊的萬湖（Wansee），也曾到柏林以西的波茨坦旅行。當時他正與屣妲相戀，情感處於激越期，其詩文雖仍存《微雨》的晦澀餘緒，但相較於巴黎時期的寫作，已有可觀的改變。在具體的操作中，李金髮著力打磨了旅行者的形象。「他」穿行在柏林郊外的淺草與瘦堤，引領人們觀看宮殿的陳跡、水中的柳條、消瘦的蘆葦……透過旅行者的眼光，詩人把自然所觀和心理所感置於特定的述景框架內，嘗試探索生命的幽微經驗。沿著他所開創的視野，讀者可以洞察異域的景物風貌，並且讀解出抒情者的心靈面影。他還寫有一首《秋興》，從題目觀察，詩文彷彿沿襲了中國傳統的「悲秋」主題，所敘經驗大概也與詩人經常營造的憂鬱氣息相符。不過，詩歌的開頭卻頗有意味：「我遨遊屋之四角，／但神馳物外，／任我遊戲！」恐怕李金髮受到了法國作家馬斯特《室中旅行》的啟發，「通過思維內在的活力，展開自由的想像，擊敗室內的怪物」〔註 36〕，是這種「旅行」的方式及旨歸。旅行者從「室外」回到「室內」，風景的「觀看方式」及「觀看主體」這兩個要素指向了新銳的經驗，使詩歌也衍生出奇特的內涵。

除了這類從「旅行」本義出發展開實踐的詩人外，在諸多寫作者筆下，旅行者更多扮演了「社會觀察者」的角色，進而形成第二類的旅行者視角與形象。詩人們普遍注意擷取風景中的「人」，將其定格為畫面的焦點。里爾克在《論風景》中說過：「人形神祇所不住的山脈是陌生的，連一尊從很遠看得見的立像都沒有的丘陵，找不到牧人的山坡——就更不值一提了。處處都不過是空蕩蕩的舞臺，只要人沒有出場，以他的身體的歡樂或悲慘的行動充滿場景。」〔註 37〕特別是進入現代社會，風景的人文性特質更為突出了。行走在異國的城市邊緣，旅行者視域裏的「人」多處於社會底層，他們是「一對赤著腳的小兒女」（康白情《紫躑躅花之側》）、青年工人的「沉重而笨之步」（李金髮《街頭之青年工人》）、躡足而來的「紅鞋人」（李金髮《紅鞋人——在 CAFÉ 所見》）、「一個小農家的暮」（劉半農《一個小農家的暮》）、「赤腳的孩兒滿街走」（劉半農《柏林》）、勞動家「淒涼的面目」（田漢《一個日本勞動家》）、「小黑眼閃蕩著異樣的光」的乞食小童（徐志摩《在不知名的道旁》）、「手彈殘舊的琵琶」的盲人乞丐（宗白華《柏林市中》）……旅外詩人在建構旅行者

〔註 36〕姜濤：《公寓裏的塔：1920 年代中國的文學與青年》，第 206 頁。

〔註 37〕〔奧〕里爾克：《里爾克散文選》，綠原、張黎、錢春綺譯，百花文藝出版社 2009 年版，第 109 頁。

形象的文學實踐中，不斷釋放著對社會底層民生的關注。他們普遍擺脫了那種「庸俗旅行者」〔註 38〕的心態，很多詩人如李金髮、蕭三等，都受限於勤工儉學的艱苦條件，親身體會到底層民眾的辛勞，所以才自覺採用社會性的觀看視角，即便揭示了現實的陰暗面，也大都出於純然的悲憫和同情，而非刻意搜異獵奇或對異國有意排斥和貶低。「社會觀察者」的頻頻登場，一方面定向強化了旅行者的觀察維度，使異國的社會人文風景在新詩中得以集中展現；另一方面切合了早期新詩人關注民生、同情底層的集體情感，在描摹「社會文化之景」的過程中，與國內的聲音形成和鳴。

第三類旅行者存在於域外詩歌的精神層面，旅行者形象有時沒有直接現身，或是詩人設置了這一形象，卻不讓它承擔拍攝景物、描摹狀貌的功能，而是在精神範疇為它賦予整體性的意涵。如穆木天的詩集《旅心》，單從詩題上去感受，已能猜測出它與旅行者內心世界的密切聯繫。《〈旅心〉集獻詩》寫道：「我是一個永遠的旅人永遠步纖纖的灰白的路頭／永遠的步纖纖的灰白的路頭在薄暮的灰黃的時候。」長句內部存有一個迴環往復的結構，不時向世人昭示著旅行者的身份，放大了抒情主體始終無力擺脫的、宿命般的「無根」之感。懷著一顆流浪的旅心，詩人一面肯定著旅行的興味：「我愛寂寂的漫步在田間的道上」（《夏夜的伊東町裏》），一面又主動把旅行的意義向未來延伸：「旅人呀 前進 對茫茫的宇宙。／旅人呀 不要問哪裏是歡樂 而哪裏是哀愁。」（《與旅人——在武藏野的道上》）此刻，保持行走狀態的「旅人」被抽離為純粹的符號，它匯合了詩人對自我精神情形的全部體認，同時也積聚成一個象徵美學圖式，指涉著寫作者身心俱在路上的「漫遊」情態。

整體而觀，不管流於抽象還是落在具體，「旅行者」形象在域外文本中的存在方式都蘊含了詩人對異國文化和心理經驗的綜合性思考。文學旅行者對風景的呈現、再造以及控制，向人們「展現出一個交織著思想觀念、社會權力及其運作的話語網絡」，作為思想表達的媒介，風景如同寓言一般「或明或暗地展

〔註 38〕關於庸俗旅行者的心態，蘇雪林曾談道：「文明人到野蠻國度裏去旅行，很願意看見那所謂真正的裸蟲在芳團土窟中生活的狀況……他取出手攜靈巧的攝影器，將這些裸蟲的影像攝去，再打開日記簿，將這些裸蟲如何蠕動如何生存的狀況，記述一二，寄回本國便成為一篇趣味濃厚的遊記」，旅行中的人只有「看見各地方人民生活狀況愈和自己的不同，或者優劣的程度，和自己相差愈遠，便覺得此行之為不負。」參見蘇雪林：《在海船上》，傅一峰選編：《蘇雪林文集》，北京燕山出版社 1998 年版，第 253 頁。

示出特定時代的社會政治動向和意識形態」〔註 39〕，它的結構即是社會人文結構和人類精神結構的縮影。同樣，反映在新詩文體內部，由旅行者視線組織而生的「風景結構」，也影響到新詩「意義結構」的生成與展開。其中，風景結構指詩人以何種布局方式呈現他們行旅所觀物象，而詩義結構意指寫作者對詩義停頓的安排，即詩人在抒情過程中對不同的意義層次（在詩義結構中被稱為「環節」）所作的相對獨立的暫時性中止。早期新詩中的寫景詩作頗多，已構成一個豐富的門類，儘管其中大多數文本都未能充分擺脫古典詩歌的感知方式和描述語調〔註 40〕，但它們一定意義上還是突破了古典詩學中的「詩中有畫」「氣韻生動」等固型化觀念，以精確、具體的景物描寫揚棄了傳統山水詩歌追求「神似」的美學方向。在告別「田園景象」或「宋元山水」之後，詩人以海外文明薰染下形成的現代意緒和旅行者眼光介入對風景的觀察，推動了早期新詩的「風景結構」與「詩義結構」的互動。萬沖曾將「『視覺轉向』和『如畫追求』」作為早期寫景新詩主要的藝術趨向，他的觀點精準概括了早期寫景詩的特質：

> 從觀看方式而言，從風景中獨立出來的詩人，站在某個固定的視點，設定了觀看的距離，集中捕捉、描繪風景的顏色和形體。從人與自然的關係而言，詩人既自滿於刻畫風景的細節，流露出沉浸其中的喜悅，又不自禁地對風景之後更為隱秘的秩序充滿了困惑，並隱約顯示出形而上的焦慮——風景處於無所依傍的流動性中，成為難以把握的對象。從美學追求而言，真確地捕捉、描繪眼前所見之景，達到如在目前的繪畫效果，正是詩人的審美追求，正如胡適所說，「凡是好詩，都能使我們腦子裏發生一種——或許多種——明顯逼人的影像。」〔註 41〕

緣於對「明顯逼人的影像」的重視，胡適主張以「樸實無華的白描工夫」達到「詩體的大解放」和「言之有物」〔註 42〕，從而引領早期新詩人把風景看作理性認知的對象，而不是某種道德觀念的象徵物。當時的寫作者多響應

〔註 39〕潘紅：《哈葛德〈三千年豔屍記〉中的非洲風景與帝國意識》，《外國文學評論》2017 年第 1 期。

〔註 40〕參見萬沖：《視覺轉向與形似如畫——中國早期新詩對風景的發現與書寫》，《中國現代文學研究叢刊》2018 年第 8 期。

〔註 41〕萬沖：《視覺轉向與形似如畫——中國早期新詩對風景的發現與書寫》，《中國現代文學研究叢刊》2018 年第 8 期。所引論述出自胡適：《談新詩——八年來一件大事》，《星期評論》「雙十節紀念號」，1919 年 10 月 10 日。

〔註 42〕胡適：《〈嘗試集〉自序》，《胡適文集》第 3 卷，第 118～127 頁。

並實踐了胡適的主張，專注於採寫完整的視覺信息，以確證自我的主體性。與國內的詩壇相呼應，海外詩人也多從旅行者的視角出發，選取了類似的述景策略。羅家倫寫有一首《荷蘭道中》，完全就是對景物的直接攝影：

幾條淡白的村煙。
一望平蕪，
屋頂成閃爍的金片。
一層水，一層雲，
中間夾著花背的牛羊幾點，
歷落的遠接天邊。

逼近有的是瀏鵝，
斜翅上掛著一半橙子的金，
一半深黑的靛。
豁喇喇的落處，
輕推動癡立的老頭兒，
水裏的斑斕笑臉。

這首詩在早期新詩中鮮被提及，但它構想風景的思路，充分證明了寫實主義對國內外新詩人產生的廣泛影響。文中的遠近場景切換，符合旅行者真實的視線移動，觀察主體的情感隱藏在景物的細節背後，彰顯出人和風景的分離，而景物自身的異國感並不突出，使得我們難以區分《荷蘭道中》和彼時一系列寫於國內的「道中」詩的景致差異。與羅家倫的經驗類近，郭沫若也經常有在「道中」散步的經歷。一次他與田漢行走田間時，忽然觸景生情，即興占吐，談了不少關於詩歌創作的妙訣。聽到空中有瀏亮的鳥鳴聲，「聞聲而不見影」，郭沫若便對田漢說這是「絕妙的詩料」，進而口占四句：「鳥兒！你在甚麼地方叫？／你是甚麼鳥兒？／你的歌聲怎樣地中聽呀！／你唱得我的靈魂怎樣地陶醉呀！」詩人認為把「甚麼」和「怎樣」這些滋養加些「想化」的力量，便能成一首好詩。田漢卻覺得「這樣便是實感，已經好了，不用再發展了」。〔註 43〕兩位詩人對「實感」與「想化」的爭論，恰恰牽涉到旅行者與風景的關係問題。

〔註 43〕《郭沫若致宗白華》，信中落款日期為 1920 年 3 月 3 日，按照孫玉石據信中所述活動日程推算，此信應寫於 3 月 30 日。《郭沫若全集》（文學編）第 15 卷，第 129 頁。

按照萬沖文章中的觀點，人從風景中獲得獨立，是詩人重新與之建立默契聯繫的第一步。現代人的情感和心理結構使風景的內在主體產生了相應的變化，借助與以往不同的觀景體驗，新詩人的主體性得到凸顯。「詩的經驗主義」理念的滲入，使一些新詩人側重於逼真再現客觀景物，渲染時代氣息，由此形成抒寫風景的一類範式。如周作人的《畫家》，正以純客觀的視角漸次呈現小溪邊的兒童、田間耕作的農夫等五幅畫面，康白情在評價這首詩中「具體的描寫」時曾說：「勿論唐人的好詩，宋人的好詞，元人的好曲，日本人的和歌俳句，西洋人的好自由行子，都尚這種具體的描寫。」〔註 44〕此種具體的寫生風格帶來的「畫意美」，既是對中國「詩中有畫」傳統的繼承與化用，又因其「容納了新的思想內容和新的意境，在寫實主義指導下具體描繪社會生活和人生感慨，使得『詩中有畫』更有時代氣息，更臻完美。」〔註 45〕特別是詩人能夠將「五四」一代的「動」的體驗納入對風景流動性的敘述中，使得傳統意義上的靜態風景獲得了動態的速度感呈現。

不過，即使是如周作人、康白情那般根據觀察角度的真實變化，能夠將風景切分為多個動態的畫面，以精確捕捉其細微變化，這類詩文依然存在客觀描繪過多，詩境單薄的問題。如康白情那樣「記帳式的列舉」（胡適語），或是俞平伯《冬夜之公園》似的純粹寫景，並非「新詩正當傾向」（俞平伯語）。大多數詩人對風景的呈現方式都拘泥於具象，滯留於事實，導致部分詩歌質輕情淺，詩歌的意義結構過於單薄，即使有主體性元素的參與，也很難抵達更為複雜細膩的深度體驗。在周作人的《畫家》末段，詩人的表達頗有意味，他寫道：「這種種平凡的真實的印象，／永久鮮明的留在心上；／可惜我並非畫家，／不能用這枝毛筆，／將他明白寫出。」詩人和他想要表達的經驗之間，依然存有文字上的隔閡，如果抒情者僅僅停留在風景的記錄者層面，那麼便很難抵達反思性的自我建構，也無法觸及更深的人性命題。1919 年，羅家倫為傅斯年寫於海外的詩歌《心不悸了！》作下一條按語：「我們《新潮》上的詩，總覺得寫景的太多；像這樣『Humanized』的詩，實在很少……」〔註 46〕在羅家倫眼中，新詩的「寫景」與「人性」表達之間存有明顯的距離感。尤其是在海外詩人那裡，

〔註 44〕北社編：《新詩年選》，上海亞東圖書館 1922 年版，第 86 頁。

〔註 45〕江錫銓：《略論初期白話詩的「畫意美」》，《江蘇教育學院學報》1988 年第 3 期。

〔註 46〕歐陽哲生主編：《傅斯年全集》第 1 卷，湖南教育出版社 2003 年版，第 314 頁。原載《新潮》第 2 卷第 2 號，1919 年 12 月 1 日。

如果他們僅僅停留在風景的記錄者層面，限定於單純寫實的表達，就不易精準反映異域的文化情調。因此，如何搭建可以呈現風景多面性的結構，由外部的物象展示抵達深刻的人性剖析，便成為他們反覆琢磨的一個話題。而旅外的文化體驗，一定意義上促成並引領了詩人對旅行者形象的安排、意象的組織以及風景結構和詩義結構的關係這些問題的思考。

在早期新詩的諸多域外文本中，詩人對風景的描述依然延續了「意在言外」的傳統空間隱喻形式。身處海外奇觀，其情思所對應的卻為故國景象和懷舊意緒，詩義結構由「現實風景」與「故國風景」兩次停頓構成，情景轉換較為直接、簡單，但其中也並非全無新質。陸志韋曾寫下一首《九年四月三十日侵晨渡 Ohio 河》，從語感上說，這首詩並非佳作，部分語詞尚顯生硬，行與行的意義過渡也不夠平順，但從結構角度言之，又有一些新意可供揣摩。詩人在肯塔基州渡江南望，發出「江南好，也在梨花開得早」的感慨，美洲大陸的景色頗與古人「又見江南春色暮」的景致相似，詩人本能地向傳統的文化表述慣習靠攏，將域外美景轉換為中國情調。同時，詩人對風景的觀察是雙重的，它既是模山范水、天人合一之古典美學的現代版呈現，同時也氤氳著詩人的當代玄思。詩歌末尾寫道：「所以我依舊是自由人，／來看江南梨樹。」在古典式的觀察之外，詩人用現代人的眼光發現了當下與自我，從而為詩歌構築起雙重的意義結構，前者描寫的江南是文化記憶中的景觀原型，後者則鎔鑄了觀察者自身的當下視角，使詩歌「意在言內」的當下性意義得以顯揚，也切中了白話詩對「達意狀物」的審美要求。

廣泛觀照域外詩人的風景抒寫，能夠發現他們大都和陸志韋選擇了一致的方向，即將眼前的現實視界與遙遠的家國想像共置一堂，切近的景象與記憶中的聯想構成交疊狀態，形成一種典型的內在張力秩序。在筆者看來，早期域外新詩作品中，從結構和藝術上將這種秩序作出精當呈現的，是聞一多寫於 1922 年 10 月的《秋色——芝加哥潔閣森公園裏》。詩歌的題記使用了陸游的詩句「詩情也似並刀快，剪得秋光入卷來」，正文則充分契合了西方風景和中國想像的二重張力結構，全文錄之如下：

紫得象葡萄似的澗水
翻起了一層層金色的鯉魚鱗。

幾片剪形的楓葉，
彷彿朱砂色的燕子，

顛斜地在水面上
旋著，掠著，翻著，低昂著……

肥厚得熊掌似的
棕黃色的大橡葉，
在綠茵上狼藉著。
松鼠們張張慌慌地
在葉間爬出爬進，
搜獵著他們來冬底糧食。

成了年的栗葉
向西風抱怨了一夜，
終於得了自由，
紅著乾燥的臉兒，
笑嘻嘻地辭了故枝。

白鴿子，花鴿子，
紅眼的銀灰色的鴿子，
烏鴉似的黑鴿子，
背上閃著紫的綠的金光——
倦飛的眾鴿子在階下集齊了，
都將喙子插在翅膀裏，
寂靜悄靜打盹了。

水似的空氣泛濫了宇宙；
三五個活潑的小孩，
（披著桔紅的黃的黑的毛絨衫）
在丁香叢裏穿著，
好像戲著浮萍的金魚兒呢。

是黃浦江上林立的帆檣？
這數不清的削瘦的白楊
只豎在石青的天空裏發呆。

倜儻的綠楊像位豪貴的公子，
裹著件平金的繡蟒，

一隻手叉著腰身，
照著心煩的碧玉池，
玩媚著自身的模樣兒。

憑在十二曲的水晶欄上，
晨曦瞰著世界微笑了，
笑出金子來了——
黄金笑在槐樹上，
赤金笑在橡樹上，
白金笑在白松皮上。

哦，這些樹不是樹了！
是些絢縵的祥雲——
琥珀的雲，瑪瑙的雲，
靈風扇著，旭日射著的雲。
哦！這些樹不是樹了，
是百寶玲瓏的祥雲。

哦，這些樹不是樹了，
是紫禁城裏的宮闕——
黄的琉璃瓦，
綠的琉璃瓦；
樓上起樓，閣外架閣……
小鳥唱著銀聲的歌兒，
是殿角的風鈴底共鳴。
哦！這些樹不是樹了，
是金碧輝煌的帝京。

啊！斑斕的秋樹啊！
陵陽公樣的瑞錦，
土耳其底地氈，
Notre Dame 底薔薇窗，
Fra AngeLico 底天使畫，
都不及你這色彩鮮明哦！

啊！斑斕的秋樹啊！
我羨煞你們這浪漫的世界，
這波希米亞的生活！
我羨煞你們的色彩！

哦！我要請天孫織件錦袍，
給我穿著你的色彩！
我要從葡萄，橘子，高粱……裏
把你榨出來，喝著你的色彩！
我要借義山濟慈底詩
唱著你的色彩！
在蒲寄尼底 La Boheme 裏，
在七寶燒的博山爐裏，
我還要聽著你的色彩，
嗅著你的色彩！

哦！我要過這個色彩的生活，
和這斑斕的秋樹一般！

聞一多曾在《色彩》一詩中集中讚頌色彩，甚至認為自己精神的各個層面都是拜其所賜，這首《秋色》同樣是一首充滿了對「色彩」的渲染和調和的詩篇。詩人曾談到美國作家弗萊契喚醒了他對色彩的敏感，加之他自身對西方風景畫技法的理解，都體現在這首《秋色》之中，可以說這首詩就是一幅色彩鮮明的風景畫卷，展現了詩人難得的輕鬆心態。自登陸美國開始，喧囂蕪雜的都市氣息便讓聞一多表現出極度的精神不適，甚至當他走在大街上時，也總是感到倉皇無措，突兀不安。「林立的煙囪開遍了可怕的『黑牡丹』；樓下是火車、電車、汽車、貨車（trucks，運物的汽車，聲響如雷），永遠奏著驚心動魄的交響樂。」〔註47〕這般怖人的景象和嘈雜的節奏，使詩人處於持續緊張的狀態，進而對異域產生強烈的拒斥情緒。他經常在詩歌中表現出「這裡的風雲另帶一般慘色／這裡鳥兒唱得調子格外淒涼」（《太陽吟》）的哀思，只有在美術館、電影院、公園等場所，詩人才能體驗內心的平靜，進而才有可能與審美的境界相通。步入《秋色》中的芝加哥潔閣森（又譯結克生，今譯傑克遜）公園，這裡

〔註47〕聞一多：《致梁實秋》，1923 年 5 月 15 日，孫黨伯、袁謇正主編：《聞一多全集》第 12 卷，第 175 頁。

的風景尤佳，詩人經常來此散步觀景。寫作這首詩的前幾日，聞一多曾給梁實秋致信，信中寫到自己遊覽公園的經歷：「芝加哥結克生公園底秋也還可人。熊掌大的橡葉滿地鋪著。親人的松鼠在上面翻來翻去找橡子吃。有一天他竟爬到我身上從左肩爬到右肩，張皇了足有半晌，才跳下去。這也別是一種風致不同於清華的。昨日下午同錢君〔註48〕復遊，步行溪港間，藉草而坐，真有『對此茫茫，百感交集』之慨。『萬里悲秋常作客』，這裡的悲不堪言狀了！」〔註49〕顯然，《秋色》中的橡葉、松鼠等物象，均是詩人真實可觀可感的風景。一方面，他在現實的風景中收穫了精神的閒適和愉悅，另一方面又承續了中國古典詩學「悲秋」的文化傳統。無論是《秋色》還是《秋深了》《秋之末日》等詩篇，都點染著詩人的離國愁思，因而他看到的風景便很自然地從實景轉移到「黃浦江上林立的帆檣」「北京禁城裏的宮闕」。真實的風光演繹為古典的景色，寫作者對色彩進行修飾的詞彙也經歷了由純粹現實到古典修辭的過渡。如同《太陽吟》一詩的言詠，詩人認定美國的太陽是從家鄉來的，抒情者透過陽光看到的，乃是北京的秋日。在給吳景超的信中，聞一多也說《太陽吟》所懷想的是「中國的山川，中國的草木，中國的鳥獸，中國的屋宇——中國的人」〔註50〕。從《太陽吟》反觀《秋色》，即使詩人陶醉於芝加哥的公園景物，也並不能證明他徹底認同了美國的風景。作家能夠與眼前的景色產生精神投合，是因為異國風景形似於詩人文化記憶中的中華景觀，喚起了他的故國情感，方才使他產生對美國風景的認同意識。因此，詩人觀察風景、抒發情感的支點在於中國文化，而風景的結構和詩義的結構也依然屬於「現實——記憶」相對應的模式。

此外，公園風景的現實性和超越現實的神秘感，對應了「畫」與「詩」兩種藝術形式，前者出現在詩歌的前半部分，後者則集中在詩歌後半部分對中國的幻象抒寫之中。聞一多認為真詩無不產生於「熾烈的幻象」〔註51〕，這幻象「由幻想和情感共同凝聚而成」〔註52〕，它是屬於「詩」的文字，內蘊

〔註48〕「錢君」即錢宗堡，曾與詩人在美國合居。

〔註49〕聞一多：《致梁實秋》，1922年10月27日，孫黨伯、袁謇正主編：《聞一多全集》第12卷，第103頁。

〔註50〕聞一多：《致吳景超》，1922年9月24日，孫黨伯、袁謇正主編：《聞一多全集》第12卷，第77頁。

〔註51〕聞一多：《評本學年〈週刊〉裏的新詩》，孫黨伯、袁謇正主編：《聞一多全集》第2卷，第40～41頁。

〔註52〕王桂妹：《「詩中有畫」的界限與適度——對聞一多〈秋色〉的另一種解》，《貴州社會科學》2005年第2期。

著詩人強烈的主觀情感。1922年10月30日，聞一多給吳景超和梁實秋的信中談到自己的遊歷體驗，言及「秋來潔閣森公園甚可人意」，他說自己寫完《秋色》後，「心裏又有了一個大計劃，這便是一首大詩，擬名《黃底Symphony》。在這裡我想寫一篇秋景，純粹的寫景，——換言之，我要用文字畫一張畫。」〔註53〕可見，對於「詩與畫」同構的「風景—詩義」結構，聞一多似乎還有實驗性更強的計劃，用「畫」的文字表現「詩」，究竟能達到什麼程度，色彩和節奏是否能夠實現均衡的調和？從目前的資料來看，詩人的這首「大詩」應該沒有完成，為後人留下了一個遺憾。

以聞一多的《秋色》為代表，風景結構和詩義結構在「當下的現實」向「遠方的風景」的過渡中，完成了自我的建構。一般情況下，「遠方的風景」隱喻了詩人對家國故鄉的詩性憧憬，但它亦存有多種變體。如郭沫若的《電火光中》塑造了典型的旅行者形象，「他」在日本城市的街道上孤獨前行，觀瞧的卻是現實之外的幻景——蘇武牧羊、瑞士湖光、加州飛瀑……中國、歐洲、美國的畫面，歷史、傳說、現實中的故事彼此交疊映照，匯入旅行者的視野。錯位的時空機制，滲透著詩人超逸的想像，風景擁有了明確的縱深感，其意蘊也趨於多元。再如《晨安》中的抒情主人公從大海、旭光、白雲看起，他的觀照視點由近及遠，向南方的揚子江、北方的黃河、萬里長城、雪的曠野掃視。如果詩人的觀察就此停止，那麼詩義結構便契合了「異國—中國」或是「現實—故土」的常見組合模式，然而抒情者的視線繼續游移，先後駐留在蘇伊士運河，埃及金字塔，華盛頓、林肯和惠特曼的墓園……以「日本—中國—文明古國—歐洲—美國」的想像中的風景結構，串聯起「律動的自然精神—故國的悠久歷史—人類的文化底蘊—歐洲的現代氣息—美國的自由意志」這一思想漸次飛昇的詩義結構。詩人沒有單純依靠回溯式的經驗復歸故土記憶，而是憑藉面向未來的突進性力量，從容駕馭著東西方兩類想像素材。無論是風景結構還是詩義結構，它們都抵達了更為精密複雜的境地，涵載精神信息的幅度也愈發寬廣。像郭沫若這樣將風景內化為思維的方式，以超驗式的詩義結構設計出一場遐想中的宏大旅行，在立體化的表意空間、隱喻式的表述風格等向度上，為新詩提供了適宜的參照系。

〔註53〕聞一多：《致吳景超、梁實秋》，1922年10月30日，孫黨伯、袁謇正主編：《聞一多全集》第12卷，第110頁。

以上所舉各例，皆論證了「風景」的「遠」與「近」和新詩詩意生成之間的內在聯繫。隨著新詩人在域外生活體驗的逐步加深，他們的詩文開始表現出更多的「當下性」特徵，即使產生抽象的超驗式言說，往往也指向未來的經驗，而非像聞一多那樣返回文化記憶的深處。如劉半農的《夜》，便是一首注重當下性體驗的詩歌，它的副題是「坐在公共汽車頂上，從倫敦西城歸南郊」。因為倫敦市中心房租高昂，劉半農只得把家安在近郊的克拉珀姆（Clapham），每日從城外到位於布魯姆斯伯里的倫敦大學學院，需換乘電車、地鐵以及雙層巴士。詩人所寫正是 1920 年 7 月的一個月夜，他從大學學院歸南郊寓所的乘車觀感：

白濛濛的月光，
懶洋洋的照著。
海特公園裏的樹，
有的是頭兒垂著，
有的是頭兒齊著，
可都已沉沉的睡著。
空氣是靜到怎似的，
可有很冷峻的風，
逆著我呼呼的吹著。

海般的市聲，
一些兒一些兒的沈寂了；
星般的燈火，
一盞兒一盞兒的熄滅了；
這大的倫敦，
只剩著些黑矗矗的房屋了。
我把頭頸緊緊的縮在衣領裏，
獨自佔了個車頂，
任他去顫著搖著。
賊般狡獪的冷露啊！
你偷偷的將我的衣裳濕透了！
但這偉大的夜的美，
也被我偷偷的享受了！

在劉半農留英期間的創作裏，很少能夠感到像這首詩中流露出的輕鬆情緒。繁重的學業、經濟的壓力、勞苦的奔波，使劉半農筆下的英國形象多半勾連著傷感與愁緒，倫敦多是一個「岑寂」的存在，生活在詩人理想世界的「反面」。然而，一個人在夜間「獨佔」公交車空間的時空體驗，使詩人遠離了嘈雜的日間人群經驗，他從「人群」之中抽身而出，在巴士上意外獲得了屬於自我的精神空間，並借助內斂的語詞釋放出蘊積於心的情緒。海特公園（即海德公園，Hyde Park）的樹木，沈寂的市聲和漸次熄滅的街燈，與詩人此刻的寂寥感形成同構，「冷風」與「冷露」映襯了這種孤獨，卻沒有將其無限放大。相反的，詩人借助孤獨體驗發現了「偉大的夜的美」，從而將孤獨的心靈經驗引入詩意審美的宏大境界。值得注意的是，這首詩受詩人即時性的體驗激發而成，寫作者並未選擇回溯式的經驗沉入自我的記憶，而是以一種面向未來的意義建構，賦予情感以正向的價值，一定意義上緩解了他在日間經驗中對倫敦城市文化的心理隔膜感。

從詩質上說，劉半農的語言較為通透，表意也不複雜，他的詩並非是那種從先在的觀念出發進行自釋的文本，而是像《夜》一般，注重此時此地的即興感發。詩中觀察者所看到風景形成了自足的意義世界，蘊含著精神主體突然勃發的、從當下向未來時間突進的力量，詩歌意義結構的層次也趨向多元。隨著異域體驗的加深，很多詩人都揚棄了質直單純的表達風格，他們頻繁動用多重的象徵符碼，為新詩築造立體的詩義結構。李金髮、王獨清便重視詩歌與電影、繪畫、音樂等藝術形式的共通性，如李金髮的《寒夜之幻覺》《巴黎之囈語》等詩篇，綜合運用了蒙太奇的手法，動態呈現錯時片斷的空間景物，從整體上為現代人迷離、焦慮的心態賦形，並巧妙地將詩與畫結合起來，用不同的顏色渲染意象。據統計，在李金髮的三本域外詩集中，黑色、白色、金色、紫色和灰色出現的次數最多，其中黑色意象出現的次數高達 106 次，白色意象則為 67 次，金色、紫色和灰色的意象分別出現了 34、33 和 30 次。熟稔西方油畫技法的詩人為色彩賦予情感的內涵，將其融入對事物象徵品格的建構過程。相比於李金髮，王獨清更是突破詩、畫、樂的界限使之有機組合。在遊歷佛羅倫薩的聖吉奧瓦尼教堂後，他寫下《但丁故鄉斷章》。全詩兩段，首段寫詩人在「天國之門」面前感受到自我的渺小，希冀像文學先賢那樣求得靈魂的提升，第二段的詩行排列則饒有意味——婀惱河、老橋背、教堂頂、全城市四個意象漸次展開，又與重複循環的「鐘聲蕩」錯次排列。景物在詩歌中出現的次序遵循著由低至高的漸進抬升視角，仿若攝相機一般帶給讀者直觀的方位感。再看他的散文詩《NEURASTHÉNIE》（可譯為「神經衰弱者」），抒情者眼中的地球是一個「已經腐敗了的土塊」，遍布著只有「飢餓」和「情慾」的「可厭的男女」。文本中亦存有一個攝相機般由上而下的跟蹤拍攝視角，如「黑夜底濃色經由空中緩緩地落下，我一個人在暗光的街燈旁與冷空氣抵抗地立著。向我復仇的狂風把地上的枯葉一一吹起……」兩首詩都擁有層次分明的風景結構，在詩義結構上緊隨靈魂「飛昇」抑或人性「下降」的主題，影像與文字相互支撐，形成彼此互喻的關係。

與諸多象徵主義詩人的美學觀念一致，徐志摩的域外景物詩也注重空間內的構圖與色彩的渲染。受益於英國「如畫」（the Picturesque）美學〔註54〕和現代派藝術的滋養，他在英倫的旅行如同一次如畫風景美學的教育，也如騷塞、華茲華斯、拜倫等文學先賢一樣，以旅行的方式提升了個人的審美感和道德價值，將主體情懷寄寓在對異域風光的景色描寫之中。華茲華斯曾說自己詩歌描寫的景物「大部分都是我觀察過的」〔註55〕，徐志摩也和華茲華斯一樣，保持了對原初自然的好奇心，他所描述的景觀均有實際的現實座標對應，並從此般觀察體驗出發，建構起康橋、翡冷翠等獨具象徵意味的意象群組。徐志摩尤其推崇華茲華斯，在1922年作的詩歌《夜》中，他便把華茲華斯隱居的格拉茨米爾湖區（Grasmere）稱為「柔軟的湖心」，

〔註54〕如西蒙·沙瑪在《風景與記憶》中對亨利·皮查姆的木刻畫邊框的重視，人們往往關注畫作本身，而將它的框架認識為一種可有可無的裝飾，它是畫作之外的、與畫作無關之物，而沙瑪則認為皮查姆畫作那些精巧的邊框「起到視覺提示的作用，告誡人們這幅畫是詩意的，而非寫實。它圈封起來的聯想和情感賦予了這片風景以意義」。沙瑪進一步指出，這種邊框最極端的例子就是風靡於18世紀藝術家和旅行家之中的「克勞德鏡」（Claude-glass），它使人們可以輕鬆獲得「如畫之美」。這種小巧的、背面黏著深色箔片的凸透鏡以法國畫家克勞德來命名，他擅於將古典建築、自然界的森林、河流巧妙而和諧地置於同一幅畫作之中，為風景畫建構起一種「美」的典範。因而，如果被克勞德鏡收入的風景看似克勞德的畫作風格，那麼這般風景則具備了被描述的資格，因為它具備了「如畫之美」。後人還對克勞德鏡施加了一系列的改造，如為它塗上紅色，以此製造晨光和夕陽的效果。在英國藝術史家馬爾科姆·安德魯斯看來，正是從克勞德鏡開始，人們觀景的眼光被收束到取景框中，景色則被做成了人造物。參見〔英〕西蒙·沙瑪：《風景與記憶》，胡淑陳、馮樨譯，張箭飛校譯，第10頁。

〔註55〕Jared Curtis, *Fenwick Notes of William Wordsworth*, Humanities-Ebooks LLP, 2007, p.49.

視之為神往的境界。華茲華斯曾將自我的情感和想像注入湖區的風景，從田園荒野混融的景物樣態中，發掘出這片地域的民族情感和地方精神，從而契合了歐洲 18 世紀以來興起的「如畫美學」，特別是優美（the beauty）與崇高（the sublime）等風景理念，成為詩人發現自然之美的重要「裝置」。從風景美學的角度觀察，「如畫美」是西方文人觀察自然的重要方法，即把自然視為圖畫，以畫家之眼與自然相遇，這種美「游離於『優美』與『崇高』之間，兼具兩者特點，卻沒有絕對屬性。它是無規則的、複雜的、多變的和多樣的，與崇尚規整與比例的古典價值大相徑庭」〔註 56〕，其靈動的特質，又與詩的本性相通。

1802 年，華茲華斯寫下《My heart leads up》，詩歌以彩虹意象為支撐，訴說詩人看到彩虹後產生了孩童般的興奮感，希望將這種源自童年的衝動保持下去。對應觀看徐志摩的散文《雨中虹》，無論是情感主題還是寫景方式，都與華茲華斯形成了契合。詩人如先賢一般，喜歡從自然美中發現「力」的神奇與純粹的美感，以之作為心靈的淨化劑。如他所說：「我們愛尋常上原，不如我們愛高山大水，愛市河庸沼，不如流澗大瀑，愛白日廣天，不如朝彩晚霞，愛細雨微風，不如疾雷迅雨。」〔註 57〕詩人認同的自然界雖然靜寂無聲，卻擁有強烈的表意能力，它對詩人的靈魂形成遙遠的提示，具有滌蕩心靈的神聖意味。雖然徐志摩並未直接言明他對「如畫美學」的吸收與借鑒，但從他的詩作中，我們仍然可以找到與這種美學方式類近的構建風景的法則。看他的《康橋西野暮色》《春》等一系列景物詩，景深層次鮮明，色彩濃淡相宜。諸多無序的風景語象經過詩人的組織渲染，形成彼此之間的諧調共生。詩作中的各類風景元素如同透過「克勞德鏡」繪製的英式風景畫一般，在風景結構上暗合了宗白華言及的油畫之「光影的透視法」與「空氣的透視法」〔註 58〕。如《康橋西野暮色》一詩的第一節：

> 一個大紅日掛在西天
> 紫雲緋雲褐雲
> 簇簇斑斑田田

〔註 56〕楊麗：《華茲華斯與英國湖區的浪漫化》，武漢大學博士學位論文，2016 年，第 91 頁。

〔註 57〕徐志摩：《雨後虹》，韓石山編：《徐志摩全集》第 1 卷，第 160 頁。

〔註 58〕宗白華：《中西畫法所表現的空間意識》，林同華主編：《宗白華全集》第二卷，第 142 頁。

青草黃田白水
鬱鬱密密鬋鬋
紅瓣黑蕊長梗
罌粟花三三兩兩

寫《康橋西野暮色》時，徐志摩正耽讀於《尤利西斯》，無標點的語句和貌似散點呈現的景物，暗合了喬伊斯的創做法則，但詩歌的風景結構依然保持了「如畫」的完整與統一。詩人借鑒了油畫的透視法則，圍繞一個中心點構造風景的圖畫式結構，並從中「幻出一個錐形的透視空間，由近至遠，層層推出」〔註 59〕，以色塊的構圖區分風景的層次，用繽紛的色彩區分不同的物象，在理念上踐行了「如畫美學」的線性透視法，又注重突出太陽的明亮，使整個畫面都統合在明亮鮮豔的氛圍中，與詩人所推崇的西方印象派繪畫形成契合。景色由遠及近，形成三重層次，遠景由紅日、天、雲構成「斑斑田田」的大型色塊，中景為青草、黃田、白水，近景則是三三兩兩的罌粟花朵。每一個層次的風景內部都富含多種色彩的組合呼應，且明暗對比效果明顯，具有強烈的視覺衝擊力。風景的三層次結構分別包容了不同的景物元素，卻共同指向優美與寧靜，景物意象彼此諧調，達成一種風景結構上的和諧共生，同時在意義結構上彰顯出詩人對純粹澄明之美的藝術訴求。詩文中的行旅者形象雖然時隱時現，但從這些景物的組合關係中，我們仍能讀解出詩人造境之目的，乃是從自然中發現精神的靈性，詩文也洋溢著濃重的主觀寫實色彩。

再看他的《再別康橋》，詩篇開頭的「輕輕的我走了／正如我輕輕的來，我輕輕的招手／作別西天的雲彩」彷彿讓人緬想起華茲華斯《水仙》的首句：「我獨自漫遊，像山谷上空／悠悠飄過的一朵雲彩。」無論是視線的聚焦點——雲彩，還是觀察主體的精神狀態——獨遊，兩者都在認識與感悟層面形成了緊密的對應聯繫，達到自身和經驗對象同化的神聖境界。從如畫美的角度開啟這首詩歌，會發現詩人對景物的觀照依然採取了由遠及近的透視法則，從「西天的雲彩」到「河畔的金柳」，再到「軟泥上的青荇」「榆陰下的一潭」，觀景者的視線從上至下，焦點不斷向畫面的近端收縮，而撐篙者「向青草更青處漫溯」使這首詩的風景結構經歷了由旅行者看到的「實景」向夢幻者想

〔註 59〕宗白華：《中西畫法所表現的空間意識》，林同華主編：《宗白華全集》第二卷，第 148 頁。

像的「虛景」的衍變。讀者們大都認為文中的「撐篙者」就是詩人自己，然而細讀徐志摩的相關散文，會發現他並不精於駕船，也沒有獨自撐篙的體驗。那個遁入青草深處、向自然母題回歸的「撐篙者」是詩人因情所造之景，鎔鑄了他從西方浪漫主義詩歌中體悟到的構思方法，即把意象和情緒集中在「歸去」這一動作的焦點，以凝聚式的構思應和「旅行」作為「自我風景發現」這一西方浪漫主義寫作傳統。由此，《再別康橋》的詩義結構便不再是由「康河風景激發的愉悅」向「難以紓解的現實憂愁」之轉移，自從詩人與自然遇合之後，他便從「無依無伴的小孩／無意地來到生疏的人間」（《我是個無依無伴的小孩》）之寂寞走向一種專屬詩人的審美孤獨。孤獨給予詩人心靈成長和自我發現的機會，如他所談到的：「一顆處於悲傷之中的心是一顆正在成長的心。一個人的悲傷的能力是衡量他成長的能力的尺度。」〔註 60〕因此，與其說《再別康橋》的詩義最終走向憂鬱，倒不如說是詩人沉入了對自我的再次發現。逐漸消失在黃昏中的「撐篙者」形象，有如濟慈在自然面前的自我隱遁，本身凝聚著回歸自然美學的象徵意味。

總之，風景結構與詩義結構的關係構成了新詩風景美學的根基，如果沒有域外詩人這般中西交融的空間體驗，以及他們所掌握的足夠豐富的文化資料（包括對異域景觀的先期認知和負笈海外汲取的知識），就不利於「發掘眼前景物的異質性的因素」，也幾乎不會產生「基於現代自我對新的空間關係的發現」〔註 61〕。上文以詩和畫的關係為證，分析了徐志摩詩歌的結構問題，這種「詩與畫相統一」審美思維，也廣泛存在於早期新詩人的思想視域中。宗白華認為，要想在詩的形式方面有高等技藝，就要學習音樂與圖畫，「使詩中的文字能表現天然畫圖的境界」〔註 62〕對西方繪畫藝術特別是風景美學的早期接受和心理期待，加上國外光景的視覺刺激，引發詩人對宗白華言及的「文字」與「畫圖」的關係有了各自獨到的解讀。初出國門，聞一多見到的日本便是「一幅幽絕的圖畫」、一個「picturesque 的小國」〔註 63〕，

〔註 60〕徐志摩：《翡冷翠日記》，韓石山編：《徐志摩全集》第 5 卷，第 297 頁。

〔註 61〕陳琳：《空間重構與五四新詩的發生》，《現代中文學刊》2019 年第 3 期。

〔註 62〕宗白華：《新詩略談》，林同華主編：《宗白華全集》第一卷，第 169 頁，原載《少年中國》第 1 卷第 8 期，1920 年 2 月 15 日出版。

〔註 63〕Picturesque 即為如畫美，摘自聞一多：《致吳景超、顧毓琇、翟一夫、梁實秋》，1922 年 7 月 29 日，孫黨伯、袁謇正主編：《聞一多全集》第 12 卷，第 45 頁。

他繼而發覺郭沫若的《女神》「所描寫的日本並不真確……應該用實秋底筆來描寫」〔註 64〕。印象派畫藝的影響，令徐志摩眼中的康橋如畫一般清澈秀逸，「可比的許只有柯羅（Corot）的田野」〔註 65〕。中世紀美術的薰陶，使郭沫若乘船途經黃浦江口時，發現「黃浦江中的淡黃色的水，像海鷗一樣的遊船，漾著青翠的柳波的一望無際的大陸，真是一幅活的荷蘭畫家的風景畫」，當船繼續前行，路過工廠、煙囪、起重機之後，中世紀的風景畫「一轉瞬間便改變成為未來派」〔註 66〕。凡此種種，皆印證了安德魯斯的論斷：「比起沒有文化的觀景人，畫境遊的遊客就有了更多的美學特權。」〔註 67〕在有些情況下，詩人沒有真實抵達過「風景畫」中的現場，但這也不妨礙他們依照西方藝術鑒賞風景美的方法，以間接知識為依據，採用「以畫觀景」的眼光，進而嘗試各類「以畫為詩」的方案。「詩畫統一」的運思路徑，在中國古典詩論中並不稀奇，細究其新意，在於「畫」的範圍已由本土延展至世界，詩與畫的空間結構也面臨各種新的組合可能。西方風景美學推崇的「如畫美」經過中國詩人的創造性悟讀，正有效拓展了「觀景」與「寫景」的情境資源，加速了新詩中的風景從被「呈現」到被「發現」的藝術嬗變，也推動了新詩風景結構和詩義結構的更新與嬗變。

第三節　從景物的外在節奏到新詩的內在節奏

從語言節奏層面而觀，新詩創作的一個基本趨向是詩體自由化和詩語散文化。在早期新詩中，自由詩體作為新詩的基本形態，不再拘泥於傳統的格律形式。為了獲得具有表現力的語言節奏，以匹配現代人奇異敏銳的感覺和急遽變化的思想，詩人需要透過聲音在語流中的「時間段落」之規則和變化，

〔註 64〕聞一多：《致吳景超、顧毓琇、翟一夫、梁實秋》，1922 年 7 月 29 日，孫黨伯、袁謇正主編：《聞一多全集》第 12 卷，第 46 頁。

〔註 65〕柯羅即法國印象派畫家卡米耶·柯羅（1796～1875），他確立了抒情風景畫派的基本風格，尤其是對光和空氣的描繪，常常被認為是印象主義畫家的先驅者。他一反過去畫家把暗部畫得很暗的做法，而努力使暗部畫得透明、鮮豔，從而使整個畫面的亮度大大提高。徐志摩的風景詩寫作，很可能受到他的影響。徐志摩：《我所知道的康橋》，韓石山編：《徐志摩全集》第 2 卷，第 337 頁。

〔註 66〕郭沫若：《創造十年》，《郭沫若全集》（文學編）第 12 卷，第 88～89 頁。

〔註 67〕〔英〕馬爾科姆·安德魯斯：《尋找如畫美——英國的風景美學與旅遊，1760～1800》，張箭飛、韋照周譯，譯林出版社 2014 年版，第 4 頁。

在時的延伸與力的壓強中形成有意味的節奏，使其文本想像和情感表達借助詩歌的內在韻律得以展現。因此，由生存實感導致的情緒的「瞬時性」和「真實性」，往往就與詩歌的「音樂性」相契合。在這種情緒和節奏相匹配的「內在韻律」發生過程中，行旅經驗起到了何種作用，又扮演了什麼樣的角色？在這方面，郭沫若的創作可以作為典型範例。

如前文所述，在博多灣的風景遊歷激發了詩人「我的血和海浪同潮」(《浴海》) 的生命體驗，《晨興》《新陽關三疊》《心燈》等詩篇，均為詩人與博多灣風景的自然節奏精神同體後寫成。1919 年 9 月，詩人第一次遭遇大型颱風，看到大海變化無窮的「猙獰」一面，詩人觀察自然的視線也完全改變了。悠閒寧靜的「如鏡的海面」「光海」「晴海」，還有「博多灣水碧琉璃，／銀帆片片隨風飛」(《博多灣海琉璃色》) 的景色被《立在地球邊上放號》中恣情舒展、狂放不羈的流動風景所取代。抒情者不斷地驚呼、頻繁地感歎，將「力的律呂」之運動的節奏盡情吐露：

> 無數的白雲正在空中怒湧，
>
> 啊啊！好幅壯麗的北冰洋的情景喲！
>
> 無限的太平洋提起他全身的力量來要把地球推倒。
>
> 啊啊！我眼前來了的滾滾的洪濤喲！
>
> 啊啊！不斷的毀壞，不斷的創造，不斷的努力喲！
>
> 啊啊！力喲！力喲！
>
> 力的繪畫，力的舞蹈，力的音樂，力的詩歌，力的律呂喲！

詩人為此自釋：「沒有看過海的人或者是沒有看過大海的人，讀了我這首詩的，或者會嫌它過於狂爆。但是與我有同樣經驗的人，立在那樣的海邊上的時候，恐怕都要和我這樣的狂叫罷。這是海濤的節奏鼓舞了我，不能不這樣叫的。」〔註 68〕這裡清晰闡釋出詩人的詩情直接來自在行旅中的「觀海」體驗，寫作者不僅抒寫了所看之景，還用語言的節奏模擬、復現出景物的節奏，這不能不說是一種大膽的創造。更進一步考量，對景物節奏的體驗與再現甚至直接影響到郭沫若詩觀的生成與建構，他認為好詩不是刻意做出來的，而是寫出來的，所謂「寫」，正是情感的自然流露。如他所說：「我想詩人底心境譬如一灣清澄的海水，沒有風的時候，便靜止著如像一張明鏡，宇宙萬匯底印象都涵映著在裏面；一有風的時候，便要翻波湧浪起來，宇宙萬匯底印

〔註 68〕郭沫若：《論節奏》，《郭沫若全集》(文學編) 第 15 卷，第 357 頁。

象都活動著在裏面。這風便是所謂直覺，靈感（Inspiration），這起了的波浪便是高漲著的情調，這活動著的印象便是徂徠著的想像。這些東西，我想便是詩底本體，只要把它寫了出來的時候，他就體相兼備。」〔註 69〕沿著這個思路前行，郭沫若提出了他的「詩＝（直覺＋情調＋想像）＋（適當的文字）」的經典公式。如果不關心詩人的旅行行為，我們很有可能會認為他所舉例的「海水」與「風」乃是出自想像，但事實上，正是實際的觀景體驗，尤其是對海之「節奏」的感悟發生變化，才導致了這種詩歌觀念的生成。初到房州時，郭沫若感到這裡的海灣風平浪靜，甚至「比太湖的湖水還要平穩」〔註 70〕，於是有了「鏡浦平如鏡，波舟當月明」的詩句。如鏡般美麗的海面留給詩人最初的美好印象，使他不敢相信當年元朝的軍隊竟會在此折戟沉沙，還是張資平告訴他元軍的潰敗是因為遇到了「二百十日」的大風，才使得郭沫若對大海的另一面影有了初步的瞭解。當他親自觀睹「二百十日」颱風之後，詩人受到了變化無窮的大海景象的刺激，他對大自然的感受和觀察的視角也發生了顯著的變化。波濤翻滾的景象給予詩人力量的啟迪，他把這種靈感寄託於萬丈的光芒、新生的太陽、狂跑的天狗等意象上，詩風為之一變。因此，當我們強調文化、觀念的大變動之於詩人創作觀念的影響時，也應觀照到其涉及行旅體驗的相關要素，正是緣於實際的觀看，詩人才逐漸被激發了「壓不平的活動之欲」（聞一多語）。

從觀海體驗的變化中，郭沫若發現了詩歌的生成法則，可見實感體驗的重要性。與此相類近，《雪朝》也源自詩人在博多灣觀雪景的真實經歷，詩歌寫道：

> 雪的波濤！
> 一個銀白的宇宙！
> 我全身心好像要化為了光明流去，
> Open-secret 喲！
>
> 樓頭的簷溜……
> 那可不是我全身的血液？
> 我全身的血液點滴出律呂的幽音，

〔註 69〕郭沫若：《三葉集．郭沫若致宗白華》，1920 年 1 月 18 日，《郭沫若全集》（文學編）第 15 卷，第 14 頁。

〔註 70〕郭沫若：《創造十年》，《郭沫若全集》（文學編）第 12 卷，第 44 頁。

同那海濤相和，松濤相和，雪濤相和。

哦哦！大自然的雄渾喲！

大自然的 symphony 喲！

Hero-Poet 喲！

Proletarian poet 喲！

詩人「同那海濤相和，松濤相和，雪濤相和」，從運動著的「音響的節奏」中創造出獨特的詩歌節奏。他在《創造十年》中曾提到，當時他把詩寄送給成仿吾後，成仿吾非常喜歡這首《雪朝》，但唯獨認為詩歌的第二節寫得不好，說是「在兩個宏濤大浪之中那來那樣的蚊子般的音調」〔註 71〕。顯然，成仿吾是從詩歌的節奏角度批評郭沫若，認為第二節相對放緩的節奏與前後文雄渾奔湧的情緒節奏無法形成一致，從而破壞了整首詩的節奏統一。對於成仿吾的批評，郭沫若如此解釋說：「那首詩是應著實感寫的。那是在落著雪又刮著大風的一個早晨，風聲和博多灣的海濤，十里松原的松濤，一陣一陣地卷來，把銀白的雪團吹得彌天亂舞。但在一陣與一陣之間卻因為對照的關係，有一個差不多和死一樣沈寂的間隔。在那間隔期中便連簷霤的滴落都可以聽見。那正是一起一伏的律呂，我是感應到那種律呂而做成了那三節的《雪朝》。我覺得要那樣才能形成節奏，所以我沒有採納仿吾的意見。」〔註 72〕因風聲造成的間隔，給予觀看者強烈的感官印象，由此在景物音響的節奏激發下，形成了語言化的聲韻節奏，實現了詩歌文本與行旅生活在「節奏」單元上的奇特對接。從景物語象的自然韻律，到詩人情緒的韻律，進而轉化為文本的內在韻律，實則是一個如何使被觀看之物空間化、文本化的過程。像《立在地球邊上放號》那樣，醒目的歎詞、核心的物象不斷起伏、閃回，如同一波又一波的海浪持續衝擊海岸，與抒情主體所持有的歡欣、躍動的心情形成合鳴；而《雪朝》的三段式結構正以對景物節奏的密切契合，使「言文一致」在「節奏」的維度上得以實現。

在第四章談論「外在之我」的問題時，我們曾引用了郭沫若的《新生》作為主題例證，意在闡明乘坐火車的動感經驗對詩人自我之「發現」的影響，這首詩同樣適用於對風景節奏話題的討論。受立體派和未來主義詩歌的影響，詩人聽著車輪鞺鞳的進行曲，將世界定格在飛跑般的變動之美中，甚至想在

〔註 71〕郭沫若：《創造十年》，《郭沫若全集》（文學編）第 12 卷，第 44 頁。

〔註 72〕郭沫若：《創造十年》，《郭沫若全集》（文學編）第 12 卷，第 83 頁。

車廂裏念誦美國詩人麥克司．韋伯的《瞬間》一詩。韋伯詩歌的末句「湧，湧，湧，湧，湧……」在郭沫若看來正是「借河流自然音律表示全宇宙之無時無刻無晝無夜都在流徙創化，最妙，最妙，不可譯，不可譯」〔註 73〕。原詩中的「湧」其實是英文介詞「on」，難以用確切的直譯方式加以表現，這大概是郭沫若認為其不可譯的原因。而英文原句中「on，on，on，on，on……」的連用，意在取其形態，模擬自然音律的動感節奏，正所謂郭沫若在介紹未來派詩約中提到的「信號式的形容法」和「不定形的動詞」。顯然，這首《新生》也借鑒了韋伯的思路，詩歌中輕盈快速的節奏與詩人的活躍情緒相映成章，凝定成詩句中對未來的憧憬與樂觀。文本中的景物節奏包含兩重向度：一是車廂內的觀景者透過車窗看到的風景，此般景致有如一幅不斷流動的卷軸，在飛速的時間內展示給乘車人極其充盈的信息，且視覺信息之間是即時的、斷裂的、印象式的。觀景者只能捕捉到景物的大致輪廓和主體色調，正如「紫羅蘭的圓錐」或是「乳白色的霧帷」一般。第二重節奏是火車運行的節奏，詩人用多組「向」與「飛」的疊合推進，演繹出火車奔行時的動感之音。旅行者感受到的景物節奏和他乘坐的交通工具運動的節奏共同作用，內化於詩，形成這首詩的音律節奏。短促重複的句式，又從視覺形象上為讀者建構起火車這類現代交通意象的速度之美。從表象上看，文本以動態的節奏呈現出火車不斷奔向目的地（即現代都市）的「進行時」狀態；同時，它還與抒情主體所持有的歡欣、躍動的心情形成合鳴。這既是詩人自身的審美現代性追求與機械文明體驗的契合，也是其詩歌「內在律」的典型表現。像郭沫若這樣不再倚重傳統詩文那種音樂式的韻語，而開始重視語言自體的表現力，加上他對自由節奏愈發從容地運用，使旅行者的新奇觀景體驗和交通體驗才真正被「詩」表達出來。在新詩的諸多表現形式中，也許只有未來派的詩歌才能較為完美地容納郭沫若的所觀之景、所遣之情。徐志摩曾概括過未來派的藝術手法：「極自然的寫出，極不連貫，這便是未來派詩人的精神。他們覺得形容詞是多餘的，可以用快慢的符號來表明，並且無論牛喚羊聲，樂譜，數學用字，斜字，倒字，都可以加到詩裏去。」他認為「現有的文字不能完全達出思想」，因為很多妙景都是難以被現有的詩歌寫作方式所描繪的，必須用未來派

〔註 73〕郭沫若：《三葉集．郭沫若致宗白華》，信中落款日期為 1920 年 3 月 3 日，按照孫玉石據信中所述活動日程推算，此信應寫於 3 月 30 日。《郭沫若全集》（文學編）第 15 卷，第 124 頁。

詩歌來寫，才能保證對風景的言說有聲有色。〔註 74〕

當然，在很多情況下，早期新詩人並非如《雪朝》或《新生》似的，直接將風景節奏納入文本框架，或是刻意追求徐志摩等人論說的未來派理念，他們往往依靠知性智慧和自覺的文體意識，用意象的組合與疊加，建立起和景物風貌或是行旅生活同步的語感節奏，並借助視覺效果明顯的詩行布局抒發現代意緒。一些詩人選擇將同一景物或景物序列在詩歌時空內進行「複製」，以不斷加強的景物節奏實現對構成文本的「時間」與「力」〔註 75〕的強化。如郭沫若的《新陽關三疊》中，詩歌每段開篇都是「我獨自一人，坐在這海岸邊的石樑上」，孤獨觀察者的形象在三段詩文中被反覆呈現，強化了詩人對內在主體形象的身份建構。再如他的《日出》一詩，各段都採用了同構的開篇句式：「哦哦，環天都是火雲！」「哦哦，摩托車的前燈！」「哦哦，光的雄勁！」「哦哦，明與暗，同是一樣的浮雲。」抒情者化身為引導讀者進入文本風景的導遊，不斷指引著風景的方向，充滿昂揚奮進精神的時代新人形象躍然紙上。在每一段中安插形式和結構相仿的主題句，使每段開篇的意義指向保持一致。因而，主題句每復現一次，景象的持續時間都會被延長，而景象所凝聚的意義也得到再次的強化，既凸顯了詩歌的主題，又使文本的詩質得到闡釋與澄明。

還有一些詩人意識到：詩歌可以從圖畫當中直接汲取視覺經驗，以便更形象地反映現實。由此，他們將對景物的描述進行了有意識地斷裂分行，將各種物象和材料組接，使詞語和詞語、語象和語象、行與行之間形成相互的作用力，既承載了現實的視覺形象和抒情者紛繁複雜的情緒，也契合了詩人在凸現「抒情自我」的過程中驟斷又續的內在心理節奏，亦可導引讀者不斷接近詩歌的精神內核。如穆木天的《蒼白的鐘聲》和《朝之埠頭》，前者寫於

〔註 74〕談到必須要由未來詩才能寫成的「妙景」時，徐志摩舉了三個例子，讀來頗為值得思考。一是北京大學的石獅子搬家，獅子很重，工人抬不動，便用木排墊在獅子腳下，捆繩子在獅子身上，拉著繩子緩進，道中小狗看到這種場面，起初先被嚇跑，而後又過來在獅子面前吠叫。第二個例子是輪船停在新加坡時，有人丟錢到海水裏，馬來土人便下水去撈錢，他入水時浪花四濺的畫面與他的黑色皮膚和赤色的陽光疊合相映。第三個例子是兩個肥軍官在橋上打鬥，兩邊的士兵只是吶喊卻不敢近前，忽然「撲通」一聲，兩個肥軍官全掉到水裏了。參見徐志摩：《未來派的詩》，韓石山編：《徐志摩全集》第 1 卷，第 334 頁。

〔註 75〕在《論節奏》中，郭沫若指出構成節奏需要兩個重要關係，一個是時間關係，一個是力的關係。節奏也可分為「時的節奏」和「力的節奏」。參見《論節奏》，《郭沫若全集》（文學編）第 15 卷，第 355～356 頁。

東海道上，後者作於神戶，均記載了詩人在日本的旅途所觀。特別是《蒼白的鐘聲》以新詩史上具有開創性意義的獨特結構，為新詩的視覺藝術提供了創新性的範本。詩歌寫於 1926 年 1 月 2 日，彼時穆木天正置身於日本東海道的一艘客輪上，迷霧濛濛的海面與詩人壓抑、凝重的心緒遇合，觸發他萌生出對故土的懷戀，如詩歌前兩段所寫：

蒼白的 鐘聲 衰腐的 朦朧
疏散 玲瓏 荒涼的 濛濛的 谷中
——衰草 千重 萬重
聽 永遠的 荒唐的 古鐘
聽 千聲 萬聲

古鐘 飄散 在水波之皎皎
古鐘 飄散 在灰綠的 白楊之梢
古鐘 飄散 在風聲之蕭蕭
古鐘 飄散 在白雲之飄飄
——月影 逍遙 逍遙——

詩行鎔鑄了圖像詩（也稱具體詩）的思維模式，營造出虛幻縹緲的境界。每一行的完整句型被打亂之後，呈現給讀者的是一個個孤立的詞語，它們彼此留白，間隔排列，在視覺節奏上造成語象的中斷感，從而在聽覺上打造出斷斷續續的「鐘聲」的節奏，使人僅觀文本，彷彿就能聽見聲音。透過視覺對聽覺的節奏再現，詩人把讓人捉摸不定的鐘聲「形象」與「音響」合二為一，引導文本步入整體性的精神境界。在喧嘩與騷動的現實世界裏，古鐘的聲音如同天外之音，明顯與這個時代的整體節奏不相符，它在詩人的內心深處不斷鳴響，演繹著頹廢與虛無之聲。然而，這首詩並未停留於對純粹本體意義上的孤獨之演繹，而是在思想上更進一步，以「敗墟的詩歌」給「中國人啟示無限的世界」〔註 76〕，不僅表現了抒情者內心的壓抑，還唱出他對家國鄉土的懷戀與憂思，詩人強烈的現實觀照精神可見一斑。正如他在《告青年》一詩中呼籲的：「青年，你們須看異國的榮華，你們也得發現故園的荒丘。」〔註 77〕詩人希望人

〔註 76〕穆木天：《譚詩——寄沫若的一封信》，蔡清富、穆立立編：《穆木天詩文集》，第 265 頁。
〔註 77〕穆木天：《告青年（散文的韻文）》，蔡清富、穆立立編：《穆木天詩文集》，第 55～56 頁。

們在鐘聲的哀音之外，捕捉到超越個體心靈的、更具有理性的聲音。借助獨到的視覺形態，詩歌的語言流和音響的節奏流在「通感」的層面達成一致，又與抒情者內在的感情流形成契合。因此，文本風景的「視覺排列節奏」同時加強了郭沫若曾言及的「時間的節奏」和「音響的節奏」，有力地推動了詩歌情感節奏的表達。

在前文論述的郭沫若的《雪朝》《新生》等文本中，我們可以發現一條從景物節奏（包括視覺的和聽覺的）到文本內在節奏（包括音律的和情感的）的動態發展過程，景物節奏最終激發寫作者編排出文本的內在節奏。穆木天的詩歌則強化了詩歌文本中和諧相生的視覺節奏與音律節奏，兩者共同作用，對外在的物象進行了模擬式的呈現，《蒼白的鐘聲》和《朝之埠頭》都屬於此類作品。同受象徵主義詩學影響，王獨清也喜愛運用斷續的疊字疊句表現自我形象。如他在《最後的禮拜日》中對冬日頹廢體驗的抒發，對末日死亡情結的闡釋，都是借助視覺形象顯揚的字句疊合、排列實現的。他尤其擅長運用長短句，鍛造反差極大的視覺觀感，以此對應詩歌內在的音韻布局。如《我從 CAFÉ 中出來》一詩借鑒了魏爾倫《秋歌》中的音樂性結構，詩人以長短不一、時斷時續的語句，模仿著醉漢從咖啡館中搖晃走出的步態，將漫遊者的運動節拍還原為詩歌的音律節奏，使視覺性和音樂性相互支撐。相較而言，留學美國的孫大雨，則專注耕耘詩歌的視覺節奏藝術，並將其提升到新的高度。

1928 年，孫大雨入耶魯大學深造，身處世界都市文明的中心，他感受到物質文化的強烈衝擊，特別是紐約等大城市的主流速度和現代人的心靈律動，被詩人組織到鮮明的詩歌節奏之中。從《紐約城》開始，孫大雨就如惠特曼似的，以詞彙和語法結構相同的短句平行排列形象，以期達到迴環壘疊的張力效果，實現語言節奏和詩形節奏的統一，鍛造異質同構的美感。他的《自己的寫照》堪稱典型詩例，為了用紐約城的風光襯托現代人的複雜觀念，在精神上表現現代人千篇一律、死氣沉沉的城市生活節奏，詩人有意識地移接了艾略特「荒原」的精神背景，將人海的擁擠、車潮的喧囂、精神的空虛以及肉體的荒淫、甚至民族血淚史等內容都納入詩行，一定程度上突破了早期新詩內容上的空泛和粗疏，體現出詩人追求的「想像與玄思的微妙」〔註 78〕。在詩形上，《自己的寫照》每行的字數基本一致，在視覺上為讀者勾勒出一座

〔註 78〕孫大雨：《我與詩》，《新民晚報》1988 年 2 月 21 日。

由「語詞」組成的大廈，所有繁蕪的意義細節和迥異的情感片段，都被壓制在這座大廈貌似穩定的形體之中，而「平衡」的視覺結構恰恰反襯出隱含其中的意義「失衡」。這樣一來，各種城市意象和人文事態便不得不在長度規整的詩行間錯置雜陳，反喻的效果躍然紙上。詩人特意選取了具有動態節奏感的汽車、人群等物象，用每行四頓的節奏建立和諧的「音組」（朱光潛說的「音頓」與聞一多定義的「音尺」，被孫大雨統稱為「音節」，後來被他稱為「音組」）。詩歌首句是「森嚴的秩序，紊亂的浮囂」，包含「四頓」，而其餘詩行則遵循了這一節奏布局。從整體形式上看，詩人使用每行四頓的節奏模擬都市「秩序」之森嚴，而「紊亂的浮囂」則通過意義的「跨行」得以實現。每一行的頓歇都結束於一個新的意象，並在下一行由這個意象繼續展開意義聯結，然後又遇到新的意象，如此周而復始，為讀者進行意義聯想預留了足夠的時間和空間。詩人精心組合著這一新詩的節奏單元，追求音組的均齊，徐志摩說《自己的寫照》是新詩第一個十年「最精心結構的詩作」，正是稱讚它每行四音組的結構形式，這也充分達成了詩人表現城市節奏的寫作預期：「就像長江大河，停不下來，節奏很快，有很大的衝勁，每行四個音組，意思未完，又跳到第二行了，這樣的形式對於表現大都市的脈搏是適宜的。」〔註 79〕進一步探索新詩節奏後，孫大雨又闡述道：「在新詩裏則根據文字和語言發展到今天的實際情況，不應當再有等音計數主義，而應當講究能產鮮明節奏感的、在活的語言裏所找到的、可以利用來形成音組的音節。」〔註 80〕他在紐約城中選取的諸多物象，無論是喧鬧的車流還是擁擠的人群，它們自身都具有動態的節奏感。詩人完全依照白話表意系統的需要，用「活的語言」製造出和諧的「音組」，以之隱喻都市僵化的法理秩序，並使它和紛亂的都市節奏形成對立，進而產生反諷的效果。此般運思方式符合了沃爾夫岡·凱塞爾對節奏之「功效」的論述：「在不妨礙節奏產生的所有特殊作用的情況之下，節奏自身同時也是達到目的的手段。它幫助創造那種富於表現力的對象性，那種意義的加強，正如我們還要粗率地說，這正是詩的語言的主要功能。」〔註 81〕

〔註 79〕藍棣之：《若干重要詩集創作與評價上的理論問題》，《中國現代文學研究叢刊》2002 年第 2 期。

〔註 80〕孫大雨：《詩歌的格律》，《孫大雨詩文集》，河北教育出版社 1996 年版，第 92 頁。

〔註 81〕〔瑞士〕沃爾夫岡·凱塞爾：《語言的藝術作品》，陳銓譯，上海譯文出版社 1984 年版，第 172 頁。

可以說，異國都市體驗使詩人在感悟都市律動節奏的同時，也敏銳地發現了蘊含其間的負面因子，他最大限度地調動著城市物象符號的象徵意義，採用精心的結構營造豐富的暗示效果，「從整個的紐約城的嚴密深切的觀感中，托出一個現代人的錯綜的意識」〔註82〕。通過自然的音節和獨特的音組，詩人構想出合適的語言節奏，以此容納他對城市文化的各種價值判斷。這種語言化的聲韻節奏，同時對應了抒情者所處時代的生活節奏以及他的主體心緒，也蘊含了詩人對現代生活和都市人內在情感的細膩省察。袁可嘉曾說：「現代詩人極端重視日常語言及說話節奏的應用，目的顯在二者內蓄的豐富，只有變化多，彈性大，新鮮，生動的文字與節奏才能適當地，有效地，表達現代詩人感覺的奇異敏銳，思想的急遽變化……」〔註83〕現代詩人正是在從語言節奏抵達精神節奏的「內在化」過程中，逐步完成了對行旅體驗的「消化」乃至「轉化」，從而拓展了現代詩歌的語感空間。

〔註82〕陳夢家：《新月詩選》序言，新月書店1931年版，第26頁。

〔註83〕袁可嘉：《新詩現代化——新傳統的尋求》，天津《大公報．星期文藝》，1947年3月30日。

結　語

以上各章從域外行旅體驗對新詩觀念的生成、行旅意象與情感空間、行旅方式與觀物「裝置」的變化、行旅體驗對新詩內質美學要素起到的影響等方面，探討了域外行旅在中國新詩「發生」中起到的作用，以證明新詩成立的標準並非是單純地「從傳統文言詩歌中解放」。除了語言要素外，它的生成離不開實踐主體的時空意識、風景理念、觀察模式等轉換，而詩人的海外經歷在其中扮演了非常重要的角色。從普遍意義上說，中國現代文學的發生和發展均受益於中外文學的交流，而這些交流展開的基本路徑，便是中國作家的一系列異域體驗，如「日本體驗」「英美體驗」「法國體驗」「德國體驗」「蘇俄體驗」等等〔註 1〕。對早期新詩人而言，他們在域外行旅中第一次跨越了家國的界線，其所感受到的異國情調和文明形式，磨練了他們對多元文化樣態的認知能力，激發了行旅主體的思想蛻變和觀念更生。借助在旅行行為中獲得的情感體驗，現代詩人發現並不斷確證著一個更加複雜深刻的「自我形象」。這種體驗不僅涉及詩人的心理和經驗層面，還與他們所處時代的政治、經濟、文化以及文學要素相關。因此，將域外行旅視為一種理論視野，或可串聯起新詩發生學研究中的文白交鋒、寫實傾向、主體建構等線索，形成對早期新詩的精神情調與藝術內質的再認識。

旅行本身蘊含的對未來經驗之追求，切合了詩人浪漫而富於幻想的思維特質，它能激發出詩人的主體創造力，將他們引入世界文化的宏觀格局。特別是現代交通技術可以保證他們無需竹杖芒鞋，便能穿行在大洲之間，獲得跨文化的時空體驗，並將這種體驗內化為精神之力，打造出集中的文化景觀。無論是

〔註 1〕李怡：《日本體驗與中國現代文學的發生·導論》，北京大學出版社 2009 年版。

胡適、聞一多、冰心這些留美詩人還是徐志摩、李金髮、王獨清等留英詩人，以及郭沫若、穆木天等留日詩人，蔣光慈、蕭三等留蘇詩人，這些擁有域外遊歷體驗的新詩人都在跨地域、跨文化的抒寫中，或是定格新銳的視覺印象，或是抒寫遊子的文化憂思，抑或借異域奇景抵達自我的「文化鄉愁」，並與艾略特的荒原世界、波德萊爾的巴黎情結、華茲華斯的湖區美學、盧梭的阿爾卑斯印象、歌德的古典德意志記憶締結了多重維度上的互文聯繫。部分詩人更是直接從異域詩思進行取材，將其演繹成為融合本土經驗的現代行旅詩學。

無論源自何種驅使，從詩人選擇抒寫旅行體驗的那一刻起，一種基於群體文化想像的個體實踐便開始生成，「進入現代社會的生存語境，作為世界的漫遊者和內心漂泊的流浪者這一詩人本質顯然是愈加突出了」〔註 2〕。雷蒙德·威廉斯曾在《鄉村和城市》中指出：旅行，或者那種漫無目的的漂泊的過程，其價值在於它們能讓我們體驗情感上的巨大轉變。〔註 3〕英國作家阿蘭·德波頓在其《旅行的藝術》裏盛讚波德萊爾，認為他最完美地將旅行與藝術結合一身，因為波氏認為旅行可以將他帶到任何地方，使他遠離陌生的人群和溝通不暢的苦惱。他視自我為沃土，對巴黎的街道、酒吧、交通工具進行著鉅細無靡的觀察以及無比繁複的描寫，將平淡無奇的日常經驗點石成金，構築起高雅的孤獨。可以說，波德萊爾將詩歌看作腳步在紙卷上的延伸，他讓語詞穿行於詩歌，令抒情者扮演旅行家的角色，參與文學空間內部的遊歷與探險，其「旅行視野」和自身的「情感變遷」完美地鎔鑄一身，向人們昭示出行旅之於詩人的重要意義。朱光潛在《談美》中也曾言及行旅對人生的激發作用，這段話至今已被視為經典：

> 阿爾卑斯山谷中有一條大汽車路，兩旁景物極美，路上插著一個標語勸遊人說：「慢慢走，欣賞啊！」許多人在這車如流水馬如龍的世界過活，恰如在阿爾卑斯山谷中乘汽車兜風，匆匆忙忙地急馳而過，無暇回首流連風景，於是這豐富華麗的世界便成為一個了無生趣的囚牢。這是多麼可惜的事啊！〔註 4〕

〔註 2〕沈奇：《在遊歷中超越——再論張默兼評其旅行詩集〈獨釣空濛〉》，《海南師範大學學報》（社會科學版）2009 年第 5 期。

〔註 3〕轉引自〔英〕阿蘭·德波頓：《旅行的藝術》，南治國、彭俊豪、何世源譯，上海譯文出版社 2010 年版，第 57 頁。

〔註 4〕朱光潛：《「慢慢走，欣賞啊！」——人生的藝術化》，《談美》，《朱光潛全集》第二卷，安徽教育出版社 1987 年版，第 90 頁。

一句「慢慢走，欣賞啊」，恰切地揭示出旅行的功用，以及人應有的態度。當旅行本身成為想像的資源之後，我們又該如何去認識它？在《談在盧佛爾宮所得的一個感想》一文中，朱光潛比較了觀賞名畫《蒙娜麗莎》的兩種方式：一是帶著對所有關於《蒙娜麗莎》的「前知識」，與這幅作品形成長時間的深度凝視；二是像一般遊客一樣，用不到三分鐘的時間在畫作面前匆匆而過，滿足於那些人云亦云的導遊詞或其他拙劣的講解。兩種觀看方式，涉及了如何讀解藝術趣味的深邃命題，長時間的「凝視」與「慢慢走，欣賞啊」，實則都是觀察美、開啟美的途徑。在旅行者那裡，旅行的真意不在於地理的遷徙或位移本身，更重要的是「你在異國他鄉獲得哪些心理體驗、在智慧上有何啟迪、在精神上有何昇華，這就需要在漫漫旅途中慢慢欣賞」〔註5〕。「慢下來」既是實際的行為，還指向了主動去追求藝術性審美的思維。旅行中的人需要擺脫現實的功利性和審美的慣性，跳脫出蕪雜的概念與規則的困縛，改變日常的觀察視角乃至行為習慣，只有這樣才能在「慢慢走」與「欣賞」之間確立審美的聯絡，進而發現所觀事物的新奇之美。除了審美的視角，旅行還是一種空間視角，它在宏觀上關注海外文化與本土文化的場域異同，注重對異質空間經驗的捕捉和呈現，在微觀上則聚焦於某一具體空間的細緻結構與內部肌理，試圖從中覓得新奇的成分。同時，這種「新奇」是即時的新銳經驗，應該具有對文化傳統的回溯力和對文化未來的前瞻性視野。波德萊爾在《惡之花》中也寫有一首《旅行》，詩人告訴我們行旅者的目的就是尋找新奇，要到前所未有的深度中去發現新的東西。作為意象幻覺的激發點，「新奇」不單是調整、改寫此在生活的表達方式，它還需要去指涉更為高遠的、關係人類整體性存在的精神，這就在審美與空間視角之外，為旅行賦予了文化意識形態層面的崇高意義。由這個視點反觀早期中國新詩，便能發現新詩已經借助自身與海外風景和文學觀念的溝通，表現出更多「走在世界」的精神特徵。進一步講，早期新詩人的域外行旅寫作為新詩賦予了別樣而豐富的文學氣質，紛繁的都市風情、奇妙的自然景觀以及豐富的人文萬象，都凝聚在他們的筆間風景之中，其域外抒寫的意義至少在三個層面有所體現：

一是在對風景的塑造中，發掘出「異國」意象的豐富內涵，將「異國」從形象上升到詩學主題的層面。「異國」既是詩人體驗現實行旅的具體場域，同

〔註5〕王淑良，張天來著：《中國旅遊史》（近現代部分），旅遊教育出版社 1999 年版，第 282 頁。

時也是他們釋放現代意緒的客觀對應物。異國遊歷的獨特經驗，使寫作者對「遠方」的認知實現了從概念到現實的深層轉換，為其思維注入了新的活力。吳曉東曾說：「『在異鄉』既是一種人生境遇，一種生理體驗，同時也是詩歌文本中一種具體的觀照角度。」〔註 6〕論者分析的是現代派詩人的寫作特徵，但這一論斷同樣適用於早期海外新詩人。作為詩學主題的「異國／異鄉」鎔鑄了詩人對故土的懷戀、對遊子身份的憂思、對新銳文化樣式的好奇、對域外人文精神的渴望，以及對都市文化投合與疏離並存的悖論式認知。同時，無論是出於自覺還是無意識，他們都對「異國」意象傾注了大量的心力。如李金髮、王獨清那樣，詩人把異國的都市意象引入象徵主義詩歌，其文本色調的驚異和「朽水腐城」式的頹廢效果，均超越了傳統詩歌的意象質素和情思空間，豐富了新詩的美感構成。從新詩的歷史發展維度考量，新詩人發現了異國的奇異風景（尤其是第一次進入中國文學視域的國家意象），並根據他們各自的知識儲備與寫作習慣，在借鑒域外詩學資源的基礎上，普遍對「異國」形象進行了「再現」和「改寫」。隨著觀察體驗的深化，他們逐漸確立起基於全球觀念和比較意識的風景認同，實現了想像空間的擴容，進而增強了新詩表達域外經驗的能力，使「異國」風景切實參與了新詩的生成過程。

二是借助在異國遊走的文化遷徙感受，建構起新文學中第一代的「漂泊者」形象，觸發了新詩人對「孤獨」情結的集中抒寫。近觀早期浪漫主義詩人和象徵主義詩人的創作，無論是郭沫若、徐志摩還是李金髮、王獨清、穆木天，他們的詩文裏總會出現一個遊走中的「漂泊者」形象，其抒情意緒大都指向「生之迷惘」帶來的冷漠與哀愁。在陌生的、與前文化結構斷裂的時空中，社會主流價值觀與倫理觀的巨變使詩人的「本我」與「自我」發生衝撞，抒情主體因感到拘謹而倍顯不安，於是他們借助內向性的自我言說，表達身處異鄉的迷惘和憂思，以及敏感的知識分子在異國城市中獨自徘徊的苦楚、疲勞與頹唐，其間多氤氳著感傷情調和「倦遊」氣息。孫大雨曾以「寂寞又駭人的建築的重山」(《自己的寫照》)吐露自己深陷鋼鐵時代卻又無法脫身的無奈，抒情者的失落情緒難以排遣。「異國」對他們而言既是誘惑，又是拒絕，這使得部分詩人流露出「倦行人」的孤獨心態。作為一種與排斥、隔絕相關的心理體驗和情緒狀態，孤獨的重要表徵是主體（個體生命）與客體對象相

〔註 6〕吳曉東：《臨水的納蕤斯：中國現代派詩歌的藝術母題》，北京大學出版社 2015 年版，第 54 頁。

疏離而導致的精神空虛感。在中國的傳統詩文中，這一主題向來為詩人吟哦不衰，無論是傷情別離，還是羈旅之思、憂患之辭，其所指都是對生活幻滅和精神飄零的感懷。透視域外文本中的「漂泊者」形象，他們的漂泊心緒大都於旅途中誕生，尚未達到存在主義意義上的人格寂寞，也游離於波德萊爾式的、根植於個人體驗之上的「行動的詩學」，反而更像馬拉美所說的「隱遁之士」〔註7〕，做著逃避都市的幻夢，保持了對現實的「游離」姿態。在以物質化為特徵的異國經驗面前，人不僅被強行取消了和自然經驗交流的可能，更重要的是被剝奪了文化的精神歸屬感，其所導致的直接問題，便是因寂寞和虛無引發的生命漂泊感，而詩人對相關主題的開掘，正可宣洩這種感受。深入抒寫「漂泊者」的詩歌，文本中往往存有一個田園詩般的自然空間，詩人與潛藏在生命深層的傳統文化精神遇合，並在它的引領下，為主體皈依心靈尋覓到有效的途徑，使之成為通往紛繁意義的情感起點，促進了抒情者現代精神主體的生成。後來者如戴望舒、廢名、林庚、馮至等人皆沿襲這一寫作向度，使新詩對漂泊者的抒寫形成了穩定的脈絡。需要言明的是，除去徐志摩、梁宗岱等詩人，其他大部分作家對漂泊或孤獨體驗的表述多停留在對「孤獨」情緒自身的渲染，以及群體性的文化失落，尚未觸及「孤獨」的深度模式，即從「迷失自我」的現象游移到它的本質，從對自我的精神撫慰上升到對全人類的群體關懷，使它成為藝術家獲得生命底蘊的力量支撐。直到新文學的「第二個十年」，在現代派詩人筆下，這種情況才發生了明顯的變化。

三是在建構「體驗的現代性」之過程中，與域外詩學形成共時性的交流和對話，使新詩的現代性建設融入了世界文學的宏觀格局。遠洋跨洲旅行條件的改善，將世界各地聯結成一個巨大的整體，中華傳統的地域文學由此獲得了融入世界文學（以西方現代主義文學為主體）的機會。中國新詩人可以擁有與西方現代詩人相同的觀察視野，並通過詩文與之形成互文式的潛在對話。比如，當人們談及里爾克的名篇《豹》時，大都將巴黎植物園中的這頭困獸理解為詩人對人類命運的自謂。困獸與牢籠，人性與物質社會，達成了互喻的邏輯聯繫。從旅行視角考察，我們會發現中國詩人竟然也擁有和里爾克一樣的遊歷體驗。1923 年 10 月，留學法國的劉半農在遊覽巴黎植物園之後，寫下了散文詩《熊》。詩中寫到一隻向遊人乞食的白熊，還有另一隻正在生病

〔註 7〕〔法〕馬拉美：《談文學運動》，黃晉凱等主編：《象徵主義・意象派》，中國人民大學出版社 1989 年版，第 39 頁。

的黃熊。抒情者同情這兩隻處於困頓中的猛獸，但它們那「鐵鉤般的爪與牙」以及「火般紅的眼」，又無時無刻不在提醒著懷有憐憫之心的觀眾——一旦這些病獸接近了人，無論它們是否處於飢餓和病困，都決不會像人同情它們一樣去親近人類。面對巴黎植物園中的熊，劉半農表達了對人性和獸性的反思，雖然與里爾克看到的動物以及形成的感思向度殊異，但他們在猛獸籠前駐足停留的那一刻，便在同一個旅行地標留下了疊合的足跡。詩人們對人性作出的不同向度的思考，使之在保持遊歷行為同一性的過程中，又各自開啟了屬於他們的精神空間。無論是劉半農還是里爾克，巴黎之於他們均為異鄉，他們都是跨越了自己國家和母語的行旅者，在共同的觀看角度上獲得了對自身生存境遇的清醒認知。共同性視角的獲得，使王獨清、李金髮與波德萊爾一樣遁入巴黎的都市，使徐志摩、邵洵美可以與拜倫、濟慈一道緬懷古羅馬的輝煌，使郭沫若、穆木天、田漢可以和早期日本現代作家沐浴在「大正登山熱」的潮流中。借助類近的「物觀」體驗，抒情主體進入異國風景的內部結構，形成旅行者的「凝視」眼光。他們沉醉在異國經驗之中，憑藉對「震驚」感受的吸收與轉化，建立起專屬自身的精神形象。這種觀察異域的文化姿態始終存在於詩人的抒寫實踐中，並彙集成為他們讀解異域、認識自身的一個清晰焦點，也為中西詩學的交流互滲提供了難得的機遇。

域外行旅之於新詩的文學激發意義，吸引人們主動關注行旅者的精神世界，細緻洞察旅行文本的詩學空間。同時，當我們從域外行旅抑或其他涉及域外的角度考量新詩文體時，還應該保持一種客觀性，即把現代中國新詩作為一個統一體，而不是把抒寫域外體驗的詩歌和其他產生於國內文化語境的詩歌作為相異的比較對象。最後，在本論著已形成的一些研究結論之外，關於域外行旅與新詩發生的相關話題仍有繼續探討的空間，有些問題值得深入掘進。比如，在新詩不斷發展自身的同時，接續古典文學的文言體詩歌並沒有徹底告別歷史舞臺，尤其是舊體紀遊詩依然活躍在「五四」新文學的空間內，演繹出屬於它自身的詩學線索，這正說明古體詩與新詩對行旅經驗的抒寫並非純粹的「以新易舊」的簡單過程。新詩不斷對行旅經驗進行著想像和表現的「現代性」轉換，這種轉換同樣存續於舊體紀遊詩中。在白話文學佔據主流的新文學語境裏，仍有一部分文人延續了晚清域外紀遊文學的寫作傳統，在舊體紀遊詩的路徑上持續探索，甚至到了 20 世紀 20、30 年代，依然有吳宓的《歐遊雜詩》、蘇雪林的《旅歐之什》、李思純的《巴黎雜詩》《柏林雜詩》、胡先驌的《旅途雜詩》、呂碧城的《信芳集》等舊體紀遊詩作湧現。以蘇雪林為例，1921 年，詩人赴法留學，期間曾與友人一起旅行，去「看盧丹赫山，訪古堡，觀石窟瀑布，詩興忽飆發，數日間為長短十餘首」〔註 8〕。詩人將歐洲的奇山異景、名勝古蹟，乃至麵包咖啡、公園噴泉都融入紀遊詩作中，其文本脫胎於晚清域外紀遊詩「新材料入舊格律」的實驗傳統，又深受「五四」文化浪潮和異域新奇體驗的影響，文本情感醇厚，會通今古，具有深厚的文化和美學特質。像蘇雪林這樣同時使用文言與白話進行寫作的新文學家並不少見，如郭沫若、俞平伯、郁達夫、劉半農等，這些文人在從事新文學寫作之外，也常以古體紀遊詩復歸傳統文人情懷，將異域風景化為中國情調，抒發思想懷古的幽思，「表達纏綿低回、惆悵婉轉的域外體驗」〔註 9〕。如俞平伯乘船赴美經日本長崎時，同時作有新詩《東行記蹤寄環・二、長崎灣》和舊體詩《長崎灣泊舟》，這種新舊「並行」的現象，值得研究者關注並加以分析。

當新詩人運用白話材料構築新的語言空間時，是何種因素促使他們不時回歸傳統的文言抒寫？或許正是獨在異鄉，愁緒難排的文化憂思，激活了詩人思想中的傳統文人情懷。異邦的風吹草動，花鳥蟲鳴，一點一滴都足以撩動起他們的情思，使其不自覺地從舊體詩詞中找尋情感上的慰藉，從而在現代中國詩人群體中形成一種具有代表性的集體無意識，即所謂「非陳詩何以展其義，非長歌何以騁其情」〔註 10〕。胡適曾有過如此的感受，說他「一到了寫景的地方，駢文詩詞裏的許多成語便自然湧上來，擠上來，擺脫也擺脫不開，趕也趕不去。」〔註 11〕穆木天也曾言及自己在京都的經歷，說他和鄭伯奇由石山順瀨田川奔南鄉時，當時大家看到沿途的瑰麗風光，一致認為「當地景致用絕句表為最妙」，因為「自由詩有自由詩的表現技能，七絕有七絕的表現技能，有的東西非用它表不可」〔註 12〕。這「有的東西」究竟為何物，或許正是潛隱在詩人心中的田園精神和懷鄉情結。當異邦的風物感染到詩人

〔註 8〕蘇雪林：《燈前詩草・自序》，臺灣中正書局 1982 年版，第 2 頁。

〔註 9〕蘇明：《域外行旅體驗與中國近現代文學的變革》，南京大學博士學位論文，第 36 頁。

〔註 10〕張懷瑾：《鍾嶸詩品評注》，天津古籍出版社 1997 年版，第 96 頁。

〔註 11〕胡適：《老殘遊記・序》，《胡適全集》第 3 卷，第 584 頁。

〔註 12〕穆木天：《譚詩——寄沫若的一封信》，蔡清富、穆立立編：《穆木天詩文集》，第 262 頁。

後，他們便情不自禁地運用起一種彷彿是與生俱來的能力，以此記敘身邊的一切。他們將自然作為精神的寄託，把山水變成了另一個自我的載體，從異國的自然風景中發現了古典中國的山水精神。當他們遭受到生活中的不如意，如感情的茫然無措抑或理想與現實的隔閡時，異域山水就成為他們愉悅身心的休養所、放飛自由的安樂鄉，以及治癒心靈創傷的一劑良藥。因此他們的山水抒寫總是動人心魄，撩人心弦，就像一幅意蘊深長、栩栩如生的傳統寫意畫。這種樂遊山水的心態，延續了古人「遊」文化的傳統。詩人以審美的態度閱覽風光、追求輕盈灑脫的美學意境。同時，他們的寫作融入了海外風景美學和新鮮的觀察視角，可謂用文言文寫作的「現代的新詩」〔註 13〕。由此看來，舊體詩與新詩之間並不是截然對立的，兩者有著共通的精神背景，也具有各自存續發展的空間和路徑。早期新文學中的舊體紀遊詩延續了晚清文學改良的觀念，詩人們有意為之注入新的時代內涵，將古典詩學傳統與現代文化發展盡力結合，從而推動了現代舊體詩的更新，也為新詩的域外抒寫提供了有益的參照。

除了域外紀遊詩在白話與文言兩個向度上「新與舊」的並行，新詩人的域外行旅抒寫往往還存在「詩與文」的互文，像郭沫若、徐志摩等詩人，常常將一次旅程體驗用詩和散文的方式同時呈現。郭沫若曾寫有散文《自然底追懷》，詩人回憶了早年行旅作詩的經過，以及在房州北條洗海水浴、遊歷岡山與東山、與成仿吾一起往東島旅行等遊覽事件。散文文體的充裕體量，可以涵容詩人在新詩體式中難以述盡的情緒，全面闡釋行旅的具體背景，以及景物的微末細節。再如徐志摩的《雨後虹》《我所知道的康橋》，兩篇散文都寫到詩人從幼時起對自然的熱愛，並詳細記錄了他在康橋邊按照由遠及近的順序觀看自然風景的經歷。文字中表露出的詩人對自然之美的傾慕，對天邊雲彩的迷戀，對康橋建築的讚頌，與他的詩歌《康橋西野暮色》乃至《再別康橋》等經典名篇形成互文。只有讀了徐志摩的散文，才能理解他詩歌裏描寫的乃是康橋實景，也能深切感受到文本中景物漸次排列的秩序，正是來源於詩人在散文中描述的那種「實際觀測」體驗。如果對照徐志摩在特定旅行中的散文與詩作，則可梳理出一系列形成對應性的文本：如散文《歐遊漫錄——西伯利亞遊記》對應了詩歌《西伯利亞》，散文《翡冷翠山居閒話》對應了

〔註 13〕周作人在評價沈尹默由新詩轉向舊體詩寫作時，指出他的舊體詩與普通的新詩只是「內涵的氣分略有差異」，實際上「他的詩詞還是現代的新詩」。參見周作人：《揚鞭集 · 序》，《雨絲》第 82 期，1926 年 6 月 7 日。

詩歌《翡冷翠的一夜》。比較這類作品，可以發現詩人的「獨行」體驗正是借助了兩種體裁、雙向路徑，方才得以自足。從早期新詩開始，以「散文＋詩歌」記錄旅行的寫作模式被越來越多的文人借鑒，形成了廣泛的示範效應。多數情況下，詩人通過詩歌側重抒發觀景時產生的瞬間思維感覺，在個體化的象徵空間內打磨語詞，現代氣息濃重；而當他們試圖詳盡記述旅途中的交通和景物信息，乃至反思國民精神或文化差異等現實問題時，又會選擇散文的文體，以其承載更多的信息功能和社會功能。我們往往要兼顧詩歌文本與散文（遊記）文本，才能對詩人的行旅想像確立全面、立體的認識。

從行旅體驗的精神流變與新詩發展進程的動態聯繫出發，還應宏觀把握域外行旅對新詩的持續性影響。新詩現代性的一個重要環節便是體驗的現代性，作為精神活動的行旅體驗記錄了現代知識分子自我想像與自我建構的心路軌跡，行旅者的文化心態、知識結構、主體身份、行旅目的和旅行方式等要素，都作用於「體驗的現代性」之成長過程，進而助力了新詩的發生與發展，特別是在寫作者的現代感受力生成、詩學精神主體形成、美學體系構成等方面表現尤甚，並在艾青、戴望舒、馮至、辛笛等後繼者筆下持續發酵，形成綿延不斷的詩學脈絡。借助這些富含異國情調的文本，我們不僅看到了紛繁多姿的域外風景，同時也捕捉到兼具行旅者和文學家身份的詩人對域外行旅作出的差異性反應（包括心理的與文學的），這些反應不斷累積並向未來延伸，構成了一部鮮活的詩歌歷史。

今天，幾乎所有詩人都已參與到世界旅行的大潮流中，由地理位移帶來的文化遷徙，構成了文學寫作者必要經歷的共性體驗。正如王德威指出的：「在一個號稱全球化的時代，文化、知識訊息急劇流轉，空間的位移，記憶的重組，族群的遷徙，以及網絡世界的游蕩，已經成為我們生活經驗的重要面向。旅行——不論是具體的或是虛擬的，跨國的或是跨網絡的旅行——成為常態。」〔註 14〕頻繁的文學行旅，移動的跨界想像，以及詩人在旅途中收穫的與異邦文化的交流方式、由其觸發的心理模式和摹擬風景的藝術形式，已經深深內化至新詩的肌理之中，成為百年新詩的重要傳統。當然，中國詩人在接受、消化、呈現異邦經驗時也往往具有主體意識不夠自覺、功利性審美時而隱現等問題，對其還需理性認知和客觀估衡。

〔註 14〕〔美〕王德威：《文學行旅與世界想像：談華語語系文學》，《聯合報》2006 年 7 月 9 日。

參考文獻

一、文學作品

1. 許德鄰：《分類白話詩選》，上海崇文書局 1920 年版。
2. 北社編：《新詩年選 一九一九年》，亞東圖書館 1922 年版。
3. 陸志韋：《渡河》，亞東圖書館 1923 年版。
4. 劉半農：《揚鞭集》，北新書局 1926 年版。
5. 王獨清：《死前》，上海創造社出版部 1927 年版。
6. 王獨清：《威尼市》，上海創造社出版部 1928 年版。
7. 蘇曼殊：《蘇曼殊全集》，上海北新書局 1928 年版。
8. 王獨清：《聖母像前》，上海樂華圖書公司 1931 年版。
9. 王獨清：《我在歐洲的生活》，光華書局 1932 年版。
10. 王獨清：《獨清自選集》，上海樂華圖書公司 1933 年版。
11. 穆木天：《秋日風景畫》，千秋出版社 1934 年版。
12. 《中國新文學大系》，良友圖書公司 1935 年版。
13. 劉廷芳：《山雨》，北新書局 1946 年版。
14. 羅家倫：《疾風》，商務印書館 1946 年版。
15. 蕭三：《蕭三詩選》，人民文學出版社 1960 年版。
16. 康有為：《歐洲十一國遊記》，湖南人民出版社 1980 年版。
17. 沈尹默：《沈尹默詩詞集》，書目文獻出版社 1982 年版。
18. 劉大白：《劉大白詩集》，書目文獻出版社 1983 年版。

19. 田漢：《田漢文集》，中國戲劇出版社 1984 年版。
20. 蔣光慈：《蔣光慈文集》，上海文藝出版社 1985 年版。
21. 鍾叔河主編：《走向世界叢書：西海紀遊草、乘槎筆記、詩二種、初使泰西記、航海述奇、歐美環遊記》，嶽麓書社 1985 年版。
22. 蔡清富、穆立立編：《穆木天詩文集》，時代文藝出版社 1985 年版。
23. 朱光潛：《朱光潛全集》，安徽教育出版社 1987 年版。
24. 李小松選注：《黃遵憲詩選》，生活·讀書·新知三聯書店香港分店 1987 年版。
25. 李金髮：《李金髮詩集》，四川文藝出版社 1987 年版。
26. 謝冕、楊匡漢編：《中國新詩萃（20 世紀初葉——40 年代）》，人民文學出版社 1988 年版。
27. 鄭伯奇：《鄭伯奇文集》，陝西人民出版社 1988 年版。
28. 周良沛編選：《中國新詩庫第一輯：馮乃超卷》，長江文藝出版社 1988 年版。
29. 陳孝全、周紹曾著：《胡適 劉半農 劉大白 沈尹默詩歌欣賞》，廣西教育出版社 1989 年版。
30. 諸孝正、陳卓團編：《康白情新詩全編》，花城出版社 1990 年版。
31. 李保初、李嘉言選編：《冰心選集》，河北教育出版社 1992 年版。
32. 郭沫若：《郭沫若全集》文學編，人民文學出版社 1984 年到 1992 年陸續出版。
33. 郁達夫：《郁達夫全集》，浙江文藝出版社 1992 年版。
34. 樂齊、孫玉蓉編：《俞平伯詩全編》，浙江文藝出版社 1992 年版。
35. 林東海、史樂為：《郭沫若紀遊詩選注》，上海文藝出版社 1993 年版。
36. 孫黨伯、袁謇正主編：《聞一多全集》，湖北人民出版社 1994 年版。
37. 王慎之、王子今輯錄：《清代海外竹枝詞》，北京大學出版社 1994 年版。
38. 林同華主編：《宗白華全集》，安徽教育出版社 1996 年版。
39. 李逵六、成其謙編：《成仿吾詩選》，中央黨校出版社 1994 年版。
40. 黃淳浩：《創造社：別求新聲與異邦》，社會科學文獻出版社 1995 年版。
41. 陳冰夷、王政明編輯整理：《蕭三詩文集》，北京圖書館出版社 1996 年版。
42. 朱喬森編：《朱自清全集》，江蘇教育出版社 1996 年版。

43. 孫近仁編：《孫大雨詩文集》，河北教育出版社 1996 年版。
44. 歐陽哲生編：《胡適文集》，北京大學出版社 1998 年版。
45. 傅一峰選編：《蘇雪林文集》，北京燕山出版社 1998 年版。
46. 鄭振鐸：《鄭振鐸全集》，花山文藝出版社 1998 年版。
47. 張品興主編：《梁啟超全集》，北京出版社 1999 年版。
48. 陳堅編選：《李金髮文集》，華夏出版社 2000 年版。
49. 樊洪業、張久春選編：《科學救國之夢：任鴻雋文存》，上海科技教育出版社 2002 年版。
50. 葛乃福編：《劉延陵詩文集》，復旦大學出版社 2002 年版。
51. 季羨林主編：《胡適全集》，安徽教育出版社 2003 年版。
52. 歐陽哲生主編：《傅斯年全集》，湖南教育出版社 2003 年版。
53. 馬海甸主編：《梁宗岱文集》，中央編譯出版社 2003 年版。
54. 陳應鸞、周孟璞、周仲璧編注：《周太玄詩詞選集》，四川文藝出版社 2004 年版。
55. 吳學昭整理：《吳宓詩話》，商務印書館 2005 年版。
56. 韓石山編：《徐志摩全集》，天津人民出版社 2005 年版。
57. 胡適：《胡適留學日記》，安徽教育出版社 2006 年版。
58. 丘良任等編：《中華竹枝詞全編・海外卷》，北京出版社 2007 年版。
59. 邵洵美：《花一般的罪惡》，上海書店出版社 2008 年版。
60. 劉半農：《劉半農文集》，線裝書局 2009 年版。
61. 方銘主編：《朱湘全集》，安徽文藝出版社 2017 年版。

二、理論著作

1. 區夢覺編：《王獨清論》，光華書局 1933 年版。
2. 鄭伯奇著、鄭延順編：《憶創造社及其他》，生活・讀書・新知三聯書店香港分店 1982 年版。
3. 孫玉石：《中國初期象徵派詩歌研究》，北京大學出版社 1983 年版。
4. 方銘編：《蔣光慈研究資料》，寧夏人民出版社 1983 年版。
5. 史若平編：《成仿吾研究資料》，湖南文藝出版社 1983 年版。
6. 錢鍾書：《談藝錄》，中華書局 1984 年版。

7. 鍾叔河：《走向世界：近代知識分子考察西方的歷史》，中華書局 1985 年版。
8. 方仁念編：《聞一多在美國》，華東師範大學出版社 1985 年版。
9. 鮑晶編：《劉半農研究資料》，天津人民出版社 1985 年版。
10. 許毓峰、徐文鬥、谷輔林、李思樂編：《聞一多研究資料》，北嶽文藝出版社 1986 年版。
11. 孫玉蓉編：《俞平伯研究資料》，天津人民出版社 1986 年版。
12. 宗白華：《藝境》，北京大學出版社 1987 年版。
13. 林毓生：《中國傳統的創造性轉化》，生活・讀書・新知三聯書店 1988 年版。
14. 李伯齊主編：《中國古代紀遊文學史》，山東友誼出版社 1989 年版。
15. 朱德發：《中國現代紀遊文學史》，山東友誼出版社 1990 年版。
16. 吳曉：《意象符號與情感空間》，中國社會科學出版社 1990 年版。
17. 孫玉石：《中國現代詩歌藝術》，人民文學出版社 1992 年版。
18. 王一川：《審美體驗論》，百花文藝出版社 1992 年版。
19. 鄭曉雲：《文化認同與文化變遷》，中國社會科學出版社 1992 年版。
20. 王奇生：《中國留學生的歷史軌跡》，湖北教育出版社 1992 年版。
21. 李偉江編：《馮乃超研究資料》，陝西人民出版社 1992 年版。
22. 靳明全：《文學家郭沫若在日本》，重慶出版社 1994 年版。
23. 喻學才：《中國旅遊文化傳統》，東南大學出版社 1995 年版。
24. 金絲燕：《文學接受與文化過濾：中國對法國象徵主義詩歌的接受》，中國人民大學出版社 1994 年版。
25. 王澤龍：《中國現代主義詩潮論》，華中師範大學出版社 1995 年版。
26. 靳明全：《攻玉論——關於二十世紀初期中國文人赴日留學的研究》，貴州人民出版社 1995 年版。
27. 馮乃康：《中國旅遊文學論稿》，旅遊教育出版社 1995 年版。
28. 鍾少華編著：《早年留日者談日本》，山東畫報出版社 1996 年版。
29. 王延晞、王利編：《鄭伯奇研究資料》，山東大學出版社 1996 年版。
30. 金元浦：《接受反應文論》，山東教育出版社 1998 年版。
31. 楊守森：《二十世紀作家心態史》，中央編譯出版社 1998 年版。

32. 王澤龍：《中國現代主義詩潮論》，華中師範大學出版社 1998 年版。
33. 張福貴、靳叢林：《中日近現代文學關係比較研究》，吉林大學出版社 1999 年版。
34. 龍泉明：《中國新詩流變論》（修訂版），人民文學出版社 1999 年版。
35. 樂黛雲、張輝：《文化傳遞與文學形象》，北京大學出版社 1999 年版。
36. 王淑良、張天來：《中國旅遊史》（近現代部分），旅遊教育出版社 1999 年版。
37. 孫玉石：《中國現代主義詩潮史論》，北京大學出版社 1999 年版。
38. 吳曉東：《象徵主義與中國現代文學》，安徽教育出版社 2000 年版。
39. 鄭焱：《中國旅遊發展史》，湖南教育出版社 2000 年版。
40. 呂進主編：《文化轉型與中國新詩》，重慶出版社 2000 年版。
41. 王一川：《中國現代性體驗的發生：清末民初文化轉型與文學》，北京師範大學出版社 2001 年版。
42. 逄增玉：《現代性與中國現代文學》，東北師範大學出版社 2001 年版。
43. 周曉明：《多源與多元：從中國留學族到新月派》，華中師範大學出版社 2001 年版。
44. 龔鵬程：《遊的精神文化史論》，河北教育出版社 2001 年版。
45. 夏曉虹：《晚清社會與文化》，湖北教育出版社 2001 年版。
46. 張新穎：《20 世紀上半期中國文學的現代意識》，生活．讀書．新知三聯書店 2001 年版。
47. 徐復觀：《中國藝術精神》，華東師範大學出版社 2001 年版。
48. 孟華：《比較文學形象學》，北京大學出版社 2001 年版。
49. 鄭春：《留學背景與中國現代文學》，山東教育出版社 2002 年版。
50. 鄭家建：《中國文學現代性的起源語境》，上海三聯書店 2002 年版。
51. 羅振亞：《中國現代主義詩歌史論》，社會科學文獻出版社 2002 年版。
52. 葛桂錄：《霧外的遠音：英國作家與中國文化》，寧夏人民出版社 2002 年版。
53. 藍棣之：《現代詩的情感與形式》，人民文學出版社 2002 年版。
54. 藍棣之：《現代詩歌理論：淵源與走勢》，清華大學出版社 2002 年版。
55. 鍾叔河：《從東方到西方：走向世界叢書敘論集》，嶽麓書社 2002 年版。

56. 羅振亞：《中國新詩的歷史與文化透視》，黑龍江教育出版社 2002 年版。
57. 方長安：《選擇．接受．轉化——晚清到 20 世紀 30 年代初中國文學流變與日本文學關係》，武漢大學出版社 2003 年版。
58. 郭漢民：《晚清社會思潮研究》，中國社會科學出版社 2003 年版。
59. 曹萬生：《現代派詩學與中西詩學》，人民出版社 2003 年版。
60. 王光明：《現代漢詩的百年演變》，河北人民出版社 2003 年版。
61. 江弱水：《中西同步與位移：現代詩人叢論》，安徽教育出版社 2003 年版。
62. 陳方競：《多重對話：中國新文學的發生》，人民文學出版社 2003 年版。
63. 馮乃康編著、夏林根主編：《旅遊文學概論》，山西教育出版社 2003 年版。
64. 楊聯芬：《晚清至五四：中國文學現代性的發生》，北京大學出版社 2003 年版。
65. 張新：《新詩與文化散論》，吉林文史出版社 2004 年版。
66. 靳明全：《中國現代文學興起發展中的日本影響因素》，中國社會科學出版社 2004 年版。
67. 梅新林、俞樟華主編：《中國遊記文學史》，上海世紀出版集團 2004 年版。
68. 王珂：《百年新詩詩體建設研究》，上海三聯書店 2004 年版。
69. 張新：《新詩與文化散論》，吉林文史出版社 2004 年版。
70. 郭少棠：《旅行：跨文化想像》，北京大學出版社 2005 年版。
71. 王淑良：《中國現代旅遊史》，東南大學出版社 2005 年版。
72. 蔡震：《文化越境的行旅——郭沫若在日本二十年》，文化藝術出版社 2005 年版。
73. 張桃洲：《現代漢語的詩性空間——新詩話語研究》，北京大學出版社 2005 年版。
74. 陳太勝：《象徵主義與中國現代詩學》，北京大學出版社 2005 年版。
75. 張桃洲：《現代漢語的詩性空間》，北京大學出版社 2005 年版。
76. 謝彥君：《旅遊體驗研究：一種現象學的視角》，南開大學出版社 2006 年版。

77. 汪劍釗：《二十世紀中國的現代主義詩歌》，文化藝術出版社 2006 年版。
78. 王德威、季進主編：《文學行旅與世界想像》，江蘇教育出版社 2007 年版。
79. 陳方競：《文學史上的失蹤者：穆木天》，北京大學出版社 2007 年版。
80. 譚桂林：《本土語境與西方資源：現代中西詩學關係研究》，人民文學出版社 2008 年版。
81. 傅瑩：《中國現代文學理論發生史》，上海文藝出版社 2008 年版。
82. 羅振亞：《20 世紀中國先鋒詩潮》，人民出版社 2008 年版。
83. 王澤龍：《中國現代詩歌意象論》，中國社會科學出版社 2008 年版。
84. 李怡：《日本體驗與中國現代文學的發生》，北京大學出版社 2009 年版。
85. 蔣寅：《古典詩學的現代詮釋》，中華書局 2009 年版。
86. 謝永茂：《清末民初紀遊詩研究》（增修版），天空數位圖書有限公司 2010 年版。
87. 熊輝：《五四譯詩與早期中國新詩》，人民出版社 2010 年版。
88. 蕭斌如編：《劉大白研究資料》，知識產權出版社 2010 年版。
89. 劉福春編：《中國現代文學總書目．詩歌卷》，知識產權出版社 2010 年版。
90. 史若平編：《成仿吾研究資料》，知識產權出版社 2011 年版。
91. 童曉薇：《日本影響下的創造社文學之路》，社會科學文獻出版社 2011 年版。
92. 許霆：《中國新詩發生論稿》，人民出版社 2012 年版。
93. 陳曉蘭：《想像異國——現代中國海外旅行與寫作研究》，安徽人民出版社 2012 年版。
94. 趙思運：《詩人陸志韋研究及其詩作考證》，東南大學出版社 2012 年版。
95. 徐美燕：《「日本體驗」與中國現代文學思潮》，中國社會科學出版社 2012 年版。
96. 吳贇：《翻譯．構建．影響：英國浪漫主義詩歌在中國》，北京大學出版社 2012 年版。
97. 張松建：《抒情主義與中國現代詩學》，北京大學出版社 2012 年版。
98. 李嵐：《行旅體驗與文化想像——論中國現代文學發生的遊記視角》，中國社會科學出版社 2013 年版。

99. 彭建華：《現代中國作家與法國文學》，上海三聯書店 2013 年版。
100. 丁宏為：《真實的空間——英國近現代主要詩人所看到的精神境域》，北京大學出版社 2013 年版。
101. 黃麗娟：《構建中國：跨文化視野下的現當代英國旅行文學研究》，中國社會科學出版社 2013 年版。
102. 李章斌：《在語言之內航行：論新詩韻律及其他》，人民文學出版社 2014 年版。
103. 張治：《異域與新學：晚清海外旅行寫作研究》，北京大學出版社 2014 年版。
104. 張德明：《從島國到帝國：近現代英國旅行文學研究》，北京大學出版社 2014 年版。
105. 楊穎：《行行重行行——東漢行旅文化與文學》，中國社會科學出版社 2014 年版。
106. 傅修延：《濟慈詩歌與詩論的現代價值》，北京大學出版社 2014 年版。
107. 吳曉東：《臨水的納蕤斯：中國現代派詩歌的藝術母題》，北京大學出版社 2015 年版。
108. 王柯平：《旅遊美學論要》，北京大學出版社 2015 年版。
109. 李萌昀：《旅行故事：空間經驗與文學表達》，人民文學出版社 2015 年版。
110. 尹德翔：《晚清海外竹枝詞考論》，中國社會科學出版社 2016 年版。
111. 陳太勝：《聲音、翻譯和新舊之爭》，湖南人民出版社 2016 年版。
112. 姜濤：《「新詩集」與中國新詩的發生（增訂本）》，北京大學出版社 2019 年版。
113. 章清主編：《新史學（第十一卷）：近代中國的旅行寫作》，中華書局 2019 年版。
114. 劉凱：《帝國風景的歷史性與內在性：國木田獨步文學研究》，四川大學出版社 2020 年版。
115. 李思逸：《鐵路現代性：晚清至民國的時空體驗與文化想像》，臺北時報文化出版公司 2020 年版。
116. 張德明：《旅行文學十講》，北京大學出版社 2021 年版。

三、外國學者著作

1.〔法〕波德萊爾：《波德萊爾美學論文選》，郭宏安譯，人民文學出版社 1987 年版。

2.〔英〕T · S · 艾略特：《艾略特詩學文集》，王恩衷編譯，國際文化出版公司 1989 年版。

3.〔德〕本雅明：《發達資本主義時代的抒情詩人》，張旭東、魏文生譯，生活 · 讀書 · 新知三聯書店 1989 年版。

4.〔美〕吉爾波特 · 羅茲曼主編：《中國的現代化》，陶驊等譯，上海人民出版社 1989 年版。

5. 王躍、高力克編：《五四：文化的闡釋與評價——西方學者論五四》，山西人民出版社 1989 年版。

6.〔英〕馬爾科姆 · 佈雷德伯里：《現代主義》，中國社會科學院外國文學研究所譯，上海外語教育出版社 1992 年版。

7.〔日〕伊藤虎丸兼修，小谷一郎、劉平編：《田漢在日本》，人民文學出版社 1997 年版。

8.〔美〕柯文：《在傳統與現代性之間：王韜與晚清改革》，雷頤等譯，江蘇人民出版社 1998 年版。

9.〔英〕安東尼 · 吉登斯：《現代性與自我認同：現代晚期的自我與社會》，趙旭東、方文譯，生活 · 讀書 · 新知三聯書店 1998 年版。

10.〔德〕海德格爾：《人，詩意地安居：海德格爾語要》，郜元寶譯，廣西師範大學出版社 2000 年版。

11.〔美〕李歐梵：《現代性的追求：李歐梵文化評論精選集》，生活 · 讀書 · 新知三聯書店 2000 年版。

12.〔加〕查爾斯 · 泰勒：《自我的根源：現代認同的形成》，韓震等譯，譯林出版社 2001 年版。

13.〔美〕李歐梵：《中國現代文學與現代性十講》，復旦大學出版社 2002 年版。

14.〔美〕阿里夫 · 德里克：《跨國資本時代的後殖民批評》，王寧等譯，北京大學出版社 2004 年版。

15.〔日〕柄谷行人：《日本現代文學的起源》，趙京華譯，生活 · 讀書 · 新知三聯書店 2006 年版。

16.〔法〕讓·韋爾東：《中世紀的旅行》，趙克非譯，中國人民大學出版社 2007 年版。
17.〔英〕彼得·伯克：《圖像證史》，楊豫譯，北京大學出版社 2008 年版。
18.〔美〕史蒂文·布拉薩：《景觀美學》，彭鋒譯，北京大學出版社 2008 年版。
19.〔加〕施吉瑞：《人境廬內：黃遵憲其人其詩考》，孫洛丹譯，上海古籍出版社 2010 年版。
20.〔日〕岩佐昌暲編著：《中國現代文學與九州》，李傳坤譯，南京師範大學出版社 2011 年版。
21.〔美〕溫迪·J·達比：《風景與認同：英國民族與階級地理》，張箭飛、趙紅英譯，譯林出版社 2011 年版。
22.〔日〕實藤惠秀：《中國人留學日本史》（修訂譯本），譚汝謙、林啟彥譯，北京大學出版社 2012 年版。
23.〔英〕西蒙·沙瑪：《風景與記憶》，胡淑陳、馮樨譯，張箭飛校譯，譯林出版社 2013 年版。
24.〔英〕馬爾科姆·安德魯斯：《尋找如畫美：英國的風景美學與旅遊，1760～1800》，張箭飛等譯，譯林出版社 2014 年版。
25.〔英〕馬爾科姆·安德魯斯：《風景與西方藝術》，張翔譯，上海人民出版社 2014 年版。
26.〔美〕W·J·T·米切爾編：《風景與權力》，楊麗、萬信瓊譯，譯林出版社 2014 年版。
27.〔美〕周海林：《創造社與日本文學：關於早期成員的研究》，周海林、胡小波譯，上海社會科學院出版社 2016 年版。
28.〔英〕肯尼斯·克拉克：《風景入畫》，呂澎譯，譯林出版社 2020 年版。
29.〔英〕保羅·雷德曼：《傳奇的風景：景觀與英國民族認同的形成》，盧超譯，商務印書館 2021 年版。

四、英文論著

1. Jaye, Michael C. and Ann Chalmers Watts, eds. Literature and the Urban Experience: Essays on the City in Literature. New Brunswick. NJ: Rutgers University Press. 1972.

2. Williams, Raymond. The Country and the City. New York: Oxford University Press, 1973.
3. Sharpe, William. Unreal Cities: Urban Figuration in Wordsworth, Baudelaire, Whitman, Eliot, and Williams. Baltimore: John Hopkins University Press, 1990.
4. Thum, Reinhard H. The City: Baudelaire, Rimbaud, Verhaeren. New York: Peter Lang, 1994.
5. Justin D. Edwards, Rune Graulund. Postcolonial Travel Writing: Critical Explorations. Palgrave Macmillan, 2010.

五、學位論文

1. 李怡：《日本體驗與中國現代文學的發生》，北京師範大學博士學位論文，2003 年。
2. 陳璐：《中國早期新詩中的「留學生海外寫作」現象論》，西南師範大學碩士學位論文，2003 年。
3. 榮光啟：《現代漢詩的發生：晚清至「五四」》，首都師範大學博士學位論文，2005 年。
4.〔日〕宮下正興：《以日本大正時代為背景的郭沫若文學論考》，山東大學博士學位論文，2006 年。
5. 李嵐：《行旅體驗與文化想像——論中國現代文學發生的遊記視角》，華中師範大學博士學位論文，2007 年。
6. 蘇明：《域外行旅體驗與中國近現代文學的變革》，南京大學博士學位論文，2009 年。
7. 邱婷：《旅行的文化意義》，華東師範大學碩士學位論文，2010 年。
8. 王天紅：《中國現代新詩理論與外來影響》，吉林大學博士學位論文，2011 年。
9. 蔣磊：《在東方與西方之間：現代旅日作家的文化體驗》，首都師範大學博士學位論文，2012 年。
10. 林方：《中國現代作家的歐美體驗及其審美追求》，北京師範大學博士學位論文，2012 年。
11. 張繼輝：《徐志摩文學創作中的異國形象》，延邊大學碩士學位論文，

2012 年。

12. 劉婉明：《日本留學與創造社作家的國家想像》，南京大學博士學位論文，2012 年。
13. 馬守芹：《「風景」的發現——近代鐵路旅行風潮與國族建構（1923～1937）》，南京大學碩士學位論文，2013 年。
14. 張贇：《在旅行中尋找生存的可能》，北京外國語大學碩士學位論文，2014 年。
15. 楊麗：《華茲華斯與英國湖區的浪漫化》，武漢大學博士學位論文，2016 年。
16. 汪旭：《新交通視野下中國現代作家的文學體驗（1912～1927 年）》，西南交通大學碩士學位論文，2017 年。
17. 馬瑞霞：《晚清域外題材詩歌研究》，蘇州大學碩士學位論文，2018 年。

附錄　早期新詩人域外出行及寫作情況一覽表

本表說明：

（一）本表相關統計是根據若干詩人傳記、詞條彙集而成，主要統計早期新詩人在 20 世紀 20 年代的域外遊學情況。

（二）部分詩人曾在本著研究時間範圍內有多次出國的經歷，本表僅統計其長期出遊的情況，關於每位詩人所有域外遊歷的具體信息，可參見本著第二章第一節的論述。

（三）林徽因、方令孺等詩人均在 20 世紀 20 年代出洋留學，但其新詩創作主要發生在 30 年代，故不將其列為統計對象。

（四）詩人排名以姓氏漢語拼音字母為序。

作家姓名	生卒時間	出行時間	出行國家	涉及行旅抒寫的新詩代表作
冰心	1900～1999	1923～1926	美國	《倦旅》《讚美所見》等
陳豹隱	1886～1960	1913～1917	日本	《飛鳥山看花 3/14》《和東林定湖同遊東京郊外 2/8》《病後的街樹 2/10》等
陳衡哲	1890～1976	1914～1920	美國	《人家說我發了癡》《散伍歸來的「吉普色」》
成仿吾	1897～1984	1910～1921	日本	《海上吟》《房州寄沫若》《歸東京時車上》《夢一般的》《靜夜》《我想》《秋幕》《白雲》《哦，我的靈魂！》《疲倦了的行路》《故鄉》《冬天》《殘雪》《冬的別辭》《春樹》《一刻》等

馮乃超	1901～1983	1901～1927	日本	《淚零零的幸福昇華盡了》《蛺蝶的亂影》《陰影之花》《幻影》《冬》《冬夜》《鄉愁》《默》《短音階的秋情》《十二月》《不忍池畔》《歲暮的 Andante》《禮拜日》等
傅斯年	1896～1950	1919～1926	英國 德國	《心悸》《心不悸了！》等
傅彥長	1891～1961	1920～1923	美國	《回想》
郭沫若	1892～1978	1914～1923	日本	《日出》《晨安》《筆立山頭展望》《浴海》《立在地球邊放號》《電火光中》《雪朝——讀 Carlyle：〈The Hero as Poet〉的時候》《登臨》《光海》《梅花樹下醉歌——遊日本太宰府》《夜步十里松原》《太陽禮讚》《沙上的腳印》《新陽關三疊》《巨炮之教訓》《春愁》《新月與白雲》《鷺鷥》《晚步》《蜜桑索羅普之歌》《霽月》《晴朝》《岸上》《晨興》《春之胎動》《日暮的婚筵》《新生》《海舟中望日出》《南風》《雨後》《留別日本》《春寒》《淚浪》《夕陽時分》《新月與晴海》《博多灣海琉璃色》等
胡適	1891～1962	1910～1917	美國	《「赫貞旦」答叔永》《紐約雜詩》等，英文詩歌《夜過紐約港》等
蔣光慈	1901～1931	1921～1924	蘇聯	詩集《新夢》，詩作《紅笑》《十月革命紀念》《太平洋中的惡象》《復活節》《新夢》《秋日閒憶》《自題小照》《莫斯科吟》《哭列寧》《臨列寧墓》《月夜的一瞬》等
康白情	1896～1959	1920～1924	美國	《舊金山上岸》《和平》等
李金髮	1900～1976	1919～1925	法國	詩集《微雨》《食客與凶年》《為幸福而歌》，詩作《里昂車中》《景》《夜之歌》《盧森堡公園（重回巴黎）》《巴黎之囈語》《街頭之青年工人》《寒夜之幻

				覺》《故鄉》《悲》《柏林初雪》《沈寂》《放》《明》《黃昏》《遊Posedam》《過去與現在》《完全》《秋》《柏林之傍晚》《秋興》《Millendorf》《遊 Wannsee》《紅鞋人——在 Café 所見》《柏林Tiergarten》《韋廉故園之雨後》《海浴》《Am Meer》《海潮》《Fontaine-aux-Roses（巴黎城南）》《初夜》《重見小鄉村》等。
梁實秋	1903～1987	1923～1926	美國	《海嘯》
梁宗岱	1903～1983	1924～1931	法國	《白薇曲》
林如稷	1902～1976	1923～1930	法國	無涉及法國行旅的詩歌
劉半農	1891～1934	1920～1925	英國 法國	《牧羊兒的悲哀》《一個小農家的暮》《稿子》《夜》《教我如何不想她》《在一家印度飯店裏》《恥辱的門》《戰敗了歸來》《巴黎的秋夜》《劫》《巴黎的菜市上》《別再說……》《記畫》《熊》《老木匠》《三唉歌（思祖國也）》《柏林》《我竟想不起來了！》等
劉廷芳	1891～1947	1911～1920	美國	《過落機山》《依路純（Illusion）》《重遊美南卓支亞省寄內子卓生》《依稀》《你的》《明珠》《過美洲新大陸即景》等
劉大白	1880～1932	1913～1915	日本	涉及日本行旅感思的舊體詩收入詩集《白屋遺詩·東瀛小草》，無涉及日本行旅的新詩
劉延陵	1894～1988	1922～1926	美國	無涉及美國行旅的新詩
陸志韋	1894～1970	1915～1920	美國	《航海歸來》《九年四月三十日侵晨渡 Ohio 河》《憶 MICHIGAN 湖某夜》等
羅家倫	1897～1969	1920～1926	美國 德國 法國	《普林斯頓的秋夜》《一個柏林的冬曉》《赫貞江上游的兩岸》《戰場的自由女神》《凱約湖中的雨後》等

穆木天	1900～1971	1920～1926	日本	《伊東的川上》《雨後》《薄暮的鄉村》《山村》《夏夜的伊東町裏》《與旅人——在武藏野的道上》《雨後的井之頭》《雨絲》《蒼白的鐘聲》《雞鳴聲》等
邵洵美	1906～1968	1925～1926	英國	《我只得也像一隻知足的小蟲》《病痊》《漂浮在海上的第三天》《紅海》《愛》《To Sappho》《To Swinburne》《花》等
沈兼士	1887～1947	1905～1911	日本	有新詩《小孩和小鴿》《寄生蟲》等，但均未涉及其域外行旅見聞
沈尹默	1883～1971	1921～1922	日本	此間詩作在抗戰期間遺失
蘇雪林	1897～1999	1921～1925	法國	《村居雜詩》
孫大雨	1905～1997	1926～1930	美國	《海上歌》《紐約客》《自己的寫照》等
田漢	1898～1968	1916～1922	日本	《黃昏》《敗殘者的勝利》《秋風裏的白薔薇》《暴風雨後的春朝》《珊瑚之淚》《落花》《月下的細雨》《落葉》《秋之朝》《一位日本勞動家》《東都春雨曲》《浴場的舞蹈》《銀座聞尺八》《咖啡店之一角》《秋夜庵飲冰》《七夕》《鎌倉別康景昭女士》等
王獨清	1880～1940	1920～1925	法國	《聖母像前》《失望的哀歌》《我從 CAFÉ 中出來……》《最後的禮拜日》《我飄泊在巴黎街上》《弔羅馬》《別羅馬女郎》《但丁墓旁》《Seine 河邊之冬夜》《來夢湖的回憶》《火山下》等
王光祈	1892～1936	1920～1936	德國	《去國辭》
聞一多	1899～1946	1922～1925	美國	《孤雁》《太平洋舟中見一明星》《我是一個流囚》《寄懷實秋》《晴朝》《太陽吟》《憶菊》《秋色——芝加哥潔閣森公園裏》《秋深了》《秋之末日》《漁陽曲》《大暑》《閨中曲》等

蕭三	1896～1983	1920～1924	法國 蘇聯	《過印度洋雜詩》
徐志摩	1897～1931	1918～1922	美國 英國	《夏日田間即景（近沙士頓）》《春》《沙士頓重遊隨筆》《私語》《夜》《康橋西野暮色》《康橋再會罷》等
葉公超	1904～1981	1920～1926	美國 英國	英文詩集《Poems》，現已遺失
郁達夫	1896～1945	1913～1922	日本	《最後的慰安也被奪去》
俞平伯	1900～1990	1922 年 7 月～11 月	美國	《東行記蹤寄環》（七首）（包括《吳淞江》《長崎灣》《橫濱》《China 船上之一》《Honolulu》《China 船上之二》《Berkeley 之圓月》） 《Clifton Park 中之話》《八月二十四日之夜》《Baltimore 底三部曲》《到紐約後初次西寄》《車音》《佔有——遊博物院後所感》《去思——去紐約作》《坎拿大道中雜詩》《祈禱》《飄泊者底願望》等
張資平	1893～1959	1912～1922	日本	《海濱》
鄭伯奇	1895～1979	1917～1926	日本	《別後》《落梅》《梅雨》等
鄭振鐸	1898～1958	1927～1928	法國 英國	無涉及歐洲行旅的新詩
周太玄	1895～1968	1919～1930	法國	《過印度洋》等
周作人	1885～1967	1906～1911	日本	《東京炮兵工廠同盟罷工》
朱光潛	1897～1986	1925～1933	英國 法國	無涉及歐洲行旅的新詩
朱湘	1904～1933	1927～1929	美國	無涉及美國行旅的新詩
宗白華	1897～1986	1920～1925	德國	《夜》《晨》《秋林散步圖》《柏林之夜》《雨夜》《郊遊》《柏林市中》《不朽》《自題德國海濱小照》《德國東海濱上散步》《黑影》《東海濱》《冬景》《夜中的流雲》《大城的情緒》《生命之窗的內外》等

後　記

雷蒙・威廉斯曾說過，旅行，或者那種漫無目的的漂泊的過程，其價值在於讓我們體驗到情感上的巨大轉變。一直以來，我篤信自己就是熱愛旅行之人，曾耽讀於哈羅德・布魯姆主編的「文學地圖」系列書籍，希望與先賢一道去體會旅途中的情感轉變，發現世界的多重面影。保持著對文學旅行的興趣，當我開始關注早期中國新詩的發生這一論題時，自然地便留意到詩人們普遍具有的海外背景。在留學生的身份之外，他們還扮演著觀光客、旅行家抑或漫遊者的角色，這些負笈異鄉的青年將行旅視為寫作的資源，創作出了一系列海外特質顯揚的作品。為此，我試圖為行旅和新詩建立學術視野上的聯繫，思考其成為宏大論題的可能。一次偶然間對胡適傳記的閱讀，更堅定了我的想法。

傳記中記載的事件發生在 1916 年夏季，胡適的好友任叔永與朋友泛舟凱約嘉湖，小船遭大雨傾覆，幸而無人受傷。任叔永據此有感而發，寫成一首四言古體詩《泛湖即事》，寄送給身在紐約的胡適。不料，胡適態度激烈地點明詩文中存在的「失真」「套語」等問題，就此與任叔永、梅光迪等人形成爭論，進而確立了不作文言詩詞，而開始作白話詩的思路。縱覽各類文學史，普遍缺乏就「翻船」事件展開的論述，然而它在胡適的各種回憶性文字和講演中卻被反覆提及，甚至成為作家自認的「文學革命」思維的起點，這或許給後人留下了勘探的空間。由此，我梳理了胡適留美期間的遊歷線路，探索他對異國景觀的「看」與對白話詩觀念的「思」之間的路徑，這也是本論題誕生的起點。

繼續深入閱讀胡適、郭沫若、徐志摩等作家的文本，可以發現正是在域外旅行中，早期新詩人體驗到了現代意義上的時空轉換。他們在審視和想像

「異國」這一他者的同時，也建立起與本土文化語境「對視」的視野，從而激發了新的詩學想像力，開啟了對民族文化心理和自我身份意識的反思。詩人的獨特能力在於，他經過哪裏，哪裏就被他的精神力所吸收，轉而內化為寶貴的情感資源和想像能力。和身居國內的文人相比，他們對旅行的「想像」不再單純地拘泥於傳統意義上的景觀美學，而是演繹出一種思維運作的新模式，注重對行旅時空中的語象要素進行重新的編碼與合成。亦即說，詩性的旅行締造出詩意的精神世界，同時幫助詩人整合了記憶，使他們鍛造出新的、屬於新文學的想像空間。

如何在早期新詩人的體驗和寫作之間尋覓符合史實的邏輯聯繫，為早期新詩的生成找到來自旅行視角的解釋可能。或者說，從海外旅行視角考察初誕期的新詩，以漫遊者的形象定位絕大多數文本中的抒情主體，而不是片面地駐守在胡適、徐志摩等人的文學空間裏，這種研究路徑是否可行？是否構成了真實的命題？又是否對新詩形成了持續性的影響？這些問題困擾我許久，幸而得到導師羅振亞教授的持續點撥、鼓勵和肯定，我才有了鑽研下去的信心。

胡適曾說過，自己的文學革命思路來源於一系列偶然性因素的匯聚和推動，就我的論題而言，同樣也存有很多值得銘記於心的「偶然」。2015 年，我陪同羅老師外出開會，本已在航班就座，卻遇機場管制，遲遲無法起飛。彼時我欲申報社科基金，便利用這難得的機會，向老師諮詢選題之道，看看是否有可能依照自己的興趣，將旅行視角和早期新詩結合起來。老師沉思良久，點頭明確跟我說，這個題目可以做。隨即他又提醒道，不要孤立地看待問題，應有「再闡釋」文學史的勇氣。後來學院組織學術年會，我作主題發言，第一次宣講了胡適對「翻船」事件的反應，以及行旅寫作對他觀念生成的影響等問題。在講述的過程中，我不時留意著老師的表情，他始終專注於傾聽和思考，直到彙報結束，還保持著如此姿態。會後，他特意跟我說：這個題目確實可做！也值得做大。這番話於我而言，可謂堅實的後盾。

2017 年，我在英國訪學，其間把圍繞域外行旅與早期新詩發生寫下的一篇文章發給老師。老師在 7 月 29 日給我回覆了幾段長語音，肯定了文章的研究思路。這些聲音始終保留在我的微信「收藏」中，每當遇到挫折或是心情晦暗的時候，我便會點開它們，讓老師的聲音迴響在耳邊。尤其是那些肯定的話語，不啻為精神的補劑，他說：「盧楨吶，文章我仔細讀了兩遍，寫的還真是相當不錯，特別是整個架勢拉開了，然後第二部分和第三部分我覺得寫得特別棒，把旅行與新詩的關係，這種關係造成的徵象、表現寫出來了，有一些新意。優點就不說了，有一些問題你還可以琢磨琢磨……」

當然，老師提出的需要「琢磨琢磨」的問題，顯然才是更為重要的，但我每每重複收聽的，還是那些充滿鼓勵的言語。因為老師的肯定，會讓我體會到孩童般的幸福和滿足。這些點點滴滴的「偶然」，浸潤了老師對我們長久以來的關懷，授業、解惑、扶持之恩，早已匯成江海，而我能夠在他身邊學習、工作，可謂上天的恩賜。

感謝文學院陳洪先生、喬以鋼先生和諸位老師的培養教導，感謝本套叢書的主編李怡教授，以及花木蘭文化出版社的編輯老師。論著中的部分章節以及與本論題有關的論文已在《文學評論》《文藝研究》《文藝爭鳴》等刊物上登載，感謝何吉賢、李松睿、張濤等老師費心編輯指正。限於本人的學力，論著中的不足和疏漏之處，還請讀者給予批評。

最後，再次感謝導師羅振亞教授，師母楊麗霞老師。在我面對家人病痛那段困難的時候，您們曾為我流下的淚水，將澆灌出一個堅強而通透的我。

盧楨

2022 年 3 月